C. I. Harriot

Lichterglanz & Dunkelschatten

Magiesprung Chronik 1

DRACHENMOND VERLAG

Drachenmond Verlag GmbH
Auf der Weide 6
50354 Hürth
http: www.drachenmond.de
E-Mail: info@drachenmond.de

Lektorat: Lillith Korn
Korrektorat: Julia Mayer
Satz & Layout: Astrid Behrendt
Illustrationen: Maja Köllinger

Umschlagdesign: Alexander Kopainski
Bildmaterial: Shutterstock

Druck: Booksfactory

ISBN 978-3-95991-481-9

Für jene,
die ihren Platz in der Welt noch nicht gefunden haben.
Gebt niemals auf.
Auf jede Dunkelheit folgt neues Licht.

»Der Weg ist steinig und gefährlich,
doch irgendwann wird es leichter, ihm zu folgen.
Durch die tiefste Finsternis hindurch,
hinein in ein neues Licht.«

Magiesprung Chronik (Januar 1890)

Prolog

September 2018

Nichts durchbricht das Schweigen, das sich auf der Erde ausgebreitet hat. Es herrscht eine ewig währende Schwärze, die den Kampf mit der Sonne bereits vor vielen Jahren gewann.

Kein Sonnenstrahl wird jemals wieder den Boden berühren, der Welt Wärme schenken oder Geborgenheit geben. Vorbei sind die Tage des Lichtes, verschwunden das Lachen der Kinder. Furcht vor dem Kommenden wechselt mit Bedauern darüber, was einst als selbstverständlich galt und heute nicht mehr existiert.

Das anfängliche Chaos hat sich gelegt. Zurück blieb eine Welt, wie es sie vor tausenden Jahren gab. Infrastruktur, Handel, Nächstenliebe … Alles, was Menschen sich aufgebaut hatten und was sie einst vom Tier unterschied, ist hinfällig geworden.

Lediglich der Überlebensinstinkt ist uns erhalten geblieben, dennoch sterben wir wie die Fliegen.

Keiner von uns ist sicher oder wird es je wieder sein, denn außer sich selbst sollte man in dieser neuen Welt niemandem vertrauen.

Das Leben auf der Erde stirbt jeden Tag ein bisschen mehr. Wir werden vergehen, bis einzig die Schatten übrig sind.

Erin

Langsam laufe ich durch die ausgestorbenen Straßen Manolins. Der blasse Schein des Mondes, die einzig verbliebene und geduldete Lichtquelle, erhellt die Ruinen der ehemaligen Gebäude. Wenn ich die Augen schließe, sehe ich sie. Groß und prächtig, so habe ich die Fassaden der Lake Street immer am meisten geliebt.

Heute ist davon, außer einem riesigen Schutthaufen, nichts übrig, genauso wie von den Menschen, die einst in Massen diese Straße entlangströmten.

Eine Bewegung lässt mich innehalten und nach rechts drehen. Bedrohliche Schwärze starrt mir aus der Gasse entgegen.

Eine Einbildung oder Überreaktion, vermute ich, gleichwohl bleibe ich wachsam und lausche. Die Schatten lauern in jedem Winkel, regungslos und tödlich.

Ein kaum hörbares Rascheln dringt an mein Ohr.

»Geh!«, befiehlt mir meine Intuition, und ich vergeude keine Sekunde. Ohne mich umzusehen, sprinte ich los. Ein verräterisches Zischen aus der Gasse bestätigt meinen Überlebensinstinkt. Doch erst, als es in ein mörderisches Lachen übergeht, lässt es jeden Milliliter Blut meines Körpers zu Eis erstarren.

»Oh, wie niedlich. Da läuft sie davon wie ein Hase vor dem Jäger«, raunt jemand hinter mir her. *Weiter, Erin.*

»Du glaubst doch nicht ernsthaft, dass du mir entkommen kannst?«, setzt die körperlose Stimme nach, und ein grollendes Gelächter erklingt. Die Nackenhaare stellen sich mir auf, doch nicht aus Angst, sondern aus Wut. Zu gerne würde ich stehen bleiben und dem Verursacher entgegentreten. Ich balle die Hände zu Fäusten. *Ignoriere ihn und seine Worte. Lauf weiter,* kommandiere ich mich selbst und zwinge mich regelrecht dazu, zu rennen, während der Zorn in mir lodert und meine Eingeweide sich verkrampfen. *Das ist nicht die richtige Zeit oder der rechte Ort. Du bist nicht bereit,* rufe ich mir in Erinnerung, und diese Erkenntnis treibt mich voran. In neuer Rekordzeit sprinte ich durch die verwaisten Straßen, nutze Abkürzungen und Seitenwege, um ihn loszuwerden, und denke fast, dass es mir wahrhaftig gelingt, als ich um eine Ecke biege und mich vor einer gesprengten Mauer wiederfinde. Der meterhohe Schutt lässt mich zwangsweise stoppen. »Mist, das war gestern nicht da!«, schimpfe ich leise und blicke mich nach einer anderen Möglichkeit um, aus der Gasse zu verschwinden. Mit pochendem Herzen stelle ich fest, dass es keine gibt. Ich drehe mich zum Eingang der Gasse und halte Ausschau nach meinem Verfolger. Der blasse Schimmer des Mondes wird immer wieder durch Wolken unterbrochen und beeinträchtigt meine Sicht, doch die kurzen helleren Momente genügen, um mir zu zeigen, dass ich allein bin. *Sollte ich ihn tatsächlich losgeworden sein?*

»Wo willst du hin, Erin?«

»Miss Edward?« Überrascht wirble ich herum. Meine ehemalige Englischlehrerin steht oben auf den Trümmern der Mauer und sieht auffordernd zu mir hinunter.

»Sie leben?« Ich bemerke selbst, dass es nach einer ungläubigen Feststellung statt nach einer Frage klingt, doch das scheint Miss Edward nicht im Mindesten zu stören.

Im Gegenteil, ein Lächeln breitet sich auf ihren Lippen aus. »Natürlich lebe ich, das tun *wir* doch alle.«

Nicht ihre Worte, sondern die Art und Weise, wie sie es sagt, lassen mich frösteln, und wie eingefroren starre ich sie an. »Wie bitte?«, flüstere ich und nehme kurz darauf Bewegungen aus den Augenwinkeln wahr. Gänsehaut überzieht meinen Körper, als ich mich in die entsprechende Richtung wende, und dann vergesse ich schlagartig, Luft zu holen. Im Schatten der Mauerruine verharren weitere Personen. *Warum habe ich sie vorher nicht bemerkt?*

Meine Augen verengen sich zu Schlitzen, als ich sie erkenne. Es sind Menschen aus meiner Vergangenheit. Jene, die ich seit ewigen Zeiten nicht gesehen habe. Dr. Thomson, Holly, Alex, Nelly … Ich erstarre. »Das ist nicht möglich. Ihr seid nicht real«, bringe ich zitternd hervor.

Sie sind nicht da, keiner von ihnen, beschwöre ich mich selbst und schüttle den Kopf in der Hoffnung, dass die Körper verschwinden mögen. »Geht weg«, flehe ich. »Geht weg. Ihr seid nicht hier. Ich war dabei. Jeden von euch habe ich sterben sehen!« Nutzlose Tränen rinnen mir die Wangen hinab. Alles in mir sträubt sich gegen das Weinen, und doch kann ich den Tränenfluss nicht unterbinden.

»Oh, haben wir dich etwa verängstigt?« Miss Edwards Tonfall klingt höhnisch und deutlich näher als zuvor. Sie klettert den Trümmerberg nach unten, doch nicht nur sie allein hat sich in Bewegung gesetzt. Langsam und unaufhaltsam kommen auch die anderen näher. Mondlicht erhellt ihre seelenlosen Gesichter. Ihre Münder zu einem kalten Lächeln verzogen, ihre Augen leer und starr, schließen sie einen Kreis um mich und verdichten mit jedem Schritt ihre Reihen.

»Erin, du bist an allem schuld. Die Welt geht zugrunde. Deinetwegen sind wir tot und der Rest der Menschen wird uns folgen!« Ihre im Chor gesprochenen Worte gleichen einem Singsang, und starr vor Angst lasse ich mich von ihnen einhüllen. »Sieh dir an, was du angerichtet hast! Fühl den Schmerz und das Leid, sie werden dir auf ewig erhalten bleiben. Deine *einzigen Begleiter.*«

Verzweifelt halte ich mir die Ohren zu. Ein sinnloses Unterfangen. Die Worte der Untoten hallen mir längst im Kopf wider und fressen sich tief in meine Seele.

Die Schuld liegt bei mir? Wie ist das möglich? Nervös schaue ich nach vorn und mein Blick verhakt sich mit dem meiner früheren Ziehmutter. Die ausdruckslose Maske der ehemals so herzlichen und glücklichen Holly versetzt mir einen Stich ins Herz. *Sie hat mich immer wie ihre eigene Tochter behandelt, und was habe ich getan?* Verzweiflung mischt sich mit Wut darüber, dass ich keine Ahnung habe, wie ich es hätte verhindern können, doch die Worte der Toten treffen mich. Sie treffen mich zu tief.

»Sieh weg! Behalte Holly in Erinnerung, wie du sie gekannt hast. Zerstöre dich nicht selbst!« Meine innere Stimme sorgt dafür, dass ich mich von der rundlichen Frau abwende, bevor ich vollends in Selbstzweifeln zerfließe.

Die Körper um mich herum kommen derweil beständig näher. Statt einen allein, fixiere ich alle gleichzeitig oder versuche es zumindest. Der Mond ist mir dabei hold, er hat die Auseinandersetzung mit den Wolken gewonnen und taucht die Gasse in sein schwaches Licht. Aufmerksam mustere ich die Untoten.

Ihre Kleidung ist zerfleddert, sie haben tiefe Wunden, Dr. Thomson fehlt sogar ein Arm. Das wichtigste Indiz jedoch ist der Modergeruch, der an ihnen haftet wie eine Klette. Allesamt sind sie mausetot, mitunter seit Wochen, und doch sprechen und laufen sie. Mein ganzer Körper schüttelt sich und angewidert weiche ich so weit wie möglich zurück. Ich fühle mich wie in einem Zombiefilm, und *das*, obwohl ich der Meinung war, dass mich nichts mehr schocken kann.

Die Zombiebrigade und mich trennen gut zwei Meter und ich bin noch mit der Frage beschäftigt, ob sie mich wohl fressen werden, da verharren sie und starren mich lediglich an.

»Was zum …«, keuche ich erschrocken, als die Körper kurzerhand marionettengleich in sich zusammenfallen und zerbröseln. Zurück bleibt feiner Staub, den eine aufkeimende Brise mir entgegenwirbelt. Unweigerlich muss ich niesen, als das Pulver um mich herumschwirrt. Als mir klar wird, was ich da eben eingeatmet und ausgeniest habe, muss ich würgen.

»Jetzt haben wir genug gespielt. Meinst du nicht auch?«, raunt jemand unmittelbar neben mir. Hastig mache ich einen Satz zur Seite. Ein Mann in dunklen Kleidern, groß und von muskulöser Statur, steht mir gegenüber und mustert mich. Allein seine grauen Augen würde ich unter Tausenden wiedererkennen. *Er* ist es. Ein teuflisches Grinsen liegt ihm auf den Lippen. »Hallo, Erin, lange nicht gesehen. Wo hast du dich rumgetrieben? Wir haben dich gesucht.«

»Ach, habt ihr das?«, bringe ich verächtlich hervor, während es in meinem Hirn zu rattern beginnt.

»Du brauchst gar nicht auf Zeit zu spielen. Keiner wird dir helfen. Du hast uns lange genug an der Nase herumgeführt. Der einzige Weg hier raus ist dein Tod.« Der Klang seiner Worte ist genauso kalt wie der Ausdruck in seinen Augen, doch so leicht lasse ich mich nicht einschüchtern.

»Euch? Ich kann bloß eine einzige Person ausmachen, und die bist du. *Ihr* Schoßhündchen.«

»Wirklich, Erin? Bist du tatsächlich der Meinung, dass es dir hilft, mich zu provozieren?« Er macht einen Schritt auf mich zu und ich weiche aus, bis ich mit dem Rücken auf die Mauer, oder zumindest die Reste davon, treffe.

»Nun denn.« Mit einem Furcht einflößenden Grinsen kommt er näher und reibt die Hände aneinander. Doch nicht die menschliche Hülle und ihre Handlung fordern meinen Respekt, sondern das, was sich tief darunter verbirgt. Die Umrisse seines Körpers verändern sich, werden unscharf und verschwimmen zu etwas Großem. Mit aller Macht zwinge ich mich dazu, ihn nicht anzuschauen. Egal, was da kommt. Um keinen Preis der Welt will ich die Furcht in mir weiter nähren und ihm die Genugtuung meiner Angst verschaffen.

So will ich nicht sterben. Krampfhaft durchforste ich mein Gedächtnis nach einem positiven Gedanken. *Einen, ich brauche lediglich einen einzigen.* Einen, der es wert ist, für ihn zu kämpfen und ihm am Ende ins ewige Nichts zu folgen, doch der Blick, den ich auf meiner Haut spüre, scheint mir alles Gute und Schöne aus den Erinnerungen zu reißen. »Hör auf damit, beende es einfach!«, flehe ich und fasse dabei all meinen Mut, um den Kopf zu heben. Eine Fratze, die rein gar nichts mit einem menschlichen Gesicht zu tun hat, starrt mir entgegen, und die Ausweglosigkeit meiner Situation wird mir mit einem Mal vollends bewusst. *Es ist vorbei.*

»Erin! Erin! Um Gottes willen, wach auf. Es war ein Traum! Bloß ein Traum! Beruhige dich!«

Langsam dringt die vertraute Stimme zu mir durch. Verwirrt öffne ich die Augen und höre damit auf, um mich zu schlagen und zu schreien. »Nelly?«, erkundige ich mich ungläubig und blinzle des hellen Lichtes wegen, während ich mich aufrappele.

»Na klar bin ich es. Wer soll es sonst sein?«, antwortet sie lässig und streicht sich eine Strähne aus dem Gesicht. Wir sitzen auf ihrem Bett und ich schaue mich unsicher um. »Was ist geschehen?«

»Das fragst *du* mich? Wir wollten Hausaufgaben machen. Hast du das vergessen? Ich war kurz unten, um meiner Mum zu helfen, und als ich wiederkam, hast du geschlafen. Kurz danach ging hier das große Kino los. Ich habe bestimmt zehn Minuten gebraucht, um dich wach zu bekommen. Hast du eine Ahnung, wie schwer es war, meine Mutter zu überzeugen, dass du dich für den Theaterkurs eingetragen hast und deine Rolle als Gretchen in Faust übst? Sie will übrigens zur Premiere kommen.«

»Du hast was?« Völlig entgeistert starre ich meine beste Freundin an, die eiskalt mit den Schultern zuckt. »Hättest du eine bessere Idee gehabt? Wäre dir vollkommene Geisteskrankheit lieber gewesen?«

Ich schniefe und lasse mich kraftlos auf ihr Bett zurückfallen. »Das nehme ich als ein Nein.«

Finley

»Wir haben sie gefunden. Endlich.« Die Erleichterung in seinen Worten ist greifbar, die Anspannung meines Körpers löst sich jedoch keinen Millimeter.

»Eine Verwechslung ist vollkommen ausgeschlossen?«

»Ja, es hat lange gedauert, doch es gibt keine Zweifel. Sie ist es. Was sagst du dazu, nach so vielen Jahren? Alistair wird über diese Nachricht sehr erfreut sein.«

»Nicht bloß er. Wir alle werden endlich aufatmen können, wenn sie aus dem Weg geschafft ist. Wann soll ich los?« Ich erhebe mich während des Sprechens vom Stuhl und angle nach meiner Jacke.

»Warte, warte, mein Freund. Nicht so schnell mit den jungen Pferden.« Beschwichtigend hebt er die Hände und bedeutet mir, dass ich mich wieder setzen soll. »Nach allem, was du durchgemacht hast, ist dein Tatendrang verständlich.« Ein wissender Ausdruck spiegelt sich im Gesicht des Nachrichtenüberbringers wider. Eine Geste, die ich beflissen ignoriere. Der Höflichkeit halber folge ich trotzdem seiner wortlosen Aufforderung und setze mich wieder.

»Du weißt doch, wie sehr Alistair zuletzt unter der Angst litt, dass er alle Springer ausgemerzt hat.«

»Es wäre besser, wenn er sie alle ausgemerzt *hätte*.«

»Ich verstehe dich wirklich und versichere dir, dass du dir keine Sorgen zu machen brauchst. Auch die Letzte von ihnen *wird* sterben, doch nach wie vor sind wir auf das Mädchen angewiesen. Du kennst den Grund.«

»Er versteht gar nichts«, knurrt der Schatten in mir und fleht darum, hervortreten zu dürfen, um ihm die lose Zunge herauszureißen. Doch meine Wut nützt in diesem Moment niemandem. Am allerwenigsten mir selbst, daher begnüge ich mich damit, ihm ein gefährliches Lächeln zuzuwerfen.

»Ich stelle fest, du bist vernünftig, Finley. Wenn wir haben, was wir wollen, gehört sie dir.«

»Gut, dann eben so.« Ich falte die Hände. »Und wie geht es dann weiter?«

»Der Plan ist simpel«. Mein Gegenüber lehnt sich in seinem Stuhl zurück. »Du wirst ihr folgen. Werde zu dem Schatten, der du sowieso bist. Finde heraus, was sie weiß, was sie tut und mit wem. Früher oder später wird sie uns unbewusst die gewünschte Information geben.«

»Dann hoffen wir wohl besser früher, oder? Ich meine mich zu erinnern, was geschieht, wenn sie das achtzehnte Lebensjahr erreicht, und ich würde sie gern zuvor aus dem Weg haben.«

»Dem kann ich nur beipflichten. Dann solltest du dich besser anstrengen, nicht wahr? Und jetzt geh. Wir haben genug Zeit verloren.«

Ich, nicht wir, schießt es mir durch den Kopf. *Warum sollte es auch anders sein?* Als ich nicht sofort auf die Aufforderung reagiere, entlässt mich mein Gesprächspartner mit einer überheblich wirkenden Handbewegung. Genervt verdrehe ich die Augen, während ich ruckartig aufstehe. Meine Reaktion scheint ihm nicht entgangen zu sein.

»Gibt es noch etwas zu sagen?«, fragt er und mustert mich streng.

»Nein, alle offenen Fragen sind geklärt«, zische ich mit zusammengebissenen Zähnen und verlasse den Raum, bevor ich erneut etwas Dummes hervorbringen kann.

Alles ist *unweigerlich*
miteinander verbunden.
Einige **verstehen** es mit
einem **einzigen Blick,**
andere benötigen Jahrzehnte.

Teil 1

*»Die Eine wird entkommen aus Tod und Verderben,
in Liebe erzogen, kann sie im Dunkel nicht sterben.
Ihr Schicksal auf ewig mit der Finsternis verknüpft,
ein Stern, der aus der Asche schlüpft.«*

Magiesprung Chronik (Februar 1973)

1. Kapitel

3. März 2019

Erin

»O Mist!«, fluche ich leise und trete von einem Fuß auf den anderen. Ein weiteres Mal hat mein kleiner Zeh zielsicher den Rahmen der Zimmertür gefunden. Der pulsierende Schmerz kratzt an meiner Selbstbeherrschung. Krampfhaft unterdrücke ich einen Aufschrei und gehe dazu über, wilde Verrenkungen zu vollführen, um mich abzulenken.

»Sag mal, geht das ganze Gehopse ein Stück leiser? Ob du es glaubst oder nicht: Mitten in der Nacht plus Licht aus, bedeutet normalerweise Schlaf«, meckert meine Mitbewohnerin und knipst ihre Nachttischlampe an. »Was machst du da überhaupt?«

Geringschätzig mustert sie mich und ich behalte mir vor, nicht zu antworten, in der irrwitzigen Hoffnung, dass sie die Lampe wieder löscht und weiterschläft. Den Gefallen tut sie mir jedoch nicht.

»Übt das Nilpferd neuerdings für das Ballett? Diese Karriere solltest du definitiv streichen, das wirkt nicht sonderlich grazil. Das ist dir doch bewusst, oder?«

»Hm«, gebe ich von mir und schlucke eine entsprechende Bemerkung herunter, während ich wie ein geprügelter Hund zu meinem Bett humple.

Reg dich nicht auf, Erin, jetzt nimmst du dank der Lampe wenigstens nicht zusätzlich den Schreibtisch mit. Atme den Schmerz weg, geh ins Bett und lass das Miststück links liegen, beschwöre ich mich selbst und versuche krampfhaft, an diesem Mantra festzuhalten.

»Hallo? Erde an das Trampeltier? Ich rede mit dir!« Am liebsten würde ich mich der Quelle dieser Worte zuwenden und ihr gehörig die Meinung geigen, doch irgendwie schaffe ich es tatsächlich, über der ganzen Situation zu stehen und mich still auf mein Bett zu setzen.

Seit ich denken kann, teile ich mir das Zimmer mit Alex, und mindestens genauso lange hasse ich sie.

Die kleine blonde Elfe, die alles kann und die jeder gernhat, und ich … Eine schlaksige Brünette, die mit einem wundervollen Tollpatschigkeitsgen und ebenso grandiosen Ohnmachtsanfällen um die Ecke kommt. Eine perfekte Zimmerkombination.

Doch gibt es für mich überhaupt einen Grund, zu meckern? Ich habe ein Zimmer, ein Bett und Menschen, die einigermaßen gern mit mir zusammenleben, und dafür sollte ich dankbar sein.

Was für die meisten der Normalfall ist, ist für mich keine Selbstverständlichkeit, denn mein richtiges Zuhause und meine Eltern werde ich niemals kennenlernen. Sie starben bei einem Autounfall, als ich ein Jahr alt war. Holly, eine rundliche nette Frau im mittleren Alter, ist seither meine Ziehmutter. Sie adoptierte mich ein halbes Jahr nach dem Unfall und ersparte mir dadurch das Heim oder, die in meinen Augen schlimmere Variante, das Herumreichen durch eine Vielzahl an Pflegefamilien. Dank ihr durchlebte ich eine größtenteils normale Kindheit. Zumindest, wenn ich die Anfälle außen vor lasse. Als ich alt genug war, erzählte sie mir die ganze Geschichte mit meiner Adoption, und auch dafür bin ich ihr dankbar.

Seit mittlerweile fünf Jahren weiß ich darüber Bescheid und mein Leben ist seitdem ein anderes. *Ich* bin eine andere geworden. Unstetig und getrieben verbringe ich die Tage damit, mir über meine Vergangenheit Gedanken zu machen. Im Kopf stelle ich mir gerne meine Eltern vor und es macht mich traurig, nichts über sie zu wissen. Kein einziges Foto existiert von ihnen, keine Erinnerung. Im Grunde weiß ich gar nichts, außer, dass es sie gab und dass sie tot sind.

»Wenn ich volljährig bin, will ich meine Vergangenheit suchen. Ich möchte herausfinden, wer ich bin«, habe ich damals zu Holly gesagt und ihr damit ein trauriges Lächeln entlockt.

Ich seufze. In zwei Wochen erreiche ich besagtes Alter, und es ist fraglich, ob ich wirklich den Mut aufbringen werde, mich meiner Herkunft zu stellen, oder ob ich aus Angst vor dem Scheitern gar nicht erst mit der Suche beginne.

»Das ist mal wieder typisch für dich! Erst bis spät in die Nacht wegbleiben und mich dann bei deiner Rückkehr wecken! Das war doch volle Absicht! Denkst du überhaupt mal an deine Mitmenschen?«, keift es von der anderen Seite des Raumes. Die schrille Tonlage holt mich unsanft aus meinen Überlegungen zurück und ich stelle fest, dass mir im Moment nicht allein die Vergangenheit das Leben schwer macht, sondern vor allem meine Gegenwart, und zwar in der Gestalt von Hollys herzallerliebster leiblichen Tochter. Sie ist ein Jahr älter als ich und ein wahrer Sonnenschein.

»Beruhige dich, Alex. Ich habe mich nicht darum gerissen, mir den halben Zeh zu amputieren. Es tut mir leid, zufrieden?«

»Ist das dein Ernst? Einen Teufel werde ich tun! Du hättest mich schlafen lassen sollen, dann *wäre* ich zufrieden gewesen. Aber nein, du musst ja mal wieder grazil wie eine Dampfwalze die gesamte Aufmerksamkeit auf dich ziehen. Genügt dir deine ständige Anfallshow nicht? Soll ich dir so ein Schild mit blinkenden Neonlichtern besorgen? Das kannst du dir dann um den Hals hängen, damit dich auch wirklich *jeder* wahrnimmt!«

Ich beiße mir auf die Lippen, um eine Bemerkung zurückzuhalten, die unsere Debatte bloß zusätzlich anheizen würde. Möglichst unbeteiligt mustere ich meine Umgebung, während es tief in mir brodelt. *Erin, du wirst dich jetzt nicht auf ihr kindisches Niveau herunterziehen lassen!*, ermahne ich mich und begnüge mich stattdessen mit einem betont freundlich herausgepressten: »Wärst du so nett, das Licht wieder auszumachen, Alex?«

Ihr Gesichtsausdruck ist unbezahlbar.

Das Biest hat gehofft, dass du sie anfährst, damit sie zu ihrer Mutti rennen und petzen kann, stellt meine innere Stimme trocken fest, und ein wenig schockiert es mich, dass Alex nach all den Jahren weiterhin so leicht zu durchschauen ist. Man müsste meinen, dass auch sie dazugelernt hat …

Wenn Blicke töten könnten, müsste ich direkt umkippen und wäre auch in der Vergangenheit mindestens hundert Mal gestorben. Gegenwärtig erwarte ich fast, dass sie mich im nächsten Moment anbrüllt oder mir gar eine reinhaut. Erstaunlicherweise scheint sie sich jedoch gefangen zu haben. »Wozu? Ich bin wach.«

»Weil es, wie du eben so vortrefflich festgestellt hast, mitten in der Nacht ist?« *Verdammt, ist es denn so schwer, diese blöde Funzel auszumachen, die Augen zu schließen und zu schlafen?*

»Hast du mich gefragt, als du mich aufgeweckt hast? Nein! Das Licht bleibt an.« Mit einem Ruck wirft sie die Decke zur Seite und steht schwungvoll auf.

»Was wird das?«, frage ich irritiert, als sie damit beginnt, neben ihrem Bett merkwürdige Verrenkungen zu vollführen.

»Oh, bitte, Erin, sag nicht, dass du nie etwas von Yoga gehört hast?«

»Haha, sehr witzig!«, presse ich zwischen zusammengebissenen Zähnen hervor, während Alex ihrer neu entdeckten Leidenschaft frönt. Voller Überzeugung geht sie dabei in eine Position, die mich stark an einen Hund erinnert, der schnellstmöglich nach draußen gelassen werden sollte. Ohne es zu wollen, entweicht mir ein Kichern.

»Statt zu lachen, solltest du das auch mal ausprobieren. Dann wird aus dem Trampeltier mit etwas Glück vielleicht eine Ente«, gibt sie mir voller Verachtung zu verstehen.

Der wenig effektvolle Versuch, mich zu reizen, prallt an mir ab wie ein Vogel, der gegen ein geschlossenes Fenster fliegt. Statt einer Antwort entlockt sie mir lediglich ein Schnaufen. *O Mann, ich dachte wirklich, dass ihre Beleidigungen mit dem Alter besser werden würden.*

Anscheinend habe ich mich getäuscht. Das Einzige, bei dem sie stets die vorderen Plätze belegt, ist Hochnäsigkeit, offenbar ist die angeboren.

Wenigstens sind die Schmerzen in meinem Zeh inzwischen Geschichte, denke ich und strecke mich aus. An der Decke bemerke ich ein riesiges Spinnennetz und fixiere es, als würde ich das spannende Spiel irgendeiner Fußballmannschaft verfolgen.

»Hat es dir etwa die Sprache verschlagen oder nimmst du dir meine Worte endlich zu Herzen? Mal komplett unter uns: Jeder Dickhäuter bewegt sich eleganter als du.«

»Ach, ehrlich?« Langsam treibt sie ihr Spiel zu weit. Ich nehme meinen Blick von der Decke und sehe ihr direkt ins Gesicht. »Soll ich dir mal was sagen? Ich bin tausendmal lieber ein Elefant mit Freunden als so gehässig, dass sogar Hyänen einen riesigen Bogen um mich machen …«

»Freunde? Dass ich nicht lache. Das sind Außenseiter, die keiner sonst kennen *will.* Du mit deinen ständigen, nach Aufmerksamkeit heischenden Zusammenbrüchen passt da perfekt rein. Ihr seid alles Freaks!« Boshaft starrt sie mich an, während ich mühsam meine Wut herunterschlucke. »Du bist sogar so freaky, dass nicht mal deine eigenen Eltern es mit dir ausgehalten haben! Sie sind lieber gestorben.«

Im Nu bin ich auf den Beinen und stürme auf sie los. »Das hättest du nicht sagen dürfen!«, schreie ich, doch bevor ich sie erreiche, wird mir schwarz vor Augen. Ich verliere das Gleichgewicht, spüre, wie ich falle, und dann ist die Welt um mich herum verschwunden.

Halleluja, willkommen Ohnmacht.

Finley

Ich beobachte die Szene von der Feuertreppe des gegenüberliegenden Hauses. *Ihre Schübe werden stärker,* stelle ich fest und laufe nervös auf und ab. Mir bleibt nicht viel Zeit. Grob überschlage ich die Daten in meinem Kopf. *Maximal zwei Wochen,* wird mir bewusst. Zwei Wochen, in denen ich schaffen muss, was mir das ganze letzte halbe Jahr nicht gelungen ist.

»Verdammter Mist!«, brülle ich und trete mit voller Wucht gegen die Treppe. Das Metall klirrt und an der Stelle, die mein Fuß berührt hat, ist es verbogen. Die Wut ist überall in mir. Sie bringt mein Blut in Wallung und will die Kontrolle ergreifen, mein Gehirn ausschalten. Ich umfasse das Geländer, muss mich abreagieren, um jeden Preis verhindern, dass ich meinem Drang nachgebe und ins Nachbarhaus gehe. Denn wenn ich es betrete, wird sie sterben. *Ich muss* – Ein fader Druck breitet sich in meinem Kopf aus. Er kündigt etwas an, auf das ich liebend gern verzichten würde.

Sinnloserweise versuche ich, einen Schutzschild um meinen vor Zorn geschwächten Geist zu legen. Zu spät und zu schwach. Jäh ist *er* da und ein dröhnendes Lachen füllt meinen Schädel.

»Das war alles? Erbärmlich. Wenn du versuchst, dich gegen mich zu wehren, gib dir gefälligst Mühe!«

»Verschwinde aus meinen Gedanken!«, fauche ich. Es ist sehr selten, dass er mich aufsucht, und der Zustand macht mich jedes Mal rasend.

Wieder ertönt ein Lachen. *»Was ist los? Seit wann bist du so verklemmt? Versteckst du neuerdings Geheimnisse vor mir?«*

»Nein, das würde ich nie wagen, und das weißt du!«

»Nein? Dann sollte es dir auch nichts ausmachen, dass ich hier bin. Hast du Neuigkeiten für mich, außer, dass du sie am liebsten umbringen willst?« Seine Worte lassen mich erstarren, denn sie bedeuten, dass er den Zeitpunkt seines Besuches ganz bewusst gewählt hat. *Er überwacht meine Gefühle,* stelle ich mit Schrecken fest.

»Du liegst ganz richtig. Wir möchten doch nicht, dass du etwas furchtbar Dummes tust, oder? Und jetzt raus mit der Sprache, gibt es neue Erkenntnisse?«

Statt einer Antwort entfleucht mir ein Knurren und mein Gedankenpartner lacht. *»Das werte ich als ein Nein. Das ist enttäuschend. Du bist genauso nutzlos wie die anderen. Nenn mir einen Grund, warum ich dich nicht gleich töten sollte.«*

Die körperlose Stimme hat einen drohenden Unterton, doch ich nähre mich von meiner Wut und knicke nicht ein, wie ich es sonst tue. *»Wir beide wissen genau, warum du mich nicht umbringen wirst.«*

»Touché.« Ich spüre das Lächeln in seinem Tonfall. *»Du schlägst mich mit meinen eigenen Waffen.«*

Überrascht stelle ich die Anerkennung fest. Auf alles Mögliche bin ich gefasst gewesen, nur nicht darauf.

»Behalte sie im Auge. Und Finley – keine Alleingänge, wir brauchen sie. Es dauert nicht mehr lange, vertrau mir, bis wir die Quelle in unserem Besitz haben. Mit ihrer Hilfe können wir alles verändern, verbessern. Die Geschichte umschreiben oder gänzlich korrigieren. Ist es das nicht wert, noch etwas zu warten? Danach darfst du deine Rache nehmen.« Die Worte verklingen in mir und ich spüre, wie er seinen Geist aus dem meinem zurückzieht. Als er vollständig weg ist, atme ich tief durch. Endlich bin ich allein mit meinen Gedanken auf der Feuertreppe.

Die Wut ist verraucht und ich kann mich wieder meiner Aufgabe widmen. Suchend schaue ich nach unten. Ein Krankenwagen biegt in die Straße und sofort weiß ich, wo die Reise hingehen wird.

2. Kapitel

Erin

»Alex weiß, dass sie dieses Thema unterlassen soll!«, maule ich und knautsche mit den Händen die Bettdecke zusammen.
Ich liege im St.-Marien-Hospital in meinem üblichen Zimmer. Einem Raum, den ich immer zugeteilt bekomme, wenn mich Holly in der Notaufnahme abliefert oder, wie in diesem Fall, mit dem Krankenwagen hat einfahren lassen.

Ausfälle, so bezeichnen die Ärzte mein plötzliches Wegtreten. Von einer Sekunde zur nächsten wird mir schwarz vor Augen. Es gibt keine besonderen Ereignisse, die sie hervorrufen. Sie kommen und gehen, ohne dass die Ärzte oder ich etwas dagegen unternehmen, geschweige denn sie verhindern können. Mit den Jahren habe ich mich an sie gewöhnt. Sie sind beinahe normal, doch in letzter Zeit werden sie häufiger.

Laut Alex gibt es übrigens diese ominösen Anfälle gar nicht. »*Sie fällt immer um, wenn sie es gegenwärtig gebrauchen kann*«, hat meine allerliebste Ziehschwester erst vor Kurzem rausgehauen. Nett, oder? Blöderweise hat sie auch irgendwie recht.
»Warum lässt du dich immer wieder von Alex provozieren? Lass die alte Schnepfe links liegen. Wenn ihre Attacken keinen Effekt haben, wird sie von allein aufhören«, reißt Nelly mich mit ihren neunmalklugen Überlegungen aus den Gedanken. Aufmerksam wende ich mich meiner besten Freundin zu, die mal wieder genau weiß, was sie sagen muss. Ich seufze, denn sie hat recht, obwohl ich es ungern zugebe.
»Erin?« Sie schaut mich durch ihre Hornbrille eindringlich an. Mit ihrem viel zu großen Pullover und dem riesigen Brillengestell wirkt sie lustig. Fast wie eine gigantische Eidechse, die in einer Dauerschleife der 80er festhängt.
»Eriiin!«

»Was?«, frage ich genervt und zwinge mich, auf meine Hände zu sehen, um mich nicht erneut von ihrer äußeren Erscheinung ablenken zu lassen.

»Hast du mir eben überhaupt zugehört? Offenbar nicht!« Ein vorwurfsvoller Ausdruck prasselt auf mich nieder, bevor sie belehrend fortfährt. »Warum lässt du dich von der ollen Kuh immer wieder provozieren?«

»Keine Ahnung«, stöhne ich und habe wenig Lust, das Thema zum hundertsten Mal durchzukauen.

»Du weißt es nicht?« Nelly schickt mir einen skeptischen Blick, der durch ihre überdimensionierten Brillengläser verstärkt wird.

Ich mache den Mund auf, um etwas zu erwidern, da kommt mir ein anderer zuvor: »Miss Summer, ich dachte, wir waren uns einig, dass wir Sie eine lange Zeit nicht im Krankenhaus sehen wollten?«

Verlegen schaue ich zu dem Arzt, der eben in das Zimmer getreten ist und sich das Klemmbrett mit meiner Akte schnappt.

»Na ja. Ich glaube, das kommt darauf an, was Sie unter *lange* verstehen, Dr. Thomson.«

»Jedenfalls nicht unbedingt vier Tage«, tadelt der Mann und rückt seine Brille zurecht, um die schnell dahingekritzelten Zeilen besser entziffern zu können.

»Hm«, murmele ich, weil mir keine passende Erwiderung einfällt, und setze mich im Bett auf. Aus den Augenwinkeln erkenne ich, wie Nelly ansetzt, um ihren Senf dazuzugeben, doch ich bedeute ihr, still zu sein. Das Letzte, das ich jetzt gebrauchen kann, ist eine neunmalkluge »Siehst du«-Aussage von ihr. Glücklicherweise gibt sie nach und wendet sich stattdessen stumm Dr. Thomson zu, der inzwischen mit dem Lesen fertig ist und mich prüfendend mustert.

»Erin, Ihre Zusammenbrüche werden immer akuter. Hier steht, dass Sie länger als üblich weggetreten waren. Auch Ihre Vitalwerte sind verändert, leider zum Schlechten. Ihr Blutdruck ist zu hoch, die Lungenwerte zu gering. Wie fühlen Sie sich?«

»Gut, eigentlich so wie immer.«

»Leiden Sie unter Kopfschmerzen? Tut Ihnen irgendetwas weh?«

»Ich habe doch gesagt, dass es mir gut geht.«

Dr. Thomson seufzt. »Okay, dann teilen Sie mir wenigstens mit, *was* genau geschehen ist, bevor Sie zusammengebrochen sind.« Er zückt seinen Stift, doch ich zucke lediglich die Schultern.

»Nichts Besonderes, es ist einfach passiert. Ich bin aufgestanden, wollte mich bewegen, und plötzlich wurde alles um mich herum schwarz.« Lammfromm schaue ich zu ihm auf. Ich will um jeden Preis verhindern, dass wir das Thema aufgreifen.

»Ach, einfach so? Erin, die Sache ist äußerst ernst. Vielleicht muss ich die ganze Situation etwas drastischer formulieren, damit es auch bei Ihnen ankommt: Wenn wir nicht bald die Ursache finden, die Anfälle beenden oder zumindest eindämmen können, werden Sie früher oder später daran sterben.«

Das hat gesessen. »Wie bitte?«, krächze ich. Die Umgebung verschwimmt vor meinen Augen.

Tränen.

»Ich glaube, dass Sie mich ganz genau verstanden haben. Jeder Anfall bringt Ihren Körper weiter an sein Limit. Ihre Vitalfunktionen gehen kontinuierlich zurück und Ihre Organe versagen, eines nach dem anderen. Irgendwann werden Sie nicht wieder aufwachen. Glauben Sie mir, ich würde Ihnen gern etwas anderes sagen, doch mir sind leider die …«

»Dann sagen Sie mir doch verdammt noch mal etwas anderes!«, fahre ich dazwischen. Meine Angst hat sich innerhalb von Sekunden in blanke Wut verwandelt, die ich ihm hasserfüllt entgegenschmettere.

»Ich habe mich wohl verhört?« Dr. Thomson starrt mich perplex an.

»Nein! Sie kommen in dieses Zimmer, lesen Ihren Wisch und werfen im Anschluss mit *solchen* Aussagen um sich! Ärzte sollen helfen und aufmuntern und einen nicht zerstören und erneut zutreten, wenn man am Boden liegt! Denken Sie ernsthaft, mir machen diese Anfälle Spaß? Dass ich mit Vergnügen wie eine tickende Zeitbombe draußen herumlaufe und als Freak beschimpft werde? Liebend gerne hätte ich ein normales Leben ohne all das, doch mich hat nie jemand gefragt. Ich konnte mir dieses beschissene Leben nicht aussuchen!«

»Erin!«, versucht Nelly, mich zu beruhigen, beißt jedoch mit ihrer Aktion auf Granit. Der Typ hat mir eben gesagt, dass ich sterben werde – und das auf eine Art und Weise, wie der Wettermann im Radio den Regen ankündigt.

Herzlichen Glückwunsch, Sie haben den Vier-Millionen-Jackpot geknackt …

»Ihre Wut ist verständlich, Miss Summer.«

»Ach, wirklich?« Verächtlich schnaubend kralle ich meine Nägel tiefer in das Laken. Einen Hauch zu tief, denn ich höre ein hässliches Ratschen und lasse abrupt wieder los.

»Ich habe mich gegebenenfalls etwas zu drastisch ausgedrückt. Wir werden natürlich alles in unserer Macht Stehende unternehmen, um es nicht so weit kommen zu lassen«, bringt Dr. Thomson ruhig hervor, und ich spüre, dass er mich beschwichtigen will, denn ich bin so laut geworden, dass der ganze Krankenhausflügel unterhalten wird.

»Und das heißt?«, schaltet Nelly sich ein. Sie hat wohl Angst, dass ich den Arzt erneut anfahre, und das nicht zu Unrecht.

Misstrauisch funkele ich den Mann, der sich mit wackligen Fingern die Brille zurechtrückt, an. Er wirkt zerstreut.

»Ich werde das weitere Vorgehen am besten mit Ihrer Erziehungsberechtigten besprechen. Ruhen Sie sich etwas aus. Am Nachmittag werden Sie entlassen. Ich wünsche Ihnen einen schönen Tag. Auf Wiedersehen!«

Bevor ich etwas erwidern kann, hat er das Zimmer bereits verlassen.

Erschöpft sinke ich zurück in die Kissen.

»Ich glaube, den siehst du nie wieder«, bemerkt Nelly trocken.

»Finde ich nicht unbedingt schlimm. Du?«

»Ich weiß nicht.« Sie zuckt die Schultern. »Zumindest hat er es länger ausgehalten als die anderen. Nur seine Diagnose macht mir Angst.«

»Mir auch«, gebe ich zu und eine unheimliche Stille breitet sich im Raum aus.

Finley

»Was machst du hier?«

Überrascht schaue ich auf. Ich habe nicht damit gerechnet, dass mich jemand anspricht.

»Was ist los, Finley? Hast du aufgehört, mit mir zu reden?«

Ich starre den Mann an, der neben mir aufgetaucht ist, und jede Faser meines Körpers befindet sich in Alarmbereitschaft. »Nein, das habe ich nicht, ich wüsste jedoch nicht, was die Antwort auf diese Frage dich angeht«, gebe ich mit warnendem Unterton von mir, während ich mein neuerliches Gegenüber nicht aus den Augen lasse.

»Ganz der Alte, oder? Denkst du eigentlich selbstständig oder übernimmt Alistair das inzwischen komplett für dich?« Arrogant wie eh und je lehnt sich blonde Mann mit den hellblauen Augen gegen die Mauer und lässt sich von der Mittagssonne das Gesicht kitzeln.

»Was willst du hier, Will?«, brumme ich.

»Dasselbe wie du.«

»Das glaube ich nicht.«

»Ach, nein?« Er wendet sein Gesicht von der Sonne ab und mir zu. »Dann beobachtest du die kleine Miss Summer also nicht?«

Wütend wende ich mich ab und erspare mir eine Antwort.

»Na siehst du, und jetzt lass uns Klartext reden: Willst du nicht langsam aufhören, *ihnen* für alles die Schuld zu geben? Bist so geblendet, dass du die Wahrheit nicht sehen kannst, oder so ignorant, dass du das nicht *willst*?«

»Sei still!« Ich blecke die Zähne und mache einen gefährlichen Schritt auf ihn zu. Hoffe, dass er meine Warnung versteht, doch er zieht lediglich seine Augenbrauen nach oben und bedenkt mich mit einem verächtlichen Blick.

»Was haben sie bloß mit dir gemacht?«, murmelt Will und richtet seine Augen abermals gen Himmel. »Es gab einmal andere Zeiten. Du wirst dich kaum daran erinnern, aber sie waren um einiges besser. Ich wünschte, es wäre alles wieder so wie damals.«

»Darf ich dich daran erinnern, wer an allem schuld ist?«, entgegne ich und zwinge mich, Will, dessen Haltung sich mit jedem Wort verändert hat, nicht weiter anzustarren. Die Selbstsicherheit und die Verachtung sind einer schier unendlichen Trauer gewichen, die ihn wie ein Fünkchen Elend wirken lässt. Fast empfinde ich so etwas wie Mitleid für diesen Verräter. Fast.

»*Sie* sind *nicht* daran schuld, Finley. Nur leider stoße ich bei dir auf taube Ohren. Ihre Gehirnwäsche ist entweder zu perfekt oder dein

Lebensgefühl zu schwach. Du bist Alistairs Marionette, seine geheime Waffe, sein Trumpf. Du selbst, deine Seele, der Mann, der du wirklich bist, bedeutet ihm nichts. Wann wird dir das endlich bewusst? Was muss noch geschehen?«

»Du weißt nicht das Geringste von mir!«

»Nein? Glaub mir, ich kenne dich besser als du dich selbst.«

Ich kann nicht anders, ich muss lachen. Tief und grollend, sodass es die Scheibe neben mir in leichte Schwingungen versetzt. »Du amüsierst mich, und jetzt verschwinde!«, schleudere ich ihm hasserfüllt entgegen.

»Erst, wenn du mir zugehört hast.« Wills Auftreten ist gefestigt, jeder Muskel seines Körpers angespannt. Die Spuren des schwachen Momentes sind ausgelöscht.

»Ich bin der Meinung, dass ich dir lange genug zugehört habe. Du und deine Lügen sollten besser verschwinden.«

»Finley.« Wills Tonfall stellt mir die Nackenhaare auf. »Ich bin nicht hier, um deine Einstellung oder besser gesagt deine Überzeugung zu verändern. Ich bin hier, um dir in Erinnerung zu rufen, was geschieht, wenn du Erin ein einziges Haar krümmst.« Er macht drohend einen Schritt auf mich zu und baut sich langsam vor mir auf.

In dieser Haltung ist er gut einen Kopf größer als ich. Aber so schnell lasse ich mich nicht einschüchtern, im Gegenteil. Ich will lachen, um ihn herauszufordern und ihm zu zeigen, dass seine Drohung nicht das Geringste mit mir anstellt, kann jedoch nicht. Wie festgefroren verharre ich, dazu verdammt, ihn stumm anzusehen.

Ein Lächeln tritt auf Wills Züge. »Du bist nicht einmal ansatzweise so stark, wie alle immer sagen.«

Ein tiefes kehliges Knurren ist das Einzige, das ich meinem Körper zu entlocken vermag.

Das Grinsen auf Wills Gesicht wird breiter. »Du wärst zu so viel Größerem fähig. Er hat dich jedoch zu seinem Schoßhund erzogen. Wenn du es nicht schaffst, dich von ihm zu lösen, wirst du niemals deinen Weg finden.« Resignation schwingt in seinen Worten mit und die Lähmung weicht mir langsam aus den Knochen. Geräuschvoll atme ich durch und schaue ihm direkt in die Augen. »Meinen Weg? Spielst du auf die mir bestimmte Zukunft an? Wir wissen beide, dass mir alles genommen wurde, von *ihnen*, und wo warst du? In welcher Ecke dieser Hölle hast du dich versteckt, als ich dich gebraucht habe? *Er* war der Einzige, der sich um mich, den kleinen, austauschbaren Dunkelschatten, gekümmert hat. Alistair war da, und du?« Jedes Wort bringt mich stärker in Rage, während Will bloß dasteht und wirkt, als würde eine Welt für ihn zusammenbrechen.

»Diese Version der Wahrheit bevorzugst du also? Dann kann ich dir nicht mehr helfen.« Abrupt wendet er sich ab und entfernt sich von mir. Mit offenem Mund starre ich ihm nach.

»Will?«

Am Ende der Straße dreht er sich ein letztes Mal um. »Wenn du sie verletzt, bist du nicht besser als die Leute, die deine Eltern auf dem Gewissen haben.«

»Warum tust du das?«
»Weil ich muss.«
»Du musst gar nichts«,
stellt die Frau mit hauchdünner Stimme fest.
»Doch, die Schatten. Sie rufen nach mir.
Kannst du sie nicht hören?«

Vermächtnis der Springer (März 1939)

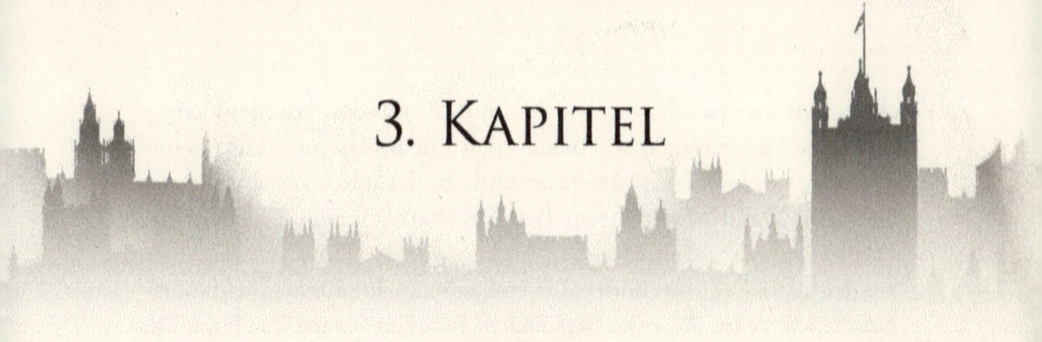

3. Kapitel

Erin

»Du bist eine Träumerin«, hat meine Ziehmutter immer zu mir gesagt, als ich klein war, und sie weiß gar nicht, wie recht sie mit dieser Aussage hatte.

Seit ich denken kann, sind Träume meine Flucht aus der Realität. In der Schule werde ich gehänselt. Nicht wegen meines Aussehens, denn daran gibt es kaum etwas auszusetzen, sondern wegen meiner Zusammenbrüche. Sie kommen unerwartet und unaufhaltsam und sind damit der Grund, warum kaum jemand etwas mit mir zu tun haben will. Ich bin der Freak, den alle meiden. Alle, bis auf Nelly.

Mühsam reiße ich mich aus meinen melancholischen Gedanken und beobachte das Geschehen um mich herum.

Alex ist in der Schule. Ich bin allein in unserem gemeinsamen Zimmer, während meine Pflegemutter Holly in der Küche mit dem Geschirr klappert. Das vertraute Geräusch wirkt beruhigend und dennoch zittert mein ganzer Körper. Ich schaue dem Regen durch das Fenster bei der Arbeit zu, doch meine Gedanken hängen im Krankenhaus fest. Genauer gesagt bei den Worten des Arztes, die mich tiefer getroffen haben, als ich zugeben will …

Ein ungewollter Seufzer findet seinen Weg aus meiner Kehle, als ich mich auf den Schreibtischstuhl setze und zurückrolle. Dieses Zimmer ist riesig, zirka dreißig Quadratmeter groß. Nicht allein die Fläche ist für eine Mietwohnung in Manolin beachtlich, sondern ebenso die Höhe der Decke. Fast zweieinhalb Meter erstreckt es sich nach oben, bevor die Wand in eine kunstvolle Stuckdecke übergeht. Damals bot der Raum genug Platz für Alex, mich und mein Hochbett. Das Bett gibt es bereits seit Jahren nicht mehr. Es musste weichen, weil wir erwachsen geworden sind. Zumindest fast, denn einige kindliche Laster tragen wir beide noch mit uns herum. Das meiner Ziehschwester ist jedem sofort ersichtlich, der unser Zimmer betritt, denn die Wand hinter ihrem Bett ist überhäuft von Plakaten und Postern irgendwelcher Models. Nur kurz vor der Zimmerdecke, dort, wo der Stuck beginnt, findet sich eine winzige Freifläche, die die Originaltapete zeigt. An manchen Stellen bröckelt bereits der Putz. Die Decke löst sich auf, genauso wie mein Leben …

Ich kenne den Anfang meiner Geschichte, meine wahre Herkunft nicht, das baldige Ende hingegen ist mir bekannt.

Mir entweicht ein hysterisches Lachen, das jeden arbeitslosen Psychiater glücklich machen würde. Ein Lachen? Nein, ein Aufschrei. Ich werde sterben und niemand kann mir sagen, wie lange mir bleiben wird. Jahre, Monate, Wochen, Tage oder bloß Stunden?

Nervös spielen meine Finger mit der Armlehne des Schreibtischstuhls. Mein ganzer Körper ist angespannt und unruhig. *Meine Anfälle werden mich das Leben kosten*, wird mir bewusst, und wieder muss ich lachen, während sich Tränen in den Augen sammeln.

Sie sind das einzig Beständige in meinem Leben, das sich wirklich wie ein Teil von mir angefühlt hat, und dieser Teil wird mich umbringen.

»Erin, Liebes, ich habe hier eine Tasse Tee für Dich. Kamille, die Sorte magst du doch so gern. Hast du sonst einen Wunsch? Oder Hunger? Soll ich dir eine Kleinigkeit zu essen machen?« Überraschend steht Holly im Türrahmen. In ihrem Gesicht spiegelt sich die gleiche Unsicherheit und Angst, die auch in mir herrscht.

Der Arzt hat mit ihr gesprochen, natürlich hat er das.

»Jetzt reiß dich zusammen, Erin. Sei stark! Selbstmitleid hat bisher niemandem geholfen!«, schimpft mich mein Innerstes, und ich gebe ihm recht. Neu motiviert verbanne ich die dunklen Gedanken in den hintersten Winkel meines Kopfes, verschließe die Tür und werfe den Schlüssel weg, dann drücke ich die Schultern durch und richte den Rücken auf.

Erin Summer wird sich nicht unterkriegen lassen. Niemals. Ich zwinge mir ein Lächeln aufs Gesicht und antworte betont lässig. »Nein, danke. Ich habe alles, was ich brauche. Vielleicht später.« Die letzten Worte füge ich hinzu, als ich bemerke, wie sich Verzweiflung auf ihrem Gesicht ausbreitet. »Holly, du musst dir keine Gedanken machen, mir geht es wieder gut. Siehst du?«

Wenig elegant stehe ich auf. Ich fühle mich wirklich nicht schlecht oder krank, bloß erschöpft, als hätte ich einen Dauerlauf hinter mir. Stirnrunzelnd beäugt Holly meine Aktion, murmelt kurz ein »Okay« und verschwindet dann in der Küche.

Statt mich wieder auf dem Stuhl niederzulassen, gehe ich zum Bett hinüber und sinke auf die Kante. Mein Weg ist kaum zwei Meter lang, dennoch keuche ich wie nach einem Sprint. Ausgelaugt verharre ich so und starre Holly hinterher.

Über die Jahre hinweg hat meine Ziehmutter gelernt, dass sie mich zu nichts zwingen kann, und versucht es nicht mal mehr … Eigentlich genau das, was ich *will,* und doch bin ich irgendwie enttäuscht und fühle mich allein gelassen.

Mühsam rutsche ich von der Kante und kauere mich am Boden zusammen. Was ist los mit mir? Ich wollte stark sein. Für mich, für Holly, doch ich kann es nicht.

Die Worte des Arztes hallen beständig in meinen Ohren. Verzweifelt versuche ich die Hände auf ebendiese zu pressen, um sie zu ersticken, doch es ist zu spät. Ihre Bedeutung ist bereits in meinem Kopf verankert.

Ich werde sterben und dabei habe ich kaum gelebt.

Finley

Ein weiterer verschwendeter Tag liegt hinter mir. Frustriert greife ich mir in die Haare und zerre an den Strähnen, um mich zu vergewissern, dass ich nicht träume, sondern wahrhaftig wach bin.

»Das darf doch alles nicht wahr sein!«, stöhne ich, lasse meine Hand nach unten fallen und ziehe mich weiter in den Hauseingang zurück. Es ist später Nachmittag. Feiner Nieselregen sucht sich seinen Weg zwischen den Häuserfronten hindurch und erreicht dank des leichten Windes beinahe jeden Winkel. »Mist«, fluche ich und unterdrücke den Kälteschauer. *Wenn das mal nicht nach einer fetten Erkältung schreit … Warum habe ich heute Morgen nicht den Mantel übergezogen?,* schimpfe ich mich und schwöre mir, dass ich solch einen fundamentalen Fehler nicht wieder begehen werde.

Grimmig schaue ich nach oben zu den hell erleuchteten Fenstern. *Ich stehe hier und darf mir alles abfrieren, während sie dort oben in ihrem warmen Bettchen liegt. Unfair.*

»Störe ich?«

Blitzschnell fahre ich herum und stehe Mirelle gegenüber, dessen graubraune Augen mich prüfend mustern.

»Was willst du?«, frage ich genervt, da mir ein Besucher heute ausgereicht hat.

»*Er* schickt mich.«

»Er? Alistair? Warum?« Erstaunt mustere ich Mirelles hochgewachsene Gestalt. *Es ist kaum einen halben Tag her, sollte es seitdem Neuigkeiten geben, die mir entgangen sind?*

Abschätzig mustert Mirelle mich. »Du hast wirklich keine Ahnung, oder?«

»Sprich es doch einfach aus«, herrsche ich ihn an.

»Wenn du mich so nett bittest … Alistair ist zu Ohren gekommen, dass du Besuch hattest.«

»Ach, ist ihm das?« Ich ziehe meine Augenbrauen nach oben und schaue den Dunkelschatten verächtlich an. *Interessant.*

»Ja, er war sehr traurig darüber, dass du es ihm nicht unverzüglich mitgeteilt hast. Zumal der Besucher alles andere als unser Freund ist.«

Ein trockenes Lachen kommt aus meiner Kehle. »Ich würde Will nicht unbedingt als Feind bezeichnen.«

»Diese Einschätzung solltest du lieber uns überlassen. Meinst du nicht auch? Rück lieber raus mit der Sprache: Warum hast du den Chef nicht umgehend davon in Kenntnis gesetzt? Verheimlichst du etwas? Was wollte Will von dir? Sprich endlich!« Eine deutliche Warnung schwingt in seinem Ton mit, aber beeindrucken tut er mich damit nicht.

»Er hat mal wieder einen seiner Manipulationsversuche gestartet. Nichts Weltbewegendes.« Ich winke ab. »Nachdem er bemerkt hat, dass er bei mir auf taube Ohren stößt, ist er gegangen. Ich hielt es nicht für nötig, Alistair darüber zu informieren. Will ist verschwunden, bevor ich hätte reagieren können.«

»Ist er das? Interessant.«

»Ja«, gebe ich leichthin von mir und überdecke damit die aufkeimende Anspannung in mir.

»Dann wollen wir dir das ausnahmsweise glauben. Andernfalls wird Alistair bald deine Lüge entlarven und dann möchte ich nicht in deiner Haut stecken.« Mirelle nimmt gnädigerweise das gegenüberliegende Gebäude ins Visier. »Hat sich wenigstens in diesem Bereich innerhalb der letzten Stunden etwas entwickelt? Gibt es Neuigkeiten, die ich ihm überbringen kann?«

»Nein.«

»Nein?« Tadelnd wendet er sich mir wieder zu.

»Denkt ihr etwa, mir macht das Spaß? Wenn es dir nicht aufgefallen ist: Es ist bitterkalt und dieser elende Niesel frisst sich durch jeden Stoff. Mir fallen wahrlich hunderte Dinge ein, die ich lieber täte, als hier zu stehen und ein Mädchen auszuspionieren, das zu unfähig ist, um normal geradeauszulaufen. Im Ernst, ich frage mich langsam, ob sie überhaupt die Richtige ist. Am Ende liegt *er* falsch und wir vergeuden unsere Zeit, während die Echte irgendwo da draußen herumwandelt und darauf wartet, dass sie uns auslöschen kann.« Endlich sind die Worte ausgesprochen. Es tut gut, sie laut zu hören. Beinahe ein halbes Jahr schleppe ich diese Zweifel mit mir herum.

»Harte Worte, mein junger Freund. Bloß darf ich dir in Erinnerung rufen, dass Alistair keine Fehler macht?«

»Alistair war seit Jahren nicht an der Erdoberfläche. Er weiß gar nicht, was hier oben vor sich geht«, gebe ich zu bedenken.

»Er lebt und agiert durch uns. Seine Erfahrung leitet ihn. Sei unbesorgt. *Sie* ist es.«

Wortlos starre ich ihn an und kann nicht anders, als ihn für seine schier grenzenlose Loyalität zu bewundern.

»Außerdem, Finley, solltest du ihm nicht am dankbarsten von uns allen sein? Er hat dich unter all den Dunkelschatten auserkoren. Er hätte dich einfach sterben lassen können und hat es nicht getan. Hat er damit nicht deinen uneingeschränkten Respekt und dein Vertrauen verdient?« Die Worte versetzen mir einen Stich in die Brust.

»Ja, du hast recht«, raune ich.

»Siehst du.« Ein Lächeln schummelt sich auf sein Gesicht. »So, zurück zu unserer Kleinen. Wie sieht es aus? Gibt es Hinweise? Andeutungen?«

Frustriert schüttle ich den Kopf. »Nein. Man redet ihr ein, dass sie krank ist und daran sterben wird.«

Die Augen meines Gegenübers weiten sich. »Ernsthaft?«

Ich nicke. »Das Schlimmste dabei ist, dass sie diesen Worten Glauben schenkt.«

»So ein Quatsch!«

»Nenn es, wie du willst. Ich fühle ihre Verzweiflung und ihre Angst. Wenn sie wirklich der letzte Springer ist, dann hat sie nicht die geringste Ahnung davon. Was mich übrigens zu der Frage führt, ob sie überhaupt von der Quelle wissen *kann*.«

»Hm.« Nachdenklich schaut Mirelle zu den Fenstern hinauf und ich tue es ihm gleich. »Dann werden wir unsere Taktik ändern müssen.«

»Wie meinst du das? Willst du warten, dass sie das achtzehnte Lebensjahr erreicht und ihre Macht sich entfaltet? Auch ohne Anleitung wird sie stark sein.«

»Das meine ich nicht. Vielleicht sollten wir Druck aufbauen. Sie in die Enge treiben. Die Information wird irgendwo in ihrem Geist eingespeichert sein. Jeder Springer weiß tief in sich drin, wer er ist und wo er die Quelle finden kann. Wir müssen sie dazu zwingen, die Information zu finden, wenn sie nicht von allein darauf kommt.« Mirelle ist dazu übergangen, vor mir auf und ab zu laufen. »Alistair hatte bereits die Befürchtung geäußert, dennoch hatte *ich* einen klitzekleinen Funken Hoffnung drum herumzukommen.«

»Was hat er befürchtet?«

Er zuckt die Schulter. »Na eben, dass sie von alledem nichts weiß.«

»Das ist ein Scherz, oder? Ihr lasst sie mich fast ein halbes Jahr lang verfolgen, obwohl euch von Anfang an klar war, dass sie wahrscheinlich keine Ahnung von irgendwas hat?« Zornig starre ich ihn an und balle die Hände zu Fäusten, während ich voller Wucht gegen die nächste Wand trete. Putz bröckelt.

»Beruhig dich!«, knurrt Mirelle.

»Pah, du hast leicht reden. Hast du gerade ein halbes Jahr verschwendet oder ich?«

»Nichts hast du verschwendet, schließlich kennst du jetzt ihre Gewohnheiten. Lass uns das Spiel beginnen und ihr ein wenig Angst machen.«

Meine Wut weicht der Irritation, denn mittlerweile verstehe ich gar nichts mehr. »Hä?«

»Muss man dir wirklich alles erklären?« Genervt rollt der große Dunkelschatten mit den Augen. »Verfolge sie, lass sie sich fürchten. So sehr, dass sich ihr Springerinstinkt meldet und mit ihm hoffentlich die Stelle in ihrem Gehirn aktiviert wird, wo die entsprechenden Informationen abgespeichert sind.«

Seine Art, mit mir zu reden, passt mir gar nicht, doch die Denkweise ist logisch, und der Mann, der letztendlich hinter Mirelles Worten steht, hat mich heute schon genug Nerven gekostet. Ich brauche keinen weiteren Besuch von ihm. »Gut, ich habe es verstanden«, schnaufe ich erbost.

Zufrieden nickt Mirelle und ignoriert meine Grimasse. »Perfekt, dann mache ich mich wieder auf den Weg. Hat Spaß gemacht, mit dir zu plaudern, und ich muss sagen, ein klein wenig beneide ich dich für deine Aufgabe.« Ein geheimnisvolles Lächeln mischt sich in seine Züge, dann nestelt er an seiner Tasche herum, zieht etwas hervor und verschwindet kurz darauf. Zurück bleibt ein Hauch seines Duftes, rauchig und muffig, und ich, der sich herzlich für dieses Geschenk bedankt und der Wand zur Feier des Tages einen weiteren Tritt versetzt.

4. Kapitel

4. März 2019

Erin

Die ganze Nacht über haben mich Albträume geplagt. Ich bin erleichtert, als endlich der Wecker klingelt und ich einen Grund habe, mich aus dem Bett zu schälen.

Die Sonne sendet spärlich die ersten Strahlen über den Horizont. Der Geruch von nassem Gras und Asphalt steigt mir in die Nase, als ich mich aufrichte und meine müden Glieder ausstrecke. Alex, die im Bett neben mir liegt, brummt etwas Unverständliches, schaltet mit einer gekonnten Handbewegung den Alarm ab und dreht sich auf die andere Seite.

Kurz überlege ich, sie zu wecken, entscheide mich jedoch mit einem Achselzucken dagegen. *Soll mir egal sein, wenn sie verschläft.* Wenn sie liegen bleibt, habe ich immerhin mehr Zeit und Ruhe im Bad. Lautlos erhebe ich mich, schnappe mir frische Kleidung und schleiche in Richtung Badezimmer. Mit einem Tollpatschigkeitsgen gar nicht so einfach, aber jeden Schritt wert, wenn man bedenkt, was andernfalls auf mich wartet.

Vor kaum einer Stunde dürfte Holly von ihrer Nachtschicht im Krankenhaus zurückgekehrt sein. Meiner Berechnung zufolge befindet sie sich momentan im Halbschlaf. Früher haben Alex und ich sie oft mit Streitereien aus besagtem Zustand geweckt, als wir älter waren, haben wir diesen Fehler nie wieder begangen. Nichts ist schlimmer als eine völlig übermüdete Holly. Selbst der Typ ohne Nase aus den *Harry-Potter*-Filmen kann gegen ihre Wutausbrüche einpacken und im Sandkasten weiterspielen. Geräuschlos ziehe ich die Tür hinter mir zu.

»Puh, geschafft«, murmle ich zufrieden und werfe meine Klamotten auf die Ablage neben der Badewanne. Ein Blick auf das Display meines Handys verrät mir, dass es noch eine ganze Weile hin ist, bis ich zur Schule muss. Da ich weder Hunger verspüre noch Lust habe, länger als nötig in der Wohnung zu verbleiben, tippe ich kurzerhand eine WhatsApp an Nelly und wende mich dann dem Spiegel zu.

Ich sehe furchtbar aus. Meine langen braunen Haare sind vollkommen zerzaust, mein Gesicht kreideweiß, und den krönenden Abschluss bildet ein dicker Pickel auf meiner Stirn.

Wenn, dann richtig, denke ich und öffne den Wasserhahn. Das kühle Wasser wirkt Wunder, gänzlich kann es die Spuren der letzten Nacht jedoch nicht verwischen. Mit einem Schniefen quittiere ich den Anblick meines fahlen Gesichtes.

»Auf in einen neuen Tag.«

Unsere Wohnung ist vollkommen ruhig, als ich die Tür hinter mir zuziehe. Ich gehe jede Wette ein, dass Alex die erste Stunde verschlafen wird, doch das ist nicht mein Problem. Schließlich würde sie mich auch ohne mit der Wimper zu zucken liegen lassen. Wie du mir, so ich dir, denke ich und laufe ohne schlechtes Gewissen die engen Stufen des Treppenhauses nach unten.

Zu meiner großen Freude wartet auf der Straße vor unserem Haus bereits meine beste Freundin.

»Guten Morgen«, begrüßt sie mich.

»Dir auch einen guten Morgen«, gebe ich zurück und drücke sie kurz.

»Ist bei dir alles in Ordnung? Deine WhatsApp klang, gelinde gesagt, verstörend.«

Ich spüre den bohrenden Blick hinter ihrer Hornbrille und muss lächeln. »Ja, alles gut. Wäre es möglich, dass du mir einen Gefallen tust?«

»Kommt auf den Gefallen an. Du erwartest nicht von mir, dass ich demnächst eine Bank überfalle, oder?«

»Nein, ich will lediglich in keiner Weise an gestern erinnert werden. Es ist ein ganz normaler Tag. So wie immer.«

Verständnisvoll nickt sie. »Darum die Schule?«

»Genau«, gebe ich zu, und ohne ein weiteres Wort machen wir uns auf den Weg.

FINLEY

»Ziemlich früh heute«, stelle ich fest, als die Mädchen vor mir die Straße überqueren. Es soll mir recht sein. Sobald Erin die Schule betreten hat, habe ich für ein paar Stunden Ruhe und kann mich endlich hinlegen. Wie auf Kommando muss ich gähnen, während ich ihnen in gediegenem Abstand folge.

Sie nehmen den üblichen Weg zur Bushaltestelle. Der erste Bus wird in fünf Minuten abfahren, innerlich zähle ich den Countdown herunter, bis ich mich aufs Ohr hauen kann.

Die letzte Nacht war anstrengend. In jeglicher Hinsicht. Es war nass, kalt, das Gespräch mit Mirelle hat mich angestrengt, und zu guter Letzt habe ich förmlich neben dem Bett dieser Tussi gehangen und ihrem im Schlaf gemurmelten Mist zugehört. Anfangs hatte ich gehofft, dass ihr eine sinnvolle Information herausrutscht, doch am Ende war es bloß unbrauchbares Zeug á la »*Bitte nicht*« und »*Hilfe*«.

Ungewollt entwischt mir ein lauter Seufzer – und im nächsten Moment könnte ich mich dafür ohrfeigen, denn mein Verfolgungsopfer bleibt abrupt stehen und dreht sich um. Noch während sie das tut, folge ich einem Reflex und hechte in den nächsten Hauseingang. *Schleunigst raus aus ihrem Sichtfeld,* denke ich und halte den Atem an.

»Erin, was ist los?«, höre ich das andere Mädchen fragen.

»Keine Ahnung, da war nur so ein Gefühl. Ich dachte, dass ich etwas gesehen hätte, und dieses Geräusch …«

»Hm, bist du dir sicher? Da ist nichts«, stellt die andere nach einer kurzen Pause fest.

»Hab mich wahrscheinlich vertan«, gibt Erin zu, und erleichtert nehme ich wahr, wie sie sich in Bewegung setzen. Erst als ihre Schritte verklungen sind, wage ich es, die angestaute Luft auszustoßen und mich schwer atmend an der Tür hinabgleiten zu lassen.

»Das kann gar nicht sein«, flüstere ich. »Das darf nicht sein.«

Erin

Heute Morgen hätte ich schwören können, jemanden hinter mir gehört und flüchtig gesehen zu haben. Doch egal, wie ich es drehe und wende, niemand ist zu diesem Zeitpunkt hinter uns auf der Straße gewesen.

Etwas peinlich war mir die Sache schon, doch am Ende haben wir es meinen angespannten Nerven zugeschoben. Die Hiobsbotschaft seines baldigen Todes bekommt man schließlich nicht alle Tage. Daraufhin wollte Nel die Freistellung von der Schule wiederaufrollen, doch ich habe vehement abgelehnt. Das Letzte, das ich in diesem Zustand gebrauchen konnte, waren Tage allein zu Hause.

Die Bestätigung für die Richtigkeit meiner Entscheidung folgt bereits in der ersten Stunde. Ein Aufsatz zum Thema *Unterhaltung um jeden Preis?*. Ich hasse Aufsätze. Der absolute Jackpot, um mich abzulenken. Der nachfolgende Lernstoff, die wechselnden Lehrer und meine nervigen Mitschüler sorgen vollends dafür, dass ich an diesem Schultag keine weiteren Gedanken an meine Krankheit oder den mysteriösen Geist verschwende.

Ich brüte an dem kleinen Schreibtisch über den Hausaufgaben und reflektiere den Tag, der ganz und gar nicht zu Hollys Zufriedenheit verlaufen ist:

»Warum zum Teufel bist du in die Schule gegangen? Erin, du wurdest von den Ärzten freigestellt! Das geschieht nicht alle Tage und nicht ohne Grund! Wenn diese Leute sagen, dass du dich ausruhen sollst, dann tust du das gefälligst auch!«

»Hör auf, daraus eine riesige Sache zu machen! Mir geht es gut, Holly. Ich bin nicht krank und will zum Unterricht. Ich brauche das, um mich abzulenken«, erwidere ich. Zehn Minuten lang diskutiert sie unerbittlich mit mir, bis ich sie endlich überzeuge, *mich morgen erneut zur Schule zu lassen.*

Wenigstens ein kleiner Sieg, freue ich mich, doch im nächsten Augenblick sackt meine Laune neuerlich in den Keller.

»Hey, Alex«, begrüße ich meine Ziehschwester, die missmutig ins Zimmer gerauscht kommt.

»Warum in Gottes Namen hast du mich heute Morgen nicht geweckt?« Entnervt schleudert sie ihre Tasche aufs Bett.

»Sorry, du hast so süß geschlafen, da wollte ich nicht stören.«

»Du blöde Kuh!«

»Na, na, na, was sind denn das für Ausdrücke?« Unbemerkt hat sich Holly hineingeschlichen. Fragend schaut sie zwischen uns hin und her. Sofort ändert Alex ihre Taktik. »Mum, sie hat heute früh den Wecker ausgemacht und ist gegangen, ohne mich aufzuwecken. *Ihretwegen* habe ich verschlafen und musste nachsitzen!«, mault sie im Kleinkindstyle und wirft ihrer Mutter einen Dackelblick zu, der mir den Rest gibt.

Seufzend stehe ich auf.

»Wo willst du hin?«, fragt Holly erstaunt, als ich mich an ihr vorbeiquetsche.

»Raus, ich brauche frische Luft«, sage ich entschieden, schnappe mir meine Jacke und höre Alex weitermaulen, als ich die Tür hinter mir zuziehe.

»Hm, und nun?« Unschlüssig schaue ich die Straße auf und ab. Wenn ich sportvernarrt wäre oder Alex hieße, würde ich jetzt Joggen gehen, doch mein Name ist Erin und deshalb lasse ich es einfach bleiben. Stattdessen bummle ich gemächlich durch die Straßen.

Die Frühlingssonne ist fast verschwunden, als ich die Lake Street erreiche, und unweigerlich muss ich an den Albtraum denken, denn ich seit mindestens einem halben Jahr mit mir rumschleppe, und der es regelmäßig schafft, mich schreiend aufwachen zu lassen. Definitiv eines der Dinge, auf die ich in meinem Leben verzichten könnte.

Vielleicht sollte ich einen Seelenklempner aufsuchen?

»Wunderbar, willst du auf deine »Du-wirst-sterben«-Diagnose noch einen draufsetzen? Mach nur«, meldet sich meine Intuition ungefragt zu Wort und ich verwerfe den Gedanken postwendend. *War ja nur eine Idee.*

Finley

Die Frau macht mich fertig! Fast zwei Stunden bin ich ihrer ziellosen Wanderung gefolgt, und das, nachdem ich mir gerade mal drei Stunden Schlaf abzweigen konnte. Die Nerven liegen blank, allein weil sich mir die Sinnlosigkeit dieser Verfolgungsmission eröffnet hat.

»Pah, von wegen jetzt kenne ich ihre Gewohnheiten!«, schimpfe ich und lasse mich auf der nächstbesten Sitzgelegenheit nieder, als Erin an der Straßenecke stoppt und sich auf eine Bank setzt.

»Mach ihr Angst, lock sie aus der Reserve. Aktiviere ihren Springerinstinkt«, äffe ich Mirelle nach. *Als müsste ich bloß einen Knopf drücken und sie verwandelt sich in die böse Hexe des Ostens.* Genervt verschränke ich die Arme vor der Brust. Liebend gern würde ich ihr jetzt sofort die Lichter ausknipsen, doch zwei Dinge halten mich davon ab: der Ärger mit Alistair und meine Eltern.

Grimmig starre ich zu ihr rüber. Ihre Augen sind starr auf eine Mauer gerichtet. Es würde mich interessieren, was sie denkt oder sich in diesem Moment vorstellt. Ich für meinen Teil stelle mir vor, wie ich sie aus dem Weg räumen werde. Vorfreude auf die baldige Tat, eine Art Hochgefühl, glimmt in mir auf, doch dann schwingt plötzlich die Stimmung um. Wills Warnung erklingt in meinem Kopf und eine Frage, die mich seit geraumer Zeit beschäftigt, gesellt sich dazu.

Er hat jeden Grund, sie zu hassen. Warum setzt er sich für dieses Mädchen ein? Voller Unverständnis schüttele ich den Kopf. Unmöglich kann ich sagen, was in diesem Mann vorgeht, und diese Tatsache wurmt mich.

5. März 2019

Erin

An diesem Morgen habe ich nicht so viel Glück. Alex ist vor mir wach und blockiert das Bad bis zur letzten Minute. Sie weiß, dass ich Holly wegen keinen Aufstand machen werde, und nutzt diesen Umstand voll aus, um sich zu rächen.

Mit einem fetten Grinsen im Gesicht kommt sie mir kurz vor halb acht aus dem Badezimmer entgegen. »Oh, da wird doch wohl meinetwegen niemand zu spät zur Schule kommen, oder etwa doch?«

»Nö«, antworte ich gelassen, schnappe mir meine Sachen und husche an ihr vorbei, bevor sie mitbekommt, dass ich die erste Doppelstunde Ausfall habe und sie das Bad erneut blockieren kann.

Eine halbe Stunde später und damit eigentlich viel zu früh, trete ich aus dem Backsteinhaus in der Bay Street und sauge die frische Morgenluft gierig ein.

Die Kälte aktiviert die Lebensgeister meines müden Körpers, und obwohl ich zu zittern beginne, fühle ich mich unvermittelt freier und erholter als vor zehn Minuten.

Langsam setze ich mich in Richtung Haltestelle in Bewegung. Mein Handy sagt mir, dass der nächste Bus in sechs Minuten fährt – enthüllt jedoch auch, dass mir noch anderthalb Stunden bis zum Unterricht bleiben. Nachdenklich bleibe ich stehen. Wenn ich den Bus nehme und zu früh in der Schule ankomme, laufe ich Gefahr, allein auf die Idioten aus meiner Klasse zu treffen, doch zurück in die Wohnung will ich auch nicht. Seit meiner Diagnose ist die Stimmung gedrückt, jedes Wort und jede Geste von Holly, auch unabsichtlich, rufen mir in Erinnerung, dass etwas mit mir nicht stimmt.

Ich weiß was, ich werde den Weg zu Fuß gehen, entscheide ich und setze meinen Weg fort. Vorbei an der Haltestelle und den wartenden Menschen, zieht es mich zu Fuß durch Manolin.

Mein Weg führt mich nach kurzer Zeit vom Lärm in ruhigere Seitenstraßen und Gassen zur Georg Street. Sie liegt in einem gediegenen Wohnviertel, in dem ich mich sehr gern aufhalte. Stille steht hier an der Tagesordnung. Es ist selten, dass mir überhaupt Menschen entgegenkommen.

Ich schaue auf meine Uhr. Eine halbe Stunde, bis der Unterricht beginnt. Zu Fuß benötige ich ungefähr zehn Minuten bis zum Schulgebäude. Demnach bleibt mir noch etwas Zeit. Wie von selbst setzen sich meine Beine in Bewegung und tragen mich zu meinem Lieblingsplatz: der kleinen Bank aus Holz am Ende der Straße. Sie steht, geschützt vor neugierigen Augen, unmittelbar neben einem verlassenen Herrenhaus. Der Garten ist verwildert, die Einfahrt zugewachsen. Mit seinen windschiefen Fenstern und dem moosbedeckten Verandadach wirkt es, als würde es mich anstarren, und ich schaue interessiert zurück.

Seit ich denken kann, hat in diesem Haus nie jemand gewohnt. Im Laufe der Jahre ist es immer stärker zerfallen. Einige Dachschindeln fehlen, die Fassadenfarbe bröckelt und das Holz der Veranda scheint morsch zu sein, doch genau dieser Zerfall macht es mir sympathisch. Vielleicht liegt es daran, dass ich mich ebenfalls auflöse?

Ein Lächeln huscht über mein Gesicht, als ich mich hinsetze und mich aufmerksam umsehe. Eine große Hainbuche hält im auffrischenden Wind ihr letztes Laub fest. Fröstelnd ziehe ich meine Jacke enger um mich. Ein Rabe, der in den Ästen einer riesigen Kastanie umherspringt und krächzende Laute von sich gibt, erregt meine Aufmerksamkeit. Sein Auftauchen erinnert mich an das Märchen mit den sieben Raben und die Gedanken wehen mir davon … Vielleicht besitze ich auch verzauberte Brüder? Und irgendwo dort draußen sind meine Eltern?

Ich sehe das Bild einer glücklichen Familie vor mir. *Sie leben und warten auf mich,* denke ich, und mir wird klar, wie sehr ich mir das wünsche.

Ein Rascheln reißt mich aus meiner Traumwelt. Aus den Augenwinkeln bemerke ich einen Schatten an der Hauswand gegenüber und erstarre. Ein merkwürdig flaues Gefühl breitet sich in meiner Magengrube aus. Die Nackenhaare stellen sich mir auf und Gänsehaut überzieht meine Arme. Abrupt wende ich den Kopf, doch dort ist: nichts.

Niemand steht dort und beobachtet mich. Genau wie gestern.

Na wunderbar, jetzt leide ich zusätzlich unter Verfolgungsängsten. Was kommt als Nächstes? Bekomme ich Superkräfte oder verwandle ich mich direkt in einen Werwolf? Entnervt stöhnend stehe ich auf. Mit meiner Paranoia habe ich genug Zeit vertrödelt, die Schule ruft nach mir.

»Miss Summer, Sie beehren uns heute wohl auch? Wie kommen wir zu dieser Ehre, besonders, da es bereits vor einer Viertelstunde zum Unterricht geläutet hat?« Meine Englischlehrerin mustert mich mit einer Mischung aus mütterlicher Besorgnis und Tadel und legt dabei das Buch zur Seite, aus dem sie eben vorgelesen hat. »Nun?«, hakt sie nach und hebt fragend eine Augenbraue.

»Entschuldigen Sie bitte, Miss Edward. Ich wurde aufgehalten. Es kommt nicht wieder vor«, spreche ich betont ruhig aus und versuche mich zusammenzureißen, um ihren Worten einigermaßen folgen zu können.

»Was gab es denn so Wichtiges, dass Sie erst jetzt erscheinen können?«

»Ich …«, beginne ich und stoppe. Eigentlich gab es nichts. Nichts Nennenswertes, mit dem ich ihr eine halbwegs ordentliche Begründung liefern könnte. Nur dieses Gefühl und ein Fremder, den ich aus den Augenwinkeln bemerkt und dem ich blindlings gefolgt war. Ohne Sinn und Verstand. Ohne Grund. Einfach nur, weil mich etwas in mir drin getrieben hat.

Ich hatte ihn in der Baker Street gesehen. Eine hagere Gestalt in dunkler Kleidung, die mir von der anderen Straßenseite entgegenstarrte. Er war groß, von der Statur und Haltung her eindeutig ein Mann. Die tief nach unten gezogene Kapuze hat mir die Sicht auf seine Miene verwehrt, und doch spüre ich noch immer, wie seine Augen mich mustern. Als er sich abwandte und ging, konnte ich nicht umhin, ihm zu folgen, doch ich fand ihn nicht mehr. Er war einfach verschwunden. Oder war er niemals dagewesen? War er überhaupt ein Er?

»Miss Summer? Erin? Ist bei Ihnen alles in Ordnung?«

Verwundert registriere ich die Worte der Lehrerin. »Was ist?«, frage ich und kann mir prinzipiell selbst eine Antwort geben. Ich war tief in meine Gedanken versunken und habe mein unmittelbares Umfeld sowie die Geschehnisse darin verdrängt.

»Miss Freaky war mal wieder in ihrer eigenen Welt! Fasst sie bloß nicht an, die Geistesgestörtheit ist sicher ansteckend!«, brüllt ein rundlicher Kerl aus der letzten Reihe und lacht sich gleich darauf über seine eigenen Worte schlapp. Ryan Adams.

»Oh, jetzt hat der große Macho es mir gegeben!«, blaffe ich zurück. »Wir können alle froh sein, dass Dummheit nicht über die Luft übertragbar ist. Wenn alle deinen IQ bekommen würden, wäre das hier eine Behindertenwerkstatt!«

»Miss Summer!« Fassungslos starrt mich die Lehrerin an, erhebt sich von ihrem Stuhl und baut sich vor mir auf. Wobei Letzteres nicht unbedingt das richtige Wort dafür ist, was sie tut: Miss Edward ist kaum größer als ein Zwerg, dafür um einiges kräftiger. Ihre Haltungsmaßnahme schaut daher eher aus wie die eines Schweins, das krampfhaft versucht, aufrecht zu stehen, als die einer respekteinflößenden Lehrerin. Ein irrwitziges Bild schiebt sich mir ins Unterbewusstsein und ich kämpfe wacker gegen den Drang an, laut loszulachen.

»Haben Sie das gehört, Miss Edward?«, versucht Ryan es auf seine übliche Mitleidstour, die Alex Konkurrenz machen könnte.

»Mr. Adams, seien Sie still und denken Sie über Ihre eigenen Worte nach, und Sie, Miss Summer, kommen mit zum Direktor. Sofort! Sparen Sie sich ihre Widerworte!«

Ohne auf meine Rückmeldung zu warten, rauscht das aufgeplusterte Schweinchen an mir vorbei und mir bleibt nichts anderes übrig, als hinterherzugehen. Im Rahmen der Tür bleibe ich kurz stehen und schaue zu Nelly, die mir achselzuckend zunickt.

Betreten ergebe ich mich meinem Schicksal und folge Miss Edward den Flur entlang. Wir legen zwei Treppen und drei Korridore schweigend zurück, bis wir endlich vor der Tür des Sekretariats stehen.

»Rein da!« Ihr harscher Ton überrascht mich.

Hat mein Scherz sie so sehr aus der Fassung gebracht? Kann eigentlich gar nicht sein. Ich habe in der Vergangenheit ganz andere Dinge rausgehauen, überlege ich, als ich ihrer Aufforderung nachkomme.

»Solche Worte von Ihnen, Miss Summer! Sie sind doch eine gebildete junge Frau und dazu eine der besten Schülerinnen, die diese Schule jemals besucht hat. Wie können Sie sich auf solch ein minderwertiges Niveau herunterlassen?«

Nach Luft schnappend unterbricht Mr. Sawer seine Schimpftirade und sieht aus forschen grünen Augen zu mir hinunter. Er ist ein großgewachsener Mann, den ich auf Mitte fünfzig schätze. Seit gut einem halben Jahr ist er der neue Rektor der Schule und bis heute hatte ich nie Probleme mit ihm. Im Gegenteil, er war stets zuvorkommend und nett zu mir, fast wie eine Vaterfigur. Wahrscheinlich ist das auch der Grund, warum mich seine Tirade so trifft, und ich frage mich, ob er die letzten Worte wohl rhetorisch gemeint hat oder auf meine Antwort wartet. »Er hat mich beleidigt«, murre ich als Entschuldigung.

»Eine Beleidigung ist kein Grund dafür, sich selbst zu vergessen!«

Trotzig recke ich das Kinn. Dieser Mann hat noch nie in meiner Haut gesteckt. Er weiß nicht, was es bedeutet, gehänselt zu werden, und noch weniger, was es heißt, sich endlich mal zu verteidigen!

»Haben Sie mir etwas zu sagen, Miss?«, hakt Mr. Sawer nach und ich schüttle den Kopf. Was auch? Sollte ich mich dafür entschuldigen, dass ich mich gewehrt habe? Nein. Ein resigniertes Schniefen ertönt und der Rektor wendet sich an meine Lehrerin. »Miss Edward? Könnten Sie uns bitte allein lassen?«

Fragend schaut sie von ihm zu mir, nickt und verlässt den Raum. Kurz darauf sind wir allein und ich halte den Atem an, während ich mein Gegenüber fixiere. *Was kann so wichtig sein, dass sie es nicht hören soll? Oder so schlimm?*

Ich mache mich auf ein riesiges Donnerwetter mit Schulverweis gefasst, da erklingt ein neuerlicher Seufzer von ihm. Meine Anspannung wandelt sich in Überraschung, als er sich wenig später langsam und geräuschvoll in den Lehnstuhl am Fenster niederlässt. Auf einmal wirkt Mr. Sawer uralt. Nicht dass er mit seinen geschätzten fünfzig Jahren für mich jemals jung gewesen wäre, doch gerade, genau in diesem Augenblick, erscheint er mir wie zweihundertzehn. Tiefe Furchen durchziehen sein Gesicht wie die Krater eines Vulkans. Die sonst strahlenden Augen sind trüb und erzählen von unendlicher Müdigkeit. Mit leiser und brüchiger Stimme nimmt er schließlich das Wort erneut auf. »Miss Summer, ich weiß, dass es Ihnen in letzter Zeit nicht gut geht. Sie müssen einiges durchmachen. Ihre Mutter …«

»Ziehmutter«, berichtige ich ihn.

»Gut, dann eben Ziehmutter. Zumindest hat sie mich über gewisse Dinge in Kenntnis gesetzt, und eigentlich frage ich mich, warum Sie überhaupt hier sind? Mrs. Summer hat mir Ihre ärztliche Freistellung zukommen lassen. Sollten Sie nicht zu Hause sein? In Ihrem Bett liegen und sich ausruhen, anstatt hier verbale Gefechte mit Ihren Klassenkameraden zu führen?«

»Sie meinen, ich soll Ryan beim nächsten Mal gleich eine reinhauen? Das kann ich gerne machen. Ich schätze sowieso, dass diese Methode bei ihm erziehungstechnisch wertvoller ist als ein normales Gespräch.« Für eine Millisekunde huscht ein Lächeln über seine Züge, da bin ich mir sicher, doch sein Ton ist todernst, als er mir antwortet.

»Nein! Sie wissen genau, was ich Ihnen damit sagen will. Lenken Sie nicht vom Thema ab. Holly hat mir …«

»Holly?«, unterbreche ich ihn argwöhnisch.

Sofort wird Mr. Sawer puterrot und beginnt, zwanghaft an seiner Krawatte herumzunesteln.

»Ähm …« Er hustet und ringt gleichzeitig nach Atem.

»Ist in Ordnung«, wiegele ich ab. »Denken Sie ernsthaft, Sie könnten es längerfristig vor mir verheimlichen, wenn Sie mit ihr ausgehen und öfter bei uns zu Hause rumlungern? Auf die Ausreden wäre ich mal gespannt.« Ich winke ab, bevor der Mann mir gegenüber sich die Luft mit der Krawatte gänzlich abbindet. »Und was die andere Sache betrifft: Ja, ich könnte zu Hause bleiben, aber aus welchem Grund? Mir geht es gut und ich bin nicht ansteckend. Umkippen kann ich jederzeit und überall, spielt es da eine Rolle, wo ich bin?«

»Meines Erachtens schon. Sie können sich gar nicht vorstellen, was Ihr Fall versicherungstechnisch für die Schule bedeutet.«

Irritiert ziehe ich die Augenbrauen nach oben. *Ernsthaft?*

»Passen Sie auf, ich schlage Ihnen einen Deal vor: Sie gehen nach Hause und ruhen sich aus und ich sorge dafür, dass Sie alle Klausuren und Aufsätze mitschreiben dürfen. Auf Note versteht sich. Was sagen Sie?«

»Ich …«, stottere ich.

»Ja? Ich höre? Wenn ich mich recht entsinne, habe ich hier in diesem Schrank einiges an Unterlagen, die ich Ihnen zum Selbststudium mitgeben kann. Damit sind Sie perfekt ausgerüstet für die nächsten Wochen und Ihnen wird bestimmt nicht langweilig. Wie klingt das?«

»Gut«, ringe ich mir ab und bin plötzlich gar nicht mehr so überzeugt von dieser ganzen Schulsache.

»Oder wir einigen uns darauf, dass für Sie die Schule während der nächsten Wochen zweitrangig ist und Sie kurieren sich einfach aus.«

Mein Verstand sehnt sich nach Ersterem, blöderweise gewinnt mein innerer Schweinehund die Oberhand. »Ich nehme dann doch die Auszeit«, gebe ich Mr. Sawer zu verstehen.

»Dann haben wir uns verstanden. Kommen Sie gut nach Hause und genießen Sie diese Zeit. Es könnte Ihre letzte sein.«

Finley

»Verfolge sie! Lass sie nicht aus den Augen, bleibe ihr Schatten. Doch sei diesmal vorsichtiger! Sie hat dich gesehen.«

Ich zucke nicht einmal zusammen, als die Stimme in meinem Kopf zu sprechen beginnt und genauso schnell wieder verschwindet, wie sie gekommen ist.

»Natürlich«, antworte ich überflüssigerweise. *Als würde ich den ganzen Tag etwas anderes tun,* denke ich und ziehe mir die Kapuze tiefer ins Gesicht, bevor ich mich auf die Lauer lege.

Die letzten Worte nagen jedoch an mir und haben mir bestätigt, was ich vermutet habe.

»Sie hat dich gesehen. Sei vorsichtiger.«

Hätte er es nicht ausgesprochen, hätte ich es genauso gewusst. Sie hat mich direkt angesehen, sogar die Verfolgung aufgenommen. Dieses Spiel entgleitet uns immer mehr. Die Figuren beginnen, unfair zu spielen, oder sind mir bloß nicht alle Regeln bekannt?

»Ich bin nicht in der Lage, es zu kontrollieren.
Mutter, ich habe Angst!«
»Besiege deine Ängste und lass es zu.
Niemals darfst du dagegen ankämpfen, hörst du?«, sprach die Frau,
erhob sich von ihrem Stuhl und ließ das Kind allein.

Vermächtnis der Springer (Januar 1906)

5. Kapitel

Erin

»Er hat mich tatsächlich nach Hause geschickt!«, schimpfe ich, während die schweren Türen hinter uns geräuschvoll ins Schloss fallen und die tiefe Vormittagssonne uns empfängt.

»Jetzt hör endlich auf zu meckern. Weißt du, wie viele unserer Mitschüler gern an deiner Stelle wären?« Nelly, die mir netterweise von Mr. Sawer als Begleitung nach Hause zur Verfügung gestellt worden ist, mustert mich durchdringend.

»Ist das dein Ernst, Nelly? Als wenn sich alle auf einmal um meine Zusammenbrüche und eine verkürzte Lebensspanne reißen würden.« Vielsagend verdrehe ich die Augen und wende mich der Straße zu.

»Ich meine natürlich nicht *diese* Aspekte. Doch überleg mal: Die Aussicht auf ärztlich verordnetes Frei? Während wir im Unterricht sitzen müssen, hast du haufenweise Freizeit. Ich wüsste gar nicht, was ich zuerst machen sollte. Greys Anatomy weiterschauen, ein gutes Buch lesen …« Voller Euphorie fängt Nel meinen Blick wieder ein, allzeit dazu bereit, mich mit hundert weiteren Freizeittipps zu bombardieren.

»Also von mir aus können wir gerne tauschen. Ich geh für dich zur Schule und du kannst dich austoben.«

»Haha, sehr witzig, Erin. Jetzt hör endlich auf, dich wie eine beleidigte Leberwurst aufzuführen, und nimm dein Schicksal an. Der Rektor hat verdammt recht damit, dich nach Hause zu schicken. Der Arzt hat gesagt, dass du dich ausruhen sollst, und ich glaube kaum, dass dieser ganze Trubel eben in der Klasse unter die Thematik des Erholens gefallen ist.«

»Hahaha …« Plötzlich halte ich inne. Das merkwürdige Gefühl, dass ich beobachtet werde, ist wieder da. Abrupt schaue ich zur anderen Straßenseite, doch bis auf einen alten Mann, der den Busfahrplan inspiziert, kann ich niemand Auffälliges ausmachen.

»Was hast du, Erin? Ist dir übel oder schwindelig? Nicht dass du umkippst …« Angst schwingt in Nels Ton mit und aus den Augenwinkeln erkenne ich, dass meine beste Freundin sich leicht panisch nach einem Lehrer oder einer anderen erwachsenen Person in greifbarer Nähe umsieht.

»Alles in Ordnung, Nel. Beruhig dich, mir geht es ausgezeichnet. Ich weiß auch nicht. Es war … Ach, egal, komm, lass uns gehen«, wiegele ich ab und laufe los, bevor sie etwas erwidern kann.

Langsam werde ich echt paranoid. Vermutlich sollte ich zur Abwechslung mal in Erwägung ziehen, doch eine der Pillen schlucken, die Dr. Thomson mir so fleißig verschreibt.

Während wir laufen, schweife ich in Gedanken ab. Ich gehe den Morgen, der eindeutig zu den Top drei der gruseligsten Momente meines Lebens zählt, durch, da zieht etwas mein Interesse auf sich. Die Plakatwand an der Bushaltestelle verändert sich. Aus dem fetten Mops mit grünem Pulli, der eben bei einer Gassirunde mit seinem Herrchen dargestellt wurde, wird ein dunkel gekleideter junger Mann mit Sonnenbrille, der mir unvermittelt in die Augen sieht. Der Kerl kommt mir merkwürdig bekannt vor, aber im ersten Moment tue ich es ab. Sicherlich irgendein bekanntes Model, das ich unterbewusst aus allen möglichen Werbekampagnen kenne. Bloß um welche Marke geht es? Für was wird hier Werbung gemacht? Die Brille? Der Mantel? Verhütungsmittel? Moment mal, hat das Bild eben gewackelt? Hebt und senkt sich der Brustkorb des Kerls? Verwirrt bleibe ich an Ort und Stelle stehen.

Ein wildes Hupkonzert erklingt Sekunden später. »Eh, du blöde Göre! Du kannst doch nicht einfach mitten auf der Straße eine Pause einlegen! Runter von der Fahrbahn! Wird's bald?«, keift mich ein Mann aus seinem geöffneten Autofenster heraus an. Erschrocken schaue ich mich um und bemerke Nelly, die an meinem Arm zerrt. Ich bin tatsächlich mitten auf der Hauptstraße stehen geblieben.

»Sag mal, Erin! *Was* zum Teufel ist los mit dir? Du bist ja völlig von der Rolle. Hast du jetzt vor, mit allen erdenklichen Mitteln dein

Leben zu beenden? Komm weiter, der Typ hätte dich beinahe überfahren!«, schreit sie, während ich hinter ihr her taumle.

»Es tut mir leid. Das war keine Absicht«, bringe ich stotternd hervor und fächle mir Luft zu. Mir wird warm und kalt zugleich. Vor Schock bekomme ich kaum Luft, mein Körper zittert unkontrolliert und Adrenalin rauscht mir durch die Adern.

Inzwischen stehen wir einige Meter vom rollenden Verkehr entfernt und Nelly schaut mich verständnislos an.

»Keine Absicht? Da befindet sich nicht einmal eine Ampel oder ein Fußgängerüberweg! Wir rennen immer da drüber!« Je mehr Worte ihren Mund verlassen, desto schriller wird ihr Tonfall. Mein Schädel dröhnt.

»Nel«, flehe ich und fasse mir an den Kopf.

»Erin, bitte! Ich mache mir Sorgen! Warum hast du das gemacht?«, flüstert Nel. Ihre Stimme zaghaft wie ein Windhauch und von Angst durchtränkt.

Entweder sie hat meine Kopfschmerzen mitbekommen oder sie denkt, dass ich komplett übergeschnappt bin.

Ich tippe auf Letzteres, dennoch starte ich einen Erklärungsversuch, denn den bin ich ihr schuldig. »Das Plakat. Es hat mich …«

»Es hat was? Dich so beeindruckt, dass du es in Ruhe begutachten wolltest? Dir ist klar, dass es das gleiche ist wie letzte Woche und die davor?«

»Nein, es ist *nicht* dasselbe. Es hat sich verändert. Sie müssen am Wochenende unseren alten Kasten gegen einen dieser hypermodernen Wechsler getauscht haben! Du weißt schon, diese Dinger, wo sich alle paar Minuten die Werbebotschaft automatisch ändert.« Voller Überzeugung spreche ich meine Worte aus, doch Nelly hat gerade mal ein Kopfschütteln für mich übrig.

»Nein, es ist der gleiche alte Kasten, der dort seit mindestens fünf Jahren steht. Schau.« Ihre Finger deuten in die linke untere Ecke des rechteckigen Gebildes. Ich folge der Bewegung und erstarre: Kurz über der Halterung befinden sich die Reste des Aufklebers, den Willy Westwood in der sechsten Klasse angebracht hat.

»Die halbnackte Frau, erinnerst du dich? Das gab einen Heidenärger.«

»Ja«, hauche ich und fasse mir stöhnend an den Kopf.

Nelly lässt mich nicht aus den Augen. »Hast du mir was zu sagen?«

»Ich glaube, Mr. Sawer hat recht, ich brauche Ruhe«, resigniere ich.

»Oh, der Meinung bin ich auch. Komm, lass uns von hier verschwinden.« Auffordernd hält sie mir ihren Arm hin, als Zeichen, dass sie mich nicht mehr aus den Augen lassen wird. Seufzend nehme ich an.

Fuck, und das war eine weitere tolle Episode aus ›The crazy Life – Tagebuch einer Verrückten‹.

Damit dürfte wohl klar sein, dass ich demnächst definitiv die Tabletten von Dr. Thomson einwerfen werde, statt sie im Klo runterzuspülen.

Mit etwas Überzeugungskraft habe ich meinen Willen durchgesetzt: Wir laufen den Weg zu Fuß.

Na gut, ehrlicherweise muss ich zugeben, dass Nelly am Ende recht schnell nachgegeben hat. Der Verzicht auf den Bus bedeutet für sie, dass sie den Verlust wertvoller Schulzeit in Kauf nehmen muss. Wie tragisch. Zumindest für die Lehrer.

»Warum willst du eigentlich nicht nach Hause?«

Irritiert stoppe ich. »Wie kommst du darauf?«

»O bitte. Erst tust du alles, um in die Schule zu dürfen, und dann ziehst du einen ellenlangen Weg in dieser Kälte dem Bus vor. Eindeutiger geht es wohl kaum. Was ist los?«

»Nichts«, erwidere ich ausweichend und gehe weiter. Ich kann ihr unmöglich die Wahrheit sagen. Was auch? Dass mich alles in Hollys Wohnung an mein Leben erinnert? Ein Leben, das es bald nicht mehr geben wird, was mich an den Rand der Verzweiflung treibt? Dass ich Angst habe, in der Bude verrückt zu werden?

»Glaube ich nicht und diese ganze Paranoiashow kaufe ich dir genauso wenig ab!«

»Das ist keine Show!«, bricht es aus mir hervor, als wir die lärmende Hauptstraße verlassen und in die ruhigen Nebenstraßen der Wohnviertel einbiegen.

»Erin, ich mache mir Sorgen um dich. Was ist bloß mit dir los?«

»Wenn ich das wüsste«, gebe ich wahrheitsgemäß von mir. »Ich dachte echt, dass ich jemanden erkannt hätte.«

»Aha, du bist stehen geblieben, weil auf einem Werbeschild jemand war, den du kanntest? Dir ist bewusst, welche Aufgabe die Dinger verfolgen?«

»Hm«, murmele ich. »Ich habe mich geirrt. Zufrieden?«

»Wie kann ich zufrieden sein, wenn es dir schlecht geht? Du bist in letzter Zeit echt komisch.«

»Entschuldige, wenn ich bei Nachrichten über mein baldiges Ende keine Freudensprünge mache!«

»Nein, du warst vor der Nachricht schon wie ausgewechselt.«

»Die Tatsache meiner Zusammenbrüche war dir aber schon klar, oder?«

»Du weißt genau, auf was ich anspiele! Seit *jenem* Tag veränderst du dich.« Sie spricht auf einmal ganz leise.

»Der Albtraum.« Der Traum mit den Zombies und Schatten, den ich vor einem halben Jahr das erste Mal hatte. Nelly ist die Einzige, der ich jemals davon erzählt habe, und das auch nur, weil sie diejenige war, die mich aus so manchen dieser Träume rausgeholt hat.

Sie nickt und schaut in den Himmel hinauf. »Seitdem bist du komplett anders. Unruhig, gehetzt, deine Anfälle werden stärker, und wenn ich es nicht besser wüsste, würde ich denken, dass du neuerdings zusätzlich an einer ausgewachsenen Neurose leidest. Ständig schaust du dich um, siehst Dinge, die gar nicht da sind und … *Hey*!«

Wir haben die Georg Street erreicht und ohne weiter auf Nel zu achten, halte ich inne und werfe ich einen Blick auf das verlassene Herrenhaus vor mir. *Alles wirkt genauso wie heute Morgen …*

»Erde an Erin! Was ist jetzt wieder los? Genau das meine ich. Aus heiterem Himmel bist du einfach in deiner eigenen Welt und hörst auf, mit mir zu reden. Wo ist die alte Erin hin? Wo ist meine beste Freundin, die immer über alles mit mir geredet hat?«

Bevor ich ihr antworten kann, ertönt ein lauter Knall und durchschneidet die Stille der Straße wie ein scharfes Messer weiche Butter. Nelly zuckt zusammen. Ich behalte kurzfristig die Nerven und fahre herum, um die Ursache ausfindig zu machen. War es ein Auto, das eine Fehlzündung hatte? Ein Reifen, der geplatzt ist? Ein zu lauter Fernseher oder doch ein Schuss?

Mit Schrecken erinnere ich mich an letzte Woche. In einer Kleinstadt nahe Manolin hatte es einen Amoklauf gegeben. Vierzehn Tote und drei Schwerverletzte.

In meiner Vorstellung überschlagen sich die aberwitzigsten Szenarien von *Zombieangriffen* über *Pokemon-Go-Spieler*, die zu allem bereit sind, und als ich am hinteren Ende der Straße jemanden in dunkler Kleidung erspähe, handle ich aus dem Affekt: Ich zerre Nelly zu der kleinen Bank aus Holz und reiße sie mit nach unten in Deckung.

Scharf sauge ich die Luft zwischen den Zähnen ein. Split der letzten Wintersaison bohrt sich unangenehm in meine Kniescheibe, während ich angespannt durch die Latten der Bank linse, um zu ergründen, ob der fremde Mann die Ursache des Geräusches ist und ob er uns entdeckt hat.

»Sag mal, was zum Teufel ist in dich gefahren? Machst du neuerdings einen auf James Bond?«, herrscht Nelly mich an und schickt sich an aufzustehen.

»Du hast es selbst gehört. Das klang eindeutig wie ein Schuss«, rechtfertige ich mich und packe sie fest am Ärmel, um zu verhindern, dass sie sich erhebt.

»Bist du endgültig übergeschnappt? Das war ein Blitzknaller oder so etwas in der Art. Atme tief durch, beruhige dich und lass mich verdammt noch mal aufstehen!« Mit einem Ruck entreißt sie mir ihren Ärmel und stemmt sich hoch. Wie erstarrt beobachte ich sie dabei.

»Siehst du? Ich stehe *und* ich lebe noch. Hier ist nichts und niemand!«, stellt sie klar, während sie sich den Dreck von den Sachen klopft und sich umschaut.

»Du hast gezuckt …«

»Die Tatsache, dass ich Reflexe besitze, hat nichts damit gemein, dass du überschnappst. Dann habe ich mich kurz erschrocken. Na und? Das kann jedem passieren. Zufrieden? Und jetzt komm hoch, bevor jemand diese ganze Szene mitbekommt!«

Ich habe überreagiert, begreife ich und spüre, wie meine Wangen knallrot anlaufen. *Wie viele Indizien brauchst du noch, um zu akzeptieren, dass du ein Freak bist und eindeutig zu viele Actionserien intus hast?,* schimpft mich mein rationales Denken.

»Es tut mir leid«, stammele ich.

»An deiner Stelle würde es mir auch leidtun, dass ich mich zum Affen gemacht habe. Sei froh, dass hier keiner ist.«

»Ich habe es verstanden. Okay? Können wir das Thema in eine Kiste werfen und vergraben? Ich sage doch, dass meine Nerven und ich unsere Ruhe brauchen.«

»Mussten ja nur ein Direktor und ein Blitzknaller folgen, damit du dein Schicksal annimmst.« Nelly verdreht die Augen und hält mir auffordernd die Hand hin. »Na komm.«

Ich will danach greifen, mich aufrichten, aber ich kann nicht. Etwas in meinem Innern hält mich fest.

»Erin? Wir haben nicht den ganzen Tag Zeit.«

Ich sehe sie und ihre Hand an. Zu gerne würde ich zugreifen und mich hochstemmen, doch mein Körper gehorcht mir nicht.

»Erin?« Nelly bedenkt mich mit einem Gesichtsausdruck, als würde sie ernsthaft meinen Geisteszustand infrage stellen. Ich kann es ihr nicht verübeln.

»Ich kann nicht.«

»Erin, wa–« Sie stoppt mitten im Wort und ihre Pupillen weiten sich. Etwas hinter meinem Rücken hat ihre Aufmerksamkeit erregt und ihr gleichzeitig die Sprache verschlagen. Unsicherheit tritt in ihre Augen.

»Nel, was hast du?«, frage ich, doch ich erhalte keine Antwort. *Will ich überhaupt wissen, was sie sieht?*

In jedem Horrorfilm ist das die Stelle, an der die Zuschauer schreien: »Tu es nicht, dreh dich nicht um. Lauf weg!« Doch ich kann mich nicht rühren. Meine Beine sind bleischwer und ich bin nicht mal in der Lage, mich hinzustellen. Also begnüge ich mich damit, meinen Kopf in die entsprechende Richtung zu recken, kann die Straße jedoch nicht einsehen, ohne die schützende Deckung der Bank zu verlassen.

»Nel?«, versuche ich es erneut, doch ich hätte ebenso gut den Latten der Bank eine Frage stellen können. Wie eine seelenlose Hülle starrt sie stumm über mich hinweg und weicht einige Schritte zurück.

»Was ist los? Was siehst du?«, rufe ich ihr zu, doch sie antwortet nicht, stattdessen entfernt sie sich immer weiter. »Lässt du mich gerade allein?« Angst ergreift mich, doch erst, als jemand hinter mir das Wort erhebt, schlägt sie in blanke Panik um.

»Ich würde es nicht unbedingt *allein* nennen«, knurrt eine raue männliche Stimme unmittelbar hinter mir.

Ich fahre herum. Die Lähmung meiner Beine ist verschwunden, doch wenn ich jetzt aufstehe, stoße ich mit dem Kerl, der wie aus dem Nichts aufgetaucht ist und über mir steht, zusammen.

»Wer bist du?«, flüstere ich und mustere ihn. Der Fremde kommt mir merkwürdig bekannt vor.

»Mein Name tut nichts zur Sache.«

»Was willst du von mir?« Ich trage die kindische Hoffnung in mir, dass es sich um eine Verwechslung handelt. Das gefährliche Lachen, das ihm entweicht, zerstört sie jäh. Hilfesuchend wende ich mich nach Nelly um. Ich entdecke sie in geduckter Haltung einige Meter weiter an der nächsten Straßenecke.

»Nelly!«, rufe ich und bemerke selbst, dass es nach einem Flehen klingt.

»Sie kann dir nicht helfen.« Mein Gegenüber macht einen Schritt auf mich zu. Erschrocken rutsche ich rückwärts, bis ich die Bank in meinem Rücken spüre.

»Oh, wo will die Kleine denn hin? Macht sich da jemand gleich in die Hose?« Seine Augen glitzern gefährlich und ich fühle Angst, die sich in meinem Körper auszubreiten droht wie ein Gift, doch ich spüre auch etwas anderes … Mut und Entschlossenheit. Was habe ich schließlich zu verlieren? Mein Leben? Welch Witz …

»Die *Kleine* fragt sich gerade, was so ein minderbemittelter Vollpfosten von ihr will und warum er sich nicht einfach verziehen kann!«

Ein dröhnendes Lachen ertönt und ich zucke ungewollt zusammen.

»Warum gibst du nicht zu, dass du mich verwechselt hast, und wir beenden den ganzen Kindergarten?«

Statt einer Antwort schiebt der Typ seine Jacke ein Stück zur Seite und entblößt eine gut gefüllte Messersammlung an seinem Gürtel.

Verwirrt blinzle ich. »Was soll das? Bist du einer dieser verrückten Cosplayer? Die Messe befindet sich auf …«, rutscht es mir heraus, doch seine Mimik lässt mich augenblicklich verstummen. Seine Augen sind grau wie Stein und mindestens genauso kalt. Der Mund ist zusammengekniffen, die Wangen hohl, alles an ihm wirkt ernst und gefährlich. In diesem Moment begreife ich, dass er weder ein

Kostüm trägt noch eine Rolle spielt. Das hier ist real, zumindest augenscheinlich.

»Nelly, lauf!«, rufe ich meiner besten Freundin zu, doch statt der Anweisung zu folgen, kommt sie aus ihrer Deckung und starrt mich entgeistert an.

»Warum soll ich gehen? Erin, du machst mir Angst.«

»Verdammt, Nel! Mach, dass du wegkommst!«, schreie ich und verstehe nicht, warum sie die Bedrohung nicht erkennt.

»Na, gibt es ein kleines Kommunikationsproblem?« Mit einem gehässigen Grinsen schaut er zwischen uns beiden hin und her. In seiner Hand funkelt eines der Messer. Ohne es zu wollen, beginne ich zu zittern, und im nächsten Moment handele ich aus dem Affekt. Mit einer Rolle zur Seite, wie wir sie letzte Woche im Sportunterricht geübt haben, werfe ich mich unter die Bank. Was in einem Film stets gekonnt und elegant aussieht, hat es in der Realität jedoch in sich. Eine der Holzlatten donnert mir gegen den Kopf. »Aua«, stöhne ich.

»Was soll das werden?«, meckert der Kerl, während ich mich fluchend unter der Bank hindurchschiebe.

Ich bin noch auf den Knien, als er bereits vor mir steht.

»Und jetzt? Was hat dir diese untalentierte Aktion gebracht?«

Ja, Erin, was wolltest du damit beweisen? Dass du genauso gelenkig wie ein fettes Meerschweinchen bist?

Normalerweise würde ich kichern, doch jetzt ist wahrlich nicht der geeignete Zeitpunkt dafür. Ein Psychopath, groß und unheilvoll, steht direkt vor oder genauer gesagt über mir. Die leicht verrutschte Kapuze gibt den Blick auf schwarze strubbelige Haare preis. Seine Statur wirkt durchtrainiert und alles an ihm kommt mir bei genauerer Betrachtung seltsam bekannt vor.

»Du bist doch der Typ von heute Morgen, und auf dem Plakat warst du auch. *Du* bist der, der mich verfolgt«, stelle ich erschüttert fest. *Und der Kerl aus meinen Albträumen,* setze ich in Gedanken nach.

Ein verräterisches Grinsen zeichnet seine Züge. »Und wenn es so wäre?«

Mein Herz rast. *Ich hatte recht! Halt ihn hin, halt ihn am Reden. Irgendjemand wird kommen.* Aus den Augenwinkeln nehme ich wahr, dass Nel verschwunden ist. *Sie wird Hilfe holen.*

»Niemand wird kommen«, stellt mein Gegenüber klar.

Mein Puls schießt in die Höhe, als mir die Frage durch den Kopf schwirrt, ob er meine Gedanken gelesen hat oder es meine Gestik war, die es ihm verraten hat. *»Lass dich nicht verunsichern, Erin!«*, mahnt mich mein Innerstes, und spontan muss ich an eine Doku denken, die ich vor einigen Wochen gesehen habe. Darin ging es um das Jagdverhalten von Tieren und dass Jäger sich immer die schwächsten Exemplare herauspicken, während sie Abstand zu den Starken halten.

Ich werde ihm die Angst, meine größte Schwäche, nicht offenbaren, beschließe ich und ändere die Taktik. »Warum stalkst du mich? Wer bist du?«, knurre ich möglichst gefährlich, als mir die Bedeutung seiner Worte von vorhin bewusst wird. *Er verfolgt mich die ganze Zeit. Ich leide nicht unter Wahnvorstellungen!* Erfreulicherweise wallt tatsächlich Ärger in mir auf und vertreibt die Angst in den hintersten Winkel meines Kopfes.

»Wie ich bereits sagte, wer ich bin ist unwichtig.«

»Ich muss dir leider widersprechen. Meines Erachtens ist jeder Name wichtig und ich wüsste gern, mit wem ich das Vergnügen habe.« Soweit es mir im Sitzen möglich ist, richte ich mich auf und schaue ihn trotzig an. »Ich will wissen, warum du mir nachläufst und weshalb du hier bist, sofort. Ich hoffe für dich, dass du einen triftigen Grund hast.« Meine Stimme ist fest und fordernd, während ich den Augenkontakt suche.

»*Du* willst einen Grund?«

»Ich höre?«

Meine Reaktion reizt ihn offensichtlich, wütend betrachtet er mich. Seine grauen Augen sind voller Hass. »Wie sehr du auch versuchst, mich auszufragen oder unser Gespräch anderweitig in die Länge zu ziehen, ich werde dir weder etwas Brauchbares verraten noch wird jemand kommen, der dir helfen kann.«

Ertappt, denke ich und bemühe mich, eine möglichst unbeteiligte Miene aufzusetzen. »Dann würde ich sagen, dass wir uns in einer Zwickmühle befinden. Wenn du mir nicht sagst, was du von mir willst und warum, werde ich dir nicht antworten können. Ergo können wir das Gespräch direkt beenden und du gehst einfach deiner Wege …«

Statt einer Antwort erklingt ein grollendes Lachen.

»Was war daran witzig?« Irritiert starre ich ihn an, da ich den Scherz nicht verstanden habe.

»Denkst du ehrlich, dass ich dich einfach so gehen lasse?«

»Warum nicht? Einen Versuch war es wert«, sage ich zerknirscht und schiele an ihm vorbei die Straße hinab.

»Wenn du denkst, dass gleich ein Märchenprinz kommt und dich rettet, hast du dich geschnitten.« Arrogant schaut er auf mich herunter, scheint seine Machtposition zu genießen.

»Ein Biker, der dir ordentlich die Fresse poliert, wäre mir zwar lieber, doch zur Not nehme ich auch den Prinzen«, raune ich, ohne mit der Wimper zu zucken. »Wer sagt außerdem, dass ich überhaupt Hilfe brauche?«

»Jetzt kommen wir der Sache beträchtlich näher.«

»Was?«

»Du weißt genau, was ich meine, und jetzt hören wir auf mit den Spielchen.«

Abrupt, kalt, entschlossen – so bringt er die Worte hervor, in denen eine unausgesprochene Warnung mitschwingt.

»Ich habe keine Ahnung, was du meinst!«

»Nein? Denk mal ganz scharf nach.« Mit diesen Worten lässt er seinen Blick abschätzig über meinen Körper gleiten, während das Messer lässig von einer Hand zur anderen wechselt.

»Meine Gehirnwindungen funktionieren einwandfrei, danke der Nachfrage, leider konnte ich in Bezug auf dich nichts finden. Ich habe also wirklich nicht den leisesten Schimmer, was du von mir wollen könntest, oder es war so unwichtig, dass ich es direkt wieder aus meinem Gedächtnis verbannt habe. Sorry.«

»An deiner Stelle würde ich aufhören, so aufmüpfig zu sein. Arbeite lieber mit und bete, dass ich gnädig bin und du diese Aktion nicht bereuen wirst.«

Mein Selbsterhaltungstrieb meldet sich zu Wort. *Hör sofort auf, ihn weiter zu reizen, er wird immer unberechenbarer. Du musst hier weg.*

Ich muss hier weg? Wie kommt meine Intuition bloß auf solche Gedanken? Vor mir steht doch der perfekte Sunnyboy, der mich sicher gleich zum nächsten Schulball einlädt …

In kürzester Zeit schmiede ich einen Plan. Der Fremde hat viel zu lange die Oberhand behalten, es wird Zeit, dass ich endlich aktiv werde.

Sein verächtlicher Blick ist weiterhin auf mich gerichtet, als ich nach oben schnelle und ihm mit aller Kraft zwischen die Beine trete. Eine Reaktion, mit der mein neuer Freund eindeutig nicht gerechnet hat. Ich erreiche bei ihm eine volle Punktlandung. Keuchend krümmt sich der Kerl zusammen und ein berauschendes Machtgefühl macht sich in mir breit. »Warum noch mal sollte ich beten? Du solltest Gott lieber anflehen, dass du weiterhin zeugungsfähig bist. Obwohl, bei deinem Erbgut wäre es besser, wenn nicht.«

Der Namenlose nuschelt etwas Unverständliches, doch ich bleibe nicht, bis er damit fertig ist.

Wow, denke ich, und während ich mich frage, was zum Teufel ich da eben getan habe, springe ich bereits über das niedrige Tor und renne an der Steinwand des verlassenen Herrenhauses entlang. *Ich habe es geschafft, ich bin ihm wirklich entkommen,* jubele ich innerlich und fühle mich beflügelt. Zumindest kurzzeitig.

»So ein erbärmlicher Mist!«, bringe ich Sekunden später hervor, als ich das Ende des Gartens erreiche und stoppen muss. Eine Sackgasse erstreckt sich vor mir.

Im Gegensatz zum Vorgarten umgibt das Grundstück hier eine hohe Mauer aus Ziegeln. Locker zweieinhalb Meter purer roter Stein, durchwirkt mit Grün vom wuchernden Efeu, bilden für mich ein unüberwindbares Hindernis. Ein weiter Fluch teilt meine Lippen.

Wenn ich lebend aus der Sache herauskomme, werde ich aktiv anfangen, Sport zu betreiben, schwöre ich mir, als mir aufgeht, dass die Umzäunung nicht für alle Menschen eine Hürde darstellen würde.

Ein lauter Knall lässt mich aufhorchen. Statt meine Unsportlichkeit weiter zu verdammen, haste ich an der Wand entlang und suche fieberhaft nach einem Ausgang.

Minuten vergehen, während ich ergebnislos Meter schrubbe. »Scheiße, das ist kein Garten, das ist ein verdammter Park«, knurre ich. »Hier muss es doch einen weiteren Ausgang geben!« Schimpfend quetsche ich mich an einem Brombeerbusch vorbei, der mir einige Kratzer an den Händen zufügt und meine Hose zerreißt.

Je weiter ich in die Wildnis vordringe, desto schlechter komme ich voran. An Rennen ist dank der neuerlichen Enge nicht zu denken. Großteils bewege ich mich auf allen vieren vorwärts. Als eine undurchdringlich wirkende Dornenhecke meinen Weg kreuzt, verharre ich schließlich stöhnend an Ort und Stelle. *Und jetzt?*

Nervös werfe ich einen Blick über die Schulter und mache mich insgeheim darauf gefasst, dass mein Verfolger jede Sekunde durch das Unterholz bricht, doch nichts dergleichen geschieht. Vorerst.

Ich muss unbedingt zur Straße zurück. Wenn er mich hier erwischt, gibt es keine Zeugen. Kann ich es wagen, umzukehren? Das dichte Gestrüpp und die tiefhängenden Äste geben kaum Einblick auf meinen genommenen Weg, und außer einem Raben, der hoch über mir in einer alten Buche krächzt, ist es still. Keine Spur des Fremden. *Vielleicht hat er aufgegeben.*

Aber was, wenn nicht? Unschlüssig hocke ich am Boden. Ein Dornenbusch raschelt gefährlich laut im Wind.

Ansonsten liegt die Umgebung verdächtig ruhig und verlassen da. Sie erinnert mich an einen verwunschenen Wald. Seit Jahren ist vermutlich niemand durch diese Wildnis gewandert – bis jetzt.

Unvermittelt ertönt ein lauter Fluch aus der Nähe der Mauer. *Der Fremde, er kommt!* Meine Instinkte befehlen mir, sofort das Weite zu suchen. Ich zögere keine Sekunde und krieche in die entgegengesetzte Richtung.

In gebückter Haltung kämpfe ich mich erneut durch Brombeergestrüpp und Kletten. Weitere Kratzer zieren meine Hände und ein kleiner Riss klafft an der Jacke, als nach schier endlosen Minuten die bröckelige Fassade des Herrenhauses zum Vorschein kommt.

Erleichtert richte ich mich auf, bleibe jedoch einen Moment im Schutz des Dickichts stehen und suche die einsehbaren Teile meiner Umgebung ab. *Kein Mensch in der Nähe,* stelle ich erleichtert fest, bleibe jedoch wachsam, denn ich weiß nicht, ob er allein ist, irgendwo lauert, mir möglicherweise sogar eine Falle gestellt hat.

So leise wie möglich schleiche ich voran. Als ich den letzten Baum hinter mir zurücklasse, drehe ich mich um und laufe rückwärts, die Augen unablässig auf die Umgebung gerichtet. Nicht mal die kleinste Bewegung soll mir entgehen.

Die Hausmauer in meinem Rücken kommt abrupt und lässt mich stoppen. *Ruhig, Erin, alles ist gut. Du hast es fast geschafft.* Ich zwinge mich, tief ein- und wieder auszuatmen.

Erneut frischt der Wind auf und bläst mir eine Strähne gespickt mit Dreck ins Gesicht. Ohne dass ich es verhindern kann, muss ich Niesen und erstarre, als das Geräusch die unnatürliche Stille durchbricht. *Habe ich ihn damit auf meine Spur gelockt?*

Nachdem auch zwei Minuten später nichts geschieht, wage ich es, mich zu orientieren.

Von dort bin ich gekommen. Am besten, ich laufe –

Etwas knackt. Angstvoll blinzele ich nach rechts und hebe in Erwartung des Typen mit den Messern die Hände schützend vor meine Brust. Doch dort ist gar nichts. Nicht einmal ein Tier.

Erneut ertönt das Knacken, diesmal lauter, und einen Herzschlag später weiß ich auch, woher es stammt und dass ich es mir ganz sicher nicht eingebildet habe.

Mit einem lauten Splittern bricht die Schachtabdeckung, auf der ich stehe. Unaufhaltsam falle ich mit den Trümmern nach unten, bis ich mit dem Po zuerst aufschlage.

»Ach du heiliger Bimbam«, keuche ich, als ein stechender Schmerz meinen Allerwertesten durchfährt. Die zwei Meter nach unten haben ausgereicht, dass ich das Sitzen während der nächsten Wochen definitiv vergessen kann. Mühsam rappele ich mich auf. Selbst die kleinste Bewegung schmerzt und als ich mutig zwei Schritte nach vorn mache, stelle ich erschreckende Ähnlichkeiten zu meiner Steißbeinprellung vor vier Jahren fest. »Oh, bitte nicht«, flehe ich und hoffe inständig, dass ich mir diesen ganzen Trip nur einbilde. In echt sitze ich im Büro des Direktors, habe eine Handvoll Pillen geschluckt, bin eingeschlafen und stecke tief in irgendwelchen neurotischen Träumen, die ich niemals irgendeinem Psychiater anvertrauen darf.

»Na, das ist ja fast zu leicht gewesen!«

Meine Hoffnung auf einen Traum verpufft wie eine Seifenblase. Erschrocken äuge ich nach oben und mitten in das Gesicht mit den steingrauen Augen.

»Was willst du von mir?«, hauche ich und gehe einige Schritte rückwärts, bis ich Ziegel im Rücken spüre. Endstation. Angst überkommt mich. Panisch suchen meine Hände nach einem Ausweg und treffen dabei neben mir auf etwas Kühles und Glattes: *ein Fenster. Ich befinde mich in einem Lichtgraben!*

Hoffnung keimt in mir auf und ich mache einen Schritt nach links, damit sich das Fensterglas genau hinter mir befindet. Ohne den Typen aus den Augen zu lassen, suche ich nach einer Möglichkeit, es unbemerkt zu öffnen.

Es herrscht eine gefährliche Stille, in der der Fremde bewegungslos am einzigen Ausgang verharrt.

Auf was wartet er?

»Wo ist sie?«, durchbricht er schließlich das Schweigen.

Irritiert halten meine Finger inne. »Sie?«

»Ja, *sie,* und hör auf, die Unschuldige zu spielen. Du weißt genau, warum ich hier bin. Du hast mich genug provoziert. Tu dir selbst einen Gefallen und sag's mir, dann verspreche ich im Gegenzug, dass es für dich schnell zu Ende gehen wird.«

»Ich habe keine Ahnung, von was du laberst«, antworte ich ihm und plötzlich macht es bei mir Klick. Das hier war alles nur ein Spiel. Ein ziemlich Böses, aber ich kann mir denken, wer dahintersteckt. Ryan Adams.

»Hör auf, mich für dumm zu verkaufen, und rück lieber mit der Sprache raus, sonst zwingst du mich, hier eine riesige Sauerei zu veranstalten. Etwas, auf das ich weiß Gott keine Lust habe.« Vielsagend mustert er mich, während seine linke Hand zielsicher hinab zum Gürtel gleitet. »Weil ich gnädig bin, gebe ich dir eine letzte Chance, mir zu sagen, wo ihr sie versteckt haltet. Verspiel sie nicht. Also? Wo ist die Quelle?« Seine Mimik ist selbstgefällig, als hätte er mir gerade das beste Angebot meines Lebens unterbreitet, doch ich würde den Teufel tun und darauf eingehen.

»Okay, Kumpel, fangen wir doch einfach mal mit der Frage an, was eine Quelle ist?«, steige ich in das Spiel ein und ernte einen eiskalten Blick. »Keine Antwort? Okay, Google, was ist eine Quelle?«

»*Quelle: aus der Erde tretendes, den Ursprung eines Bachs bildendes Wasser*«, meldet sich die Computerstimme meines Handys.

»Nee, sorry, so was trage ich weder mit mir rum noch verstecke ich es zu Hause im Schrank.«

»Hör auf, mich zum Narren zu halten.«

»Muss ich nicht, das tust du selbst.«

»Du strapazierst meine Nerven«, brummt der Mann über mir und presst wütend seine Lippen aufeinander.

»Und du strapazierst meine. Weißt du eigentlich, dass das schon als Kidnapping gilt?«

»Es wird als was ganz anderes enden, wenn du nicht bald mit der Sprache herausrückst!«

»Wie toll, eine weitere Androhung«, genervt verdrehe ich die Augen. Inzwischen zu hundert Prozent davon überzeugt, dass Ryan diesen Kerl angeheuert hat, um mir ordentlich Angst zu machen. Wahrscheinlich wird das Ganze zusätzlich aufgezeichnet, weil er ein schönes Andenken für seine Insta-Stories benötigt.

»Hör endlich auf, die Dumme zu spielen!«

»Ich spiele nicht«, rechtfertige ich mich.

»Ich auch nicht.« Er nimmt eines der Messer in die Hand. »Wo wollen wir anfangen?« Sein Ton ist kalt und sollte mich zu großer Wahrscheinlichkeit verängstigen, doch er tut es nicht. Warum auch, es ist nur ein Spiel. Eines, das deutlich an die Grenzen meiner Gutmütigkeit pocht. Langsam aber sicher werde ich sauer.

Richtig sauer.

»Wenn du mich einfach so aus dem Weg räumen könntest, hättest du es längst getan, außer du willst etwas von mir, und dass das angeblich so ist, weiß ich inzwischen zur Genüge. Nur eben nicht, was, und selbst wenn, stellt sich mir die Frage, ob ich es dir unter diesen Umständen verraten würde. Wollen wir daher nicht einfach die ganze Scharade lassen? Was hat er dir geboten? Ich gebe dir das Doppelte und dafür lässt du mich in Ruhe. Okay?«

»Was ich will, weißt du längst. Hör lieber auf, mich an den Rand der Verzweiflung zu treiben!« Der Fremde gibt ein genervtes Stöhnen von sich und begibt sich in die Hocke. Mit einer Bewegung, die wirkt, als würde er zum hundertsten Mal in irgendwelche Schächte springen, kommt er zu mir nach unten und landet ohne Probleme auf seinen Füßen.

Eine Aktion, die ihm meinerseits einige Anerkennung einbringt, auch wenn ich mich statt Beifall zu klatschen an das kühle Glas presse.

»Nun? Auge in Auge mit mir bist du nicht mehr so frech, oder? Überleg dir deine nächsten Worte gut«, sagt er, während er ein Messer aus dem Gürtel zieht und es mit einer geübten Bewegung präsentiert. Denkt der Kerl, dass er *Zorro* aus *One Piece* ist?

»Warum sollte ich? Ich habe keinen Bock mehr auf diese ganze Leier. Von wegen, ich habe das, was mir nicht gehört, und dieser ganze Mist. Kannst du dich nicht einfach dahin verpissen, wo du hergekommen bist? Die anderen müssen doch inzwischen ihren Spaß gehabt haben!«

»Ich habe keinen Schimmer, von was du redest, aber der Einzige, der hier heute Spaß haben wird, bin ich. Oder auch nicht, wenn ich diese ganze Sauerei wegmachen muss. Mal schauen, was am Ende stärker wiegt. Die Freude oder der Dreck.« Die Klinge blitzt gefährlich in seinen Händen auf, als er einen weiteren Schritt näher kommt.

Plötzlich bin ich mir gar nicht mehr so sicher, ob ich mit meiner Einschätzung richtigliege. Entweder dieser Typ ist ein richtig guter Schauspieler oder ich habe mich gründlich geirrt und das hier ist kein Scherz. Was auch immer gespielt wird, ich will nicht länger bleiben. Nicht hier unten und nicht bei ihm.

Fieberhaft drücke ich meinen Rücken gegen die Scheibe, doch sie bewegt sich keinen Millimeter.

»Du kannst nicht fliehen.« Seine Augen glitzern amüsiert, der Mund ist zu einem falschen Lachen verzogen. Seine Gestalt wirkt bedrohlich, ich kann den Tod an ihm förmlich riechen und gerate in Panik. Ich habe die Situation unterschätzt und nun bekomme ich wohl oder übel die Quittung.

Ich sehe mein Ende vor mir, wie jede Nacht seit jenem Tag. Bloß diesmal ist es kein Traum, oder doch? Alles wirkt so irreal.

»Warum ich? Warum ausgerechnet ich?«, stöhne ich. Das Einzige, das ich nicht verstehe, ist sein Zögern. Er scheint auf etwas zu warten. Worauf? Auf Verstärkung? Auf Ryan?

Mein Blick huscht an ihm vorbei nach oben. *Soll ich nach Hilfe rufen? Möglicherweise ist jemand in der Nähe.* Schnell verwerfe ich diesen Gedanken wieder. *Wir befinden uns an einem Arbeitstag in einer ruhigen Seitenstraße auf einem verlassenen, riesigen Grundstück. Niemand wird mich hören – außer ihm. Und das könnte der letzte Tropfen sein, der das Fass zum Überlaufen bringt.*

Sekunden später bereue ich die Entscheidung, nicht nach Hilfe gerufen zu haben. Wie aus dem Nichts ist er bei mir, reißt mich an meinen langen Haaren zu sich. Der heftige Schmerz lässt mich aufkeuchen, doch das Messer an meiner Kehle verhindert, dass ich mich rühre oder schreie.

»Wir hätten es so leicht haben können«, flüstert er mir ins Ohr und ich fühle das kalte Metall, das an meinem Hals eine sanfte Bewegung vollführt. Bereits vor dem Schmerz spüre ich die Wärme der Flüssigkeit, die sich einem kleinen Rinnsal gleich an meinem Hals hinabbewegt, und dann etwas anderes. Der Körper hinter mir verändert sich. Aus der Hand mit dem Messer formt sich eine Klaue.

O mein Gott, das ist nicht real. Es kann nicht echt sein! Ich mache mich darauf gefasst, jede Sekunde in einen Schockzustand zu verfallen, aber statt Kälte und Dunkelheit fängt mein Blut an zu pulsieren. Kochend rauscht es durch meine Venen. Hitze nistet sich in meinem Körper ein, vertreibt die Angst, und im nächsten Augenblick ergreift mich ein altbekanntes Gefühl. Der Schwindel packt mich, die Umgebung verschwimmt.

»Nein, nicht jetzt«, stöhne ich.

Ein »Hä?« vernehme ich von dem Fremden, wir wanken beide, dann wird mir schwarz vor Augen.

Finley

Ursprünglich wollte ich ihr lediglich Angst machen, doch inzwischen ist meine Wut grenzenlos. Jeder ihrer Schritte, jedes ihrer Worte, ja, prinzipiell alles an ihr macht mich rasend. Erin entfacht ein loderndes Feuer in mir, das seine flammenden Klauen in alles schlägt, was ihm in die Quere kommt. Nichts ist vor mir sicher. Dass sie wegrennt und versucht, sich vor mir zu verstecken, spornt mich bloß stärker an. Mit einem einzigen Gedanken sprenge ich das kleine Gartenhaus, das meinen Weg kreuzt. Die Einzelteile verstreuen sich über dem ungepflegten knöchelhohen Rasen und knirschen, als ich darüberlaufe.

Sie kann nicht weit sein. Ich werde sie finden. Nirgendwo kann sie sich vor mir verstecken, denke ich und streife durch den verwilderten Garten.

»Sit!«, fluche ich, als ich auf die Mauer treffe, ohne sie gefunden zu haben. Ich mustere aufmerksam die Umgebung, doch ich finde nicht die kleinste Spur.

Frustriert schließe ich die Augen und strecke meinen Geist nach der mich umgebenden Dunkelheit aus. Ich spüre die Schatten und lade sie ein, mir teilweise in die Welt der Lebenden zu folgen. Lediglich ein Splitter ihrer selbst darf die Grenze überqueren, zu viel und sie wären zu machtvoll. Trotz dieser Einschränkung nehmen sie die Einladung in meine Welt gerne an und kurz darauf bin ich nicht mehr der Einzige auf der Lichtung. Die eisige Kälte, die mich zittern und Atemwölkchen entstehen lässt, spricht für ihre Gegenwart.

»Geht und sucht sie!«, befehle ich mit harscher Stimme, und kurz darauf ist die Kälte verschwunden. Allein bleibe ich an der Mauer zurück und zwinge mich dazu, tief durchzuatmen. Das Tor im wütenden Zustand kontrolliert zu öffnen und wieder zu verschließen, ist ein enormer Kraftakt. Erschöpft lehne ich mich an die Mauer und fixiere das Gestrüpp, während meine Wut abkühlt.

Irgendwo darin versteckt sie sich. Mag sein, dass ich es mir leichter vorgestellt habe, doch ich werde sie finden, und dann habe ich ihr hoffentlich genug Angst eingejagt, damit sie sich an die Information erinnert. Sie muss sie einfach haben. Ein kalter Luftzug zerrt an mir, unterbricht meine Gedanken. Ohne zu zögern setzen sich meine Beine in Bewegung und folgen ihm.

Zielsicher führen die Schatten mich zu ihr. Der offene Schacht und die Stille lassen mich innehalten und das Herz sinkt mir in die Hose. *Scheiße, die Kleine wird doch nicht abgekratzt sein.* Im Nu ist auch die restliche Wut versiegt und mein Gehirn übernimmt die Kontrolle.

»Geht, verschwindet wieder in eure Welt«, herrsche ich die Schatten an und verbanne sie mit einer Handbewegung, bevor sie sich mir entziehen können. Mit angehaltenem Atem wage ich mich vorsichtig an den Rand des Lochs und äuge misstrauisch hinein.

Erin sitzt am Boden wie eine Maus in der Falle und wirkt beinahe zerbrechlich. Ich entspanne mich etwas, als ich feststelle, dass sie nicht verletzt zu sein scheint. *Noch nicht.* Wie ein Häufchen Elend stemmt sie sich auf die Beine und sucht nach einem Ausweg.

Wenn ich nicht wüsste, was sie ist und was die ihren getan haben, hätte ich fast Mitleid mit ihr.

Als ich wieder zu mir komme, fühle ich mich wie eine Mischung aus Scheiße und Dreck. Mein Kopf dröhnt und die rechte Hand, die meinen Sturz größtenteils ausbaden musste, bereitet mir starke Schmerzen. Mühsam setze ich mich auf und überfliege meine Situation. Ich befinde mich allein am Boden des Schachtes, um mich herum eine Vielzahl an Glassplittern, und ich muss kein Hellseher sein, um zu erraten, wohin sie verschwunden ist.

»Wie ist das bloß passiert?«, keuche ich und versuche zwanghaft, mich an die Minuten vor meinem Game Over zu erinnern. Deutlich habe ich ihre Angst gespürt, genauso wie meinen Hass. Danach habe ich die Kontrolle verloren und den Schatten die Oberhand gewinnen lassen. Binnen Sekunden war nichts mehr von ihrer Angst zu finden. Stattdessen schlug mir etwas anderes entgegen.

Alistair hat recht, wird mir klar. *Zumindest teilweise. Angst schürt etwas in ihr, doch nicht die Information ist ans Tageslicht getreten, sondern ihre Magie. Aber sie ist weder volljährig noch hatte sie die Quelle bei sich …* Mein Mund wird ganz trocken.

6. Kapitel

Erin

Als ich die Augen öffne, starre ich in den trüben Mittagshimmel. Ein schwerer lebloser Körper liegt zur Hälfte auf mir und erschwert mir das Atmen.

Langsam kehren die Erinnerungen über die letzten Minuten vor dem Zusammenbruch zurück und panisch bewege ich mich unter der schweren Last hin und her. Als es mir gelungen ist, ihn loszuwerden, atme ich schwer und rapple mich abrupt auf. Automatisch tasten meine Finger an meinem Hals entlang, erfühlen den Schnitt. Er ist nicht tief. Lediglich an der Oberfläche wurde mit der scharfen Klinge gekratzt, und das bisschen Blut, das ausgetreten ist, ist bereits geronnen.

Dennoch, die Nachricht hat sich in allen Einzelheiten eingebrannt: Der Fremde ist nicht zu Scherzen aufgelegt. Er meinte jedes seiner Worte todernst, und die Gefahr ist nicht gebannt. Er mag bewusstlos am Boden liegen, doch er könnte jederzeit zu sich kommen.

Auf der Suche nach einem Ausweg mache ich einen Schritt auf das verschlossene Kellerfenster zu. Diese kleine Bewegung entlockt mir bereits ein Stöhnen. Mein Steiß schmerzt stärker als zuvor. Es fehlt nicht mehr viel, um mich komplett bewegungsunfähig zu machen. *Keine Zeit für Selbstmitleid,* rufe ich mir in Erinnerung und beiße die Zähne zusammen. *Ich muss hier weg, und zwar so schnell wie möglich.*

Der Fremde, der mich verfolgt und bedroht hat, regt sich glücklicherweise nicht. Was er letztendlich von mir wollte, ist mir genauso ein Rätsel wie der Umstand, dass ich es geschafft habe, ihn auszuschalten.

Mein Blick gleitet suchend über ihn hinweg, nach oben zum Schacht. Wir befinden uns nicht tief unter der Erde. Ich schätze, dass es maximal zwei Meter sein können, und recke mich. Meine Finger erfühlen das nasse Gras. Suchend taste ich mich am Rand entlang und hoffe, dass ich etwas zum Hochziehen finde, doch vergeblich. Einen einzigen Versuch, mich trotzdem hochzustemmen, wage ich – eine Aktion, die von Anfang an zum Scheitern verurteilt ist. *Alex hätte keinerlei Probleme*, geht es mir durch den Kopf und ich fluche laut.

Das röchelnde Geräusch neben mir erinnert mich an mein kleines Zeitproblem, und da Klettern als Fluchtmöglichkeit ausscheidet, suche ich nach einem anderen Weg. Meine Augen fixieren das dunkle Glas des Fensters.

Im Haus gibt es garantiert eine Treppe nach oben, denke ich und schaue mich nach etwas um, mit dem ich die Scheibe einschlagen kann. Schließlich entdecke ich ein Messer zwischen den Resten der Schachtabdeckung. Ich greife danach und wende mich zum Fenster.

Meine Finger umschließen das Ende des Knaufs, das in die Klinge übergeht. Mit ihm beginne ich die Scheibe zu bearbeiten. Bei meinen ersten Schlägen vibriert lediglich das Glas, während ich höllisch aufpassen muss, nicht abzurutschen und mich mit der scharfen Klinge zu schneiden.

Wie eine Bekloppte schlage ich das Messer immer wieder gegen die Glasfront. Endlich klirrt es und Scherben regnen. Keine Sekunde zu früh, denn im nächsten Moment regt der Kerl neben mir sich erneut.

»Bring ihn um«, raunt meine Intuition. Ich halte inne und starre auf das Messer in meinen Händen. Es ist eine todbringende Waffe, die der Fremde nicht zögern würde einzusetzen, doch so sehr ich es mir auch wünsche, ich kann ihm das Metall nicht in den Körper rammen. Ich kann nicht einmal einer Fliege etwas zu Leide tun, geschweige denn einen Menschen umbringen.

»Ich kann es nicht und werde es nie können«, flüstere ich und will das Messer fallen lassen, als ich das Fenster erfasse und mir eine sinnvollere Verwendung dafür einfällt. Vorsichtig breche ich die übrigen Glassplitter aus dem Rahmen und schlüpfe hindurch. Drinnen lasse ich das Messer im nächstbesten Versteck verschwinden und sehe mich um. Im Inneren des Herrenhauses ist es düster und staubig. Nur durch die Lichtgräben wird der Raum sporadisch erhellt. Er gleicht einer Rumpelkammer. Über und über vollgestellt mit Möbeln und

Kisten. Eines der anderen Kellerfenster muss vor langer Zeit zu Bruch gegangen sein, denn auf dem Boden tummelt sich knöchelhoch altes Laub und es riecht nach Moder und Feuchtigkeit.

Langsam suche ich mir einen Weg zwischen den Möbelstücken hindurch. Jeder meiner Schritte wird von einem unheimlichen Rascheln begleitet. Gänsehaut überzieht meine Arme und alles in mir sträubt sich, weiterzugehen, allem voran mein Steiß, doch ich zwinge mich dazu.

Eine plötzliche Bewegung vor mir lässt mich innehalten. Etwas hat sich hinter einem der Kartons hervorgeschoben und bewegt sich auf mich zu. Voller Angst starre ich in das Halbdunkel und schreie auf, als ich das Wesen erkenne. Ein Laut, der dem Tier wenig gefällt. Angriffslustig macht die Ratte ein paar Schritte in meine Richtung. Ich weiche zurück und jongliere bereits mit dem Gedanken einer Flucht, als sie es sich glücklicherweise anders überlegt und in der Dunkelheit verschwindet. »Igitt«, murmele ich stattdessen, während ich, starr vor Schreck und Ekel, beobachte, wie das Vieh unter einem alten Sofa verschwindet.

»Das war bloß eine fette Einbildung«, versuche ich mich selbst zu belügen. Mit wenig Erfolg.

Ratten, warum muss es hier ausgerechnet Ratten geben? Wie wäre es mit gigantischen Spinnen oder Mäusen? Von mir aus auch Fledermäuse. Alles, nur keine Ratten …

Nachdem ich schätzungsweise die Hälfte des Weges bis zur anderen Seite des Kellers hinter mich gebracht habe, verringert sich das Licht nochmals. Ich fühle mich eher durch den Raum, als dass ich etwas sehe, und unendliche Erleichterung durchflutet mich, als ich kalten Backstein an meinen Fingerspitzen spüre. Langsam taste ich mich weiter und treffe schließlich auf ein Geländer, erkenne die schemenhaften Umrisse einer Treppe. »Endlich«, stoße ich aus und erreiche kurz darauf die erste Stufe.

Es sind gerade mal zehn insgesamt, dennoch bin ich vollkommen erschöpft, als ich auf dem obersten Treppenabsatz ankomme.

Mit Schnappatmung stehe ich vor der massiven Kellertür.

»O Gott, sei bitte nicht verschlossen!«, flehe ich, während meine kalten Finger fieberhaft am Türknauf herumnesteln. Das Glück ist auf meiner Seite. Mit einem Klicken springt das Schloss auf und im nächsten Moment schwingt die Tür knarrend auf. Schweißgebadet trete in einen langen hellen Flur und lausche. Doch außer meinem Puls, der mir mit hundertachtzig in den Ohren hämmert, höre ich nichts.

Von meinem Standort aus erkenne ich die große Eingangstür, die ich von meinem Lieblingsplatz aus so viele Male gesehen habe, und muss ich mich beherrschen, nicht sofort zur Haustür zu stürmen.

»Vorsicht, du kannst nicht wissen, ob er allein ist oder ob er seinen Plan geändert hat und vor der Tür wartet.« Meine Instinkte warnen mich und ich gebe ihnen recht. Ich traue diesem Fremden alles zu. Außerdem … *Er hat vorhin ‚wir' gesagt,* rufe ich mir ins Gedächtnis und bleibe wachsam.

Die Sekunden vergehen. Es ist mucksmäuschenstill, lediglich aus dem Keller tönt ein Rascheln, und in dem Moment, in dem ich es vernehme, weiß ich, dass er dort unten ist. Rasch mache ich einen Schritt in die Diele und schließe die Kellertür hinter mir. Dabei bemerke ich, dass der Schlüssel von außen steckt. Erleichtert drehe ich ihn um, höre deutlich das Klicken des Schlosses. Der Eingangsbereich gleicht einer Halle. Ein gigantisches Oberlicht mit Buntglas verleiht dem Raum eine besondere Färbung.

Erstaunt stelle ich fest, dass das Haus komplett eingerichtet zu sein scheint.

Wenn die dicke Staubschicht nicht davon zeugen würde, dass seit Jahren niemand dieses Gebäude betreten hat, würde ich fast glauben, dass ich jede Sekunde dem Hausherrn gegenüberstehen könnte.

In meiner Griffnähe steht eine alte Kommode. Ich mache einen Schritt darauf zu. Sie ist schwer, aber sie lässt sich mit etwas Mühe bewegen. Mit aller Kraft schiebe ich sie vor die Tür und hoffe, dass sie mir Zeit verschaffen wird. Erst jetzt fällt mir das Telefon auf. Einen Augenblick spiele ich mit dem Gedanken, den Hörer abzunehmen und mein Glück zu versuchen, doch dann meldet sich mein gesunder Menschenverstand. Nach all den Jahren wird die Leitung tot sein, und selbst wenn nicht … was sollte ich der Polizei sagen? *Guten Tag, ich befinde mich in einem fremden Anwesen und werde verfolgt. Könnten Sie bitte einen Wagen herschicken? PS: Falls die Tür verschlossen sein sollte: Ich bin durch den Keller eingestiegen.*

Ähm, ja. Sofort verwerfe ich die Idee und entscheide mich für die Flucht. Ich will mich umdrehen und loslaufen, da stoße ich gegen etwas. Groß und ziemlich starr hat eine Standuhr meinen Weg gekreuzt und mich gefährlich ins Straucheln geraten lassen. Ich rudere mit den Armen, um mein Gleichgewicht wiederzuerlangen. In meinen Augenwinkeln sehe ich etwas aufblitzen, kurz darauf erklingt ein Klirren. Meine Neugier überwiegt und als ich mich wieder gefangen habe, betrachte ich die neu entstandene Lücke zwischen Wand und Uhr genauer. Auf dem Boden dahinter liegt etwas: ein kleiner Ring. Instinktiv hebe ihn auf, stecke ihn in meine Brusttasche und renne.

Das große Portal, das die früheren Besitzer zweifelsohne als normale Haustür bezeichnet haben, ist nicht verschlossen und schwingt geräuschlos auf. Dankbar sende ich ein Stoßgebet zum Himmel und stürme die drei Steinstufen des Anwesens zur Straße hinunter.

Keine Sekunde zu früh, denn hinter mir höre ich Holz brechen. So schnell meine Beine mich tragen und es mein Steiß zulässt, hetze ich die Georg Street entlang.

Ist er hinter mir? Angstvoll schaue ich über meine Schulter, kann jedoch niemanden erkennen. *Oder ist er mir einen Schritt voraus und lauert mir irgendwo auf?* Meine Augen wenden sich blitzschnell nach vorn und nehmen meine Umgebung unter die Lupe, aber auch vor mir kann ich ihn nicht ausmachen. *Und jetzt? Habe ich ihn abgehängt?* Erst als ich beinahe über einen Blumenkübel auf dem Gehweg stolpere, konzentriere ich mich erneut.

Erleichtert atme ich auf, als ich das Wohnviertel hinter mir lasse und über eine Seitenstraße auf die Baker Street, eine der Hauptverkehrsstraßen Manolins, abbiege. Schlagartig ist es laut und vor allem voll. Von einer Sekunde auf die andere finde ich mich inmitten der gesichtslosen Masse wieder. Es wird gedrängelt und geschoben.

Keine Panik, ermahne ich mich und schlüpfe langsam zwischen Pendlern, Schülern und Touristen hindurch, die die Mittagszeit nutzen, um sich etwas zu essen zu besorgen oder private Angelegenheiten auf der Geschäftsstraße zu erledigen. Ich verschmelze förmlich mit ihnen, lasse mich tragen. Der Trubel, den ich sonst meide und verabscheue, kommt mir heute gelegen, und endlich schaffe ich es, mich etwas zu entspannen.

Komisch, *alles wirkt komplett normal,* denke ich, als ich mein Umfeld weiter betrachte. Waren wechseln die Besitzer. Zwei Jungs sitzen auf einer Bank und zocken an ihren Nintendos. Kichernde Mädchen unterhalten sich und zeigen sich gegenseitig Nachrichten auf ihren Smartphones.

Langsam frage ich mich, ob die letzte Stunde, zumindest was den Typen betrifft, überhaupt real gewesen ist oder ob ich mich auf einem mordsmäßigen Trip befunden habe. Vielleicht hat mir Holly unbemerkt ein paar Tabletten untergeschoben?

Du und deine blühende Fantasie, würde sie sagen, wenn sie mich in dieser Situation antreffen würde.

Die Zweifel gären in mir. Es gibt keine Menschen, deren Finger sich mir nichts, dir nichts in Klauen verwandeln. Das entbehrt jeglicher Logik. Es gibt sie einfach nicht. Und das andere?

Die Geräusche? Raschelnde Blätter, Fehlzündungen.

Die Verletzung an meinem Hals? Brombeerranken.

Ich habe ihn mir eingebildet, wird mir klar und plötzlich auch Nellys Reaktion, als ich ihr sagte, dass sie laufen soll. »O mein Gott!« Ich stütze meinen Kopf in die Hände. Wann habe ich aufgehört, normal zu denken, und bin nahtlos in die Rolle eines Psychopathen geschlüpft? Laufe ich demnächst durch die Schule und schreie: »*Ich sehe tote Menschen?*«

Der Blick in ein nahegelegenes Schaufenster verringert die Zweifel an meinem gesunden Menschenverstand keinesfalls. Müde starrt mich mein eigenes Spiegelbild an. Die Haare sind wuschelig und die Kleidung staubig. Zusätzlich klaffen an Jacke und Hose Risse, nicht auffällig oder groß, doch er ist definitiv vorhanden. Ich starre auf meine Hände hinab. Sie sind von Brombeeren zerstochen und einer meiner Nägel ist abgebrochen. Letzteres wäre für Alex der völlige Weltuntergang, ich für meinen Teil zucke lediglich mit den Schultern und knabbere mit den Zähnen das letzte überflüssige Stück ab.

Ich bin eine wandelnde Katastrophe. Mir tut alles weh, ich bin in ein Haus eingebrochen und irgendwo habe ich Nelly verloren. Mürrisch fische ich mir ein Blatt aus dem Haar. Nichts deutet auf eine Beinahe-Ermordung hin. Ich muss schnellstmöglich nach Hause, bevor ich mir oder meinem Umfeld noch weiteren Schaden zu füge.

Finley

Dunkelheit durchdringt jeden Winkel und löscht alles Leben,
bis am Ende nichts übrig bleibt.

Ich hetze durch die leeren Seitenstraßen und will die Hoffnung nicht aufgeben. Ich kann sie riechen und spüren, als ich jedoch um die nächste Ecke biege und eine Flut an Gerüchen und Seelen mich überschwappt, ist es vorbei.

Suchend drehe ich mich ein letztes Mal um die eigene Achse und stelle doch nur fest, was ich längst weiß. Ich befinde mich auf der Baker Street, mitten unter diesen erbärmlichen Geschöpfen, und bin nicht in der Lage, sie wieder aufzuspüren. Zu viele Menschen verbergen die Eine, die ich suche. Meine Augen überfliegen die Menge. *Und wenn die Information doch ans Tageslicht kam? Wenn sie auf dem Weg zu ihr ist?*

»Verdammt! So eine Scheiße!«, brülle ich und schlage wütend meine Faust gegen die nächstbeste Mauer. Putz bröckelt und ein stechender Schmerz durchzuckt mich, doch er hält mich nicht davon ab, fortzufahren. Ein weiterer Stoß lässt die Wand erzittern, diesmal von einem gezielten Tritt. Ich bin sauer, auf Erin und auf mich selbst, und das lasse ich an dem Stein aus, und in gewisser Weise auch an mir selbst.

Ich hätte sie umbringen müssen, als ich die Gelegenheit dazu hatte. Ärger überrollt mich wie eine Welle, mein Blut beginnt zu kochen und ich spüre die Dunkelheit, die nach mir greift. Ich versuche gar nicht erst, die Klauen, die sich durch meine Fingerkuppen quetschen, zu verbergen, und verliere mit jeder Sekunde mehr und mehr die Kontrolle. Inzwischen rieselt mir der Putz unablässig entgegen, Staub steigt mir in die Nase und lässt mich Niesen, doch ich halte nicht inne.

Während meines Wutanfalls wuseln die Menschen einfach um mich herum, niemand beachtet mich. Keiner nimmt von mir Kenntnis oder spürt die Gefahr, die von mir ausgeht.

»Ich würde ja sagen, dass du aufhören sollst, aber in Anbetracht dessen, dass du es wahrlich vermasselt hast, finde ich deine Selbstgeißelung fast gerechtfertigt.«

Augenblicklich verfliegt mein blinder Wahn. Ich halte inne und wende mich der Stimme zu.

»Mirelle, was willst du hier?«, knurre ich angriffslustig. Ich habe die Wut noch nicht wieder unter Kontrolle und das scheint meinem Gegenüber nicht entgangen zu sein, denn er hält sicherheitshalber einige Meter Abstand.

»Warum bist du hier?«, frage ich abermals, als er mir keine Antwort gibt.

»Du hast es gewaltig verbockt«, stellt mein Gegenüber fest, ohne ansatzweise auf meine Frage einzugehen.

»Ich *sollte* ihr Angst machen! Das war die Aufgabe und die habe ich *erfüllt*«, fauche ich und fixiere den Mann, der mich verächtlich anstarrt. *Wenn auch mit keinem befriedigenden Ergebnis,* füge ich in Gedanken hinzu.

»Genau, *Angst* solltest du ihr machen. *Angst,* Finley. Weißt du, was das ist? Ein Zustand, in dem man sich fürchtet, vielleicht macht man sich sogar fast in die Hose, aber man stirbt nicht beinahe!«

»Beinahe«, wiederhole ich.

Mirelle stöhnt auf. »Du ruinierst meine Nerven!«

»Ich weiß gar nicht, was du von mir willst. Ich hatte mich vollkommen im Griff, jede Sekunde lang!« Die Schatten in mir rumoren.

»Ernsthaft? *Das* soll ich dir glauben? Herr Gott, Finley, die Kleine kann froh sein, dass sie dir rechtzeitig entkommen ist. Du hättest sie ohne mit der Wimper zu zucken kalt gemacht! Und jetzt hör auf, sauer auf dich oder mich zu sein und nimm endlich deine Gestalt wieder an!« Der eiskalte Befehlston und die Augen, die mich mit ihrem harten Ausdruck strafen, katapultieren mich in die Wirklichkeit zurück. Mein Aussehen spiegelt sich in einem Schaufenster und besitzt nicht einmal den Hauch einer menschlichen Gestalt. Ein schwarzes, fast zwei Meter hohes Ungetüm mit messerscharfen

Krallen, tödlichen Klauen und gefährlichen Zähnen. Der Schatten in mir. Ich zwinge mich, tief durchzuatmen. *Konzentrier dich, dräng ihn zurück. Er darf nicht die Oberhand gewinnen,* beschwöre ich mich, und kurz darauf spüre ich, wie er sich löst und verschwindet.

»So ist es besser.« Mirelle nickt zufrieden. »Unter Kontrolle nenne ich diese Ausbrüche allerdings keineswegs. Dein innerer Schatten ist stark, zu stark. Du musst ihn eindämmen.«

»Weise gesprochen, verrätst du mir auch, wie?«, blaffe ich, doch Mirelle zuckt wenig beeindruckt die Schultern.

»Du musst lediglich mit einem, deinem eigenen, Dämon klarkommen. *Dich* suchen keine anderen Schatten heim«, brumme ich.

»Ich ermögliche es ihnen auch nicht, in unsere Welt einzudringen. Für sie bin ich uninteressant. Nur ein Dunkelschatten von vielen.« Er klingt verträumt.

»Wenn du möchtest, können wir gerne tauschen. Ich reiße mich nicht unbedingt um diese Fähigkeit.«

»Nein danke, lass mal.«

»Wie du meinst.« Genervt verdrehe ich die Augen. »Du hast mir den Grund deines Kommens nicht verraten.«

»Ach, habe ich das nicht?« Seine Mundwinkel verziehen sich zu einem spöttischen Grinsen. »Du kannst echt froh sein, dass sie lebt«, wiederholt er.

»Ich habe dir bereits gesagt, dass ich mich unter Kontrolle hatte und ihr nie ernsthafte Gefahr drohte.«

»Doch nur, weil sie dir rechtzeitig entkommen ist.«

Seine Worte lassen mich erstarren. Jetzt, wo der Schatten wieder gebannt ist, erkenne ich die Zusammenhänge. »Wie lange beobachtest du mich?«

»Lange genug.« Mirelle lehnt sich an die Wand und schaut mich abschätzig an.

»Und mir zu helfen war keine Option für dich?«

»Nö, es zählt zu keiner meiner Aufgaben«, bringt er lapidar hervor und kickt ein Stück Putz zur Seite.

Sofort bestätigt sich die Ahnung, worin besagte Aufgabe bestand, gänzlich und Wut füllt mich abermals aus.

»Du hältst mir einen Vortrag darüber, dass ich sie fast umbringe. Dass der Grund dafür auch deine Existenz betrifft, interessiert dich kein Stück?«

»Ich habe Anweisungen und denen entsprechend verhalte ich mich.«

»Mich zu bespitzeln und zu überwachen ist wichtiger?«

Mirelle zuckt erneut mit den Schultern. »Ich mache, was man mir sagt. Alistair ist der Meinung, dass du einiges zu Lernen hast, und bei einer so wichtigen Aufgabe wollte er kein Risiko eingehen. Du weißt, das ewige Gerede von *sie ist die Letzte* und so. Ich hätte eingegriffen, bevor du sie tatsächlich ausgelöscht hättest.«

Ich knurre. »Du bist also wieder als Kindermädchen unterwegs.«

»Wenn du es so nennen willst.« Seine Worte strotzen vor Verachtung. »Du hast anscheinend eins nötig.«

Ich blecke die Zähne. »Ich brauche niemanden, um mich unter Kontrolle zu halten.«

»Es war lediglich eine Frage der Zeit. Wenn sie dir nicht entkommen wäre …« Er behält sich vor, den Satz in der Luft hängen zu lassen. Ich will etwas antworten, doch ich halte mich im letzten Moment zurück, denn mir wird bewusst, dass er recht hat. Zerknirscht gucke ich zu Boden.

»Wenn er davon ausgeht, dass ich die Aufgabe nicht erfüllen kann, warum schickt er nicht gleich dich?«

»Keine Ahnung. Glaub mir, das habe ich mich oft genug gefragt. Er wird seine Gründe haben. Die hat er doch immer.«

»Hm.«

»Hast du wenigstens eine brauchbare Information bekommen?«

»Hast du denn eine gehört?«

»Nein.«

»Da hast du deine Antwort.«

»Und jetzt?«

»Werde ich den sauren Apfel beißen und Alistair davon in Kenntnis setzen müssen.«

Mirelle schüttelt den Kopf. »Nein, das habe ich eben über die mentale Verbindung getan.«

»Du hast was?«

»Keine Angst, ich habe ihm gesagt, dass du ihr gehörig Angst gemacht hast und dass es nicht den gewünschten Effekt hatte.« Verschwörerisch sieht er mich an und sofort spukt das Wort *Schleimscheißer* in meinem Kopf herum.

»Sehr freundlich von dir. Und jetzt? Wie lauten seine Anweisungen?«

»Wir sollen sie weiter beobachten und zuschlagen, wenn sich eine Gelegenheit bietet. Er meint, es ist Zeit für Plan B.«

»Plan B? Von diesem ominösen Plan habe ich bis jetzt nichts gehört.«

»Nicht schlimm. Er ist eigentlich ganz simpel. So einfach, dass du dir darüber im Moment keine Gedanken machen musst. Jetzt wirst du erst mal wieder zu ihrem Schatten. Den Rest teilt *er* dir zu rechten Zeit mit.«

Mirelle will bereits gehen, als mir etwas einfällt. »Sie hat mich gesehen.«

»Wie bitte?« Erstaunt dreht er sich wieder um.

»Sie hat mich gesehen«, wiederhole ich.

»Weil du dich ihr gezeigt hast«, schlussfolgert Mirelle.

»Nein.« Ich schüttle den Kopf. »Ich habe mich verborgen. Ich gehe ganz sicher keine unnötigen Risiken ein.«

»Das ist vollkommen ausgeschlossen.«

»Es ist eine Tatsache. Etwas scheint Alistair uns nicht gesagt zu haben …«

»Das kann nicht sein, du irrst dich ganz sicher.«

»Auf keinen Fall.«

Verständnislos blinzelt Mirelle mich an und kramt in seiner Tasche. »Nein, Finley. Das ist unmöglich. Wir haben noch zwölf Tage. Du *musst* dich geirrt haben.«

Bevor ich etwas erwidern kann, ist er spurlos verschwunden und lässt mich allein unter ihnen zurück.

»Nicht möglich?«, rufe ich verächtlich in den Himmel. »Pah, du warst nicht dabei …«

»Schatten werden sich erheben,
das Licht zwingen, sich zu ergeben.
Es wird winden sich im tödlichen Griff,
die Letzte des Lichtes auf dem sinkenden Schiff.«

Magiesprung Chronik (September 2001)

»Eines Nachts rief er die Schatten.
Er dachte, ich bemerke es nicht.
Er dachte, er könnte mich täuschen.«
Die alte Frau wendet sich ab
und sieht einen Moment stumm in die Ferne.
»Doch ich habe es gewusst, nein, es gespürt,
und darum eine Entscheidung getroffen.
Meine Wahl hat unser gesamtes Leben verändert,
aber erst, nachdem er alles verändert hat.«

Vermächtnis der Springer (März 1940)

7. Kapitel

Erin

Der vermeintlich kurze Weg in die Bay Street hat länger gedauert, als ich ursprünglich geplant hatte. Auch wenn mich Selbstzweifel bezüglich der Verfolgung heimgesucht hatten, war ich nicht in der Lage gewesen, einfach so nach Hause zu gehen. Erst war es ein kurzer Umweg, den ich einschlagen wollte, dann hatte mein Verfolgungswahn mich so weit, dass der Umweg zu einem riesigen Marsch ausgeufert ist. Statt die Strecke, die wohlgemerkt nur zwei Blocks betragen hätte, einfach zu Fuß zurückzulegen, bin ich drei Stunden lang mit Bus und Bahn quer durch die Stadt gefahren. Inzwischen ist es weit nach vier Uhr. Pendler und Schüler begleiten meinen Weg.

Selbst wenn ich einen normalen Schultag mit Unterricht gehabt hätte, wäre ich längst zu Hause gewesen. Holly wird außer sich sein vor Sorge oder Wut, je nachdem, was überwiegt, und dann ist da noch die Sache mit Nelly. *Wo ist sie bloß hin? Und hat sie Holly etwas gesagt?*, frage ich mich, als ich endlich vor der Tür stehe, die in unser Mehrfamilienhaus führt, und meine Finger sich in der Hosentasche versenken. Ich komme gar nicht wirklich dazu, nach meinem Schlüssel zu tasten, da wird mir bereits die Tür vor der Nase aufgerissen.

»Erin, wo in Gottes Namen hast du gesteckt? Warum gehst du nicht an dein verfluchtes Handy? Nelly hat mir gesagt, dass du plötzlich verschwunden warst! Mein Gott, wir waren kurz davor, die Polizei zu rufen!« Ohne Unterlass redet meine Ziehmutter auf mich ein und zieht mich dabei hinter sich her, den Flur entlang und die steilen Treppenstufen hinauf, bis wir endlich in unserer kleinen Wohnung stehen.

Alex ist auch da. Lässig steht sie im Türrahmen, die Arme verschränkt und ihr Ausdruck wirkt tadelnd.

Stimmt, ich nehme ihr die ganze Aufmerksamkeit, geht es mir durch den Kopf und ein Lächeln legt sich über meine Züge.

»An deiner Stelle würde ich mir das selbstgefällige Grinsen ganz schnell aus dem Gesicht putzen!«, faucht Alex.

»Ach ja? Warum sollte ich?«, frage ich unschuldig.

»Weil du ziemlich tief in der Scheiße steckst.«

Statt einer Antwort schnaube ich verächtlich.

»Genug! Hört auf, alle beide!« Holly tritt zwischen uns und ihr Gesichtsausdruck lässt mich jeden gehässigen Kommentar vergessen.

»Alex, auf dein Zimmer! Sofort und ich will keine Widerworte hören. Erin, *du* bleibst hier. Wir haben zu reden, und zwar anscheinend über so einiges!« Ihr Befehlston ist ungewohnt. Selbst wenn sie in der Vergangenheit auf einen von uns beiden sauer war, ist sie nie so aus der Haut gefahren. Ausnahmsweise gehorchen Alex und ich prompt und ganz ohne zu murren. Ob aus plötzlichem Respekt oder aus Irritation, sei mal dahingestellt.

»Holly, es tut mir leid. Ich weiß, ich hätte anrufen sollen …«

»Wenn Fräulein Neunmalklug das weiß, warum hat sie es dann nicht getan?« Ihre Augen glitzern seltsam und ich frage mich, ob sie mit Tränen der Wut oder der Erleichterung kämpft.

»Ich …«, stammle ich, weil mir keine passende Erwiderung einfällt.

»Ich habe dich mindestens ein dutzend Mal angerufen und dir genau so viele Nachrichten geschickt. Hast du ein einziges Mal auf dein Handy gesehen? Wozu hast du das verdammte Ding? Erin, wir haben uns Sorgen gemacht! Weißt du, was heutzutage alles in den Nachrichten gezeigt wird? Kannst du dir vorstellen, wie sehr ich gezittert habe, als vorhin die Tagesnews liefen? Ich hatte Angst um dich! Jede verdammte Sekunde lang, die du dich nicht gemeldet hast. Du kannst dir nicht annähernd vorstellen, wie ich mich gefühlt habe! Und jetzt raus mit der Sprache, was ist passiert?« Ihre Augen sind starr auf mich gerichtet und ich habe das Gefühl, dass sie mich durchdringen. In jeder von Hollys Bewegungen, in jedem Zug ihres Gesichts bemerke ich die Angst, die Verzweiflung, und ich bin unschlüssig darüber, was ich ihr sagen soll.

Ich *hätte* sie angerufen, wenn ich mein Handy nicht bei meiner panischen Pseudoflucht irgendwo verloren hätte, doch *das* kann ich ihr inmitten dieses Kontextes schlecht sagen. Zumindest nicht, wenn ich nicht weiter Öl ins Feuer gießen und die Übermutter in ihr füttern will.

»Was meinst du?«, starte ich stattdessen einen kläglichen Versuch, mich herauszureden, und wende mich ab, um sie nicht weiter direkt ansehen zu müssen.

Ich kann ihr nicht erzählen, was geschehen ist, oder was ich zumindest *denke,* das passiert ist.

Das wäre dein Freifahrtsschein für die Klapse, raunt mein Innerstes, und ich gebe ihm recht. Die Geschichte wäre wie ein Sechser im Lotto für jeden Psychiater.

»Erin.«

Sechser inklusive Glückszahl.

»Erin!«, wiederholt Holly eindringlicher. Nichts weiter.

»Ja?«

»Willst du es mir nicht erzählen? Die Wahrheit? Was ist da draußen los gewesen? Warum hast du dich von Nelly getrennt?«

Sie wirkt so lieb und nett. Einen geschlagenen Augenblick denke ich wahrlich daran, ihr alles zu sagen, doch dann hat mein gesunder Menschenverstand gewonnen. *Ja klar, mach das! Dann kann sie dich gleich einweisen …* Außerdem: Bevor ich irgendetwas sage, muss ich herausfinden, ob Nelly mit Holly geredet und welche Story sie ihr in dem Fall aufgetischt hat.

»Ich muss zu Nel«, rutscht es mir daher statt einer Antwort heraus.

»Zu Nelly? Jetzt? Du bist eben erst nach Hause gekommen.« Ihr Blick ist tadelnd, doch ihre Antwort wenigstens nicht von vornherein ein Nein.

»Ja, zu Nel, sie hat meine Aufgaben. Die für die Schule. Die brauche ich unbedingt und habe sie vorhin dummerweise vergessen«, stammle ich. »Und ich muss gleich los, weil Nel nachher keine Zeit hat …«

Müde massiert Holly sich die Schläfen und mustert mich kritisch. »Sie hat deine Aufgaben? Schulaufgaben? Rektor Sawer hat dir doch zu verstehen gegeben, dass du einen Monat lang freigestellt bist?«

Ich nicke ergeben. »Ja, das hat er. Glaub mir, selbst ich habe es inzwischen verstanden, aber man war so nett, mir Aufgaben für zu Hause zu geben. Ich habe darum gebeten, damit ich nicht so viel verpasse und meinen Abschluss nicht gefährde.« Ich zwinge mir ein unschuldiges

Lächeln ins Gesicht, um mir die fette Lüge nicht anmerken zu lassen, doch in Hollys Miene spiegelt sich eindeutig Misstrauen.

»Und was hat Nelly damit zu tun?«

»Sie hat halt die Zettel entgegengenommen, als ich beim Rektor war.«

»Ach, wirklich? Und diese ominösen Aufgaben brauchst du unbedingt heute Abend, weil …?«

»Weil Nelly den Rest der Woche nachmittags Nachhilfe gibt und keine Zeit hat, vorbeizukommen, das habe ich doch erwähnt. Soll ich neuerdings alles dreimal wiederholen?« Ich finde mein Lügenkonstrukt grundsätzlich gut, habe es jedoch offensichtlich nicht überzeugend genug vorgetragen. Ich erlebe förmlich live mit, wie Holly es enttarnt, und stelle mich innerlich darauf ein, dass sie Nein sagen wird, da überrascht sie mich.

»Na schön.« Für den Moment gibt sie sich geschlagen und entlässt mich. »Geh zu Nelly, wir reden heute Abend. Aber Erin? Pünktlich zum Abendessen bist du wieder da, sonst rufe ich diesmal wirklich die Polizei!«

Finley

»Du solltest dir überlegen, auf welcher Seite du stehen willst.«

Will ist unmittelbar neben mir aufgetaucht und hat mir damit einen riesigen Schrecken eingejagt.

Im allerletzten Moment gelingt es mir, mein Zusammenzucken zu verbergen und eine gelangweilte Miene aufzusetzen. »Warum bist du wieder hier, Will? Du weißt doch, dass du in unserem Gebiet nichts zu suchen hast. Es ist gefährlich.«

»Gefährlich?« Verächtlich schnaubt er.

»Ja, auch wenn du das anscheinend nicht so siehst.«

»Ihr, vor allem du, habt dafür gesorgt, dass es für mich gefährlich ist und ich mich verstecken muss.«

»Nein, diesen Schuh ziehe ich mir nicht an. Du hast deine Seite gewählt und ich die meine.«

Sein unechtes Lachen tönt mir in den Ohren. »*Du* hättest alles verändern können, aber nein, du glaubst stattdessen den Lügen der anderen.«

»Ich glaube an die Wahrheit.«

»An welche Wahrheit, bitteschön? Du befindest dich in einem verdammten Kokon und bist weit abgeschirmt von jeglicher Realität! Jedes einzelne seiner vermaledeiten Worte verdirbt dich!«

»Dir steht es nicht zu, so zu reden«, knurre ich.

»Du tust es ja nicht!«

»Treib es nicht zu weit! Spuck es einfach aus, warum suchst du mich auf?«

»Das fragst du dich noch? Ihretwegen, Finley. Du hast mir etwas versprochen.« Seine Augen durchdringen mich und spiegeln eine Enttäuschung wider, die dafür sorgt, dass ich mich abwenden muss.

»Nicht das Geringste habe ich dir versprochen.«

»Finley.« Sein Ton ist drohend und ich bemerke, wie von Will ausgehende Dunkelheit nach meinem inneren Schatten greift und an ihm zerrt. Ungewollt entweicht meiner Kehle ein Schmerzenslaut.

»Ein Schatten wohnt in dir und das bereits viel zu lange«, stellt Will trocken fest, und augenblicklich zieht sich die Dunkelheit zurück.

»Ach, wirklich? Kannst du mir auch Dinge verraten, die ich nicht weiß? Sagt dir der Begriff Dunkelschatten überhaupt etwas?«

Will zuckt zusammen. »Ja. Bloß sollte diese Bezeichnung nicht in Bezug auf deinen Namen fallen.«

Genervt winke ich ab. Ich habe wenig Lust auf die ewige Leier.

»Wenn du mir bloß ein einziges Mal richtig zuhören würdest.«

»Deinen Lügen lauschen?« Ich lache auf. »Da habe ich Wichtigeres zu tun.«

»Unschuldige Menschen umzubringen zum Beispiel?«

»Ich habe ihr kein Haar gekrümmt«, stelle ich klar.

»Kein Haar gekrümmt? Du bist gut! Du hättest sie umgebracht, wenn sie sich nicht selbst geholfen hätte.«

»Wie meinst du das?« Jetzt hat er mein Interesse geweckt. *Gibt er mir vielleicht die Antworten, die mir die anderen nicht geben konnten oder wollten?*

»Was?«

»Dass sie sich selbst geholfen hat.«

Erstaunen mischt sich in Wills ernste Züge. »Ehrlich? Du hast keinerlei Kenntnis darüber? Sagt dein geliebter Alistair überhaupt etwas zu dir oder musst du ihm für jedes Wort den Stiefel küssen?«

Wütend mache ich einen Schritt auf ihn zu. »Wage es ja nicht!«

»Und wenn doch?«

Statt ihm zu antworten, versuche ich, mich auf etwas anderes zu konzentrieren, um die Wut in mir annähernd im Zaum halten zu können. *Verräter!*, schreit mein Innerstes und die schwarze Seele in mir drängt nach außen.

»Du kämpfst mit dem Schatten«, stellt Will trocken fest.

»Soll ich aufhören und dich stattdessen an Ort und Stelle zerfleischen?«, keuche ich.

»Nein, trotzdem danke für das Angebot.« Beinahe mitfühlend schaut er mich an. »Der Schatten wird genährt von deiner Wut. Immer wieder wird er versuchen, die Gelegenheit beim Schopf packen und dich zu übernehmen. Das ist dir bewusst, oder?«

Stumm stehe ich da, da mir keine passende Antwort einfallen will. Nichts Keckes, das ich erwidern kann. Mein Zorn versiegt so schnell, wie er gekommen ist, denn Will spricht die reine Wahrheit aus. Ich fühle immer stärker, wie die wirkliche Welt mir entgleitet und der Schatten wächst. Er ruft nach seinen Freunden und mir fällt es zunehmend schwerer, das Tor vor den anderen Wesen zu versperren oder sie zu befehligen, wenn ich sie selbst herüberrufe.

»Was haben sie bloß mit dir gemacht?«, flüstert Will und unterbricht meine Gedanken. In seinen Augen liegt eine Traurigkeit, die ich nicht fähig bin zu deuten.

»Nichts«, bringe ich hervor, doch Will gibt sich damit nicht zufrieden und schüttelt den Kopf. »Du bist nicht wie sie. Du bist besonders und aus diesem Grund hättest du niemals einem Schatten den Zugang zu deinem Körper gewähren dürfen. Hat dich die Geschichte gar nichts gelehrt?«

»Welche Geschichte meinst du? Die, in der die Hellen uns auslöschen wollen?«

Ein Schnauben ertönt, dann ein geräuschvolles Ausatmen. »Wenigstens ist Erin noch am Leben«, bemerkt Will schließlich.

»Warum kümmert dich dieses Mädchen überhaupt?«, frage ich und mustere ihn.

»Meine Gründe sind kein Geheimnis. Die Frage ist wohl eher, warum es dich *nicht* kümmert.«

Abschätzig fahre ich mit der Musterung meines Gegenübers fort. Seine Gesichtsfarbe ist fahl, die Wangen eingefallen. Er wirkt kränklich und trotzdem hat er den Mut, hier aufzutauchen. Hier, an einem Ort, an dem die Dunkelschatten jederzeit aufkreuzen und ihn angreifen können. »Ich habe mich vor Jahren für ebendiesen Weg entschieden und dasselbe hast du auch getan. Ich bestreite ihn, weil ich Vergeltung will, was sind deine Beweggründe?«

»Vergeltung? Dann stehst du eindeutig auf der falschen Seite. Willst du deine Wahl nicht lieber überdenken?«

Statt mich anzusehen, schaut Will in die Ferne. »Warum sollte ich? Ich habe die richtige Entscheidung getroffen.«

»Deine Seite stirbt«, entgegne ich kalt und beobachte, wie er zusammenzuckt. »Besser du gehst jetzt, sie werden bald aufkreuzen.« Ich spreche die Worte langsam und deutlich aus, dann wende ich mich ab, denn ich kann den Ausdruck in seinen Augen nicht ertragen.

»Du hast mich verraten?« Der Tonfall ist anklagend und ich zwinge mich dazu, die Achseln zu zucken und emotionslos zu antworten. »Du bist ein Verräter, schon vergessen? Wir stehen auf unterschiedlichen Seiten. Wir sind nicht mehr, was wir einst waren. Sei lieber froh, dass ich dir diesen Tipp gebe und dir damit eine Chance einräume.« Mit diesen Worten wende ich mich gänzlich von ihm ab und wieder meiner Aufgabe zu.

»Das nennst du eine Chance? Eine Chance wäre, wenn du mir wenigstens ein einziges Mal ohne Vorbehalte zuhören würdest. Du bist so geblendet von dieser Welt, dass du die Wahrheit gar nicht hören willst. Du könntest sie gar nicht ertragen.«

Ich drehe mich um, will doch noch etwas erwidern, da ist er bereits verschwunden.

Allein bleibe ich auf der Feuertreppe zurück, während seine letzten Worte in meinen Ohren nachhallen.

Erin

»Nelly?«, sachte klopfe ich an die Zimmertür meiner besten Freundin.

»Seit heute Nachmittag versteckt sie sich da drin. Mehr als ein paar Floskeln hat sie sich nicht aus der Nase ziehen lassen. Die Tür ist offen, geh einfach rein«, fordert ihre Mutter mich auf. Einen kurzen Moment bin ich unsicher und überlege, ob ich später noch mal vorbeischauen soll. Das aufmunternde Nicken und der eigentliche Grund meines Kommens veranlassen mich schließlich dazu, den Türgriff nach unten zu drücken und die Tür einen Spaltbreit aufzuschieben. Schnell schlüpfe ich hindurch und ziehe das hölzerne Etwas hinter mir zu.

»Was willst du hier?«, herrscht Nelly mich statt einer Begrüßung an, kaum, dass ich im Zimmer stehe.

»Dir auch ein nettes Hallo.«

Sie sitzt an ihrem Schreibtisch über etwas gebeugt und schenkt mir nicht einmal den Hauch ihrer Aufmerksamkeit. Langsam gehe ich auf sie zu.

»Hausaufgaben?«, frage ich mit einem Blick auf das Heft.

»Warum bist du hier?«, fragt sie erneut, diesmal eine Spur schärfer. Zwangsläufig nimmt sie mich in den Fokus.

»Dich besuchen? Herausfinden, ob es dir gut geht?«

»Du hast echt Nerven, weißt du das? Erst zerrst du mich wie eine Irre über den Asphalt zu Boden und dann schreist du, dass ich wegrennen soll. Ich habe mich wie in einem dieser schlechten Horrorfilme, über die wir sonst immer lachen, gefühlt! Und weißt du noch was? Ich habe mir Sorgen gemacht, weil du dich stundenlang nicht gemeldet hast, bei *keinem*. Ich habe dir mindestens hundert WhatsApp-Nachrichten geschickt! Und jetzt kreuzt du hier auf, ohne ein Wort der Begründung oder der Entschuldigung, und fragst, ob bei *mir* alles in Ordnung ist?« Ihre Stimme überschlägt sich beinahe und ich bin mir sicher, wenn sie weiterredet, erreicht sie damit Frequenzen, die bloß ein verdammter Köter hören kann.

»Es tut mir leid, Nel«, unterbreche ihren Ausbruch. »Ich habe mein Handy verloren und …«

»Verloren? Du hast einen auf Catwoman gemacht! Dein *Handy* liegt bestimmt unter dieser Bank, unter der du so elegant durchgerobbt bist. *Verdammt,* Erin, du hast mir eine Scheißangst eingejagt. Nachdem du mich angeschrien hast, habe ich mich verpisst und bin glatt deiner Ziehmutter in die Arme gelaufen. Ich wusste nicht, was ich ihr erzählen sollte! *Erin läuft mal eben eine Runde Amok?* Ich habe Holly schließlich irgendeinen Mist aufgetischt und ihr gesagt, dass du etwas später kommst.«

Verdutzt lausche ich ihren Worten und stelle dankbar fest, was für eine gute Freundin ich habe. Blöderweise bemerke ich ebenfalls, dass das Gesagte meine vorherige These mit dem erfundenen Verfolger vollständig unterstützt. *Dumm gelaufen, jetzt ist es amtlich, du hast völlig einen an der Klatsche!*

Die Nacht hat in Manolin Einzug gehalten. Ich liege wach im Bett und lausche den ruhigen Atemzügen meiner Ziehschwester.

Das Licht der Straßenlaterne wirft riesige Schatten in den Raum. Als ich kleiner war, habe ich mir oft vorgestellt, dass in dieser Dunkelheit nachts eine eigene Welt entsteht. *Meine* Welt, bevölkert mit Wesen, die sind wie ich: anders.

Seufzend vergrabe ich mich weiter in meinem Kissen. Früher war das Leben nicht unbedingt besser, dafür leichter. Als Kind habe ich mich stundenlang in diesem Zimmer verkrochen und in eine Fantasiewelt zurückgezogen. Dort war ich kein Außenseiter, ich gehörte dazu. Und heute? Heute habe ich die Folgen meiner damaligen Lebensweise zu tragen: ausgewachsene Wahnvorstellungen, die mich wahrhaftig *verfolgen.*

Hätte Holly mich nicht schlicht zwingen können, mit den anderen Kindern zu spielen?

Glücklicherweise war ich nie der Typ, der auf die ganz harten Horrorfilme gestanden hat, sonst würden mich vermutlich schlimmere Dinge heimsuchen als ein Kerl mit Messer …

Ich drehe mich auf die Seite, ziehe meine Beine zu mir und bleibe in Fötusstellung mit dem Rücken zur Wand liegen. Alles ist wie immer und irgendwie auch nicht. Mein Kopf und meine Vernunft schreien. Sie wollen den Tag vergessen. Ihn in den hintersten Winkel meines Kopfes verbannen, alle Türen schließen und mit Panzertape die Ritzen zukleben, aber egal, was ich mache, ich *weiß*, dass dieser Tag da war. Und etwas tief in mir sagt mir entgegen aller Vernunft, dass ich mir diesen Kerl nicht eingebildet habe.

Verunsichert spähe ich ins Halbdunkel, als würde die Antwort dort irgendwo verborgen sein, doch wenn sie es ist, finde ich sie nicht.

Wem oder was kann ich überhaupt glauben, wenn nicht einmal mir selbst?

Finley

Es gibt nicht viele Orte in Manolin, an denen sich Erin Summer normalerweise aufhält, und so habe ich sie schnell wieder auf dem Schirm.

»Ah, du hast sie gefunden?« Mirelle tritt neben mich.

Ich bin nicht sonderlich überrascht, weil er bereits vor einer ganzen Weile auf der Straße aufgetaucht ist und sich in den dunklen Schatten der Häuser versteckt gehalten hat. Statt ihn darauf hinzuweisen und ihm damit meine Fähigkeiten zu offenbaren, behalte ich mir vor, gar nichts zu sagen und mich demonstrativ wegzudrehen.

»Da ist wohl jemand mit dem falschen Fuß aufgestanden, was?«

»Was willst du?«, frage ich.

»Kann ich dich denn nicht einfach mal besuchen? So ganz unter Freunden? Muss ich immer etwas wollen?«

»Freunde? Sehr amüsant, und nein, für gewöhnlich tauchst du nie mal eben so auf.«

»Du kennst mich eindeutig zu gut. Alistair schickt mich«, rückt mein Gegenüber endlich mit der Sprache heraus. Zwangsläufig drehe ich mich zu ihm und mustere seine Züge.

»Und? Was möchte Alistair von mir?«

»Es geht um Will.« Wissend lächelt er mich an.

»Ich habe euch doch wie gewünscht mitgeteilt, dass er mich aufsucht. Was kann ich dafür, dass ihr nicht schnell genug reagieren konntet?« Verächtlich ziehe ich eine Augenbraue nach oben.

»Schon einmal auf den Gedanken gekommen, ihn selbst zu erledigen?«

»Warum sollte ich?«

»Weil du einer von uns bist und er unser Feind, ein Verräter. Ein schwacher Dunkler, der sich auf die Seite des Lichtes gestellt hat.«

»Vielen Dank für diese lehrreiche Stunde. Verzeih, wenn ich mich dennoch aus diesem Konflikt heraushalte. Will hat mir schließlich nichts getan«, entgegne ich leise.

»Bisher nicht, doch das wird sich ändern. Er war hier, um einen erneuten Sabotageversuch zu starten. Habe ich nicht recht? Lass mich raten, er hat dir doch bestimmt ins Ohr geflüstert, dass wir alle falsch sind und du alles hinterfragen sollst.«

Statt zu antworten, wende ich mich wieder ab. Es hat keinen Sinn, es zu leugnen, Mirelle würde die Lüge riechen.

»Und wenn dem so ist?«

»Allein das Zuhören gleicht einem Verrat. Du kannst wahrlich froh sein, dass Alistair so viel an dir liegt.«

»Alistair.« Ich spreche den Namen aus wie eine Seuche. Längst erkenne ich in ihm nicht bloß den Gönner, den er zwanghaft darzustellen versucht. In den letzten vierundzwanzig Stunden ist zu viel Geschehen, das grundlegende Fragen in mir aufwirft.

Mein Gegenüber erstarrt. »Du solltest auf deine Ausdrucksweise aufpassen.«

»Ach so? Höre ich dann vielleicht die Details, die er sonst zurückhält?«

»Finley, dein Verhalten ist nicht angemessen!«

»Ich verhalte mich so, wie es mir passt! Und im Moment fühle ich mich von ihm ziemlich verarscht, entschuldige also, dass ich ihm nicht umfangreich huldige, so wie du es tust.«

»Finley.« Zwei Silben in einem respektheischenden Ton.

»Ich weiß, wie ich heiße, danke schön.«

»Ich warne dich, treibe es nicht zu weit!«

»Was sonst? Welche Gehirnwindungen hat er bei dir gelöscht oder was hat er gegen dich in der Hand, damit du ihm ohne zu hinterfragen folgst?«

»Nichts hat er«, brummt der Dunkelschatten.

»Warum konnte sie mich dann sehen, wenn es angeblich unmöglich ist? Erzähl's mir, mit dir scheint Alistair ja alles zu teilen.« Ich nehme ihn scharf ins Visier, in der Hoffnung, dass er eine Regung zeigt, doch ich werde enttäuscht.

»Dir ist ein Fehler unterlaufen, ganz einfach!«

»Ein lapidarer Fehler meinerseits? Wirklich? Sehr interessant, denn Erin erzählt ihrer Freundin von mir. Da drin, in diesem Augenblick. Wenn es bloß ein Fehler war, warum konnte die eine mich wahrnehmen und die andere nicht?« Ich deute auf das erleuchtete Fenster im dritten Stock des Wohnblockes.

Mirelles Augen verengen sich zu Schlitzen. In seinem Kopf scheint es zu arbeiten. *Na, welche Lüge wird er dieses Mal versuchen, mir aufzutischen?*

Statt der erwarteten Lüge kommt nichts.

»Dir hat es wohl die Sprache verschlagen?«

»Nein, ich habe bloß aufgegeben, mit dir zu diskutieren. Das verläuft nur in die Leere.«

»Dann tu es nicht.« Mit zusammengekniffenen Augen starre ich ihn an. »Wenn ich etwas ausführen soll, bin ich gut genug, aber die Kleinigkeiten, lebenswichtige Details, verschweigt ihr mir. Was wird hier gespielt? Rede endlich! Was hält der Alte zurück?«

»Vergreif dich nicht im Ton!«

»Und wenn ich es doch tue?« Auffordernd springe auf die nahegelegene Mauer, um eine bessere Aussicht auf das Haus zu haben.

»Du solltest deinem Boss Respekt entgegenbringen. Er ist es letztendlich, der hier alles am Laufen hält. Er ist es, der die Suche nach der Quelle vorantreibt, um die Schatten zu befreien und die Lichtspringer endgültig zu besiegen. Ihm werden wir unser Leben verdanken.«

»Fällst du jetzt gleich in den Dreck und beginnst damit, den Boden zu küssen, oder hebst du dir das für deinen nächsten Besuch in der Gruft auf?« Spöttisch schiele ich auf Mirelle und dessen Lobgesang hinab.

»An deiner Stelle würde ich mir ganz genau überlegen, was ich sage.« Ein drohender Unterton schwingt in den Worten Mirelles mit. Etwas, das mich wenig beeindruckt.

»Dies ist eine Warnung, Finley, und ich meine sie ernst. Pass auf!«

»Auf dich oder ihn? Ich kann nicht sagen, was mir größere Angst einjagt: Ein über zweihundert Jahre alter Dunkelschatten, der seit mindestens fünf Jahrzehnten nicht an die Erdoberfläche gekommen ist und uns Befehle über eine Gedankenverbindung mitteilt, oder sein arschkriechender Diener«, gebe ich sarkastisch von mir.

Mit jedem Wort, das mir über die Lippen kommt, verfärbt sich Mirelles Gesicht röter. Jede Sekunde rechne ich damit, dass er sich verwandelt, doch sein Wille scheint eisern. Nicht einmal seine Konturen zucken. »Nimm das zurück«, giftet er lediglich.

»Das werde ich nicht tun. Wer sagt uns überhaupt, dass Alistair richtigliegt? Was ist, wenn es diese Quelle gar nicht gibt? Wenn das Mädchen gar nicht ist, was sie angeblich sein soll? Was ist, wenn er auch dir einen wesentlichen Teil verheimlicht?«

Mirelle schnaubt fassungslos. »Er teilt uns *alles* mit. Du bist ja vollkommen übergeschnappt! Was zum Henker hat Will dir für Flausen in den Kopf gesetzt?«

»Gar keine, die Überlegungen kommen von mir, denn hier passt einiges nicht zusammen.«

Kaum habe ich das letzte Wort gesprochen, erreicht ein stechender Schmerz meinen Kopf. Das Gefühl bohrt sich durch die Schläfen in mein Gehirn, baut Druck auf und Sekunden später breche ich auf der Straße zusammen.

8. Kapitel

6. März 2019

Erin

Die Sonne kitzelt mein Gesicht, als ich an diesem Morgen die Augen öffne. Alex' Bett ist leer, ihre Decke unachtsam zur Seite geworfen, Klamotten unordentlich auf der Matratze verstreut.

Mann, muss ich tief geschlafen haben, wenn ich ihr Anziehintermezzo verpasst habe, denke ich und strecke meine Arme. Da ich weder zur Schule muss noch andere dringende Erledigungen zu machen habe, kann ich ohne schlechtes Gewissen liegen bleiben.

Meine Gedanken wandern zum gestrigen Abend. Hollys Kreuzverhör hat sich gestern glücklicherweise in Grenzen gehalten. Und keine Ahnung, wie ich es bewerkstelligt habe, doch sie hat mir meine erfundene Geschichte restlos abgenommen.

Da die Zeit bei Nel, dank Hollys Androhung, bei Weitem nicht ausreichend war, um *alles* zu besprechen, habe ich nach dem Abendessen ewig lange mit ihr telefoniert.

Inzwischen setzt sich das gesamte Ausmaß der Katastrophe wie ein gigantisches Puzzle zusammen.

Nel hat hinter mir jemanden gesehen, und zwar einen Typen, der dem neuen Freund ihrer Mutter zum Verwechseln ähnlichsah. Sie hatte Angst, beim Schwänzen erwischt zu werden, auch wenn das Nachhausebringen einer labilen Mitschülerin meiner Meinung nach nicht unbedingt in die Kategorie des Schwänzens zählt.

Den Rest muss ich mir aus Actionserien und einigen Gehirnwindungen zu viel zusammengereimt haben, und voilá: Ich bin vollkommen übergeschnappt.

Glücklicherweise habe ich in Nel eine Zuhörerin und Therapeutin gefunden. Jedes Detail habe ich ihr erzählt, mit dem Ergebnis, dass wir uns darauf geeinigt haben, dass *niemand jemals* etwas von der Geschichte erfahren sollte.

Nachdenklich starre ich an die Decke. Etwas komisch ist mir schon, wenn ich den gestrigen Tag reflektiere. Auch wenn es Einbildung war, hat es sich so real angefühlt. Ich schließe die Augen und kann sein Bild vor mir sehen. Sein Gesicht ist meinem ganz nah. Die grauen Augen starren mich eiskalt an. Seine Mundwinkel verziehen sich zu einem spöttischen Lächeln. Die Haare sind kurz und schwarz. Verhöhnt er mich? Belustigt darüber, dass ich geglaubt habe, dass er echt ist? Ich betrachte die Szene weiter, entdeckt das Messer in seiner Hand. Das herausfordernde Funkeln der Klinge, doch weitaus gefährlicher sind die Finger, die den Knauf umschließen. Spitze Krallen haben sich durch die Kuppen gebohrt. Er streckt die freie Hand nach mir aus, ich spüre die scharfen Klauen an meinem Hals. Sie ziehen sich langsam über meine Kehle. »Du wirst sterben«, flüstert er.

Ich reiße meine Augen auf und kann im letzten Moment einen Aufschrei, der Holly zu hundert Prozent aus dem Bett geholt und alarmiert hätte, verhindern.

Langsam verschwindet das Bild des Fremden, das unruhige Gefühl hingegen bleibt erhalten. Ich zwinge mich, ruhig zu atmen, und plötzlich ist mir heiß. Mit einem Ruck werfe ich die Decke von mir und liege lediglich mit meinem dünnen Schlafshirt und Shorts bekleidet da. Mein Atem geht stoßweise. Dennoch weicht die Anspannung langsam.

»Es war bloß ein Traum«, flüstere ich und drehe mich auf die Seite. Obwohl mir von vornherein klar ist, dass ich nicht wieder einschlafen kann, versuche ich es trotzdem. Allein deshalb, weil ich sonst keine Ahnung habe, was ich mit dem ganzen Tag anfangen soll, außer langsam verrückt zu werden.

Geschlagene zehn Minuten liege ich still da, doch in meinem Schädel arbeitet es unaufhörlich, und so gebe ich letzten Endes den Versuch auf und richte mich auf.

»Und nun? Was mache ich jetzt?«, überlege ich laut und meine damit nicht ausschließlich die Frage einer Tagesgestaltung, sondern auch die, wie ich in Zukunft mit Holly umgehen soll. Mit der rechten Hand massiere ich mir die Schläfen. Meine Ziehmutter hat mich seit dem kurzen Gespräch beim Abendessen in Ruhe gelassen. Keine Fragen, keine Vorträge, keine Belehrungen. Meine Behauptungen waren allesamt Lügen, und normalerweise riecht sie die auf hundert Kilometer Entfernung. *Warum hat sie mir geglaubt? Und weshalb hat sie sich so komisch aufgeführt?*

Auch wenn Holly versucht hat, es zu verbergen: Ihre Seitenblicke, die Unruhe, mit der sie unsere Wohnungstür im Auge hatte, und das Zucken, als ein Auto vor dem Haus eine Fehlzündung hatte, habe ich durchaus bemerkt.

Sie verhält sich mindestens so komisch wie ich, und das beunruhigt mich. Bangt sie etwa um meinen Geisteszustand oder ist noch etwas anderes im Spiel?

Ein Geräusch auf dem Flur unterbricht meine Gedanken. Sofort stellen sich mir die Nackenhaare auf und ich krieche, krampfhaft lauschend, ein Stück näher zum Bettrand. Ich höre etwas, leise Schritte. *Alex ist in der Schule. Holly?* Meine Ziehmutter hatte Nachtschicht im Krankenhaus, normalerweise schläft sie um diese Zeit …

Ich kann es mir kaum vorstellen.

Erneut vernehme ich den Klang. Mutig fasse ich einen Entschluss und stehe so leise wie möglich auf. Mein Steiß schmerzt bei jeder Bewegung, jedoch ist das Gefühl weitaus erträglicher als gestern. *Glück gehabt,* denke ich.

Besonnen gehe ich zur Tür, darauf bedacht, kein Geräusch zu verursachen. Als ich sie fast erreicht habe, regt sich etwas auf der anderen Seite. Es klingt fast, als würde jemand seine Hand auf die Klinke legen. Mein Herz sackt mir in die Hose und ich greife automatisch nach dem Cricketschläger meiner Adoptivschwester, der in einem Ständer an der Wand lehnt.

Mit hoch erhobenem Schläger visiere ich die geschlossene Tür, lege die Hand an die Klinke und reiße sie auf, bevor mich derjenige überraschen kann.

Ich hole zum Schlag aus und kann geradeso im letzten Moment stoppen, als ich mein Gegenüber erkenne.

»Nelly? Her Gott, was schleichst du hier rum? Ich hätte dir um ein Haar eins übergebraten!«, schimpfe ich und fuchtle mit meiner Waffe vor ihrer Nase herum.

»Nimm das Ding runter«, befiehlt sie und schiebt sich statt einer Antwort an mir vorbei ins Zimmer.

Mit offenem Mund verfolge ich sie.

»Nel, was machst du hier? Du hast doch Schule! Und wie kommst du überhaupt hier rein?«

»Mathe fällt aus und den hast du gestern bei mir vergessen.« Sie wirft mir meinen Schlüssel hin. »Jetzt mach den Mund zu und hör auf, sinnlose Fragen zu stellen. Ich habe nicht viel Zeit und wollte dir lediglich etwas vorbeibringen.« Sie kramt in ihrer Schultasche und reicht mir ein Stück Papier, dem ich nur flüchtig Beachtung schenke.

»Das mit den Aufgaben von Miss Edward war eigentlich eine Ausrede«, beginne ich, doch Nellys Gesichtsausdruck lässt mich verstummen und mich dem Fetzen Papier erneut zuwenden.

»Schatten – dunkle Wesen, die sich von Angst nähren. Manche Menschen können sie wahrnehmen, anderen bleiben sie verborgen.«

»Echt jetzt, Nel? Wir waren uns doch einig, dass wir das Thema in der Versenkung verschwinden lassen.«

»Das, was du gestern gesagt hast, hat mich einfach nicht losgelassen«, gesteht sie. »Lies es, denk darüber nach oder lass es bleiben. Ich muss wieder los.« Ohne ein weiteres Wort dreht sie sich um und verschwindet aus meinem Zimmer.

Einen Moment sehe ich ihr nach, dann öffne ich die oberste Schublade meines Nachttisches und lasse den Zettel hineingleiten. Ich will gar nicht wissen, was noch darauf steht.

Ich will die Schublade gerade schließen, da fällt mir ein anderes Stück Papier auf. Eine Karte, die ich als Übung für unsere nächste Kunstklausur gezeichnet habe. Irritiert greife ich nach der Bleistiftsskizze meiner Fantasywelt und bin mir zu hundert Prozent sicher, dass ich sie nie in den Nachtschrank gelegt habe.

Irgendwann muss ich wieder eingeschlafen sein.

Ich öffne die Augen und bemerke sofort, dass jemand im Zimmer gewesen sein muss. Alex' Klamottenchaos ist beseitigt, ihr Bett gemacht. Die Vorhänge sind zugezogen und sperren einen großen Teil des Tageslichtes aus.

»Shit, fast den ganzen Tag verschlafen!«, schimpfe ich und richte mich auf. »O Mann, warum bin ich wieder ins Bett gegangen? Hätte ich mir nicht wenigstens den blöden Wecker stellen können?«, meckere ich und schaue auf den Nachttisch. Das Ladekabel hängt lose herab, mein Handy ist nicht da. *Stimmt, ich habe es ja gestern irgendwo zwischen dem Herrenhaus und hier verloren,* fällt mir ein und greife mir an die Schläfen, als mir die Umstände wieder ins Gedächtnis kommen. Stöhnend vergrabe ich mich im Kissen.

Ich fühle mich vollkommen gerädert.

Es klopft.

»Ja?«

»Erin, Schätzchen, bist du auf? Es gibt gleich Mittagessen. Alex müsste jede Sekunde aus der Schule kommen.«

Alex? Mittagessen? Ich vergaß, das Leben geht weiter.

Mühsam rapple ich mich auf, rufe fix ein: »Ich komme gleich, ich mache mich schnell fertig« durch die Tür und fische neue Kleidung aus meinem Schrank. Ganz klassisch entscheide ich mich für Jeans und ein schlichtes Shirt. Kann schließlich nicht jeder so einen Aufriss um seine Garderobe machen wie meine werte Adoptivschwester.

Als ich den kleinen Flur betrete, ist Holly bereits in der Küche verschwunden. Rasch nehme ich die zwei Schritte zum Bad.

Ich muss mein Handy suchen, denke ich, als ich mir die Zahnbürste schnappe. *Ich muss es finden, bevor Holly erfährt, dass ich es verloren habe, und vor allem, wie es dazu kam …*

Äußerlich erfrischt trete ich aus dem Badezimmer und stoße fast mit Alex zusammen.

»Kannst du nicht aufpassen?«, herrscht sie mich an.

»Tut mir leid, das war keine Absicht.«

»Natürlich …« Sie verdreht die Augen, bevor sie weiterrauscht.

»Sag mal, was ist eigentlich dein Problem?« Schnaubend folge ich ihr.

»Ich habe kein Problem.«

»So wirkst du ganz und gar nicht.«

»Hm.«

»Sag doch einfach, was dich stört, dann können wir dieses Zickentheater endlich beenden!«, stöhne ich.

»Also gut, du störst mich, und jetzt? Verschwindest du einfach? Hast du gelernt, wie du dich bei deinen Anfällen auflösen kannst?«

Wenn es mir nicht die Sprache verschlagen hätte, würde ich etwas Gehässiges entgegnen, doch ich tue es nicht. Wütend starrt Alex mich an. »Du nimmst mir alles, weißt du das? Ich hasse dich dafür!«

Ich verstehe sofort, auf was sie anspielt. *Holly, aber bald wird sich dieses Problem für Alex lösen und für mich auch, in gewisser Weise.* Stumm drehe ich mich um und verlasse das Zimmer. Doch schon kurz hinter dem Türrahmen überkommt mich das altbekannte Gefühl und wenig später kommt der Boden näher.

Finley

»Wage es nicht, erneut mich oder unsere Sache infrage zu stellen. Erst recht nicht vor jemandem, der mir dient! Was bildest du dir ein?«, kreischt die Stimme und ein pochender Schmerz durchfährt meine Glieder.

»Sie haben die Magie und die Macht, aber die Zeiten ändern sich. Wir werden ihnen die Quelle nehmen und auch die Letzte ihrer Art ausmerzen. Hast du das verstanden? Du wirst mir dienen und tun, was ich verlange. Du musst.«

Erneut trifft eine Woge des Schmerzes auf mich. Ich keuche und krümme mich, dann wache ich mit dröhnendem Schädel auf.

»Scheiße«, fluche ich und versuche mich zu orientieren. Ich weiß, dass ich zusammengebrochen bin, doch das war auf offener Straße. Jetzt bin ich in einem fremden Bett in einem unbekannten Zimmer. Lediglich schemenhaftes Licht vom Mond dringt herein und doch habe ich keine Probleme, die Umgebung zu erkennen. Ein Schatten in seinem natürlichen Umfeld.

Stöhnend fasse ich mir an die Schläfe. Das Pochen ist immer noch da, genauso wie seine Worte, die unaufhörlich nachhallen. »Du musst.« Eine Warnung, die mich an meine Bestimmung erinnern soll. Anders ausgedrückt: ein Befehl. Mein Körper ist klatschnass, genauso wie das Laken, auf dem ich liege.

»Warum konnte ich nicht einfach meine dumme Klappe halten?«

»Das konntest du doch nie.«

Ich fahre herum und fixiere die schemenhaften Umrisse. »Ich dachte, ihr gönnt mir wenigstens etwas Privatsphäre«, schnaube ich verächtlich.

»Du trägst deine Nase ziemlich weit oben, hat er dir nicht eben erst den Kopf zurechtgerückt? Möchtest du eine weitere Runde?« Mein Gegenüber tritt ins Mondlicht und grinst gefährlich. Im Nu bin ich auf den Beinen und stehe vor ihm.

»Nein danke«, knurre ich.

»Dann reiß dich zusammen. Wir haben einen Auftrag.« Er wirft mir einige Sachen hin und dreht sich um. Ich will etwas erwidern, da registriere ich, dass ich in Boxershorts vor ihm stehe, und schlüpfe, ohne ein Wort zu sagen, in die Klamotten.

»So ist es brav«, lobt er mich wie einen Hund und erntet damit einen grimmigen Seitenblick. »Und nun zum wichtigen Teil, unserem Plan B. Bring das Mädchen heute Abend hierher, wir werden auf euch warten.«

»Ich soll sie zu euch bringen? Hierher? Ist das euer Ernst? Ihr wollt ihr hier gegenübertreten und die Tarnung auffliegen lassen?«

»Ja, das ist unser Plan.«

»Und warum, bitteschön?«

»Weil wir entschieden haben, uns zu zeigen, und mit ihr reden wollen.«

»Mit ihr reden?«

»Genau.«

»Wir sollten sie umbringen, das ist es, was wir tun sollten.«

»Finley, bitte. Keine weitere dieser endlosen Debatten. Du weißt, dass wir die Quelle brauchen. Es gibt keinen anderen Weg, sie ein für alle Mal auszurotten und unseren Freunden zu helfen.«

»Wenn es keine Nachkommen gibt, sind die Springer ausgerottet. Ergo stellen sie keine Gefahr mehr dar, und was unsere sogenannten Freund betrifft, bin ich mir nicht so sicher, ob wir sie wirklich hier in dieser Welt haben wollen.«

»Aber können wir wirklich sicher sein? Vielleicht kraucht aus irgendeinem Loch ein entfernter Verwandter, bekommt die Quelle, und wir sind am Arsch. Das Risiko können wir nicht eingehen.«

Ich verdrehe die Augen. »Und Hunde können ab morgen fliegen.« *Als ob ich an so einen unglaublichen Zufall glauben würde.*

»Wäre es möglich, dass du deine Gedanken für dich behältst?«

»Warum, wenn ich jeden damit erfreuen kann?«

»Bring Erin einfach her.« Er wendet sich ab, entschlossen, das Gespräch zu beenden.

»Eh, *wie* soll ich das anstellen? Wo sind wir hier überhaupt?«

»In einer ehemaligen Fabrik, aber du wirst den Weg schon finden. Davon bin ich überzeugt. Was das andere betrifft: Überleg dir was. Das *Wie* war doch bisher nie ein Problem.« Er zwinkert.

»Nein, in *der* Hinsicht brauche ich wahrlich keine Beschreibung, aber ich will wissen, ob *sie* wissen darf, wo ich sie hinbringe.«

»Nach dem heutigen Tag ist sowieso so ziemlich alles hinfällig.«

Überrascht schaue ich ihn an. »Warum?«

Lass zu, was du bist,

damit **du**

werden kannst,

was **du** musst.

TEIL 2

»Dunkel die Tage, dahin ist das Licht.
Was einst gleich, ist auf ewig im Ungleichgewicht.«

Magiesprung Chronik (Juni 1940)

9. Kapitel

Erin

Panisch greife ich um mich, bevor ich die Augen öffne. Ich liege in meinem Zimmer und die Hände wühlen sich in die Bettdecke. Das Letzte, an das ich mich erinnern kann, ist mein Zusammenbruch im Türrahmen. Erneut … *Jemand muss mich hierhergebracht haben. Alex? Holly? Warum bin ich nicht im Krankenhaus, ich hatte doch einen Anfall?* Verwirrt schaue ich mich um, alles wirkt wie immer.

Oder bin ich gestorben? Ist all das gar nicht real? Lediglich ein Abklatsch der wirklichen Welt, um den Übergang zu erleichtern? Ich richte mich auf und spähe an mir hinab. Ich trage die Kleidung von vorhin.

Erhebt sich bloß mein Geist, wenn ich jetzt aufstehe? Ruckartig werfe ich die Decke zur Seite und probiere es. Der höllische Schmerz in meinem Steiß, der durch den erneuten Sturz an Intensität gewonnen hat, lässt keinerlei Zweifel daran, dass ich am Leben bin. Zwangsläufig keuche ich und ein Fluch teilt meine Lippen.

Ich selbst finde meinen Kraftausdruck nicht unbedingt laut, doch offenbar war er laut genug, um meine Ziehmutter auf den Plan zu rufen.

»Erin, Kind, Gott sei Dank, du bist wach.« Mütterliche Fürsorge steht ihr ins Gesicht geschrieben.

»Holly, was ist los? Warum bin ich nicht im Krankenhaus?«

Stumm beißt sie sich auf die Lippen.

»Holly?«

»Ach, Erin«, schnieft sie und langsam bekomme ich Muffensausen.

»Holly, du machst mir Angst. Rück raus mit der Sprache, was wird hier gespielt? Liege ich im Sterben?« Selbst ich bemerke, wie schrill ich klinge.

Beschwichtigend hebt Holly die Hände. »Oh Gott, natürlich nicht. Es ist bloß, ich weiß nicht, wie ich es dir sagen soll.«

»Fang doch mit dem Anfang an?«

In ihren Augen glitzern Tränen. »Wie geht es dir?«

Ich zucke mit den Schultern. »Eigentlich alles okay.« Das ist keine Lüge. Im Gegenteil, es ist fast eine Untertreibung, denn ich fühle mich richtig gut.

Holly tritt näher an das Bett, setzt sich auf die Kante und bedeutet mir, es ihr gleichzutun. Widerwillig gehorche ich.

»Holly, jetzt rück endlich mit der Sprache raus. Was ist los? Hat es etwas mit den Ärzten zu tun? Mit dem, was sie beim letzten Mal gesagt haben?«

»Die Ärzte wissen gar nichts«, antwortet sie nach einer quälend langen Pause.

»Wie bitte? Was sagst du da?«, bringe ich mit zunehmend trockenerem Mund hervor. Übt Holly sich neuerdings in ärztlichen Diagnosen?

»Schau mich nicht so skeptisch an, du brauchst keinen Arzt! Du hast nie einen gebraucht.«

»Holly, ist alles in Ordnung mit dir? Wie fühlst du dich?«, frage ich betont langsam, da ihre Art und die entsprechende Äußerung mich an unsere letzte Biostunde erinnern. Es ging um einen Mann, der einen Schlaganfall hatte und niemand hat es bemerkt.

»Natürlich geht es mir gut. Warum fragst du mich so etwas Dummes?«, echauffiert sie sich, doch ich bin wenig überzeugt.

»Lächle mal und zieh dabei die Schultern nach oben«, befehle ich.

»Könntest du damit aufhören, mich wie einen Schlaganfallpatienten zu behandeln?«

»Was wird hier dann gespielt? Hör auf, mich zu verarschen.«

Ein mysteriöses Lächeln tritt in ihr Gesicht. »Erin, niemand führt dich an der Nase herum, nicht länger.«

»Du hörst dich selbst reden, oder?« Stirnrunzelnd betrachte ich sie und verstehe lediglich Bahnhof. Holly seufzt.

»Ich dachte, es würde an dir vorübergehen, wenn ich dich normal erziehe. Wenn du keine Ahnung von nichts hast und wie die anderen Kinder wärst. Bis zum Schluss hatte ich die Hoffnung, dass es vorbeigeht. Dass sie feststellt, dass sie in dir keinen Nährboden findet, aber das Schicksal, deine Bestimmung, kann ich nicht austricksen.

Es gibt so vieles, das du wissen musst, und doch bin ich nicht die Richtige, um dir alles zu erklären. Ich verstehe zu wenig von diesen Dingen. Paul wird das übernehmen …«

»Wer ist Paul?«, unterbreche ich sie, denn den Namen habe ich bisher nie gehört.

»Ein alter Freund der Familie.«

»Und was verdammt soll der mir erklären? Was hat das alles mit meinen Anfällen zu tun?«

»Das sind keine Anfälle, zumindest keine, die lebensbedrohlich sind. Sie werden vorbeigehen.«

»Ist das dein Ernst? Das sagst du mir jetzt?« Vorwurfsvoll schaue ich ihr direkt in die glasigen Augen.

»Erin, es tut mir leid.«

»Holly, wenn das wirklich wahr ist …« Ich verstumme. »Du wusstest, was die Ärzte mir gesagt haben. Jedes Mal hast du mich ins Krankenhaus geschleift. Ich habe alles Mögliche über mich ergehen lassen müssen. Ich hatte Angst und Schmerzen und jetzt eröffnest du mir, dass alles unnötig war?« Tränen bahnen sich ihren Weg nach draußen und zwingen mich dazu, mich von ihr abzuwenden. *Sie hat mich verraten.*

»Paul wird dir heute Abend alles erzählen, was er weiß. Dann wirst du es, und vielleicht auch mich und mein Verhalten, verstehen. Glaub mir, ich wollte das hier nie.«

»Wenn du es nie wolltest, weshalb hast du mir nicht von Anfang an die Wahrheit erzählt? Warum hast du mich in dem Glauben gelassen, todkrank zu sein?« Wut spricht aus mir.

»Ich wollte dich schützen. Es tut mir leid.«

»Dafür ist es wahrlich spät, findest du nicht auch?« Verächtlich starre ich sie, die ebenfalls einen Kampf mit den Tränen führt, an.

»Nachher«, murmelt sie, »nachher wirst du es verstehen.« Dann steht sie auf und geht, dreht sich im Türrahmen noch einmal um. »Ich muss jetzt los, ein bisschen was einkaufen. Im Kühlschrank steht etwas von heute Mittag. Bedien dich ruhig. Alex ist bei ihrer Freundin und wird dort übernachten. Du hast also dein eigenes Reich.«

Nachdem ich vernommen habe, dass Holly die Wohnungstür geschlossen hat, stakse ich in die kleine, aber gemütlich und herzlich eingerichtete Küche. Zielstrebig gehe ich zum Kühlschrank, lokalisiere die Reste der Lasagne und greife sie mir. Kurz überlege ich, ob ich sie in die Mikrowelle schiebe, dann überwiegt mein Hunger und ich habe das riesige Stück aufgefuttert, bevor ich überhaupt in der Nähe unseres Esstisches bin.

Satt und zufrieden stelle ich den Teller in die Spüle und angle mir die Zeitung aus der Ablage, um mich auf andere Gedanken zu bringen.

Fix überfliege ich die Überschriften: *»Star XY hat ein Haus in Manolin gekauft«*, *»Auto in Innenstadt gestohlen«*, *Frühlingsmarathon – alle Straßensperrungen für Manolin«*. Als meine Augen die Zeile *»5 Kilo in 3 Tage verlieren«* finden, lege ich die Zeitung beiseite. »Als wenn nichts Wichtiges in der Welt geschieht«, gebe ich genervt von mir. »Und jetzt?« Ich fixiere die Küchenuhr. Es ist erst fünf und ich entscheide mich spontan für ein ausgiebiges Bad.

»Erin, Paul ist jeden Moment da, beeilst du dich bitte?«, dringt Hollys Stimme aus dem Flur zu mir. Als ich mich seufzend aufsetze, stelle ich fest, dass auch das Erholungsbad keine Garantie für die Vernichtung all meiner Probleme ist. Eines davon rückt in diesem Moment besonders in den Fokus: mein schmerzender Steiß. Während ich mich frage, ob ich es überhaupt aus der Wanne schaffen werde, starte ich bereits den ersten Versuch. Ungelenk ziehe ich mich an der Metallstange, dem Haltegriff für alte Damen, den ich sonst belächle, nach oben. Ich habe es fast geschafft, als sich jemand räuspert.

Vor Schreck lasse ich den Griff wieder los. Mit einem mörderisch lauten Platschen schlägt das Wasser über meinem Körper zusammen und schwappt über den Wannenrand. Pfützen sammeln sich auf den Bodenfliesen.

»Erin, ist alles in Ordnung da drinnen?« Holly klingt alarmiert.

»Ein Wort über mich und ich töte sie alle«, zischt der Fremde. Ich sehe das Messer in seiner Hand aufblitzen und habe keinen Zweifel daran, dass er den Worten, wenn nötig, Taten folgen lassen wird. Seine grauen Augen mustern mich eiskalt und ich muss meine gesamte Willenskraft aufbringen, um Holly zu antworten. »Ja, bei mir ist alles okay. Ich bin bloß ausgerutscht. Du weißt schon, Tollpatschigkeit und so. Ich bin in einer Minute da.«

»Sicher?«

»Was ist das denn für eine Frage?«, bekomme ich betont locker raus und lasse den Typen keinen Moment aus den Augen. *Bitte geh einfach,* flehe ich im Stillen. Meine Gebete werden erhört, als es im nächsten Moment an der Tür schellt.

»Oh, da ist er. Beeil dich, wir warten derweil im Wohnzimmer.«

Obwohl ich meilenweit davon entfernt bin, mich zu entspannen, bin ich erleichtert, als ihre Schritte im Flur verklingen.

»Sehr vernünftig von dir, und jetzt raus aus da«, befiehlt mir der Fremde, den ich als den Typen, der mich verfolgt hat, erkenne.

»Dich gibt es ja wirklich«, keuche ich.

»Was du nicht sagst. War dir unsere letzte Begegnung nicht real genug?« Er legt den Kopf schief.

»Na ja …«, stammle ich, während sich die Situation wandelt.

»Na ja, was?«

»Du hast dich verwandelt. Ganz komisch, wie bei Spiderman, bloß in keinen Typen mit einem Cape. Ich … du … hattest Klauen und Krallen!« Ich erstarre und betrachte seine Hände. Die eine hängt lässig herab, die andere hält das Messer. Stinknormale, einfache Männerhände ohne Krallen oder modischen Schnickschnack. Ich greife mir an den Kopf und stöhne.

»Das hast du gesehen?«

»Hm«, entgegne ich und bin mir plötzlich nicht länger sicher. »Was willst du von mir? Und wie kommst du überhaupt hier rein?« Ich versuche, cool zu klingen.

»Genug geredet. Komm jetzt endlich da raus«, knurrt er erneut und ich frage mich langsam, ob der Wortschatz dieses Typen so begrenzt ist oder ob ihm die ganze Sache genauso unangenehm ist wie mir selbst, denn ich liege immerhin *nackt* in der Wanne. Aus diesem speziellen und mir vollkommen ausreichenden Grund weigere ich mich auch vehement, aufzustehen. Meiner Meinung nach hat dieser Perverse genug Einblicke erhalten. Ich lasse mich lieber erstechen, als dass ich komplett blankziehe.

»Nein, ich bleibe hier«, antworte ich beharrlich und häufe mithilfe meiner Arme so viel Schaum wie möglich um meinen Körper. Ein wahrlich notdürftiger Schutz vor seinen Augen, die mich hartherzig analysieren.

»Klang das in deinen Ohren wie eine Bitte? Es war eine Aufforderung.«

»*Ich* habe deine Worte durchaus verstanden, doch wie du zweifelsohne bemerkt hast, nehme ich gerade ein Bad. Das tut man üblicherweise nackt und daher werde ich den Teufel tun und aufstehen!«

»Das ist die letzte Warnung.« Sein Ton veranlasst meine Nackenhaare dazu, sich aufzustellen, und jagt mir einen Schauer über den Rücken. Das Messer in seiner Hand schwingt drohend über mir.

Tu es einfach, warnt mich meine Intuition, aber ich kann mich nicht überwinden. »Nein.«

»Wie bitte?« Perplex blinzelt er mich an. Auf einen erneuten Widerstand scheint er nicht gefasst gewesen zu sein.

»Ich sagte *nein.*« Ich weiß selbst nicht, woher ich die Courage nehme, ihm die Stirn zu bieten. Sie ist einfach da, und außerdem: *Es ist bloß ein Traum. Ich muss wieder eingeschlafen sein.*

»Willst du meine Nerven wirklich derartig überspannen, Mädchen? Wenn es sein muss, dann zerre ich dich an den Haaren aus dieser Wanne. Hast du verstanden?« Er spricht so laut, dass ich sicher bin, dass man ihn problemlos bis ins Wohnzimmer hören kann, und ich rechne jeden Moment damit, dass an die Tür geklopft wird. Die Sekunden verstreichen und nichts geschieht, was die Traumthese untermauert.

»Wird's bald?« Mit verschränkten Armen steht er da. »Das ist *kein* Scherz! Ich zähle bis drei und dann bist du da raus!« Drohend macht er einen weiteren Schritt auf mich zu. Inzwischen steht er unmittelbar vor der Badewanne. Deutlich erkenne ich, wie eine der Adern an seiner Schläfe pocht.

Ach herrje, ist dieser Traum verdammt realistisch. »Und wenn nicht?«

»Du denkst, dass du eine extrem Schlaue bist, oder? Für dich ist das alles ein Spiel. Vielleicht bist du auch der Meinung, dass du träumst, aber weißt du was? Das hier ist das wahre Leben. Wenn du stirbst, bist du tot und wachst nicht aus irgendeinem Albtraum auf.«

»Ach, ist es das? Und wie kommt man in ein verschlossenes Badezimmer, in einer fremden Wohnung, vorbei an mindestens einem Menschen? Kannst du fliegen oder durch Wände gehen wie ein verfluchter Geist? Obwohl, du bist eher ein Dämon.«

Die grauen Augen meines Gegenübers fixieren mich. Im nächsten Moment steht er über mir und hält mir eines seiner Messer an den Hals.

»Und wie fühlt sich das an? Wie in einem Traum? Weich und flauschig wie deine Bettdecke? Oder eher kalt, als wäre ich ein Geist, pardon, Dämon?«

Ich spüre zuerst das kalte Metall an meinem Hals, dann den Schnitt. Ein unangenehmes Brennen durchzieht meinen Körper. *Nein, das ist definitiv kein Traum.* Ich erstarre.

»Gut, du hast endlich verstanden. Beenden wir das Schmierentheater. Steh auf.«

Der Fremde nimmt das Messer von meinem Hals und richtet sich zu voller Größe auf. Verbissen sucht mein Gehirn einen Ausweg, findet jedoch keinen, und gezwungenermaßen gebe ich mich geschlagen. »Bitte dreh dich um«, flüstere ich und mit Erstaunen bemerke ich, dass er meiner leisen Bitte kommentarlos Folge leistet und mir den Rücken zuwendet.

Das wäre der perfekte Moment, um ihm ein Messer in den Rücken zu jagen. Der Gedanke kommt und bleibt. Leider habe ich weder eine Waffe noch bin ich gelenkig genug – und dann wäre da die Frage, ob ich tatsächlich dazu in der Lage wäre.

Stattdessen stelle ich mich schwerfällig hin, greife nach einem Handtuch und wickle es mir um, bevor ich mich an der bevorstehenden Aufgabe versuche.

So einfach, wie es klingt, ist es nicht. Der hohe Rand in Verbindung mit meinem lädierten Arsch ist eine denkbar schlechte Kombination. Mühsam versuche ich, das Bein hochzunehmen, aber der pochende Schmerz lässt mich innehalten.

»Wir haben nicht den ganzen Abend Zeit.« Grimmig schaut der Fremde über seine Schulter.

»Hey! Du solltest dich umdrehen«, schimpfe ich und mühe mich weiter ab.

»Ich *bin* umgedreht.«

»Ach, wirklich?«

»Ja«, faucht er und im nächsten Moment dreht er seinen ganzen Körper zu mir, macht einen Schritt nach vorn und holt mich mit einer fließenden Bewegung aus dem Wasser. »Genug Zeit vergeudet. Wir müssen los«, fügt er hinzu und wirft mir meine Sachen hin. »Mach schon, zieh dich an.« Mit diesen Worten wendet er sich wieder ab und blickt aus dem Fenster.

Ich schlüpfe mit hochrotem Kopf in meine Unterwäsche und werfe einen verstohlenen Blick zur Tür.

»Wag es gar nicht erst, daran zu denken.«

»Woher willst du wissen, an was ich denken werde?«, maule ich.

»Sagen wir Intuition.«

»Dann liegt deine Intuition falsch.«

»Das tut sie mit Sicherheit nicht.«

Ertappt seufze ich und beginne damit, mir Pulli und Hose überzuzerren. Zehn Minuten und einen Kampf mit meinen Klamotten später bin ich fertig.

»Und jetzt?«, funkle ich den Fremden auffordernd an.

»Jetzt werden wir gehen!«

»Wohin und vor allem wo lang? Wie dir bestimmt nicht entgangen ist, kann *ich* nicht durch Wände gehen. Nehmen wir stattdessen das Fenster? Springen wir hinaus und du verwandelst dich in eine Fledermaus, die uns beide in die Nacht hinausträgt? Oder überlegst du gerade, ob du mich einfach aus dem Fenster wirfst?«

»So verlockend dein letzter Kommentar auch klingt, und glaube mir, im Normalfall würde ich nicht zögern, begnüge mich damit, klassisch die Tür zu nutzen. Geraume Zeit wirst du wohl am Leben bleiben müssen.«

»Oh, wow, ein richtiger Gönner. Also diese hier?« Ich zeige erstaunt auf die Badezimmertür.

»Genau die. Oder siehst du irgendwo eine andere?«

»Nein, bloß kommen wir unweigerlich an den anderen vorbei und …«

»Ich vertraue darauf, dass du keine Mätzchen machst und ein vernünftiges Mädchen bist. Wenn sie fragen, sag einfach, dass du kurz an die frische Luft willst und gleich wieder da bist.«

»Das sollen sie mir glauben?«

»Natürlich. Übrigens, ein Wort über mich oder ein sinnloser Fluchtversuch deinerseits und du bringst mich dazu, eine riesige Schweinerei anrichten zu müssen, die ich bei meinem Glück danach sauber machen darf. Sei also ein liebes Mädchen und befolge meine Anweisungen.« Drohend nimmt er mich ins Visier und machte eine eindeutige Geste mit dem Messer.

»Und wenn uns einer entgegenkommt? Was soll ich sagen? *Hey Holly, das ist mein neuer Freund. Keine Angst wegen des Messers, ich find das toll. Wir üben gerade für ein Rollenspiel?*«

»Zum Beispiel«, antwortet er, dann kommt er näher. Zu nah. Ich spüre seinen Atem auf meiner Wange und das Messer an meinem Bauch.

»Ich merke, wir verstehen uns. Können wir?«

Wie ich rhetorische Fragen hasse.

Finley

Dem Schatten in mir war es ein Leichtes, in die Wohnung zu gelangen, schwieriger war hingegen, ihn wieder zurückzudrängen. Zu gerne würde er bleiben, dummerweise jedoch auch das Mädchen ohne zu zögern um die Ecke bringen.

Mein Atem geht stoßweise, als ich in dem Winzzimmer, das diese Menschen *Bad* nennen, stehe und den Schatten endgültig verdrängt habe. Ich spüre, wie er in mir tobt.

Halt dich zurück!, befehle ich und weise ihn in seine Schranken. Er murrt und windet sich, dann gibt er endlich auf. Zumindest für den Moment.

Frustriert greife ich mir an den Kopf. *Es wird immer schlimmer.*

Ich fixiere die Wanne, in der sich das Mädchen befindet. Es hat mich bisher nicht bemerkt. Die Augen sind geschlossen und kurz darauf taucht es gänzlich unter Wasser.

Ich müsste sie bloß festhalten, bis jede Luft aus ihren Lungen gewichen ist, bemerkt mein Kopf und ich zwinge mich, tief durchzuatmen, denn ich habe eine Aufgabe zu erfüllen und die beinhaltet nicht ihren Tod. Noch nicht.

Lässig stelle ich mich an den Rand und warte darauf, dass sie wieder auftaucht.

10. Kapitel

Erin

Er läuft dicht hinter mir. Ich spüre seinen Atem im Nacken und das Messer an meiner Hüfte, als ich mir meine Jacke schnappe und anschließend weiter meinen Weg durch den Flur suche. Sollten wir auf Holly oder diesen ominösen Paul treffen, ist mir schleierhaft, wie ich ihnen diese Situation plausibel erklären soll.

Dieses Thema scheint meinen Entführer jedoch nicht im Mindesten zu interessieren. Erbarmungslos schiebt er mich weiter in Richtung Flur, egal, wie steif ich mich mache. Am Ende gebe ich nach.

Glücklicherweise bleibt mir das Gespräch mit Holly erspart. Der Weg ist frei. Wie angekündigt haben sich meine Ziehmutter und Paul ins Wohnzimmer zurückgezogen. Lediglich ihre gedämpften Stimmen dringen in den Flur. Lachen gesellt sich dazu und erübrigt die Frage, warum Holly nicht schon zum hundertsten Mal an die Badezimmertür geklopft hat.

Wir haben die Wohnungstür fast erreicht und ich will ausatmen, als eine Diele unter den Füßen des Fremden knarrt.

»Erin, Schätzchen, bist du das?«, ruft Holly.

»Natürlich, wer sonst?«, antworte ich betont lässig. Jemand schiebt einen Stuhl zurück und ich bekomme es mit der Angst zu tun.

»Du, Holly? Ich muss mal ganz schnell nach unten. In einer Minute bin ich wieder da.«

Bevor sie mir antworten kann oder gar den Flur betritt, sind wir bereits aus der Tür, die knallend hinter uns ins Schloss fällt.

»Gott sei Dank«, gebe ich von mir und wische mir mit dem Handrücken über die Stirn.

»Ich weiß gar nicht, wieso du so einen Aufriss machst«, sagt er, als er mich die Stufen hinabführt.

»Und ich verstehe nicht, warum du keinen machst! Es kann unmöglich in deinem Interesse liegen, dass jemand uns so sieht.«

Nahezu teilnahmslos zuckt er mit den Achseln, während er weiterläuft, als würde es ihn nicht das Geringste angehen.

»Und jetzt?« Wir haben die enge Treppe verlassen und ich drücke die schwere Haustür nach außen auf. Kalte Abendluft schlägt mir entgegen. Es riecht angenehm nach Regen und niemand ist auf der Straße.

Er fasst mich ins Auge. »Was denkst du denn?«

»Ich glaube, fliegen fiel raus, oder?«

Ein Schnauben ertönt, dann versetzt er mir einen Stoß zwischen die Schulterblätter, der mich taumeln lässt und einen brennenden Schmerz verursacht. Ich keuche auf.

»Vorwärts! Wir haben einen weiten Weg vor uns und nicht die ganze Nacht Zeit.«

Finley

Dieses Weib macht mich fertig. Keine Anweisung kann sie ausführen, ohne sie zu hinterfragen oder sie zu kommentieren. Ihre Gedanken sind genauso nervig wie ihre Worte und ich frage mich ernsthaft, womit ich das verdient habe.

Zu gerne würde ich ihr die Kehle durchtrennen, ob mit dem Messer oder meinen Krallen spielt dabei keine Rolle. Ich will, dass sie still ist. Sofort. Für immer.

Sie ist unser Feind und Feinde müssen vernichtet werden, kommentiert der Schatten in mir. Doch ich darf ihm nicht nachgeben. Frustriert balle ich meine Hände zu Fäusten. Ich mime das Kindermädchen für eine dumme Göre, die nicht einmal in der Lage ist, die einfachsten Befehle auszuführen, ohne dass es in eine Diskussion ausartet.

Lebensaufgabe gefunden? Check!

Erin

Er bleibt seinen Worten treu ergeben.

Wir gehen wahrhaftig zu Fuß durch die Stadt und das seit ungefähr zwei Stunden. Inzwischen habe ich, wie üblich, vollkommen die Orientierung verloren. Obwohl ich mein gesamtes Leben in Manolin verbracht habe, weiß ich nicht mal, in welchem Stadtteil wir uns im Moment befinden.

Frustriert mustere ich die Hauswände. Nichts, aber auch gar nichts kommt mir bekannt vor. Selbst bei den Straßennamen klingelt bei mir nichts. *Wo sind wir?,* frage ich mich und schaue mich ratlos um.

Wie ein unheilbringender Schatten liegt die Dunkelheit über uns. Niemand kreuzt unseren Weg, die Straßen sind wie ausgestorben und unheimliche Parallelen zu dem Traum, der mich jede Nacht heimsucht, fallen mir auf. Unweigerlich ziehen sich Schauer durch meinen Körper und entgehen dem Entführer nicht.

»Du hast Angst«, stellt er mit einem süffisanten Grinsen fest. »So ist es recht, denn die solltest du auch haben.«

»Ich vor dir? Niemals!« Damit entlocke ich ihm einen amüsierten Gesichtsausdruck, dann hüllt uns die Stille erneut ein.

Wie konnte ich so blöd sein und kampflos mit einem vollkommen Fremden mitgehen?

Wegen der Menschen, die du liebst, antwortet mir mein Innerstes und ich muss ihm recht geben. Auch wenn Holly und Alex nicht meine richtige Familie sind, sind mir die beiden ans Herz gewachsen. Sie machen mein Leben komplett. Ich könnte nicht damit leben, dass ihnen meinetwegen etwas geschieht.

»Na, wo befinden wir uns?«, durchbricht er die Stille.

»Pff«, gebe ich von mir und der Fremde lacht.

»Jetzt verstehe ich, warum sie keine Angst hatten.«

»Wie bitte?« Erstaunt wirbele ich zu ihm herum. Inzwischen läuft er neben mir, das Messer hat er weggesteckt. Er scheint sich keine Sorgen zu machen, dass ich weglaufen könnte.

»Nicht so wichtig«, winkt der Typ ab.

»Finde ich doch.«

»Lass das mal meine Sorgen sein.«

»Du entführst mich und ich will gern wissen, wohin«, beharre ich.

»Du sagst es, ich *entführe* dich. Was für ein Kidnapper wäre ich denn, wenn ich meinem Opfer verrate, wohin ich es bringe?«

Skeptisch ziehe ich die Brauen nach oben, denn in meinen Augen begeht er Fehler um Fehler. Damit angefangen, dass er mit mir redet, über die Art und Weise seines Kidnappings bis hin zu der Stelle, an der er seine Forderung besser formulieren sollte. »Du solltest dir den *Leitfaden für die perfekte Entführung* mal zu Gemüte führen, bevor du hier auf Gangster machst«, kommentiere ich daher trocken und werde langsamer, um etwas Abstand zwischen uns zu bringen.

»Am besten du legst dir lieber *Wie überlebe ich eine Geiselnahme*? zu.«

»Wunderbar, dann sollten wir beide etwas für unsere Bildung tun. Wo ist die nächste Buchhandlung?« Mutig drehe ich mich um.

Erbarmungslos werde ich am Arm gepackt und weitergezerrt.

Immer wieder nett, mit dir zu reden. Du bist echt ein freundlicher Zeitgenosse.

Der Wind frischt auf und fröstelnd ziehe ich die Jacke enger um mich.

Zu allem Überfluss beginnt es zu nieseln. Ich bin erschöpft und hungrig.

Wäre das hier ein Familienausflug, hätten wir jetzt der Punkt erreicht, an dem ich anfangen würde zu jammern, doch ein Blick nach links, hinein in sein grimmiges Gesicht, erstickt mein Jammern bereits in der Kehle.

Auch wenn ich es ungern zugebe und versuche, keck zu wirken, sitzt tief in meinem Inneren eine ungeahnte Panik vor diesem Kerl, doch ich werde mich hüten, sie preiszugeben.

Angst ist eine Schwäche, die ich ihm unter keinen Umständen zeigen darf. Niemals.

Sei stark, ermutige ich. *Lass dir nichts gefallen,* bestätigt mir die Stimme in meinem Inneren und abrupt bleibe ich stehen.

Überrascht von der Aktion bleibt der Fremde einige Meter weiter ebenfalls stehen und beginnt zu schimpfen. »Was hast du denn jetzt wieder für ein Problem? Hat Queen Elizabeth keine Puste mehr? Mir egal, setz deinen Arsch in Bewegung!«

»Nein, ich bleibe hier stehen. Genau an dieser Stelle, wenn du mir nicht unverzüglich sagst, wohin uns der Weg führt.«

»Die Straße hinauf«, bemerkt er sarkastisch und selbst im schwachen Schein der Laterne bemerke ich das gefährliche Funkeln in seinen Augen.

»Und dann?«, frage ich nach.

»Beweg dich!«

»Nein!«

»Du wirst jetzt brav einen Fuß vor den anderen setzen und weitergehen! Ich bin dir keinerlei Erklärung schuldig. Los jetzt!«

»Nein!«, erwidere ich abermals und bin erstaunt, wie entschlossen mir das Wort über die Lippen gleitet. Mein Gegenüber anscheinend auch. Wortlos steht er da.

Ich nutzte seine Irritation und sehe mir die Umgebung genauer an. *Verdammt, bei Connys Geburtstag, wo ich das erste und einzige Mal an einem Joint gezogen habe, da war die Polizei sofort da. Bloß wenn man sie mal braucht, ist keiner von denen in der Nähe.*

Meine Augen streifen eine Frau im mittleren Alter, die eben aus einer Haustür getreten ist, und ohne mir weitere Gedanken zu machen, laufe ich los. Direkt auf sie zu.

Ein Mensch. Endlich.

»Hilfe! Bitte helfen Sie mir. Ich werde entführt!«, brülle ich, während ich weiter auf sie zustürme. Statt mir zu helfen, dreht sie sich abrupt um, nestelt an der Tür herum und verschwindet wieder im Haus.

Ich höre, wie die Tür von innen verriegelt wird. Außer Atem und unter Schmerzen bleibe ich davor stehen. »Miss? Hallo? Ich weiß, dass sie da sind! Bitte!« Mein Flehen klingt selbst in meinen Ohren zutiefst verzweifelt, aber nichts rührt sich hinter der Holztür.

»Mach das nie wieder!«, knurrt es neben mir. Ich habe ihn nicht kommen hören, umso überraschter fahre ich herum, da trifft mich bereits ein harter Schlag am Hinterkopf.

»Musstest du sie wirklich dermaßen außer Gefecht setzen?«

»Ja, das musste ich. Sie wollte fliehen.«

»An einfache Fesseln hast du wohl keinerlei Gedanken verschwendet? Die hätten es auch getan.«

Statt einer Antwort erklingt Gegrummel.

»Wer weiß, wie lange sie braucht, bis sie zu sich kommt. Wir haben keine Zeit, wenn ich dir das in Erinnerung rufen darf.«

»Du hast leicht reden. *Du* musstest nicht die ganze Zeit ihr sinnloses Gequassel und ihre Aufmüpfigkeit ertragen.«

»Wenn ich mich recht erinnere, war das der Sinn der Sache. Wir wollten mit ihr reden! Und nun?«

»Sie wird wieder aufwachen. Wäre es dir lieber gewesen, ich hätte sie umgebracht? Lust dazu hätte ich gehabt.«

»Finley!«

Die Männerstimmen dringen gedämpft durch den Nebelschleier, der mich umgibt. Langsam komme ich zu mir, hüte mich jedoch davor, die Augen zu öffnen und ihnen zu zeigen, dass ich wach bin. Ich weiß nicht, wo ich bin, geschweige denn mit wem, und vielleicht komme ich so an nützliche Information, die mir im Ernstfall das Leben sichern können.

Regungslos liege ich da und lausche. Dabei versuche ich, so viel wie möglich von meiner Umgebung wahrzunehmen. Ich fühle die harte Matratze, auf der ich liege. Sie wurde angekippt, sodass mein Oberkörper fast aufrecht ist. Die Haltung, in die ich gepresst werde, erinnert mich stark an ein Krankenhausbett.

Die Luft ist stickig und verbraucht. Anhand der Geräusche zähle ich mindestens drei Menschen. Ausnahmslos Männer.

Weder Hall noch Echo kann ich ausmachen und schließe daraus, dass der Raum nicht wirklich groß ist. Einer der Männer läuft links von mir unablässig auf und ab. Den Schritten und seinem Verhalten nach zu urteilen, tippe ich darauf, dass es mein Entführer ist. Die anderen beiden kann ich nicht zuordnen, wobei …

»Finley, wir wollten alles schnell und simpel über die Bühne bringen. Erinnerst du dich? Was machen wir, wenn sie unter einer Amnesie leidet?«, fragt ein Mann nachdrücklich. Das Blut in meinen Adern gefriert, als ich ihn eindeutig erkenne. *Das kann nicht sein!*

Ruckartig reiße ich die Augen auf. Ich *muss* wissen, ob ich mich täusche. Die Erkenntnis, dass ich es nicht tue, erschüttert mich zutiefst.

»Mr. Sawer.«

Im Raum ist es augenblicklich totenstill. Nahtlos alle richten ihre Aufmerksamkeit auf mich.

»Ah, du bist wach!«, bricht der Mann neben meinem Rektor die Stille.

»Und sie leidet nicht an Gedächtnisverlust«, stellt mein Entführer erfreut fest.

»An was ich leide und an was nicht, kannst du dir sonst wohin stecken!«

»Miss Summer, ich verbiete mir solche Töne! Ich habe Sie immer für eine kultivierte junge Dame gehalten, augenscheinlich muss ich im Angesicht der letzten Geschehnisse meine Meinung noch einmal gründlich überdenken.«

Ein hysterisches Lachen erklingt und mit Schrecken muss ich feststellen, dass es aus meinem Mund kommt. Ich hasche mir einen verständnislosen Blick seitens Mr. Sawer. »Was ist so witzig?«

»Sie müssen Ihre Meinung überdenken? Ich glaube, ich muss meine Meinung über *Sie* revidieren, Mr. Sawer. Was sind Sie? Ein Entführer, Schrägstrich Folterer, Schrägstrich Schulleiter?«

Der großgewachsene Mann am anderen Ende des Zimmers rückt seine Brille zurecht. Ich warte darauf, dass er beginnt, eine gut vorbereitete Ausrede runterzuleiern, doch er bleibt still.

»Wie können Sie nur? Sie sind mein Rektor!«

»Genau genommen habe ich bloß das letzte halbe Jahr die Stelle des Schuldirektors angenommen.«

»Wie bitte?«

»Ich will damit sagen, dass ich nicht einmal Lehrer bin. Mr. Scott ist leider sehr kurzfristig erkrankt und ich war sofort da.« Er zwinkert mir verschwörerisch zu. »Sie haben mich quasi mit Kusshand genommen, ohne großartig Fragen zu stellen.«

Langsam wird mir das Ausmaß der Katastrophe bewusst.

»Ihr habt mein Leben unterwandert.«

Nichts im letzten halben Jahr war rein zufällig geschehen. Meine Beurlaubung und die Besuche, die Mr. Sawer Holly abgestattet hat, waren lediglich die Krönung des Eisberges. Er wollte ein Auge auf mich haben, mein Leben ausspähen, und hat mir letztendlich gezeigt, dass er mich in der Hand hat.

»Was wollen Sie von mir? Aus welchem Grund werde ich hier festgehalten?«, flüstere ich, doch nicht Angst hält mich zurück, sondern der Zorn, den ich beherrschen muss.

»Niemand wird hier festgehalten.« Ein Mann mit schwarzen langen Haaren steht von einem Stuhl auf und schlendert lässig auf mich zu. Erst jetzt erkenne ich sein Gesicht. Seine Züge sind ebenmäßig, sein Lächeln entschuldigend und die graubraunen Augen freundlich. Alterstechnisch schätze ich ihn auf um die vierzig. Langsam, als wollte er mir vermitteln, dass von ihm nicht die geringste Gefahr ausgeht, kommt er auf mich zu. Doch ich traue ihm nicht, keinem von ihnen, und will aufstehen, um eine Position einnehmen, die mich weniger verletzbar macht. Es gelingt mir nicht.

Erst jetzt nehme ich die Gurte wahr, die meine Arme links und rechts ans Bett fixieren.

»Ach nein? Wie definieren Sie dann diese Fesseln? Als Freundschaftsbänder?«, erwidere ich trotzig und deute mit dem Kinn auf meine Hände.

Er lacht hell auf. »Nein, meine Liebe. Das ist eine reine Vorsichtsmaßnahme, damit du dich nicht selbst verletzt oder etwas Dummes tust, das deine Familie am Ende ausbaden muss.«

Mit wachsendem Schrecken registriere ich die unterschwellige Drohung.

»Lass das Biest lieber an der Leine. Es war schwer genug, sie einzufangen. Man kann ihr nicht trauen«, brummelt Finley missbilligend, doch der andere Mann lässt sich nicht beeinflussen. Inzwischen hat er mich erreicht und beginnt die Gurte zu lösen.

»Mirelle, Finley hat gar nicht so unrecht. Meinst du nicht, dass es auch so gehen wird?«, wirft Mr. Sawer ein.

»Nein, ich löse die Fesseln. Ich weiß genau, was ich mache. Ohne redet es sich viel besser.« Während er das sagt, sieht er mich mit freundlichen Augen an.

»Besser? Sie hat keinen Knebel im Maul, also kann sie auch so reden.«

»Finley, es reicht!« Der Tonfall lässt keine Widerworte zu und zeigt mir, wer von den Dreien das Sagen hat. »Außerdem, wo soll sie hin?« Ohne auf eine erneute Reaktion zu warten, löst er den letzten Strick und meine Arme sind endlich wieder frei. Schnell, bevor er es sich anders überlegen kann, ziehe ich sie zu mir heran und reibe über die tauben Stellen.

»So ist es besser oder was meinst du?« Er scheint sich eine Antwort zu wünschen. Vermutlich eine, die ihn als Retter der Nation dastehen lässt. Den Gefallen tue ich ihm nicht und hülle mich lieber in Schweigen. Sekunden verstreichen, für einen kurzen Moment meine ich Enttäuschung in seinem Gesicht zu erkennen, doch er ist ein guter Schauspieler.

»Komm, ich helfe dir auf. Mein Name ist übrigens Mirelle.« Freundschaftlich reicht er mir die Hand. Ich bin versucht abzulehnen, doch die Aussicht, zu stehen statt auf dem Präsentierteller zu liegen, lockt mich.

Außerdem wäre es dumm, dem Einzigen, der mir die Fesseln nehmen wollte und hier anscheinend die Hosen anhat, eine einfache Geste abzuschlagen. Also ergreife ich die Hand. Seine Finger sind eisig wie die eines Toten und ich bekomme eine Gänsehaut.

»Braves Mädchen«, lobt er und ich würde ihm am liebsten eine reinhauen. »Wollen wir ein Stück gehen? Dann kann ich dir in Ruhe alles erklären.« Seine Art ist freundlich, fast *zu* freundlich. An die hundert Alarmglocken beginnen zu sirren und raten mir zur Vorsicht.

Angespannt mustere ich den kleinen Raum genauer. Er besitzt bloß winzige Fenster, die allesamt in einen geschlossenen Innenhof zeigen. Ich würde zu gern einen Fluchtversuch starten, vermute jedoch, dass der Versuch von vornherein zum Scheitern verurteilt ist. Außerdem: Was bringt mir die Flucht, wenn sie wissen, wo ich wohne? Zwangsläufig gebe ich mich geschlagen und zwinge mich dazu, bei seinem Spiel mitzuspielen. Einem Spiel, das stark einer furchtbaren Partie *Guter Cop – Böser Cop* ähnelt. »Einverstanden, gehen wir.«

Schweigend geleitet er mich hinaus, vorbei an den beiden anderen, die uns missbilligend hinterherschauen. Hinter der Stahltür treten wir in einen langen dunklen Korridor. Einen Korridor, der problemlos in jedem Horrorfilm vorkommen könnte und bei dem es mich nicht wundern würde, wenn gleich ein Massenmörder durch eine der Türen tritt. Gänsehaut überzieht meine Arme.

Dieser Mirelle scheint meine Vorbehalte zu spüren. »Keine Angst, wir sind hier vollkommen allein.« Seine Tonlage ist undefinierbar und ich frage mich, ob die Worte als Drohung oder Versprechen gemeint sind.

Langsam schlendern wir voran. Ungefähr ab der Hälfte bricht Mirelle das Schweigen. Begierig lausche ich seinen Worten, in der Hoffnung, mir durch sie einen Vorteil zu verschaffen, aber er gibt lediglich nichtssagende Dinge von sich. Füttert mich mit Details, die ich bereits kenne, und diversen weiteren nutzlosen Informationen, bis es letztendlich doch interessant wird.

»Du hast etwas, das dir nicht gehört.«

Überrascht sehe ich ihn an. »Und was, bitte schön?«

»Ich dachte, dass du mir das sagen wirst.« Er klingt aufmunternd, doch hinter seinen Augen sitzen Gier und Ungeduld.

»Und ich habe keine Ahnung, wovon Sie reden.«

»Überleg ganz in Ruhe.« Er bleibt stehen und blinzelt mich aufmunternd an.

Ich zucke mit den Achseln. »Ich brauche nicht darüber nachzudenken. Wenn Sie mir nicht sagen, was ich Ihnen angeblich geklaut haben soll, dann kann ich Ihnen nicht helfen. Bedaure.«

»Nennen wir es *genommen*, und nicht du warst es, sondern einer deiner Vorfahren. Nach so langer Zeit hätten wir es gerne wieder.« Auffordernd streckt er mir die Hand hin und ich weiche einen Schritt zurück.

»Ich habe keinen blassen Schimmer, was Sie meinen. Außerdem kenne ich meine Familie gar nicht. Ich kann Ihnen nicht helfen, lassen Sie mich gehen!«

»Das liegt nicht in meiner Macht, außer du gibst es heraus.«

»Dann befinden wir uns in einer Zwickmühle. Wenn Sie so überzeugt davon sind, dass ich Ihr *Dingsdabums* habe, warum holen Sie es sich nicht selbst?«

»Wenn das so einfach wäre …« Mein Gegenüber wendet sich ab. »Glaub mir, Sawer hat eure ganze Wohnung auf den Kopf gestellt, es jedoch nicht finden können.«

Darum hat er sich an Holly rangemacht. Deshalb war er in unserer Wohnung. Die Skizze …

»Schockierend, nicht wahr? Du hast es sicher nicht einmal gemerkt, wir sind gründlich.«

Mein Gesprächspartner ist voll von sich überzeugt.

»Wenn Sie es nicht gefunden haben, dann sind Sie wohl doch nicht so gründlich oder aber ich habe es gar nicht in meinem Besitz.«

»Könnte man annehmen, nicht wahr? Leider bin ich anderer Meinung. Wie wäre es, wenn du es uns einfach aushändigst? Dann geht jeder seiner Wege und alles ist gut.«

Während er redet, spähe ich unauffällig die Umgebung aus. Ein Fenster, einige Meter weiter, zieht meine Aufmerksamkeit auf sich. Ich schätze meine Chancen besser als vorhin ein. Mindestens auf Fifty-fifty, und so hechte ich los, bevor ich es mir anders überlege.

»Hey, was soll das?«, brüllt Mirelle und kurz darauf höre ich, wie er die Verfolgung aufnimmt, doch da reiße ich bereits die Fensterläden auf. Sekunden später lasse ich mich auf nasses Gras plumpsen, um mich dann mühsam wieder aufzurappeln. Mein Steiß schmerzt, doch ich treibe mich an. *Geschafft,* denke ich, als ich endgültig stehe. Ich will losrennen, als starke Hände mich greifen und zu Boden zerren.

»Ich habe euch doch gesagt, dass man ihr nicht vertrauen kann!«, meint eine wohlbekannte Stimme. »Aber nein, auf mich hört niemand.«

»Ach, halt die Klappe, Finley!«, keift es von drinnen, während ich einen sinnlosen Versuch starte, mich aus dem Griff zu winden.

»Lass mich los!«, kreische ich.

»Das könnte dir so passen!« Statt seinen Griff zu lockern, zerrt er mich an den Armen hoch und schleift mich erbarmungslos hinter sich her. »Du kommst schön mit!«

Erin, wir brauchen ganz schnell einen neuen Plan, flüstert es in meinem Kopf.

Finley

»Rein da!« Ohne ihr eine Chance zu lassen, selbst in das Zimmer zu gehen, stoße ich sie hinein. Sie stolpert und fällt zu Boden, während ich bereits die Tür hinter ihr zuknalle und den Schlüssel im Schloss umdrehe.

»Sie wäre entkommen, wenn ich nicht da gewesen wäre!«, murre ich. »Warum hört ihr nicht ein einziges Mal auf mich?«

»Ich hatte sie fast soweit«, behauptet Mirelle und verschränkt die Arme.

»Ach, wirklich? Hat sie dir was Interessantes verraten, während sie aus dem Fenster gesprungen ist?« Ungläubig sehe ich ihn an.

»Na ja, fast …« Verlegen streicht er sich die Haare aus dem Gesicht.

»Ja?«

»Kein Erfolg?«, unterbricht uns Sawer, als er in den Gang tritt.

»Siehst du die Quelle irgendwo?«, entgegne ich genervt.

»Hat dir schon einmal jemand gesagt, dass du eine echte Frohnatur bist?«, sagt er an mich gewandt.

»Noch so ein Spruch oder darf ich zusammenfassen? Nein? Gut! Wir stehen also am gleichen Punkt wie vorher, plus dem Fakt, dass sie jetzt unsere Gesichter kennt und die Tarnung damit hinfällig ist. War das euer grandioser Plan? Ein Plauderstündchen?«

»Nenn es nicht so. Nur weil sich der Sinn für dich nicht erschließt. Nicht alles kann immer nur mit Tod und Folter vonstattengehen.«

»Wäre aber um einiges einfacher«, brumme ich und verschränke die Hände vor der Brust. »Klärt mich auf. Wie wollt ihr aus dieser Situation Profit herausschlagen?«

»Nicht wir, du wirst es tun. Wir wollten lediglich die Grundlagen klären. Inzwischen sollte sie verstanden haben, dass sie nirgends sicher ist. Das ist unser Spiel, unsere Regeln, und sie ist der Bauer. Sie wird geschlagen. Die Frage ist nur, wann.«

»Dann hoffen wir wohl, dass das bald geschehen wird.«

»Da bin ich mir sicher.«

»Wenn das so ist …« Genervt verdrehe ich die Augen. »Kann ich sie nicht einfach umbringen und dieses Theater beenden?«

»Immer langsam, Finley. Du weißt genau, dass wir den einfachen Weg erst ganz zum Schluss gehen können. Zuerst kommt die Arbeit.«

»Die zweifellos wieder an mir hängen bleiben wird.«

»Dafür haben wir dich doch. Du bist der für die groben Sachen.«

»Ich möchte gern einen letzten Versuch starten, bevor wir unsere Vorgehensweise ändern«, meint Mirelle und sorgt dafür, dass mir ein Stöhnen entfährt.

»Lass uns frei, gemeinsam werden wir herrschen«,
sprach der Schatten.
Wir glaubten ihm und er riss ein klaffendes Loch in den Tag.

Magiesprung Chronik (März 1782)

11. Kapitel

7. März 2019

Erin

Die kleinen Fenster, die allesamt zu eng für mich sind, lassen den ersten Lichtschimmer des Tages herein und vertreiben allmählich die Dunkelheit, in die der Kerl mich gestern Abend geschubst hat.

In einer Ecke zusammengekauert sitze ich da, mit dem Rücken zur Wand, und warte darauf, dass die Tür sich öffnet. Der Boden ist hart und jeder Quadratzentimeter meines Körpers tut mir weh, das Bett wollte ich jedoch unter keinen Umständen benutzen. Zu unheilvoll war der Gedanke an die Fesseln.

Die ganze Nacht über habe ich kein Auge zugetan, dafür haben mich meine Gedanken förmlich überrannt. Ich besitze nichts Gestohlenes und erst recht nichts von einer Familie, die ich nicht einmal kenne. Egal, wie sehr ich mich anstrenge, mir fällt beim besten Willen nicht ein, was mit *Quelle* oder *Sie* gemeint sein könnte.

Mit einem Klicken dreht sich der Schlüssel im Schloss und ich richte meinen Blick auf die Tür.

»Guten Morgen, meine Liebe. Hast du gut geschlafen?« Verwundert blinzelt Mirelle zu mir hinab. Es ist das erste Mal, dass ich ihn nach meinem missglückten Fluchtversuch wiedertreffe, und ich rechne damit, dass er aggressiv auf mich reagiert, doch er klingt besorgt und freundlich. »Was machst du auf dem Boden?«

»Ich fand ihn gemütlicher als das Bett«, presse ich zwischen den Zähnen hervor. Auch wenn er jetzt einen auf freundlich macht, *kann* ich nicht vergessen, was er und die anderen getan haben.

»Na, da ist wohl heute Morgen jemand mit dem falschen Fuß aufgestanden?« Er versucht, amüsiert zu klingen, dennoch spüre ich, dass er mit seiner Selbstbeherrschung zu kämpfen hat. *Wollen wir doch mal gucken, ob ich dich aus der Reserve locken kann.*

»Wie dem auch sei. Komm, Erin, steh auf. Wir hatten gestern einen schlechten Start und vielleicht willst du mir heute ein paar Dinge verraten? Im Gegenzug hätte ich Frühstück für dich, und wenn du uns sagst, wo sie ist, dann darfst du sofort nach Hause.«

»Ah, Sie haben Ihrem Repertoire Bestechung hinzugefügt? Nein, sorry, kein Bedarf!« Ich winke ab und mache keine Anstalten, aufzustehen.

»Erin, du solltest dich erheben.«

»Nein, lassen Sie mal, ich finde es ganz gemütlich hier unten.«

»Vielleicht habe ich mich falsch ausgedrückt. Du wirst aufstehen und dann werden wir reden. Erst wenn ich die Antworten habe, wirst du diesen Raum verlassen.« Seine Worte erhalten einen drohenden Unterton, doch leider interessiert mich das nicht die Bohne.

»Nö.«

Die Ader auf seiner Stirn beginnt zu pochen.

»Aufstehen.« Betont freundlich kommt ihm das Wort über die Lippen, doch in seinen Augen lese ich den blanken Hass.

»Nein«, vertrete ich vehement meinen Standpunkt. *3,2,1 und …*

»Du dummes Gör! Denkst du wirklich, du kannst dir alles erlauben? Steh endlich auf! Du hast meine Geduld lange genug strapaziert!« Mit einem Schritt ist er bei mir und reißt mich an meinem Pullover nach oben.

»Danke fürs Aufhelfen …« Im allerletzten Moment, bevor seine Faust meine Wange erreicht, ducke ich mich.

»So viel dazu«, ertönt es amüsiert. Wir wenden uns beide zeitgleich zu Mr. Obercool mit den grauen Augen, der lässig im Rahmen steht.

Mirelles Gesicht, zuvor bereits gerötet, nimmt die Farbe eines Krebses an. Er murmelt etwas Unverständliches, dann schiebt er sich unsanft an mir vorbei und verlässt den Raum.

»Ich sagte doch, dass deine Methoden bei ihr keinen Erfolg haben werden«, ruft mein Entführer ihm triumphierend hinterher. »Du brauchst eher eine harte Hand, stimmts?«, wendet er sich an mich und massiert sich die Finger.

»Wenn ich wüsste, um was es geht, würde das eventuell auch genügen«, entgegne ich ungerührt und suche den Blickkontakt.

»Wenn du wirklich wüsstest, um was es geht, wäre das unser Untergang«, flüstert er mehr zu sich selbst als zu mir.

Verständnislos blinzle ich. »Was sagst du da?«

»Ach, nicht so wichtig.« Er winkt ab und wirkt nervös, als hätte er mir versehentlich etwas verraten. »Genug geredet. Nimm deine Sachen, wir müssen los.«

»Das finde ich nicht.«

»Ist mir egal, und jetzt setz dich in Bewegung!«, knurrt er unheilvoll. Seine Worte kriechen mir unter die Haut und erzeugen ein unangenehmes Schauern, genauso wie die Berührung seiner Hand, als er mich zur Tür schubst.

»Hey, wo gehen wir hin?«

Unerbittlich schiebt er mich durch die Gänge, ohne auf meine Frage einzugehen. Mehr als einmal stolpere ich fast, und als wir um die nächste Ecke biegen, schaffe ich es, tatsächlich hinzufallen. Im allerletzten Moment gelingt es mir, mich mit den Händen abzustützen und meine Knie vor größerem Schaden zu bewahren.

»Sag mal, bist du nicht mal in der Lage, ordentlich einen Fuß vor den anderen zu setzen?« Finley läuft eiskalt an mir vorbei, anstatt mir aufzuhelfen. »Wir müssen weiter! Ich hab nicht den ganzen Tag Zeit«, schimpft er, während er bereits vorangeht und ich immer noch am Boden hocke.

»Warte nicht auf mich. Mir geht es gut. Alles super!«, zische ich kaum hörbar, während ich mich unter Schmerzen aufrichte und mir den Staub von der Hose klopfe.

»Dann ist ja alles in Ordnung.«

Überrascht schaue ich auf. Ich hätte nicht gedacht, dass er meine Worte überhaupt hören geschweige denn in der Lage sein würde, diese zu verstehen …

Er führt mich im Zickzack durch eine Vielzahl an kleinen Räumen, bis wir eine riesige Halle erreichen. Bis auf einige alte Maschinen ist sie leer und millimeterdicker Staub bedeckt den Boden. Nur ein kleiner Pfad ist bevölkert mit Fußspuren, die die dichte Staubschicht verletzen. Er führt direkt zwischen Fließbändern und Fertigungsanlagen hindurch. *Eine ehemalige Fabrik. Wir müssen in Seville sein,* schießt es mir durch den Kopf. Neugierig und ein bisschen beeindruckt folge ich meinem Entführer weiter. Plötzlich kommt mir eine Idee.

»Du heißt Finley, oder?«

Er bleibt stehen und dreht sich zu mir um. »Wer will das wissen?«

»Ich?« Fragend zucke ich die Schultern. Befindet sich noch jemand in der Halle, der die Frage gestellt haben könnte?

Niemand ist in der Nähe. *Der Typ ist doch paranoid. Was erwarte ich überhaupt von einem wie ihm?*

Statt einer Antwort erhalte ich ein wütendes Grunzen und Finley läuft weiter.

»Dann eben nicht«, murmle ich und folge ihm. Aus den Augenwinkeln registriere ich das Exitschild auf der anderen Seite der Halle.

Ich bin so tief in meinen Fluchtgedanken, dass mir sein Stehenbleiben entgeht und ich völlig unvorbereitet in ihn hineinlaufe.

»Pass doch auf!«, blafft er und schubst mich von sich. Reflexartig rudere ich mit den Händen und versuche damit, das Gleichgewicht zu halten, knalle jedoch im nächsten Augenblick mit dem Po auf den Boden.

»Verdammter Mist! Nicht schon wieder!«

Die apathische beginnende Schnappatmung meinerseits scheint die ritterliche Seite meines Gegenübers zutage zu fördern. Unsicher hält er mir die Hand hin.

»Vergiss es!«, keife ich, schlage sie weg und stemme mich unelegant allein hoch. Von jemandem, der mich verfolgt, bedroht und entführt hat, will ich keine Hilfe.

Zielsicher führt er mich durch die Stadt. Ich frage mich, warum wir die ganze Zeit zu Fuß gehen.

Menschen und Tiere kreuzen unseren Weg, anfangs mache ich durch Gesten auf mich aufmerksam, doch außer verwirrten Blicken bekomme ich nichts zurück. Zumindest, wenn ich die Ohrfeige von Finley nicht mitzähle.

Irgendwann erreiche ich den Punkt, an dem ich einfach das tue, was er mir sagt. Wir laufen durch gesichtslose Massen. Seine Hand zwischen meinen Schulterblättern drückt mich unaufhörlich weiter. Meine Beine sind müde und mein Po schmerzt bei jedem Schritt. Ich fange an zu quengeln.

»Ist es noch weit?«

»Nein.«

»Wie weit müssen wir?«

»Wir sind bald da.«

»Sehr witzig und ergebnisreich«, entgegne ich trocken.

»Wie alle Gespräche, die wir bisher geführt haben.«

Okay, jetzt hat er mich. *Touché.* »Hätten wir nicht ein Taxi oder den Bus nehmen können, wenn du mich wieder durch die halbe Stadt schleifst?«, maule ich gute hundert Meter später.

»Nein.«

»Sklaventreiber.«

»Darf ich dich daran erinnern, dass dies hier kein Freizeitausflug ist?«

»Schade, ich wollte eben nach Zuckerwatte fragen«, kommentiere ich und erhalte einen Schubs als Antwort.

Etwa eine halbe Stunde später erreichen wir das ruhige Wohnviertel der Georg Street und langsam blüht mir, wohin er mich bringt.

»Du führst mich zurück nach Hause? Was erhoffst du dir davon? Was glaubst du zu finden?«, löchere ich ihn. »Ich dachte, Mr. Sawer hat alles bereits gründlich durchsucht? Traut ihr euch untereinander nicht? Gibt es tiefgründige Spannungen zwischen euch? Keine gute Grundlage für eine Zusammenarbeit. Findest du nicht auch?«

»Deine dummen Kommentare kannst du dir sparen.«

Ich will etwas antworten, da kommen die Bank und das Herrenhaus in mein Sichtfeld und eine andere Frage drängelt sich vor. »Das gestern ist echt geschehen, oder? Du hast mir hier aufgelauert. Ich habe es mir nicht eingebildet …«

»Was denkst du denn?« Ein mysteriöses Lächeln erscheint auf seinem Gesicht.

»Dass du ein ziemliches Arschloch bist! Deinetwegen habe ich gedacht, dass ich in die Klapse gehöre!«

Nachdenklich reibt er sich das Kinn. »An deiner Stelle wäre mir die Irrenanstalt deutlich lieber.«

»Ach, so schlimm ist deine Gesellschaft doch gar nicht.«

Der Wind frischt auf, das verbliebene Laub an den Bäumen raschelt und irgendwo in weiter Ferne erklingt ein Windspiel. Ansonsten überwiegt die Stille in dem Viertel. Jegliches Leben scheint sich zu verstecken, und ich kann es durchaus nachvollziehen.

Finley läuft unmittelbar neben mir und lässt mich keine Sekunde aus den Augen. »So, Erin, wir sind bald da. Bei dir zu Hause. Du weißt, dass du uns nicht entkommen kannst. Nicht auf Dauer und nicht ohne eine Blutspur zu hinterlassen. Sei ein braves Mädchen und hol die Quelle. Das ist der einzige Weg, um hier unbeschadet herauszukommen. «

Lüge. Ich bemerke sie, doch das verrate ich ihm nicht.

»Irgendwelche Fragen?«

»Dir ist bewusst, dass ich keine Ahnung habe, was deine Quelle darstellen soll, oder?«

»Du wirst sie finden.«

Mir erschließt sich nicht, woraus er seinen grenzenlosen Optimismus schöpft. »Was wollt ihr überhaupt damit? Was ist daran so besonders, dass man Leute mit einem Messer bedroht und sie entführt?«

»Kann dir egal sein.«

»Da ich live dabei bin, geht es mir nicht am Arsch vorbei! Wenn ich dir helfen soll, dann gib mir Details.«

Plötzlich wirkt seine Miene verunsichert.

»Du hast wirklich nicht den Hauch einer Ahnung, oder?«

»Halleluja, du hast es kapiert!«

»Werd nicht gleich frech«, murrt er und schaut mich unentwegt an.

»Wo wir jetzt auf einer Wellenlänge sind: Wie soll ich etwas finden, von dem ich rein gar nichts weiß?«

»Du wirst wissen, was es ist, wenn du es hast.«

»Aha.« Noch eine kryptische Andeutung … und dann macht es plötzlich Klick. »Ihr habt selbst keinen blassen Schimmer, wie es aussieht!«

Darum brauchen sie mich.

Deshalb machen sie so einen Aufriss.

Finley

Ihre Worte entwaffnen mich für eine Millisekunde, dann habe ich mich wieder gefangen. Es war bloß eine Frage der Zeit, bis sie dahinterkommt.

»Das spielt keine Rolle«, bringe ich betont gelangweilt hervor.

»Doch, irgendwie schon.« Ihre Augen blitzen. »Ich schätze, da ihr etwas von mir wollt, habe ich einen Vorteil. Warum handeln wir nicht einfach aus, dass ihr mich wirklich in Ruhe lasst, wenn ich es euch aushändige?«

Ich lese in ihrer Mimik, dass sie mich längst durchschaut hat.

»Ich verhandle nicht mit dir.«

»Weil du nicht die Befugnis besitzt oder weil du nicht willst?«

»Was denkst du?«

»Beides.«

Anerkennend nicke ich.

»Und jetzt? Was habe ich von der ganzen Sache, wenn ich weiter mit dir komme?«

»Was für dich dabei rausspringt?« Ein makabres Lachen kommt über meine Lippen, während jedes Wort aus ihrem Mund den Zorn in mir nährt. »Hm, mal überlegen …« Ich taste nach einem der Messer. »Ich dachte eigentlich, dass Sawer und Mirelle sich eindeutig ausgedrückt haben. Wir kennen dich und dein Leben. Jede Schwäche … «

In ihr Gesicht tritt ein ängstlicher Ausdruck. Augenscheinlich habe ich einen Nerv getroffen: die Menschen, die ihr etwas bedeuten. »Und dann mache ich mit deiner besten Freundin weiter. Wie hieß sie gleich? Nelly?«

Einen Schritt brauche ich, dann stehe ich direkt neben ihr und setze das Messer behutsam an ihren Hals. Sie zittert, als ich es nach unten gleiten lasse. »Wenn es sein muss, werde ich auch deiner lieben kleinen Nel die Kehle durchschneiden.«

Ich kann ihre Furcht förmlich riechen und freue mich, dass wir endlich auf einer Wellenlänge sind.

»Übrigens haben wir deine Familie manipuliert. Sie können sich nicht daran erinnern, dass du aus der Wohnung verschwunden bist. Für sie hast du bei deiner Freundin geschlafen. Am besten, du bleibst bei dieser Geschichte, eine andere wird dir niemand abkaufen.«

Erin

Das Messer fährt an meinem Hals herunter. Die Finger seiner freien Hand öffnen den Reißverschluss meiner Jacke und das Messer wandert tiefer. Ich wage nicht, zu atmen oder mich zu bewegen. Die kalte Klinge gleitet meine Kehle hinab zu meinem wild pochenden Herzen.

»Okay«, wimmere ich. »Okay, ich werde tun, was ich kann.«

Endlich zieht er sich zurück und ich erlaube mir, tief durchzuatmen. Frische Luft erfüllt meine Lungenflügel und lässt mich wieder klare Gedanken fassen. Ich habe ihn doch falsch eingeschätzt. Dieser Kerl macht mir Angst, und seinem Blick nach zu urteilen, ist er weit davon entfernt, Scherze zu machen. Fieberhaft beginne ich hin und her zu überlegen. In meinem Kopf rattert es.

Er braucht etwas von mir. Etwas, das außer mir offenbar niemand finden und beschaffen kann. Was auch immer es ist, es ist meine Chance, lebend aus dieser ganzen Sache herauszukommen. Die einzige Chance.

Finley nimmt mein Schweigen als stille Übereinkunft. Ein zufriedener Gesichtsausdruck schmückt seine Züge. »Sehr gut, da wir nun endlich einer Meinung sind, noch etwas: Hör auf, irgendwelche Menschen nach Hilfe anzubetteln. Das ist erbärmlich und bringt dir nichts. Niemand wird dir helfen, das solltest du inzwischen bemerkt haben.«

Ich bin erledigt. Ich starre Finley wütend an und vor meinem Gesicht verschwimmt alles. Tränen rinnen mir in Sturzbächen die Wangen hinab und ich kann nichts dagegen tun.

Finley

Ich erkenne die Angst in ihren Augen und bemerke die Tränen, die sich in ihnen sammeln.

Sie ist nicht gebrochen, aber zutiefst verunsichert und bis in ihre Grundfesten erschüttert, zumindest für den Augenblick.

Ich muss ihr die Hoffnungslosigkeit ihrer Lage vermitteln, ihren Geist weiter schwächen und ihren Glauben einreißen, damit sie in diesem Zustand bleibt und auf keinen Fall das wird, vor dem ich mich am meisten fürchte: ein Lichtspringer.

12. Kapitel

Finley

Am helllichten Tag wandeln wir durch die leeren Straßen Manolins. Ich habe die Zeit sorgsam gewählt. Es ist spät genug, dass der Teil der beschäftigten Bevölkerung bereits bei der Arbeit ist, und so zeitig, dass der Rest noch schläft.

Ich taxiere das Mädchen vor mir. Ihre Haare sind zerzaust, Mimik und Gestik wirken müde. Wer sie ansieht, erkennt in ihr ein Mädchen, das von einer wilden Partynacht heimkehrt. Nichts weiter.

Aufmerksam mustere ich ihr Gesicht. Sie bemüht sich eine ausdruckslose Mimik aufzusetzen, doch ich erkenne die Furcht und werde ihre Tränen so schnell nicht vergessen, zumal sie mich daran erinnert haben, dass sie ein Mensch ist. Ich sollte glücklich darüber sein, dass ich Erin soweit habe, stattdessen keimen in mir weitere Fragen auf.

Schweigend laufen wir das letzte Stück zu ihrem Haus. Das erste Mal seit unserer Bekanntschaft zeigt sie sich kooperativ und folgt meinen Anweisungen, doch je eingehender ich sie betrachte, desto stärker beschleichen mich Zweifel. Im Gegensatz zu Mirelle glaube ich ihr.

Erin

Finley war so *nett,* mich allein hineingehen zu lassen. Er hat vor dem Haus Stellung bezogen – Holly und Alex sind nicht da. »Sechs Stunden«, höre ich ihn raunen und kann seine Überwachung selbst durch die dicken Backsteinmauern spüren. *Mein ganz persönlicher Albtraum.*

Trotz des Zeitdrucks stürme ich zuallererst ins Bad, lasse meine Kleider zu Boden fallen, stelle die Dusche auf ganz heiß und steige darunter. Mindestens zehn Minuten stehe ich unter der Brause und rühre mich keinen Millimeter. Das Wasser rauscht über meinen Körper und tief in mir keimt die kindische Hoffnung auf, dass es die Geschehnisse der letzten Tage und Stunden mit sich reißt, doch als ich es abstelle und nach dem Handtuch greife, sind die Erinnerungen immer noch da.

Ein Blick in den Spiegel belebt mein Gedächtnis zusätzlich. Der feine silberne Schnitt an meinem Hals ist mit bloßem Auge kaum zu erkennen und doch ist er für mich eine ewigwährende Brandnarbe.

In was bin ich bloß hineingeraten, denke ich, wickle mir ein trockenes Handtuch um und öffne das Fenster, um den Wasserdampf nach draußen zu lassen. Dort unten steht er. Lässig an eine Hausmauer gelehnt, und lässt unsere Wohnung nicht aus den Augen. Ich könnte schwören, dass er grinst, und weiche vom Fenster zurück.

»Wenigstens bin ich doch nicht verrückt«, tröste ich mich.

Für ein paar Augenblicke hege ich Fluchtgedanken, aber verwerfe sie postwendend wieder. Sawer hat recht. Langfristig könnte ich mich kaum vor ihnen verbergen. Und außerdem sind hier die Menschen, die mir etwas bedeuten, und die deutliche Ansage, die Finley mir dahingehend gemacht hat.

Meine Situation scheint ausweglos, dennoch erlaube ich mir keinen Gedanken daran, mich einfach zu fügen. Trotzig recke ich das Kinn. Das Wasser hat die Geschehnisse nicht ungeschehen gemacht, mich jedoch wachgerüttelt. Vorhin hatte ich einen Moment der Schwäche, habe Finley etwas gezeigt, das er niemals hätte sehen dürfen. Denn Erin Summer wird nicht aufgeben. Sie wird einen Weg finden.

Doch zunächst muss ich etwas anderes finden …

»Hm, was besitze ich, das mir nicht gehört?«, murmle ich und spiele dabei nachdenklich mit meinen nassen Haaren. »Es muss etwas sein, das immer oder zumindest lange in meinem Besitz ist …« Ich überlege hin und her, komme zu keinem Ergebnis. »Wenn es angeblich von meiner richtigen Familie stammt, kann sich Holly vielleicht erinnern …«

»An was soll ich mich erinnern?«

Ich zucke zusammen. Meine Ziehmutter steht in der Tür.

»Wie bitte?« Ich setze ein unschuldiges Lächeln auf. Wie viel meines Selbstgespräches hat sie wohl mitbekommen?

»Du hast überlegt, ob ich mich an etwas entsinnen kann, und ich wollte wissen, was du damit meinst.«

»Ach, das eben? Das war bloß ein sinnloses Gespräch mit mir selbst. Nichts von Bedeutung. Du weißt doch, dass ich seit Neuestem einen an der Klatsche habe.« Ich gebe mich lustig und selbstsicher, winke ab und drehe mich schnell zum Spiegel, um die Täuschung aufrechtzuerhalten. Das Bild, das sich mir bietet, ist nämlich alles andere als selbstsicher. Es wirkt erschöpft und ausgelaugt. Ich straffe die Schultern und lächle. Keine Sekunde zu früh, denn Holly tritt hinter mich.

»Erin?« Ihr Flüstern durchdringt jede Faser meines Körpers.

»Ja?«

»Erin, ich spüre, wenn etwas nicht in Ordnung ist, und ich bemerke durchaus, wenn man versucht, mich zu manipulieren.« Meine Augen fixieren ihr Spiegelbild und ich vergesse zu atmen, während sie redet. »Ich habe es damals immer gespürt, jedes verdammte Mal. Es ist so lange her. Jahrelang war Ruhe und ich hatte bis gestern wahrhaftig gehofft, dass sie dich niemals finden werden.« Sie verstummt einen Moment und sieht mich traurig an, bevor sie weiterredet. »Gestern Abend, nach all den Jahren, war es wieder da. Dieses merkwürdige Gefühl, das mich in Sicherheit wiegen und mir vormachen sollte, dass mit dir alles in Ordnung sei. Aber nichts ist in Ordnung. Was haben sie mit dir gemacht? Was wollten sie von dir? Verdammt, wir hätten dir viel früher alles beichten müssen.«

Ich will ihr antworten, doch keine Worte kommen über meine Lippen. Angst regiert meinen Körper. Angst davor, dass Finley eines ihrer gehauchten Worte gehört hat und er jeden Moment aus dem Nichts auftaucht, um ihr ein Messer ins Herz zu rammen.

Holly erkennt das alles und noch so viel mehr, verständnisvoll nickt sie mir zu, bedeutet mir, still zu bleiben, und zieht mich dann leise hinter sich her.

FINLEY

»Warum muss ausgerechnet ich ihren Babysitter spielen?«

»Weil du es anfangs versaut hast.« In Mirelles Worten schwingt Genugtuung mit.

»Versaut? Ich habe gar nichts versaut! Eure Pläne sind miserabel. Alle sind bisher gescheitert und ich bezweifle, dass der dritte es richten wird.« Genervt kicke ich gegen einen Stein, der lautstark scheppernd über die Straße schlittert.

»Du wirst schon sehen.«

»Und wenn sie nichts weiß? Vielleicht ist sie nicht die Richtige.«

Überrascht sieht Mirelle mich an. »Du weiß selbst, dass sie die Letzte ist. Die Anzeichen sind unverkennbar. Die Information ist in ihr und am Ende des Tages werden wir die Quelle haben.«

»Wie du so zuversichtlich sein kannst.« Ich verschränke die Hände vor meinem Oberkörper. Selbst aus dieser Entfernung spüre ich ihre Angst. Etwas wirbelt die Furcht in ihr auf, und ich bezweifle, dass es der Fund der Quelle ist. Wahrscheinlicher wäre ein Nervenzusammenbruch ihrerseits …

»Du wirst langsam weich.«

In der Hoffnung, mich verhört zu haben, drehe ich mich zu Mirelle. »Was hast du eben gesagt?«

»Ich habe gesagt, dass du zum Softie mutierst.«

»Wohl kaum«, entgegne ich wütend und verenge meine Augen zu Schlitzen. Der Schatten in mir wittert sofort seine Chance. Für einen kurzen Moment gewinnt er die Kontrolle. Meine Hände werden zu messerscharfen Klauen, die danach lechzen, Mirelle für seine Bemerkung aufzuschlitzen. Erst im letzten Augenblick gelingt es mir, die Dunkelheit zurückzudrängen. Ich keuche vor Anstrengung und betrachte meine Hände, die wieder ihre normale Form angenommen haben.

»Beeindruckend.« Mirelle nickt anerkennend.

»Es wäre nicht so beeindruckend für dich, wenn ich dir meine Krallen das nächste Mal in die Eingeweide ramme.«

ALISTAIR

Noch zehrt der Schatten von seiner Magie, doch er wird stärker und vor allem unberechenbarer als erwartet, denn die Dunkelmagie beginnt sich zu wehren und den Spieß umzudrehen. Bald werde ich etwas unternehmen müssen, die Umstände zwingen mich dazu. Ich wünschte, es wäre anders.

ERIN

Holly zerrt mich in ihr Arbeitszimmer, dessen Betreten mir als kleines Kind strengstens verboten worden ist.

Es ist winzig und staubig und wirkt eher wie eine Abstellkammer mit einem wilden Sammelsurium an Antiquitäten statt wie ein Raum, in dem man seinen Papierkram erledigt.

Durch das Minifenster dringt kaum Licht und selbst jetzt, am Tag, wirkt es düster und gespenstisch.

»Was …«, setze ich an und breche ab, als sie den Zeigefinger vor ihren Mund hält und mir damit bedeutet, still zu sein.

Sorgsam schließt sie die Tür hinter uns, geht zu dem Schreibtisch in der Mitte des Raumes und knipst eine Lampe an. Der Tisch ist über und über mit Papieren bedeckt, scheinbar wahllos zieht sie eines aus dem Stapel und krakelt darauf herum, ehe sie mir den Zettel reicht.

Sie haben ein gutes Gehör, aber mitlesen können sie nicht,
sofern sie sich nicht im Raum befinden …

Sie deutet auf den letzten Teil des Satzes und sieht mich fragend an. Ich schüttele den Kopf. Erleichterung tritt in ihr Gesicht. Auf einmal ist meine Neugier geweckt und ich nehme ihr den Stift aus der Hand.

Kannst du sie etwa nicht sehen?

Sie liest über meine Schulter mit und macht eine verneinende Geste.

Warum bin ich dann dazu in der Lage? Und wer sind sie?

Holly überlegt einen Moment. Während sie schreibt, lichtet sich der Schleier vor meinen Augen und die Erkenntnisse treffen mich wie ein Schlag: Nellys Angst bezüglich der Aktion vor dem Haus. Die Frau, die ich nach Hilfe angeschrien habe …

Niemand hat Finley bemerkt, niemand außer mir.

Das kann nicht sein. So etwas gibt es nicht!, denke ich, und dann lese ich, was Holly geschrieben hat.

Man nennt sie Dunkelschatten. Düstere Gestalten, die sich aus Schatten entwickelt haben und die die Erde seit Jahrhunderten bevölkern. Normalerweise leben sie im Verborgenen. Große Teile von ihnen wurden vor Jahrzehnten in die Tiefen der Erde verbannt. Niemand kann sie sehen, wenn sie es nicht möchten. Niemand außer einem Springer.

Ich lese das letzte Wort. »*Ein Springer?*«, fragend sehe ich sie an.

Ich bin nicht die Richtige, um dir alles zu erklären, da ich selbst lediglich Bruchstücke des Wissens kenne. Paul wird diese Aufgabe übernehmen. Später, im Moment habe ich nur diesen Brief. Ich sollte ihn dir einen Tag vor deinem achtzehnten Geburtstag überreichen, da die Zeit jedoch drängt …

Fassungslos nehme ich den Brief entgegen, den sie aus einem alten Buch herausgenommen hat. Das Pergament wiegt schwer in meinen Händen und unsicher starre ich auf das Siegel hinab. Das Schriftstück zittert in meinen Händen. Will ich es öffnen? Will ich wissen, was in dem Brief steht?

»Ja, das willst du!« Die Stimme in meinem Inneren hat entschieden und mit zittrigen Händen reiße ich ihn auf.

Meine geliebte Tochter,

wenn diese Zeilen dich erreichen, dann ist es endgültig und unwiderruflich: Du bist die Letzte einer uralten Ahnenreihe. Die

Letzte mit unserer besonderen Macht, die immer an die erstgeborene Tochter fällt und sich an ihrem 18. Geburtstag voll entfaltet.

Der letzte Lichtspringer.

Zweifellos bist du in den letzten Jahren zusammengebrochen. und je näher dein Geburtstag rückt, desto stärker und häufiger werden die Magiesprünge. Wie ich Holly kenne, hat sie sicher irgendeine ominöse Krankheit erfunden, um diese Anfälle zu kaschieren, doch lass dir gesagt sein: Du bist nicht krank, bloß einzigartig.

Sei jedoch vorsichtig! Es gibt jene, die dir nach dem Leben trachten werden. In ihren Augen bist du gefährlich.

Sie werden kommen und etwas suchen, doch niemand wird es finden. Erst, wenn die Zeit reif ist …

Dieses Etwas darf niemals in die falschen Hände gelangen. Vertraue niemandem.

Ich liebe dich, Erin! Pass auf dich auf und grüß Tante Holly von mir. Ich stehe auf ewig in ihrer Schuld.

In Liebe
deine Mutter Emilia

PS: Ich hatte immer eine Schwäche für pinke Kleider. Kommst du in dieser Beziehung nach mir?

Ungläubig starre ich auf die geschriebenen Worte in meinen Händen. Ein Brief meiner Mutter, der vollkommen verwirrend und mit Worten bestückt ist, die ich bei keinem Seelenklempner erwähnen sollte, aber eines lässt mich besonders stutzig werden. Meine Augen richten sich auf Holly. »Tante?«, forme ich tonlos mit den Lippen. Sie nickt, und ohne, dass ich es verhindern kann, steigen mir Tränen in die Augen.

Sie war immer da, die Familie, die ich verloren glaubte. Direkt vor meiner Nase.

Mein Leben lang wollte ich wissen, wohin ich gehöre, dabei war ich immer zu Hause.

Plötzlich kommt mir ein weiterer Gedanke. Ich angle nach dem Stift und ziehe mir ein neues Stück Papier heran.

Autounfall?

Holly, meine Tante, liest das Wort, schüttelt traurig den Kopf und deutet mit dem Finger nach draußen. Sie, will sie mir damit vermitteln.

Auf einmal ist die Traurigkeit wie weggeblasen und stattdessen besetzt Wut jede Zelle in mir. *Sie haben meine Eltern umgebracht. Wegen diesem Etwas. Egal was kommt, ich werde den Teufel tun und ihnen helfen, es zu finden.*

Die Erkenntnis erfüllt mich mit loderndem Hass. Ich balle die Hände zu Fäusten. Mit einem klirrenden Geräusch geht die Birne der Lampe zu Bruch und wir sitzen im Dunkeln. Beschwichtigend legt Holly mir den Arm auf die Schulter, doch ich spüre bereits, wie ich den Boden unter den Füßen verliere.

Warum ist Opa nicht hier?«,
fragt ein kleines Mädchen und schaut sich suchend um.
»Weil er sich dazu entschieden hat,
einen anderen Weg einzuschlagen.«
»Aber ich dachte, dass wir alle einem Weg folgen …«
»Der Annahme war ich einst auch.«
Die Traurigkeit der Alten ist grenzenlos,
genauso wie die folgende Stille.

Vermächtnis der Springer (Dezember 1955)

13. Kapitel

Erin

Das Licht der Straßenlampen erhellt mäßig den Raum, als ich die Augen wieder öffne. Kurzzeitig bin ich orientierungslos, dann erkenne ich die Umgebung.

Ich liege in meinem Bett. Die Matratze unter mir ist weich, genauso wie die Decke, und ich muss stark gegen den Drang ankämpfen, wieder einzuschlafen. Alex' Bett ist leer. Ich würde mich nicht wundern, wenn Holly in Anbetracht der Umstände dafür gesorgt hat, dass sie gleich für die nächsten Jahre bei einer Freundin einquartiert ist.

Alex, meine Cousine. Ich schlucke.

Aus der Küche dringen gedämpfte Laute zu mir und nehmen meine Aufmerksamkeit gefangen. Interessiert horche ich. Es klingt beinahe, als würde Holly sich mit jemandem unterhalten. Ruckartig bin ich hellwach und werfe die Decke beiseite. Sekunden später stehe ich und werfe einen flüchtigen Blick auf die Uhr. Drei Stunden sind noch übrig.

Auf dem Flur dringen mir Gesprächsfetzen entgegen. Ohne nachzudenken trete ich in die Küche.

Das Licht über dem Kochfeld des Herdes ist das Einzige, das den kleinen Raum erhellt. Holly sitzt mit einem fremden Mann zusammen. Sie haben sich für ihr Gespräch in die hinterste Ecke gequetscht. Den Ort, der am weitesten von jeglicher Öffnung entfernt ist. Keiner von beiden reagiert, als ich eintrete. Ich fixiere den kleinen tragbaren Fernseher, der in der Mitte des Raumes aufgestellt worden ist. Ein wohlbekanntes Bild flimmert über die Scheibe. Es ist der Film, den Alex letztes Jahr für ein Schulprojekt gedreht hat. Er zeigt uns, meine

Familie, in unserem Sommerurlaub an der Küste Manilas. Bei dem Wort *Familie* muss ich schlucken.

Laut dröhnt das Lachen aus den Lautsprechern, reißt mich aus meiner Melancholie, und ich weiß, was hier gespielt wird. Wissend nicke ich Holly zu, als sie sich zu mir umdreht. Sie nickt ebenfalls und deutet auf den Stuhl ihr gegenüber. So leise wie möglich schließe ich die Tür hinter mir und gehe zu dem Platz, um mich zu setzen.

Der Mann, der mir ebenfalls gegenübersitzt, ist ungefähr Mitte vierzig und hat bereits im Ansatz graues Haar. Seine blauen Augen blitzen erfreut auf, als er mich wahrnimmt. Ein Lächeln zeichnet sich auf seinen Lippen ab. Er wirkt freundlich und hat von der Art her etwas von einem Vater, den ich nie hatte. *Paul. Der Mann mit den Antworten.*

Ich öffne den Mund, will ihn begrüßen und all die Fragen loswerden, doch er schüttelt den Kopf. Ehe ein Wort meine Lippen verlässt, halte ich inne, weil er eine eigenartige Handbewegung vollführt. Er zeichnet etwas in die Luft. Zeichen. Er ist schnell, ich kann sie nicht deuten.

»Jetzt können wir reden«, informiert er mich und lässt seine Hand sinken.

»Was haben Sie da eben gemacht?«, erkundige ich mich.

»Nichts Besonderes. Eine alte Rune, die dafür sorgt, dass wir auch wirklich vor neugierigen Ohren sicher sind.«

Holly scheint mein misstrauischer Blick nicht entgangen zu sein. »Keine Angst, Erin, du kannst ihm vertrauen. Das ist der Mann, der dir alles erklären wird. Das ist Paul.«

Schlagartig fällt mir diese ewig nervende Werbung wieder ein. *Soll ich jetzt ernsthaft einen auf »Wer-ist-eigentlich-Paul« machen?*

»Paul ist ein Wächter«, fügt sie hinzu.

Aha, es wird wärmer. »Ein was?«

Statt Holly meldet sich Paul zu Wort. »Ich bin etwas, das man Wächter nennt. Ursprünglich gab es zwölf von uns. Jeder, in einem bestimmten Monat des Jahres geboren, hatte eine ihm auferlegte Aufgabe zu erfüllen, um die Springer vor den Dunkelschatten zu schützen.«

»Ich verstehe nicht …«

»Vor vielen Jahrzehnten entstand eine Fehde zwischen Licht und Dunkelheit. Sie ist bis heute existent und ob du willst oder nicht, du steckst mitten zwischen den Fronten. Genau wie die anderen Springer vor dir.«

»Wenn ich ein »*Du-weißt-schon-was*« bin, dann wäre es also Ihre Aufgabe gewesen, diese Konfrontation zu verhindern?«

»Nun ja …« Sein Gesichtsausdruck sagt mehr, als es tausend Worte jemals könnten, und ich lehne mich zurück.

»Nun ja?«

»*Ähem.*«

»Mit *Ähem* beginnen keine Sätze«, belehre ich ihn und er gerät ins Schwitzen.

»Also ja, du hast recht. Es *wäre* meine Aufgabe gewesen, doch Holly und ich waren uns einig, dass ich mich von dir fernhalte, bis wir konkrete Beweise dafür haben, dass Gefahr droht.«

»Ich wurde entführt, aus der Badewanne. Wie viele Hinweise brauchen Sie noch? Übrigens *während* Sie im Nebenzimmer saßen. Sie sind nicht unbedingt gut in Ihrem Job, stimmt's?«

»Erin!«, fährt mir Holly tadelnd ins Wort, doch ich achte nicht auf sie.

»Nun?«, hake ich nach.

»Holly, es ist in Ordnung. Erin ist aufgebracht und ich kann sie durchaus verstehen. Die Wächter waren damals wahrlich nicht dazu in der Lage, ihre angetraute Aufgabe zu erfüllen. Wir waren schwach. In unseren Reihen gab es Verräter, die sich auf die Seite der Dunkelschatten gestellt haben. Jahrelang wurden wir unterwandert, ausgespäht und von innen heraus zerstört. Nichts davon haben wir bemerkt, bis es zu spät war. An einem einzigen Tag löschten sie alle Lichtspringer und Wächter aus. Alle, bis auf uns zwei. Wir sind die letzten. Wir können es wieder richten.«

»Warum ausgerechnet wir?«

Er zuckt mit den Schultern. »Weil wir damals zur richtigen Zeit an einem anderen Ort waren. Ich bin untergetaucht. Genau wie du, und wir waren gut … Bis vor Kurzem wusste ich nicht einmal, dass ein Springer überlebt hat. Damit stellen wir eine unmittelbare Gefahr für die Dunkelschatten dar. Du besonders, wenn du dein achtzehntes Lebensjahr erreicht hast.«

Ich will lachen, denn ich weiß ehrlich nicht, für wen, außer mich selbst, ich eine Gefahr darstellen sollte, doch der Ausdruck seiner Augen hindert mich daran. Das freundliche Blau, das mich vorhin an das Meer und den Sommer erinnert hat, wirkt nunmehr wie ein tosender Sturm. »Eine Gefahr?«, frage ich stattdessen leise.

»Ja, denn gemeinsam mit der Quelle und dir sind wir in der Lage, alles endgültig zu beenden.«

»Wir haben die Quelle?«

Dasselbe Etwas, das Finley gemeint hat? Nun verstehe ich gar nichts mehr. *Holly und Paul haben dieses komische Ding?*

»Du hast die Quelle«, verbessert Paul sich.

»Ich? Wie bitte? Woher soll ich die haben? Bis vor wenigen Stunden wusste ich nicht mal, dass es *Quelle* heißt und ich ein *Springer* bin.«

Der Ausdruck in seinem Gesicht erinnert mich an jemanden, der mit voller Wucht gegen eine Straßenlaterne gelaufen ist. »Doch, du musst sie haben!«, beharrt er.

»Nein! Darum bin ich hier. Ich soll dieses ominöse Etwas finden und ihnen aushändigen.«

Holly kichert hysterisch. »Warum solltest du das tun?«

»Sie haben gedroht, jeden umzubringen, den ich gernhabe«, flüstere ich. »Einer von ihnen ist unten vor dem Haus. Er bewacht jeden meiner Schritte.«

Holly schnappt hörbar nach Luft.

»Ich bin da, Erin. Dieser Raum ist sicher. Niemand wird euch etwas tun können!« Paul bedenkt mich mit einem ernsten Ausdruck.

»Ach, genauso, wie Sie für meine Eltern da waren?«, schnaube ich verächtlich.

»Du verstehst rein gar nichts!«, wirft er mir an den Kopf und ich zucke verwirrt zusammen. Mit dieser Reaktion habe ich nicht gerechnet.

»Dann erklären Sie es mir!«, fordere ich und stehe auf. Der Stuhl kratzt über den Boden und das Geräusch lässt mich schaudern.

»Setz dich wieder, Erin, bitte! Er wird alles erklären!«, beschwichtigt Holly.

Finley

Ich bin wieder allein und schiebe mit dem Fuß eine leere Coladose hin und her.

Diese Menschen sind wirklich Schweine, denke ich, als ich die zerknüllte Dose schließlich zur Seite kicke. Mit einem Scheppern bleibt sie am Straßenrand liegen. Es ist mitten in der Nacht und ich bezweifle, dass es einen Menschen nach draußen in die Dunkelheit zieht. Selbst wenn, schert es mich wenig, denn für die naiven Augen der Sterblichen bin ich ohnehin unsichtbar.

Das Backsteinhaus, in dem Erin lebt, ist ein alter Bau mit mehreren Wohnungen. Hier und da bröckelt Putz an der Fassade, aber das mindert seinen eigentümlichen Charme nicht.

Komisch, denke ich. Niemals hätte ich gedacht, dass ein Lichtspringer in solch einer Bude lebt. In den Geschichten, die mir erzählt wurden, waren sie stets oberflächlich und von Reichtum besessen. *Oder ist das alles Tarnung?* Ich erinnere mich an die Schlichtheit der Einrichtung und den Kleiderschrank, der bei mancher Heilsarmee besser bestückt worden wäre, und schüttele mich. *Wer würde solch eine Tarnung sein Leben lang in Kauf nehmen, wo er doch in Geld schwimmen könnte?* Ich verscheuche die Gedanken und suche stattdessen ihr Fenster. Dunkel liegt es da. *Ob sie schläft? Ich hoffe nicht, denn ihr Countdown läuft.* Ich will es überprüfen, als ein Geräusch an mein Ohr dringt.

Ich wende mich nach rechts. Ein Betrunkener torkelt wenige Meter an mir vorbei durch die Straße und nimmt dabei eine der vollen Mülltonnen, die zur morgigen Abholung bereitstehen, mit. Geräuschvoll fällt sie um und verteilt ihren Inhalt weitläufig auf der Straße. Der Mann schafft es kaum, sich aufzurichten, da wird bereits ein Fenster aufgerissen und eine Frau brüllt: »Sam, du alter Säufer! Lass meine Tonnen stehen und mach, dass du nach Hause kommst! Deine Frau wird dir die Leviten mal wieder ordentlich lesen müssen.«

»Ach, halt doch die Klappe, du alter Drache!«, brummelt der Betrunkene.

»Was hast du da eben gesagt?« Ich rechne damit, dass der besagte Drache gleich mit einem Nudelholz bewaffnet auf der Straße auftauchen wird, wenn es keine Entschuldigung setzt.

»Nichts.« Der Mann wirkt mit einem Mal stocknüchtern. Augenscheinlich hatte er nicht damit gerechnet, dass die Frau seine Äußerung hört, und nun hat sein Überlebensinstinkt die Führung übernommen.

»Das will ich auch gehofft haben, Freundchen! Und jetzt verschwinde!«

Der Mann setzt sich sofort in Bewegung. Ich vernehme ein zufriedenes Seufzen, dann schließt sich das Fenster und Ruhe kehrt in die Straße zurück.

Ich verharre einen Moment an Ort und Stelle und starre dem Kerl nach, der um die nächste Ecke biegt.

»Was sind diese Menschen für schwache Kreaturen? Nicht nur, dass sie sinnlose Kriege gegeneinander führen und damit ihre eigene Welt zerstören, sie saufen sich zusätzlich ins Delirium und lassen sich von den Weibchen befehligen. Schwächlinge. Es ist kein Wunder, dass sich ihre Existenz mit großen Schritten dem Abgrund nähert. Apropos weiblich …« Ich beende mein gemurmeltes Selbstgespräch und konzentriere mich wieder auf meine eigentliche Aufgabe.

Erin

»Also beherbergt diese Quelle meine Magie?«

Er nickt. »In gewisser Weise, ja. Du hast zwar einen Teil davon in deinem Blut, der Rest wird jedoch von ihr beeinflusst. Wir müssen sie finden und aktiveren, dann bist du mächtiger als sie. Eine Bedrohung.«

»Und meine Mutter hatte diese Quelle in ihrem Besitz?« Ich schlucke.

»Nicht ganz, deine Mutter hat sie erschaffen. Als der Angriff kam, muss sie es irgendwie vollbracht haben, ihre Magie darin zu verschließen. Das Geheimnis darum hat sie mit ins Grab genommen. So dachte ich zumindest … Jahrelang habe ich mich vor den Dunkelschatten versteckt gehalten. Im Glauben daran, dass die Lichtmagie für immer verloren ist und die Schatten gewonnen hätten. Doch dann, vor einem halben Jahr, nahm Holly über die Runen Kontakt zu mir auf und schenkte mir neue Hoffnung. Wir wussten am Ende beide, was deine Anfälle zu bedeuten haben. Dennoch haben wir bis zum Schluss die Hoffnung gehegt, dass alles anders wird, und sagten dir nichts.«

»Wow, sehr nobel von euch«, erwidere ich sarkastisch.

»Jetzt sei bitte nicht so. Wir haben das für dich getan«, murmelt Holly.

»Für mich? Ach, wirklich?«, bringe ich verächtlich hervor. »Und was bringt es mir?«

»Erin, bitte!« Holly klingt weinerlich und ich muss mich zwingen, mich abzuwenden. Andernfalls würde meine Wut einfach verpuffen und das wäre schade, wo ich doch so gut in Fahrt bin …

»Nein! Nichts mit *bitte*! Du hast mich mein ganzes Leben lang belogen! Ich bin in dem Glauben aufgewachsen, dass ich keine Familie habe, und nun stelle ich fest, dass ich die ganze Zeit bei ihr *gelebt* habe. Was erwartet ihr eigentlich von mir? Dass ich euch sage, wie toll ihr das gemacht habt? Wollt ihr ein Lob?«

»Nein, natürlich nicht.«

»Was wollt ihr dann? Und sagt jetzt bloß nicht, diese beschissenen Kaubonbons!« Geschafft von dem spontanen Wutausbruch lehne ich mich zurück. Auf Hollys Wangen glitzern Tränen. Sie tut mir leid, aber ich kann mich nicht für meine Worte entschuldigen. Es war die Wahrheit.

Paul wirkt ungerührt, während meiner ganzen Debatte hat er keinen Ton von sich gegeben. Entweder ist er total gefühlskalt oder er kann seine Emotionen wunderbar verbergen. »Wir sollten uns alle beruhigen und einen kühlen Kopf bewahren. Diese Ausbrüche bringen uns nichts. Wir sollten lieber überlegen, wie wir weitermachen und die Quelle schützen können. Meint ihr nicht auch?« Die Sterilität seiner Worte lässt mir die Kinnlade runterklappen.

»Das reicht mir als Bestätigung. Also? Punkt eins, wir müssen sie finden. Vorschläge vor?«

Ich zucke die Schultern, schließlich kannte ich meine Mutter nicht mal.

»Holly?«

Kurz gehe ich davon aus, dass sie nicht antwortet, doch sie findet ihre Stimme wieder, wenn auch leise und brüchig. »Das haben wir doch hunderte Male durchgekaut, Paul. Ich weiß es wirklich nicht. Meine Schwester war immer sehr verschlossen, wenn es ums Thema Magie ging.«

»Ich weiß, ich dachte nur, dass du dich an etwas erinnern kannst, was du vielleicht bisher verdrängt hast.«

»Nein, tut mir leid.«

Hm? Fassungslos sehe ich von Paul zu Holly. Das waren die glorreichen Antworten gewesen? Sinnloses Geplänkel und Dinge, die nur zu noch mehr Fragen führen? Herzlichen Dank … »Und jetzt? Soll ich einmal durch die Bude rennen, bei jedem Gegenstand Handauflegen und der, der zu leuchten beginnt, ist unsere Quelle?«

»Das könnten wir versuchen«, antwortet Paul ernst und reibt sich nachdenklich das Kinn.

»Paul, ich glaube, dass Erin einen Scherz gemacht hat«, sagt Holly, die meinen Sarkasmus gewöhnt ist. »Sie wollte damit wohl eher ausdrücken, dass wir dabei sind, die Nadel im Heuhaufen zu suchen.«

Bingo, voll ins Schwarze.

»Dann werden wir wohl einen anderen Plan brauchen.«

»Vielleicht gibt es die Quelle gar nicht mehr.«

»Warum sollte sie nicht mehr existieren?«

»Vielleicht hat meine Mutter sie gar nicht versteckt, sondern einfach zerstört?«

»Unmöglich.«

»Nichts ist in dieser Welt *unmöglich.*«

Ein Lachen dröhnt aus seiner Kehle und ich zucke zusammen, aus Angst, dass Finley es hören könnte.

»Entspann dich«, tönt Paul, der meine Gedanken erraten hat. »Er hört uns nicht. Dieser Raum ist abhörsicher.«

»Das meinen Sie.«

»Ich meine es nicht, ich weiß es. Runen sind sehr nützliche Zeichen. Sie können beschützen, rufen und allerlei andere Dinge. Unterschätz sie nicht.«

»Sie meinen, was Sie eben in die Luft gemalt haben? Das kann doch jeder.«

»Malen, ja, aber nur bei Wächtern entfalten sie ihre Wirkung. Dieser Raum ist ab sofort versiegelt. Keine Magie kann die verschlossene Tür durchbrechen. Was hier gesprochen wird, bleibt geheim.«

Entgeistert wandert mein Blick durch den Raum. Jedes Fenster, jede noch so kleine Öffnung trägt ein Zeichen. »Wenn es so einfach ist, sie auszusperren, warum haben Sie nicht die ganze Wohnung gesichert? Sie hätten verhindern können, dass diese Kerle mich kidnappen!«

»Jeder Hauch Magie legt eine Spur, die die Dunkelschatten wittern können. Ich wollte kein unnötiges Risiko eingehen.«

»Kein unnötiges Risiko?«

»Erin, wir wussten nicht, dass sie so nah sind …«, keucht Holly.

»Wenn wir jetzt alles geklärt haben, sollten wir uns wieder auf unser Ziel konzentrieren. Die Zeit drängt«, bemerkt Paul unbeeindruckt.

Wütend sehe ich ihn an und öffne den Mund, um etwas zu sagen, als mich ein wohlbekanntes Gefühl einholt.

Ein Magiesprung, wie ich inzwischen weiß, und doch könnte der Moment nicht unpassender sein. »Ich …«, beginne ich und greife mir an den Kopf.

»Erin?«, höre ich Holly schwach durch den aufkeimenden Nebel. Ich taumle, eine Druckwelle erfasst mich und reißt mich zu Boden.

14. Kapitel

Erin

Stimmen wecken mich, keine einzige von ihnen kommt mir bekannt vor. Sie sprechen etwas im Chor, das ich nicht verstehe.

Sie wiederholen es. Immer wieder, und langsam dringt es zu mir durch.

Die Zeit ist am Wandeln,
nur eines gewiss: Die Eine wird handeln.
Die Frage bescheiden:
Schatten oder Licht – wo wird sie bleiben?

Die Worte brennen sich in mein Gehirn, ergeben jedoch keinerlei Sinn. D*ie Eine? Schatten und Licht?*

Wurde ich aus der Wohnung entführt, während ich ohnmächtig war? Befinde ich mich in der Obhut der nächsten Psychopaten? Verwirrt schlage ich die Augen auf.

Nach und nach erkenne ich die Umrisse meiner Umgebung und stelle dabei fest, dass es sich um mein eigenes Zimmer handelt. Im Licht der Straßenlaterne sehe ich mein Bett, meinen Schreibtisch, Alex' Schrank. Alles ist wie immer und ich bin allein. Keine Holly und kein Paul … Ungern gebe ich es zu, doch vielleicht kam der Magieschub nicht unbedingt im allerschlechtesten Moment.

Zu viele Informationen, zu viele Fragen und eindeutig zu vieles, das mich aufgewühlt hat.

Mit einem Ruck schlage ich die Decke zurück und setze mich auf den Rand des Bettes. Mein Kopf dröhnt und ich massiere mir meine Schläfen. »Ich bin wohl irgendwo gegengestoßen, als ich umgekippt bin«, murmle ich und versuche mir dadurch den sonderbaren Singsang und die erbärmlichen Kopfschmerzen zu erklären.

»Oh, schön! Erin Schatz, du bist wach! Ich dachte schon, ich hätte mich verhört.« Holly tritt ins Zimmer und ich will bereits losmaulen, da registriere ich, dass sie allein ist.

Meine Tante muss sich gerade für die Nacht vorbereitet haben, denn sie trägt ihren schweinchenrosa Bademantel und die blauen Flauschschuhe, die Alex und ich ihr vor Jahren zu Weihnachten geschenkt haben. Einen Moment bleibt sie in der Tür stehen, dann kommt sie näher und setzt sich zu mir. »Wie geht es dir?«

»Gut, bin nur etwas müde. Ein Magiesprung also …«

»Ein Magiesprung«, wiederholt sie und beißt sich auf die Unterlippe.

»Was ist mit Paul?«, flüstere ich.

Sie schüttelt den Kopf. »Er ist vor ungefähr dreißig Minuten gegangen. Du warst fast zwei Stunden ohnmächtig. Er wollte eigentlich warten, doch er hatte noch etwas Wichtiges zu erledigen. Er kommt so schnell wie möglich zurück. Nutz die Zeit und schlaf etwas. Morgen früh sieht die Welt schon anders aus …«

»Kennst du Paul schon lange?«

Holly nickt. »Er war damals viel bei deinen Eltern zu Hause. Bei der Aufgabe auch kein Wunder …«

»Und doch war er am Tag X nicht da …«, gebe ich zu bedenken.

»Du auch nicht … Trag ihm das bitte nicht nach. Er macht sich auch so genug Vorwürfe. Paul ist ein Guter. Er wird uns helfen, du solltest ihm Vertrauen.«

»Ist notiert.«

Holly entfährt ein Seufzen. »Sie haben dich immer geliebt, weißt du?«, erzählt sie. »Es war schwer für mich, all die Jahre nicht darüber zu sprechen. Du siehst Emilia so unglaublich ähnlich. Jedes Mal, wenn ich in dein Gesicht geblickt habe, war es, als würde sie vor mir stehen.

An jenem Tag muss sie es gewusst haben. Ich kam in euer Haus und du schriest wie am Spieß. Emilia hielt mir deine Babytasche hin und bat mich, mit dir spazieren zu gehen. *»Du hast immer so eine beruhigende Wirkung auf sie!«*, hat sie gemeint. Letztendlich bin ich mit dir losgezogen. Es sollte bloß ein kurzer Spaziergang werden, nicht einmal verabschiedet habe ich mich. Als wir zurückgekehrt sind, war alles vorbei.« Ein markerschütterndes Schluchzen dringt aus Hollys Kehle und lässt mich zusammenzucken. Meine Tante sitzt neben mir wie ein Häufchen Elend.

»Holly, alles ist gut.« Tröstend nehme ich sie in den Arm.

»Nein, nichts ist gut! Es tut mir so leid!« Sie schnieft und wischt sich eine Träne aus dem Augenwinkel. »Nach ihrem Ableben habe ich alle Hinweise auf mich beseitigt. Dokumente, Briefe, Bilder, auf denen wir gemeinsam zu sehen waren. Wir sind umgezogen, haben jegliche Spuren verwischt. Ich habe gehofft, dass sie nichts von dir wussten, habe meinen Namen geändert, um dich und Alex zu schützen, und immer wieder gebetet, dass die Sprungmagie an dir vorübergeht, und mit ihr der Fluch der Dunkelmagie. Ich habe keine Ahnung, wie die Dunkelschatten uns nach all den Jahren finden konnten. Wahrscheinlich so, wie es auch dich immer wieder zu deinem alten Zuhause getrieben hat, durch ein Gefühl.«

»Altes Zuhause?«

Ein Lächeln umspielt ihre Lippen. »Du weißt es doch längst.«

Für einen Moment verstehe ich nicht, was sie mir damit sagen will, doch dann durchfährt es mich wie ein Blitz … »Das verlassene Haus in der Georg Street?«

»Ja«, haucht sie und kramt in ihrer Bademanteltasche. »Hier.« Sie drückt mir etwas in die Hand. Irritiert werfe ich einen Blick darauf. Ein altes Foto. *Sommer 2001* steht darunter.

»Es ist das Einzige, das ich von unserer Familie behalten habe. Sie würden wollen, dass du es bekommst.«

Ohne ein weiteres Wort steht sie auf, verlässt den Raum und lässt mich mit der Erinnerung zurück. Mit einem flauen Gefühl im Magen schenke ich dem Foto zwischen meinen Fingern Aufmerksamkeit. Es zeigt eine Szene aus einer längst vergangenen Zeit: Zwei Männer stehen hinter einer Bank, auf der drei Frauen Platz genommen haben. Alle fünf lachen in die Kamera und problemlos erkenne ich drei von ihnen: meinen Vater, meine Mutter und Holly.

Sie wirken so glücklich. Auf meine Lippen tritt ein Lächeln, zumindest so lange, bis ich eine Sache realisiere:

Drei Kinder.

Drei Kinder?

Ein ohrenbetäubendes Geräusch reißt mich aus meinen Überlegungen. In Rekordzeit rapple ich mich auf. Während ich das Foto in meiner Hosentasche verschwinden lasse, bewege ich mich bereits zur Tür. Vom Flur her kriecht mir der Gestank von Qualm und Schutt in die Nase und ich verziehe das Gesicht.

»Holly?«, krächze ich. Aus den Schlitzen der Küchentür kommt so viel weißer Rauch, dass er meine Sicht beeinträchtigt.

Es brennt!, denke ich und will gerade die Klinke herunterdrücken, da hält mich eine Hand zurück.

»Nein, lass die verfluchte Tür zu!« Hollys Befehlston ist ungewohnt, sodass ich automatisch gehorche.

»Holly, was ist passiert?«, keuche ich.

»Er ist hier.«

»Wer, Holly? Wer ist hier?«

»Der Dunkelschatten.« Die beiden Worte fahren mir durch Mark und Bein, genauso wie das bedrohliche Knurren aus der Küche. *Die Zeit ist abgelaufen.*

»Finley«, flüstere ich. Holly nickt und zerrt mich mit sich. In der Küche hinter uns klingt es, als würde Holz bersten. Geschirr klirrt und scheppert und bei jedem Geräusch zucke ich zusammen, doch Holly zieht mich unerbittlich weiter. Erst an der Haustür bleibt sie stehen.

»Was machen wir jetzt?«, frage ich und klinge dabei wie ein verängstigtes Reh.

»*Wir* machen gar nichts. *Du* gehst.« Ihr Ton ist entschieden und ungläubig schüttle ich den Kopf. »Ohne dich?«

»Ja.«

»Was?« Halt suchend klammere ich mich an ihr fest.

»Geh!«, bestimmt sie und lockert sanft den Griff.

»Aber sie haben gedroht, dich umzubringen«, stottere ich.

»Was würde ihnen das nützen? Dass du noch weniger kooperierst? Außerdem wird Paul uns alle beschützen. Mach dir keine Sorgen.«

Ich erblicke ihre Tränen und erkenne den inneren Kampf, den sie ausfechtet. Es fällt ihr nicht leicht, doch dann verstehe ich. »Alex?«, flüstere ich.

»Ja, mein Platz ist hier. Bei meiner Tochter.« Jetzt bin ich es, die Tränen in den Augen hat. Da steht sie. Meine Familie. Meine Tante.

»Du musst gehen. Erin, hörst du mich? Sie dürfen dich nicht bekommen! Versteck dich, Paul wird dich finden und dir helfen. Ich halte dieses Monster auf, solange ich kann.«

Ich mustere Holly und versuche, mir jedes Detail einzuprägen. Jedes Haar, jede Falte, jeden Leberfleck. Alles in mir sträubt sich, zu gehen, jetzt, da ich weiß, wer sie ist, aber ein ohrenbetäubendes Knallen holt mich in die Realität zurück.

»Erin, ich liebe dich und wir werden uns wiedersehen.« Sie zieht mich entschieden in eine Umarmung. »Ganz bestimmt! Mach dir keine Sorgen um uns, wir sind nutzlos für sie, solange du unseren Kontakt nicht suchst«, schnieft sie an meinem Hals und dann lässt sie mich los. Es ist ein Abschied. Ein Abschied für immer.

»Lauf«, befiehlt sie, drückt mir meine Jacke in die Hand und schiebt mich aus der Tür. »Lauf und sieh niemals zurück!«

Die kalte Morgenluft empfängt mich eisern und ich ziehe meine Jacke fest um mich. Fröstelnd verharre ich im Schatten unseres Hauseinganges und blicke mich sorgsam um. Ich weiß, dass Finley nicht hier unten sein kann, doch was ist, wenn er nicht allein arbeitet? Wenn Mirelle oder Mr. Sawer in der Dunkelheit auf mich warten?

Finley

Mein Plan war simpel. Einfach gestrickt und gut zu verfolgen, und doch ist er gründlich in die Hose gegangen.

Wütend huschen meine Blicke durch den Raum. »Diese verfluchten Zeichen sind überall!«, schimpfe ich und werfe einen Stuhl an die Wand, erwische dabei ein Regal, und die Töpfe, die darauf gestapelt waren, krachen scheppernd zu Boden.

Ich bin zutiefst frustriert. Seit einer halben Stunde versuche ich, mich aus diesem Raum zu befreien, aber alles, was meine Magie bewirkt, gleicht einem Zimmerfeuerwerk. Außer der Bildung von weißem Rauch, der mir selbst in den Augen brennt, geschieht nichts.

Mir ist schleierhaft, wie ein Mensch mir eine Falle stellen konnte, und dann sogar eine, die mich wirklich aufhalten kann, mit Wächtermagie.

»Diese Hexe! Wie hat sie mich überhaupt bemerkt?«, zische ich und drehe mich, auf der Suche nach einem Ausweg, um meine eigene Achse.

Alle Fenster und die Tür sind ausnahmslos mit Runen verziert. Ich sitze in der Falle.

»Das werdet ihr mir büßen! Alle miteinander!«, poltere ich und schlage mit bloßer Hand gegen die Tür, ohne jemanden direkt anzusprechen. Der Schatten in mir ist voller Zorn und will sich hervorkämpfen, doch die Runen zwingen ihn in die Knie.

Und das ist bei Weitem nicht das Schlimmste. Schwerwiegender ist, dass ich Erins Aura kaum noch spüren kann. Sie entfernt sich immer weiter.

Die Quelle …

»Verdammt!«, schreie ich. Mein Innerstes tobt und dann passiert etwas, das mir nie zuvor geschehen ist.

Ich verliere die Kontrolle über meinen Körper, doch nicht der Schatten ist daran schuld.

»Die Hoffnung am Ende als Letztes erliegt,
Im Kampf der beiden nie jemand siegt.«

Magiesprung Chronik (April 1999)

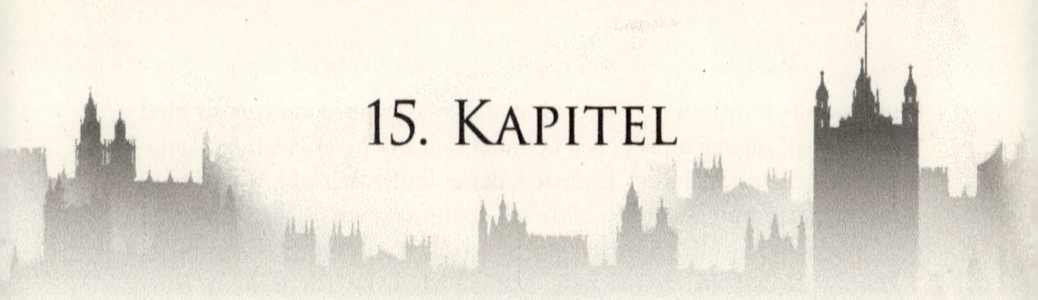

15. Kapitel

8. März 2019

Erin

Es ist mitten in der Nacht. Kein Mensch ist in der Kälte dieses Märztages unterwegs. Dunkel und nass liegen die Straßenzüge vor mir. Jeder meiner Schritte hallt auf dem Asphalt, während ich ziel- und planlos durch die Nacht marschiere.

Jeder Meter, der mich von unserer Wohnung in der Bay Street trennt, führt mich gleichzeitig weiter aus der Stadt hinaus. Aus den eng stehenden Mehrfamilienblocks werden große Einfamilienhäuser mit gepflegten Gärten. Die zugepflasterten Straßen, an deren Ecken Müllcontainer stehen, weichen weiten begrünten Alleen. Alles wirkt freier, aber in der Finsternis, die mich umgibt, auch bedrohlicher.

Im Schutz einer Buchsbaumhecke bleibe ich stehen und blicke mich um – bloß um festzustellen, dass ich keine Ahnung habe, wo ich bin. Mein Orientierungssinn war schon immer schlecht.

»Ohne Navi kommst du doch nirgendwo an«, hat Holly stets zu mir gesagt und recht damit gehabt. Normalerweise wäre dies der Punkt, an dem ich mein Handy zücken und Google Maps aktivieren würde. Nicht mal, um herauszufinden, wo ich lang muss, sondern allein, um feststellen zu können, wo ich mich im Moment befinde. Im Süden? Im Osten? Im Westen oder doch im Norden? Oder gar außerhalb von Manolin? Dummerweise habe ich es bei meiner Pseudoflucht, die im Endeffekt harte Realität war, verloren und bisher nicht wiederbeschaffen können.

Wahrscheinlich nutzt just in diesem Moment irgendein Junkie meine Alexa und freut sich wie ein kleines Kind, dass mein Smartphone mit ihm redet … Ich schnaufe. Wie konnte ich nur so blöd sein? Quasi mein ganzes Leben befindet sich auf diesem kleinen Gerät. Frei und offen zugänglich für jeden, der es findet. Ich stöhne und fasse mir an den Kopf. Vielleicht hätte ich doch manches löschen sollen …

Als es hinter mir raschelt, höre ich endlich auf, mir über das blöde Handy Gedanken zu machen. Schließlich habe ich weitaus ernstere Probleme als ein verlorenes Smartphone, das dem neuen Finder meine tiefsten Geheimnisse offenbart. *Scheiß drauf, wenn Finley mich erwischt, spielt das sowieso keine Rolle mehr.*

Angespannt starre ich auf die Stelle, von der das Geräusch ertönt. Es wird lauter und kommt näher. Ich wage kaum, zu atmen, und als schließlich eine Katze aus dem Gebüsch springt, schreie ich auf. »Verdammt«, fluche ich und versuche, tief Luft holend, mich zu beruhigen.

Ungefähr fünf Straßen und gefühlte zehn Kilometer später streiken meine Füße. Jeder Schritt fühlt sich an wie hundert Ameisenstiche und als eine Bank vor mir auftaucht, lasse ich mich zwangsweise darauf nieder.

»Ein paar Minuten«, beschwöre ich mich. Es wird langsam hell – der Morgen graut. Bald werden die ersten Sonnenstrahlen die Straßen beleuchten und das Leben erwecken. Dann bin ich nicht länger allein. *Wenn es Zeugen gibt, bin ich …* Abrupt stoppe ich den Gedanken. Niemand kann diese Wesen sehen. Wer also sollte mir helfen?

Unruhig überblicke ich die Umgebung. Die Fenster der Einfamilienhäuser liegen dunkel da. Autos stehen in den Einfahrten und selbst die Hunde haben sich in ihre Hütten zurückgezogen. Alles wirkt friedlich und beschaulich, doch ich lasse mich von dem Bild nicht täuschen. Mein Gefühl sagt mir, dass es bloß eine Frage der Zeit ist, bis Finley oder einer der anderen mich erwischen wird.

»Hab ich dich endlich.«

Ich zucke zusammen und springe von der Bank auf.

Wow, das ging jetzt schnell, denke ich und schöpfe aus irgendeiner Zelle meines Körpers genug Energie, um erneut loszurennen.

»Hey! Was soll das? Sei vernünftig und hör auf wegzurennen!« Die Stimme kommt mir bekannt vor, jedoch denke ich nicht daran, ihrer Bitte Folge zu leisten.

»Hörst du mich? Bitte, Erin, bleib doch hier!«

Bei meinem Namen macht es Klick und ich wirbele herum. »Paul?«, erkundige ich mich ungläubig.

»Wer sonst?« Lässig tritt er aus dem Schatten einer Mauer heraus.

»Wie kommen Sie hierher? Wie haben Sie mich so schnell gefunden?«

»Ich bin geflogen.«

Verschreckt keuche ich auf.

»Das war ein *Scherz.* Ich dachte, du stehst auf diese Art von Witzen? Und jetzt komm, wir sollten von hier verschwinden. Holly hat dir doch sicher gesagt, dass ich dich finden werde.«

»Ich hätte überall sein können, wie konntest du mich aufspüren?«, bemerke ich misstrauisch. *Vertraue niemandem,* hallen die Worte meiner Mutter mir im Kopf. Mit hundertprozentiger Sicherheit habe ich keine Spuren hinterlassen und einen Weg gewählt, den ich nie zuvor genutzt habe und selbst nicht kannte. Wenn er keinen Spürhund bei sich hat, muss er mich anderweitig gefunden haben, schließlich ist Manolin kein Dorf mit fünfzig Einwohnern. Wie hat er das angestellt?

»Mit den Mitteln und Wegen der Wächter.« Er grinst und setzt hinzu: »Allem voran dein Handy«, als er meinen fragenden Ausdruck im Gesicht wahrnimmt. »Und jetzt komm, Erin. Bei dir zu Hause ist es wieder sicher, dafür habe ich gesorgt. Ich habe Holly versprochen, dass ich dich unversehrt zu ihr zurückbringe.« Sein melodischer Singsang hüllt mich ein, suggeriert mir, dass ich ihm vertrauen kann. Kurz bin ich gewillt, ihm zu folgen, ehe mir klar wird, dass ich mein Handy gar nicht bei mir trage.

»Lügner«, entfährt es mir.

»Wie hast du mich genannt?«

»Sorry, mein Fehler. Ich habe das *elendiger* vergessen.« Mit diesen Worten drehe ich mich um und renne ein weiteres Mal los. Er ruft mir etwas Wütendes hinterher, doch ich ignoriere ihn. Genauso wie die Schmerzen in Beinen und Po. In meinen Augen eine wahre Glanzleistung. Mein Sportlehrer wäre stolz, wenn er mich jetzt sehen könnte. So lange und so schnell konnte ich im Unterricht kein einziges Mal laufen. Da ging es ja auch nie ums blanke Überleben. Mein Atem geht stoßweise, meine Beine werden immer schwerer. Als es mir das letzte Mal so ging, hatten wir Dauerlauf. Auf mein *»Ich kann nicht mehr«* hatte der Lehrer trocken geantwortet: *»Du hast lediglich den Punkt erreicht, an dem du meinst, dass du nicht dazu in der Lage bist, weiterzumachen. Halte durch, überschreite ihn, dann wird es besser.«*

Ich *bete,* dass er recht hat, denn ich ächze wie eine Dampflok, und bevor ich mir weitere Gedanken über meinen Gesundheitszustand machen kann, wird mir speiübel. Zwangsläufig stoppe ich. Mein Magen, der in den letzten Stunden nichts bekommen hat, gibt alles und krampft, was das Zeug hält. Irgendwie schafft er es sogar, etwas aus seinen Untiefen zu Tage zu fördern, und ich erbreche eine wässrige Flut.

Erschöpft und mit einem anhaltenden Schwindelgefühl bleibt mir nichts anderes übrig, als mich an der Mauer neben mir nach unten gleiten zu lassen. Ich zittere und die Welt um mich herum dreht sich.

Bitte lass mich nicht zusammenbrechen. Nicht jetzt und nicht hier, flehe ich im Stillen und schließe einen Moment die Augen, hoffe, dass es mir gleich wieder besser geht.

»Ich muss zugeben, so eine nette Begrüßung hatte ich lange nicht«, flüstert mir jemand unmittelbar ins Ohr und ich erstarre, als ich die eiskalte Stimme erkenne.

»Verschwinde«, wimmere ich.

»Oh, freust du dich denn gar nicht, mich wiederzusehen?«

Erschöpft öffne ich die Augen und wende mein Gesicht ein kleines Stück nach rechts, sodass ich ihm genau in die Visage schauen kann. »Schwacher Mensch! Dachtest du ernsthaft, dass du mir entkommen kannst?«

Ich behalte mir vor, nicht zu antworten, während ich hoffe, dass sich mein Schwindelgefühl endlich legt.

»Hat Erin Summer endlich gelernt, den Mund zu halten? Habe ich etwas verpasst?«

»Nein, den Mund lasse ich mir nicht verbieten. Ich habe dir bloß nichts zu sagen«, bringe ich hervor, als ich mich einigermaßen gesammelt habe.

Ungläubig hebt er seine Augenbrauen. »Ach nein? Wie wäre es mit dem Ort, an dem du die Quelle versteckst?«

»Wie oft denn noch? Ich habe deine verdammte Quelle nicht!«, brülle ich voller Verzweiflung. Sicher, dass ich aus dieser Hölle nie wieder herauskommen werde. »Wann kapierst du es endlich? Ich bin immer noch genauso dumm wie bei meiner Entführung!«

Mein Gegenüber stockt. Wie bereits zuvor liegt Unsicherheit in seinen grauen Augen. Unsicherheit darüber, ob ich die Wahrheit spreche oder nicht, vermute ich.

»Ich könnte dich umbringen«, murmelt er in veränderter Tonlage. Statt hart und wütend, klingt er rau und ruhig.

»Warum tust du es dann nicht einfach? Beende es. Ich kann das nicht mehr.«

Erstaunt schaut mein Peiniger auf.

»Was hast du? Wundert es dich wirklich? Du und deine Bagagen haben mir alles genommen. So viel weiß ich inzwischen. Warum nehmt ihr mir nicht einfach das Leben und hört auf, mich zu quälen, wegen irgendeiner Quelle, die meine Macht in sich verborgen hält? Eine Macht, die ich nicht will und von der ich nicht den Hauch einer Ahnung habe, was sie euch bringen soll?«

Ich habe keine Lust, der Spielball zweier Mannschaften zu sein. Der *dumme Junge,* wenn man es so nennen will.

»Was meinst du mit *alles genommen*?« Sein Gesichtsausdruck hat sich gewandelt und ehrliches Interesse ziert seine Züge.

»Da musst du fragen?«

»Wenn sich hier jemand als Opfer darstellen kann, dann bin ich das wohl.«

»Du? Ein Opfer? Haben wir gerade unwissentlich die Rollen getauscht? Ich hätte schwören können, dass du mir eben noch gesagt hast, dass du mich einfach umbringen könntest!«

»Und ich stehe zu meinem Wort. Glaub mir, zu gern würde ich dich aus dem Weg räumen. Jetzt. Sofort, aber leider liegt das nicht bei mir.« Seine Worte klingen nicht bedauernd, auch nicht wütend. Die Augen sind auf mich gerichtet, aber nicht Hass spricht aus ihnen, sondern etwas, das gefährlich an Verständnis erinnert.

Er glaubt mir, endlich.

»Muss man hier wirklich alles selber machen?«, brüllt jemand wie aus dem Nichts. Erschrocken drehe ich mich zur Seite und will ausweichen, da werde ich bereits mit voller Wucht an die Wand gepresst. Keuchend und hustend befinde ich mich Mr. Sawers hochrotem Gesicht gegenüber.

»Finley, du sollst dich nicht von ihr einlullen lassen. Wie oft habe ich gesagt, dass diese verdammten Lichtspringer gute Schauspieler sind?«, schimpft er, während seine rechte Hand an meine Kehle wandert und zudrückt. Ich bekomme keine Luft und versuche panisch mit den Händen seinen Griff zu lösen, doch ich entlocke ihm lediglich ein teuflisches Grinsen. »So, Mädchen, damit wir uns verstehen«, haucht er mit einem verschwörerischen Blick auf mich. »Ich werde dich jetzt loslassen und dann sagst du mir brav alles, was du weißt. Verstanden?«

Selbst wenn ich wollte, könnte ich ihm nicht ordentlich antworten. Mein gequältes Krächzen könnte so gut wie alles bedeuten.

»Brav«, meint Mr. Sawer und lässt mich abrupt los. Sofort knicken mir die Beine weg und ich schlage hustend und nach Luft schnappend mit den Knien auf den Asphalt. Split und feine Steine bohren sich schmerzhaft in die Kniescheiben.

»Keine schöne Erfahrung, oder? Jetzt spuck's aus, wir haben nicht ewig Zeit. Wo finden wir die Quelle?«

Ehe ich überhaupt daran denken kann, zu sprechen, schaltet sich Finley ein. »Ich befürchte, sie weiß es wirklich nicht.«

Mit hochgezogenen Augenbrauen wendet sich Sawer zu ihm. »Was faselst du da? Nach all dem schenkst du ihren Worten tatsächlich Glauben?« Wütend dreht er sich zu mir zurück und verpasst mir eine, die in meinem Kopf noch lange nachhallt. »Rede, verdammt!«

»Ich habe keinen Schimmer«, bringe ich unter Tränen hervor und schäme mich im nächsten Moment dafür. Meine Wange brennt und ich kann das Bild vom netten Rektor und dem Mann, der mich eben geschlagen hat, immer noch kaum zusammenbringen.

»Sawer!«, knurrt Finley.

»Halt dich da raus, du hattest einen simplen Befehl und was ist daraus geworden? Du hast versagt!«

»Nimm das zurück!«

»Das werde ich nicht tun!«

Während die beiden sich in ihren Streit hineinsteigern, schaffe ich es, auf die Beine zu kommen, und weiche nach hinten zurück. Einen halben Schritt – dann stoße ich gegen die Mauer.

Ich sitze in der Falle, wird mir bewusst. Und ebenso bewusst ist mir, dass keines meiner Worte etwas an diesem Umstand ändern wird.

Sawer wird mir nie glauben und ich kann ihm schlecht liefern, was ich nicht besitze.

»Egal, was Sie sagen und von mir verlangen. Es ändert nichts an den Tatsachen«, hauche ich in einem letzten Versuch, an Sawers Menschlichkeit zu appellieren.

»Wirklich? Und von welchen Tatsachen reden wir hier?« Mein ehemaliger Rektor unterbricht seinen Streit mit meinem Entführer und mustert mich abschätzig. »Ich höre?« Wie in Zeitlupe nähert er sich und für einen kurzen Moment stelle ich mir die Szene für einen Außenstehenden vor: Ein Mädchen, das mit vollgekotzten Schuhen an einer Wand steht und wilde Verrenkungen vollführt, um einer unsichtbaren Gestalt aus dem Weg zu gehen.

Ich würde lachen, doch meine Situation ist ernst. Todernst sogar, und ich hege keinen Zweifel daran, dass Sawer mich aus einer Laune heraus sofort auseinandernehmen würde. *Er hat weniger Skrupel als Finley,* stelle ich mit Erschrecken fest. Und niemals darf ich vergessen, dass keiner von beiden menschlich ist.

»Möchtest du nicht endlich mit der Sprache rausrücken? Es wäre doch schade, wenn wir dir jeden Knochen einzeln brechen müssten, damit du redest. Oder wollen wir gleich mit den Dingen beginnen, die wirkliche Schmerzen bereiten?« Sein teuflisches Grinsen lässt mein Blut in den Adern gefrieren. Ich schließe die Augen und mache mich auf das Schlimmste gefasst. Erst spüre ich einen Lufthauch, dann eine kleine Druckwelle. Mein Körper spannt sich und ich halte den Atem an und bete, dass er nicht zu grausam sein wird.

»Ist bei dir alles in Ordnung?«

Ich reiße die Augen auf erblicke das Gesicht einer fremden Frau. Panisch schaue ich mich um, aber Finley und Mr. Sawer sind verschwunden.

Finley

»Was zur Hölle war das?«, herrsche ich Sawer an, als wir auf die enge Lichtung treten. Wir befinden uns mitten in einem dichten Tannenwald. Der Ort, der mir am ehesten ins Gedächtnis kam, als ich mitbekommen habe, was geschehen wird. »Komm mir jetzt bloß nicht mit Energieschüben. Die verursachen kein Licht!« Mit einer Mischung aus Fassungslosigkeit und Wut starre ich mein Gegenüber an. »Was verschweigt ihr mir?«

»Nichts, ich … habe keine Ahnung, was das eben war«, stottert er und sinkt zu Boden.

»Ich kann dir sagen, was das war. Lichtmagie und keine von der Sorte *»Ich-setz-euch-kurz-außer-Gefecht«*. Licht in dieser Form *tötet* Dunkelschatten und jetzt pack endlich aus!«

Wutentbrannt gehe ich auf ihn los und zerre ihn in die Senkrechte. »Rede, verdammt!«

Sawer öffnet den Mund, da spüre ich einen Druck und kurz darauf bricht jemand in meinen Geist ein.

»Es ist genug, Finley! Komm zurück und bring ihn mit, lebend!« Die Stimme in meinem Kopf grollt wie das unheilvolle Donnern eines Sommergewitters. Ungewollt zucke ich zusammen und lasse Sawer los.

Alistair klingt aufgebracht und das ist kein gutes Zeichen. Ein Seitenblick auf den anderen Dunkelschatten zeigt mir, dass er es auch gespürt haben muss.

»Alistair?«, haucht er.

Ich nicke. »Ja und er ist alles andere als erfreut. Wir sollen zu ihm.«

»Zum Teufel noch mal«, flucht Sawer und klopft sich den Dreck von der Hose. »Dann lass uns keine Zeit verlieren.«

16. Kapitel

Erin

Orientierungslos schleppe ich mich durch die letzten Ausläufer Manolins.

Der Wind frischt auf und fröstelnd ziehe ich meine Jacke fester um mich. Wie auf Kommando muss ich niesen.

»Gesundheit«, murmelt es neben mir und erschrocken mache ich einen Satz zur Seite. Dummerweise bleibe ich bei meiner Aktion mit dem Fuß an einem Stein hängen und lande im nächsten Moment mit ausgestreckten Armen im Gebüsch.

»Aua«, stöhne ich, als ich versuche, mich aufzurichten, und dabei an einigen Dornen hängen bleibe.

»Beruhig dich, Erin. Ich bin es.« Verwundert sehe ich auf und erkenne Nelly, die mir helfend den Arm hinhält.

»Träume ich?«

»Nur wenn du auf Albträume in Dauerschleife stehst«, gibt sie sarkastisch zurück.

»Ehm, lass mich überlegen. Ich denke eher nicht.« Dankbar greife ich nach ihrer Hand. Ihre Finger umschließen die meinen und ziehen mich aus dem Gestrüpp.

»Interessanter Abgang.«

»Ja, oder? Das Ende muss ich ein klein wenig üben«, gestehe ich und fische mir ein Blatt aus dem Haar. »Was machst du überhaupt hier?« Ein Teil in mir geht stark davon aus, dass ich mir Nelly bloß einbilde. Seitdem ich das letzte bisschen Inhalt meines Magens auf der Straße verloren habe, ist mir ständig schwindlig und insgeheim habe ich auf realistisch wirkende Wahnvorstellungen gewartet …

»Dir helfen natürlich! Was ist denn das für eine Frage?«

Mit offenem Mund starre ich meine beste Freundin an und bin nicht in der Lage, einen Ton herauszubringen.

»Erin? Ist bei dir alles in Ordnung?«

»Ja, ich kann nicht glauben, dass du wirklich hier bist. Wie hast du mich gefunden? Und warum hast du mich überhaupt gesucht?«

»Soll das ein Scherz sein? Meine beste Freundin war weg, dachtest du ernsthaft, dass ich mich nicht frage, wo du bist und wie es dir geht?«

»Aber woher wusstest du …?«

Das Lächeln auf Nellys Gesicht irritiert mich.

»Du bist nicht so unberechenbar, wie du immer denkst, weißt du?« Sie lacht. »Holly hat mich völlig aufgelöst angerufen. Sie hat sich Sorgen gemacht und wusste nicht, an wen sie sich sonst wenden soll.«

»Sie hat mit dir telefoniert?«

»Nein, wir hatten eine Gedankenübertragung.« Nel verdreht die Augen. »Natürlich haben wir telefoniert. Deine *Tante* hat mich auf dem Handy angerufen. Erst war ich sauer und grummelig, dass sie mich vor dem Wecker wach gemacht hat, doch dann hat sie angefangen zu erzählen. Erin, sie hat mir so ziemlich alles gesteckt. Vor allem, dass dich irgendwelche Psychopathen verfolgen und dein Umfeld beeinflussen. Sie meinte, diese Typen könne man nicht sehen, aber sie wären in der Lage, alles und jeden zu manipulieren. Erst habe ich ihr nicht geglaubt. Ich dachte, sie hat einen über den Durst getrunken oder wäre auf einem Trip, doch dann ergaben die letzten Tage plötzlich einen Sinn.« Ein Funkeln erhellt ihre Augen. »Außerdem habe ich es gegoogelt.«

»Du hast was getan?«

»Alles gegoogelt.«

»Das ist ein Scherz, oder?«

Nelly schüttelt den Kopf. »Willst du jetzt wissen, was ich herausgefunden habe, oder nicht?«

»Ja, bloß vielleicht nicht unbedingt hier …«

»Komm, da hinten, das Wäldchen ist bestimmt geeignet!«, beschließt sie, und bevor ich etwas erwidern kann, zieht sie mich bereits hinter sich her.

»Sag mal, Nel, was gibt man da eigentlich ins Suchfeld ein?«

Finley

Das dunkle Gebäude ähnelt einer Ruine. Eingefallene Mauern, ein windschiefer Turm, der wirkt, als würde der nächste Sturm ihn einreißen, und ein Teppich aus Ziegeln und Backsteinen begrüßen uns.

Es ist Jahre her, dass ich das letzte Mal hier war, und am liebsten wäre ich nie wieder hierhergekommen.

Langsam wandeln wir auf den ausgetretenen Steinen zum Durchgang, der uns in das Innere der ehemaligen Burg führen wird. In meinen Augen ist er das einzig gut erhaltene an der gesamten Anlage. Jeder Stein steht an seinem Platz und sogar von der einstigen Bemalung ist etwas zu erkennen.

»Wer wagt es, den Weg zu uns zu suchen?«, donnert jemand neben uns. Sawer fährt herum und keucht erschrocken auf. Ich zucke nicht einmal zusammen, denn ich habe die Gestalt im Auge, seit wir das Grundstück betreten haben.

»Glaubt nicht, dass wir diesen gottverdammten Ort gerne aufsuchen«, murre ich und ernte damit einen ungnädigen Blick.

»Wir sollten zu ihm kommen«, bringt Sawer stotternd in einer Art hervor, die ihm meine gesamte Verachtung einbringt. *Sonst den großen Macker heraushängen lassen und jetzt kuscht er wie ein kleines Mädchen.*

Mein Respekt vor diesem Mann sinkt mit jeder Sekunde, die wir in der Ruine verbringen.

Der Dunkelschatten nickt und bedeutet uns dann, dass wir ihm folgen sollen.

Zielstrebig führt er uns durch die Reste des ehemaligen Herrscherhauses. Wir passieren einen riesigen Platz, gesäumt von Bäumen, Hecken und Unmengen an Statuen. Mehrere dunkle Gestalten mache ich in den weiten Schatten der Anlage aus. Mir ist schleierhaft, warum sich so viele Dunkelschatten hier in der Nähe aufhalten. *Er* benötigt ihre Hilfe nicht, denn seine Schoßhunde schart er seit Jahrzehnten um sich.

Habgier kann es auch nicht sein, geht es mir durch den Kopf. Bereits seit Jahren gibt es hier nichts zu holen außer Zerfall und Tod, und von beidem haben sie genug. Wie wir alle.

Ohne ein weiteres Wort zu verlieren, erreichen wir eine Tür, die sich an einer halbwegs unversehrten Wand befindet.

Der große Dunkelschatten drückt die Klinke nach unten. Fast geräuschlos schwingt die massive Eisentür auf. Mit einer befehlenden Handbewegung lässt uns der Mann den Vortritt in die pechschwarze Dunkelheit.

Ich atme ein letztes Mal tief durch, dann ergebe ich mich meinem Schicksal.

Sawer erinnert eher an einen sterbenden alten Mann als an einen Dunkelschatten aus dem inneren Kreis. Er wimmert, als wir wieder in den Schein der Sonne treten, und fällt förmlich auf die Knie, als sich die Tür hinter uns schließt.

»Steh auf!«, blaffe ich ihn an. Auch mir hat sich die Dunkelheit wie ein Würgegriff um Körper und Geist gelegt, doch ich benehme mich nicht wie ein Kleinkind und krieche zu Kreuze.

Tief unter der Erde herrschen die Schatten seit Jahrhunderten und genauso sieht es auch aus, denn nichts außer der Dunkelheit ist übrig geblieben. Egal ob einfache Schatten oder Dunkelschatten. Sie alle sind hungrig. Ausgehungert von Jahrzehnten in der tiefsten Schwärze. Sie greifen nach jedem Stück Leben, das sich in ihre Nähe verirrt. Saugen Glück und Zufriedenheit auf und zerstören die Seele, bis lediglich eine Hülle übrig bleibt, die früher oder später zu Staub zerfällt.

Kalte Schauer laufen mir den Rücken hinab, ich hasse diesen Ort. Ursprünglich hatte ich vor, ihn nie wieder zu betreten, und doch habe ich es soeben getan.

Ich blinzele in die Sonne, dann schließe ich die Augen und atme tief durch. Mit jedem Atemzug fällt ein weiteres Stück der Düsternis von mir ab. Zu gerne würde ich sie gänzlich abstreifen, kann es aber nicht. Sie ist ein Teil von mir.

»Er ist böse.«

»Ach, was du nicht sagst?« Ich lege meine ganze Ironie in die Betonung und hoffe, dass sie bei Sawer ankommt.

»Sehr witzig«, murmelt der.

»Außer dieser Erkenntnis hat uns der kleine Ausflug gar nichts gebracht. Wir stehen nach wie vor da, wo wir vorher waren«, bemerke ich und lasse die Schatten in unserer Umgebung nicht aus den Augen, während Sawer sich aufrichtet und seine Hose abklopft.

»Zumindest wissen wir, dass er es ernst meint und sie die Richtige ist«, gibt Sawer mir mit eindeutigem Seitenblick zu verstehen.

»Na schön, bloß ändert das nichts daran, dass sie sich nicht an die Quelle erinnert und er meine Fragen nicht beantwortet hat.«

»Deine Fragen waren unsinnig!«

»Unsinnig? Warst du eben dabei?«, donnere ich.

»Ja, aber …«

»Lass deine faden Ausreden stecken«, unterbreche ich ihn. »Du hast sie ganz genau gesehen: die Lichtmagie! Woher kommt sie, wenn das Mädchen die Quelle nicht besitzt? Wieso sind ihre Energiesprünge in der Lage, mich außer Gefecht zu setzen? Verdammt, nichts ergibt einen Sinn!« Ich schlage meine Faust so hart in einen nahestehenden Baum, dass es knackt und dieser bedrohlich zittert.

»Wenn es wichtig gewesen wäre, hätte er die Fragen beantwortet.«

»Du und dein blindes Vertrauen.«

»Manchmal sollte man sich darauf verlassen. Es gibt die Leute, die das Denken übernehmen, und solche, die ausführen. Wir gehören zu letzteren. Find dich damit ab!«

»Das werde ich nicht! Ich will die verdammten Antworten!«, brülle ich und schlage erneut gegen den Stamm, während sich die Dunkelheit um uns bedrohlich zusammenzieht.

»Finley, du solltest dich ernsthaft beruhigen«, meint Sawer nervös. Erst jetzt hat er die Gefahr erkannt, in der wir uns befinden. Eine Bedrohung ausgehend von unseren eigenen Leuten. *Welch Ironie.*

»Ich bin ruhig«, gebe ich zurück und fixiere eine der dunklen Gestalten. Sie steht mir am nächsten und versteckt sich hinter einer Steinstatue. Jede Faser meines Körpers brennt vor Zorn. Ich balle die Hände zu Fäusten und plötzlich löst sich eine Druckwelle aus mir, die mich selbst ins Wanken geraten lässt.

Als sie den Schatten erreicht, wird er auseinandergerissen und verschwindet mitsamt der Welle im Nichts. Fassungslos starre ich auf die Stelle, an der zuvor Schatten stand.

Er ist weg. Tot.

»Was war das?«, bringt mein Begleiter stotternd hervor.

»Ich habe nicht den blassesten Schimmer …« Unschlüssig starre ich auf meine menschlichen Hände. Keine Spur der dunklen Klauen. Ich hatte eben einen ausgewachsenen Wutausbruch, der einen Schatten das Leben gekostet hat, jedoch offensichtlich nicht ausgehend von meinem Dunkelschatten.

»Du hast ihn umgebracht und dich dabei nicht einmal verwandelt«, stellt er mit belegter Stimme fest.

»Nein«, gebe ich zu und versuche zu ergründen, was geschehen ist. Meine bloßen Gedanken scheinen der Auslöser gewesen zu sein, aber wie? Ich fühle mich wie immer und doch ganz anders. Verwirrt versuche ich, die Dunkelheit in mir zu fassen und greife doch ins Leere. Das Wesen, das mich ausgemacht hat, ist verschwunden.

»Das kann nicht sein«, flüstere ich und verstehe auf einmal gar nichts mehr.

Der Dunkelschatten ist weg und ich lebe. Was bedeutet … dass er nie ein wirklicher Teil von mir war. Eher ein Parasit, der sich von mir ernährt und sich gestärkt hat.

Ich bin kein Dunkelschatten. Ich war nie einer, wird mir klar.

»Wir sollten gehen«, raune ich und setze mich unverzüglich in Bewegung, während ich die Schatten keine Sekunde aus den Augen lasse.

»Was ist los, Finley?«

Ohne ihm zu antworten, laufe ich weiter und hoffe, dass er den Wink versteht. Seinen unsicheren Schritten hinter mir zu urteilen, tut er das. Erst als wir die Ruine weit hinter uns lassen, löst sich meine Anspannung.

»Wärst du so freundlich, mir endlich ein paar Antworten zu geben?« Sawer hat mich eingeholt und mir den Weg abgeschnitten.

»Vor ein paar Minuten war dir genug, was Alistair uns gesagt hat. Wir führen nur aus, weißt du noch? Was hat sich seitdem verändert?«

»Du!«, kommt prompt die Antwort.

»Ich weiß nicht, was du meinst«, erwidere ich und drehe mich weg. Doch es ist zu spät, er hat es bereits bemerkt.

»Deine Augen«, stammelt der Dunkelschatten.

Alistair

Alles kommt anders, als ich es geplant habe.

Er ist stärker. Seine eigene Magie hat es fast geschafft, den Dunkelschatten zu besiegen. Am liebsten würde ich Finley gänzlich zurückrufen und versuchen, sein Gedächtnis zu löschen, doch ich weiß, dass es nichts bringen wird. Stattdessen entscheide ich mich dafür, ihm die Macht meines Schattens zu nehmen, um seine Magie nicht noch stärker herauszufordern.

Meine nächsten Schritte muss ich mir sorgsam überlegen. Ich muss überzeugen und manipulieren. Kein Fehler darf mir unterlaufen, denn ich bin hier gefangen und brauche *ihn*. Eigentlich.

»Warum hast du das getan, Elenora?«
»Ich musste dich vor dir selbst schützen«,
antwortet die Frau leise.
»Ach, wirklich? Das entscheide ich wohl am besten selbst.
Gib sie mir zurück, sofort!«
Drohend geht der Mann einen Schritt auf sie zu.
Er ist gut zwei Köpfe größer als sie,
doch davon lässt sie sich nicht einschüchtern.
»Nein.«
»Ich warne dich!« Bedrohlich reckt er ihr den Finger entgegen.
Einen Finger, der kaum noch Fleisch am Knochen besitzt.
»Sieh, was es mit mir anstellt. Siehst du das? Willst du das?«
»Du hast dein Schicksal selbst gewählt«,
bringt sie emotionslos hervor und wendet sich ab.
»Du vermaledeite Schlampe, gib es mir, und zwar auf der Stelle!«
Blitzschnell packt er ihre Schultern und rüttelt die Frau so fest,
wie er es vermag, doch bereits kurz darauf lässt er sie wieder los
und seine Arme fallen kraftlos nach unten.
»Warum?«, fragt er und seine Stimme klingt gebrochen.
»Du warst zu gierig. Ich musste uns beschützen.«

Vermächtnis der Springer (Dezember 1939)

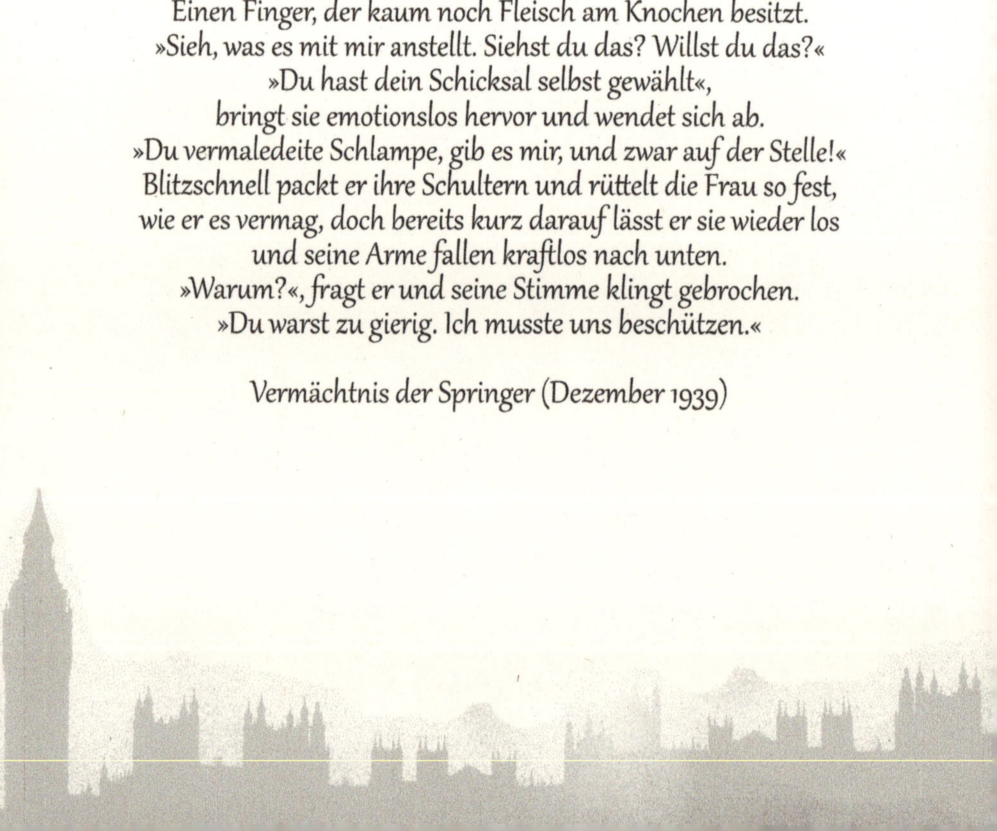

17. Kapitel

Erin

»Du hast dich also ernsthaft vor deinen PC gesetzt und es gegoogelt? Nun erzähl, was gibt man bei so was ins Suchfeld ein? *Mysteriöse Typen, die lediglich von einigen ausgewählten Spinnern gesehen werden können?* Bist du dir sicher, dass du auf keiner Suchtberatungswebseite warst?« Ungläubig blinzle ich die kichernde Nelly an, die es sich im Schatten einer Tanne bequem gemacht hat.

Über einer immergrünen Buchsbaumhecke, die uns vor neugierigen Augen schützt, kann ich die Silhouette Manolins erkennen. Der Wind weht den Lärm der mittlerweile erwachten Stadt zu uns herüber. Wir sitzen seit mindestens drei Stunden im Schatten der Bäume und inzwischen habe ich ihr alles erzählt, was ich weiß oder zumindest denke zu wissen.

»Gut, ich gestehe, dass ich es nicht gegoogelt habe. Eventuell habe ich es aus dem Darknet oder vielleicht auch aus dem Polizeiarchiv, in das ich mich hineingehackt habe«, gibt sie zu.

Schockiert ziehe ich die Luft ein. »Nein, Nelly! Sag, dass das ein Scherz ist.«

»Würdest du dich dann besser fühlen?«

»Selbst wenn, ich will trotzdem lieber die Wahrheit.«

»Okay, dann spielen wir mit offenen Karten. Es war kein Scherz. Ich habe mich in die Zentralrechner der hiesigen Polizei gehackt.«

Der Mund klappt mir auf. »Das darf doch nicht wahr sein«, stöhne ich und fasse mir an den Kopf. »Das Darknet wäre schlimm genug gewesen, aber du musstest tatsächlich einen auf Julian Assange machen? Was machen wir, wenn jemand dahinterkommt? Was rede ich da, du hast dich bei der Polizei eingehackt! Ein S.W.A.T.-Team wird längst vor eurer Haustür stehen!« Panik keimt in mir auf, doch Nelly bleibt total gelassen und schüttelt beschwichtigend den Kopf. »Ich bin doch nicht so blöd und nutze meinen eigenen PC«, stellt sie klar. »Ich habe einen Schlüssel für die Schule, erinnerst du dich?« Keck wackelt sie mit den Augenbrauen. »Ich war heute Morgen vor Sonnenaufgang dort und habe das Computer-Kabinett benutzt. Wenn jemand die Anfrage zurückverfolgt, dann gelangt er zu unserer Schule.«

»Und der Passwortschutz? Wir kommen ja nicht mal mehr auf stinknormale Social-Media-Seiten, seit Elvira Simmens ihr Schminktutorial im Informatikunterricht gedreht und online gestellt hat.«

»Deswegen nennt man es ja hacken!« Nelly verdreht die Augen und langsam begreife ich die ganzen Ausmaße ihre Aktion. »Wie sollte ich sonst bitteschön an brauchbare Informationen kommen? Außerdem habe ich mich mit der Polizeigeschichte strafbar genug gemacht, da kam es auf ein Verbrechen mehr oder weniger auch nicht an. Übrigens, mal ganz unter uns, selbst, wenn die Polizei davon Wind bekommen würde, denkst du ernsthaft, dass Mr. Sawer etwas an die Öffentlichkeit dringen lässt? Bei der Vorgeschichte?« Sie klingt so unbeteiligt, als würde sie das heutige Kantinenessen runterbeten.

»Wow, deine dunkle Seite ist gut drauf. Gab es dort wieder Graticookies?«

»Es gibt dort so einiges. Vielleicht willst du ja ebenfalls die Seiten wechseln?«, bringt sie hervor und spielt damit auf mein gigantisches Magenknurren an.

»Hm«, grummle ich nur.

»Hier.« Sie wirft mir einen Apfel zu. »Wenn du hungrig bist, bist du nicht auszustehen und so furchtbar korrekt gepolt.«

»Klasse, ein Schokoriegel wäre mir jetzt lieber.«

»Bei den Kalorien, die du durch das Rennen verbrannt hast? No way, ich bin dafür, dass wir jetzt direkt mit dem Fitnessprogramm starten, das wir seit zwei Jahren aufschieben.«

»Sehr witzig«, kommentiere ich und beiße in den Apfel. »Was wird Miss Smith eigentlich sagen, wenn irgendjemand herausfindet, was die tugendhafte Schulsprecherin in ihrer Freizeit treibt?«, wechsle ich das Thema und kann ein Kichern der absurden Situation wegen nicht unterdrücken.

»Irgendwas sagt mir, dass ich diese Karriere dann an den Nagel hängen kann.« Sie lächelt. »Willst du jetzt endlich wissen, was ich herausgefunden habe, oder wollen wir weiter meinen Tagesablauf durchkauen?«

»Puh, schwere Frage, doch da es um mein Leben geht, würde ich gerne wissen, was du herausgefunden hast.«

Nelly grinst mir verschwörerisch zu, dann holt sie einen Zettel aus ihrer Tasche, rückt ihre Brille zurecht und beginnt laut vorzulesen.

Bereits nach der ersten Zeile wird mir klar, dass es sich um eine Polizeiakte handelt, eine von 2002, um genau zu sein. »Hier steht, dass die Nanny ausgesagt hat, dass die Drews sich mit unsichtbaren Menschen unterhalten hätten. Es sei in einen lautstarken Streit ausgeartet, an dessen Ende Mr. und Mrs. Drew einfach zusammengebrochen sind. Der hinzugerufene Notarzt konnte lediglich den Tod infolge Herzversagens feststellen. Es gab keine Fingerabdrücke oder andere Hinweise auf Fremdeinwirkung. Sie waren schlicht und ergreifend von einer Sekunde auf die andere mausetot.«

Nellys Zusammenfassung sorgt dafür, dass sich mir die Haare an den Armen aufstellen.

»Hier steht außerdem, dass die Nanny und der dreijährige Sohn der Familie mit einem Schrecken davonkamen. Beide waren völlig apathisch, als die Polizei eintraf. Der Arzt stellte eine ausgewachsene Nervenschwäche bei der Nanny fest. Aufgrund ihrer verwirrenden Aussage und der Hartnäckigkeit, mit der sie daran festhielt, hat man sie damals umgehend in eine Nervenheilanstalt eingewiesen. Ich war so frei und bin der Sache nachgegangen. Diese Frau befindet sich noch immer in dieser Anstalt.« Nelly wirft mir einen komischen Blick zu.

»Was ist los? Was soll mir das sagen? Dass ich verrückt werde und ebenfalls eine Klinik aufsuchen soll? Hast du zufällig gleich eine Zwangsjacke für mich dabei, dann kann ich anfangen, mich daran zu gewöhnen«, bringe ich sarkastisch hervor.

»Nein, das meine ich nicht.« Sie winkt ab und deutet auf einen anderen Absatz. »Hier steht, dass die Frau beschrieben hat, wie sie sich während des Geschehens gefühlt hat.«

»Und?«

»So habe ich mich auch gefühlt, als du mich auf der Straße einfach allein gelassen hast. Ich habe dieselbe Kälte gespürt, denselben Hass, doch ich konnte es bis dato nicht zuordnen. Ich dachte, dass ich es mir eingebildet habe.«

Plötzlich wird mir klar, dass auch ich diesen Hass gespürt habe. Ein Hass, der allzu deutlich von Finley ausging und mich am liebsten in Stücke gerissen hätte. Hass und Dunkelheit …

»Wir müssen zu dieser Nanny!«

»Wie bitte?« Mein Blick fliegt zu Nelly, die sich entschlossen ihre Brille zurechtschiebt und mich stark an Officer Fillmore aus dem gleichnamigen Cartoon erinnert.

»Wir gehen nach St. Julien!« Bevor ich etwas erwidern kann, hat sie sich erhoben und klopft sich die Tannennadeln von der Hose. »Kommst du?«

»Verrätst du mir auch, was wir dort sollen?«

Sie schnauft. »Na, was wohl? Herausfinden, was diese Frau wirklich weiß.«

»Und das bringt uns was? Es steht doch alles in dem Bericht.« Wenig überzeugt stehe ich auf. Ich habe genug Probleme, als dass ich mir zusätzlich die Wahnvorstellungen einer alten Frau anhören muss.

»Möglicherweise weiß sie etwas, das uns helfen kann und das sie der Polizei nicht gesagt hat.«

»Ich weiß nicht …«

»Erin, jetzt komm. Versetz dich mal in ihre Lage: Würdest du jemandem, der dich nach deiner ersten Aussage für verrückt hält, alles anvertrauen? Außerdem: irgendwo müssen wir ja anfangen. Warum also nicht herausfinden, ob es dieselben Typen waren? Vielleicht gibt es einen Zusammenhang oder hast du einen besseren Vorschlag?«

»Na schön, du hast gewonnen. Wo ist St. Julien und wie kommen wir am schnellsten dahin?« Seufzend angle ich nach der Karte, die meine beste Freundin vorsorglich ausgedruckt hat.

»Wir müssen einmal quer durch Manolin. St. Julien liegt auf der anderen Seite der Stadt und war früher ein Sanatorium.«

Ich verstehe mal wieder nur Bahnhof. »Und das sagt mir was?«

Nelly seufzt ebenfalls. »Hast du im Geschichtsunterricht letzte Woche überhaupt aufgepasst?«

Ich bin der Meinung, dass ihre Frage rhetorischer Natur ist, und will im ersten Moment nicht antworten, doch dann überlege ich es mir anders. »Letzte Woche? Keine Ahnung …«, murmle ich und habe gleich ein schlechtes Gewissen. Natürlich weiß ich, auf was sie anspielt, denn ich hatte, wie üblich, im Geschichtskurs bloß Augen für den Oberstufenschwarm. Dieses Thema habe ich jedoch nicht vor zu bereden, nicht mit ihr oder sonst wem, denn dass daraus was wird, ist genauso unwahrscheinlich wie ein Sechser im Lotto.

»Gut, du hast gewonnen«, stöhnt sie. »Das ehemalige Sanatorium liegt außerhalb der Stadt in einem Park. Es wurde damals zur Behandlung der Reichen und Schönen erbaut, was zu einem riesigen Eklat geführt hat. Zwischen der Stadt und dem Vorstand des Gebäudes gab es fast dreißig Jahre böses Blut. Es ging sogar so weit, dass die Städter während einer Epidemie mit Heugabeln und Stöcken bewaffnet das Sanatorium gestürmt haben. Durch pures Glück konnte damals Schlimmeres verhindert werden, und seitdem steht es allen offen, egal, aus welchen Verhältnissen sie stammen.«

Mit offenem Mund höre ich Nelly zu. Ich bin zwar eine der Klassenbesten, doch mehr als das nötige Wissen merke ich mir nie, Nelly dagegen kann mit jedem Lexikon mithalten. »Gibt es eigentlich auch etwas, das du nicht weißt?«, necke ich.

»Ja, zum Beispiel warum diese Typen unbedingt die Quelle wollen.«

»Eine Quelle, die wohlgemerkt meine Magie in sich trägt«, ergänze ich.

»Genau.«

»Ist das eigentlich so wichtig? Ob mit oder ohne, ich habe das Gefühl, dass ich am Ende sowieso draufgehen werde, und wenn mich Finley eigenhändig erwürgen muss.« Frustriert kicke ich einen Kienapfel zur Seite.

»Natürlich ist das wichtig! Wenn wir in Erfahrung bringen, was sie damit wollen, können wir es für uns nutzen und verhandeln! Eins muss ich unbedingt wissen: Kannst du dann mit der Quelle richtig hexen? Mit reimenden Sprüchen und so, wie Bibi Blocksberg? Und kannst du dann auch fliegen? Hast du einen Besen? Oh, bitte lass mich den Namen aussuchen. Wir brauchen auf jeden Fall etwas Originelleres als Kartoffelbrei, ja? Glimmstängel zum Beispiel?« Ohne Punkt und Komma quasselt Nelly drauflos. Insgeheim habe ich die Sekunden gezählt, bis sie einen entsprechenden Spruch raushaut. Ich gönne ihr kurz den Spaß, doch die Zeit drängt, und zwangsläufig muss ich ihre hochwertvollen Überlegungen unterbrechen.

»Nein, nichts dergleichen. Komm jetzt, wir müssen los und einer Verrückten einen Besuch abstatten!«

»Schade«, murmelt sie und trottet mir nach. »Kannst du wenigstens irgendwas?«

»Du meinst, außer filmreich umzukippen? Nö.«

Finley

»Dunkelheit und Tageslicht,
des einen Leid, des andern Pflicht.
Am Ende nur das eine zählt,
die Liebe knüpft, was sonst verwehrt.
Drum wisse Kind, stets denke frei,
was andere sagen, ist einerlei.
Vertraue dir, vertraue gut.
Im Dunkel lauert bloß die Wut.«

Diese Zeilen schwirren unaufhörlich in meinem Kopf herum, wie eine ewig währende Mahnung, und lassen sich nicht vertreiben. Vorgetragen von einer Stimme, die sich mir die Haare an den Armen aufstellen lässt. Die meiner Mutter.

Wenn ich die Augen schließe, sehe ich sie vor mir. Eine Frau mit schwarzen langen Haaren. Ihre grünen Augen strahlen mich liebevoll an. Daneben steht mein Vater und mir ist, als würde ich in einen Spiegel schauen.

Mit einem Ruck richte ich mich auf und verbanne die Erinnerung energisch aus meinem Kopf, auch wenn ich weiß, dass ich sie nicht auf ewig fernhalten kann.

Sawer und ich haben uns getrennt. Während er Mirelle in Kenntnis setzt, befinde ich mich auf der einstigen Stadtmauer Manolins. Seit ihrer Erbauung sind viele Jahrhunderte vergangen. Die Stadt ist gewachsen und hat sich über ihre ehemaligen Grenzen hinaus entwickelt. Mit den Jahren kam auch der Zerfall der Mauer, die plötzlich bedeutungslos geworden ist. Ein nutzlos gewordenes Relikt vergangener Zeiten. Bloß hier, im nördlichen Teil Manolins, gleicht sie tatsächlich einer Grenze, die das ausufernde Wachstum der Metropole eindämmt.

Hinter mir befindet sich ein Meer aus Bäumen, die ihre Äste und Knospen im Wind wiegen. Eine Parkanlage, die zum dahinterliegenden Kloster gehört und sich kilometerweit am Rande der Stadt erstreckt. Erst dort, wo die Bäume sich zurückziehen, hat man es gewagt, zu bauen. Angeblich aus Respekt vor der Natur, meines Erachtens eher wegen der Klostermönche und deren Aberglauben.

Von meinem Standpunkt aus habe ich eine grandiose Sicht über die Stadt. Langsam lasse ich meinen Blick über die Straßen und Häuser in meiner Nähe gleiten. Immer auf der Suche nach ihr.

Seit Stunden halte ich Ausschau nach Erin. Ich fühle, dass sie sich irgendwo in der Nähe aufhalten muss, kann sie jedoch nicht ausmachen. Ein letztes Mal versuche ich, die Schatten zu rufen, doch das Tor ist verschwunden und mit ihm die Kreaturen – genauso wie der Dunkelschatten. Auch wenn ich kräftemäßig kaum einen Unterschied feststellen kann, herrscht tief in mir Leere.

Niedergeschlagen setze ich mich zurück auf die kühlen Steine und lasse die Beine über dem Abgrund baumeln. Mindestens drei Meter geht es an dieser Stelle steil hinab und ich frage mich, ob mich der Sturz in meinem neuen Zustand umbringen würde.

Zu was bin ich in der Lage? Was bin ich überhaupt?

Ausgeschlossen, dass ich ein einfaches menschliches Wesen bin. Menschen können nicht von einem Ort an den anderen wechseln. Genau genommen sind nicht einmal Dunkelschatten ohne die Hilfe magischer Gegenstände dazu in der Lage.

Ratlos starre ich in die langsam tiefer sinkende Sonne. Mein ganzes Leben lang habe ich dem Hass gewidmet, in dem Glauben, dass das der richtige Weg sei. Inzwischen bin ich unsicher. Da sind zu viele Fragen, die mir niemand beantworten will.

Ich schreie hinab in die Stadt, auch wenn ich weiß, dass mich hier draußen niemand hören wird. »Was wollt ihr von mir? Vertrauen? Wem soll ich vertrauen? Ich weiß nicht mal, was dieses Wort bedeutet!«

18. Kapitel

Erin

»Habe ich erwähnt, dass ich nicht mehr sitzen kann?«

Nel stöhnt.

»Du reagierst ja nicht«, rechtfertige ich mich.

»Habe *ich* schon erwähnt, dass du dich wie ein Kind verhältst?«

»Danke für diese Mitteilung, doch sie ändert nichts daran, dass mein Po trotzdem wehtut.«

»Verdammt, dann stell dich eben hin und hör endlich mit dem Gejammer auf!«

Ich verdrehe die Augen, stehe jedoch wirklich auf, um mein Gesäß zu entlasten.

Seit mindestens drei Stunden sind wir mit Bus und Bahn quer durch Manolin unterwegs und bereits dreimal umgestiegen. Inzwischen ist es Nachmittag und die Straßenbahn ist gerammelt voll. Feierabendverkehr.

»Wie weit ist es denn noch?«, frage ich Nelly und recke den Kopf nach der Anzeigetafel.

»Wir müssten bald da sein.«

»Das hast du bereits vor zwanzig Minuten gesagt.«

»Ja, und? Du hättest ja auch dein Dingsda-was-auch-immer nutzen können, um uns hinzubeamen. Aber warte mal kurz …« Sie tut, als würde sie lauschen. »… Was, du kannst uns nicht hinzaubern? Dann hör gefälligst auf zu meckern!«

»Haha, sehr witzig.«

»Du bist ebenfalls sehr unterhaltsam!«

»Und?«

»Was *und*?«, erkundigt sie sich.

»Ich wollte wissen, wie lange dieser Horrorbahntrip andauern wird«, rufe ich ihr in Erinnerung und ernte ein Stöhnen. »Wir sind bereits in der richtigen Bahn. *Friendbridge* nennt sich die Haltestelle und müsste jeden Moment kommen. Von dort aus sind es laut Maps ungefähr zehn Minuten zu Fuß.«

»Laut dem Maps, das uns bei der letzten Klassenfahrt einmal durch die Prärie geführt hat?«

»Genau das.«

»Na wunderbar ...« Ich stöhne und habe sofort alles wieder vor Augen.

»Komm, so schlimm war es doch auch nicht.«

»Darf ich dich daran erinnern, dass ich auf der Suche nach der Burg, die du unbedingt besichtigen wolltest, fast einen Felsvorsprung heruntergefallen bin?«

»Ja, *fast*, und der Ausflug durch den Wald war doch auch ganz amüsant.«

»Wenn ich mich recht erinnere, bist *du* auch nicht in den Bach getreten und musstest dann ganze vier Stunden mit nassen Socken und Schuhen herumlaufen.«

»Hör endlich auf zu meckern, Erin. Was kann ich dafür, wenn du blind durch den Wald rennst?«

Ich will etwas erwidern, werde jedoch von der Lautsprecheransage unterbrochen. *Friendbridge, na endlich.*

»Unsere Station«, macht mich Nelly unnötigerweise aufmerksam. Kurz darauf hält die Bahn und wir quetschen uns durch die Menschenmassen zum Ausgang.

Das Licht der untergehenden Nachmittagssonne empfängt uns, als wir auf den Bahnsteig treten.

»Frische Luft«, seufze ich und atme tief ein. Viel besser als das abgestandene Lüftchen in Verbindung mit dem Schweiß der vielen Menschen in der engen Straßenbahn.

»Ich glaube, mein Bedarf an öffentlichen Verkehrsmitteln ist für die nächsten Jahre gestillt«, eröffne ich meiner besten Freundin.

»Besser in der Masse untergehen, als allein aufzufallen«, kontert sie und spielt damit auf unser letztes Gespräch an. »Ich bin trotzdem der Meinung, wir hätten ein Taxi nehmen sollen.«

»Tsss, damit sie uns finden? Dann kannst du dir auch gleich ein Leuchtreklameschild umhängen.«

»Sagt die mit der riesigen Brille, die man kilometerweit erkennt«, gebe ich zurück.

»Ich finde, sie steht mir!«

»Schon mal in den Spiegel geschaut? Pardon, ich vergaß, dass du dein Spiegelbild ohne das Ding gar nicht erkennen kannst.«

»Ernsthaft?« Nel bleibt stehen. Breitbeinig steht sie da und ich weiß, dass sie versucht, bedrohlich zu wirken, aber sie erinnert mich eher an einen der Chipmunks, und statt zu wimmern und ihr den nötigen Respekt zu zollen, muss ich lachen. »Es tut mir leid«, keuche ich zwischen zwei Lachanfällen. »Wollen wir los?«, setze ich nach, als ich mich wieder einigermaßen gefangen habe.

»Wir hätten längst da sein können, wenn du nicht wieder so eine grundlose Diskussion angefangen hättest«, mault sie und läuft los.

Mit meinem steifen Gang habe ich Probleme, sie einzuholen. »Nelly, bitte warte kurz«, versuche ich sie aufzuhalten, hätte jedoch ebenso gut ein Gespräch mit der Laterne zu meiner Rechten anfangen können.

Erst als sie vor einem geschlossenen gusseisernen Tor stoppt, hole ich sie ein.

»Wir sind da.«

»Super, wollen wir klingeln?« Noch während ich spreche, saust meine Hand zum Klingelschild. Ich habe es fast erreicht, als sie mich aufhält.

»Was zum Teufel willst du machen?«

Nach was schaut es denn aus?, will ich sie fragen, doch sie kommt mir zuvor.

»Ich finde, es wäre besser, wenn niemand weiß, dass wir hier sind.«

»Wirklich? Und wie wollen wir dann reinkommen?« Ich deute auf das riesige Tor, das links und rechts in eine zwei Meter hohe Mauer übergeht und damit ein unüberwindbares Hindernis für mich darstellt.

»Wir klettern!« Vollkommen entschlossen und ohne auf meine skeptischen Blicke zu reagieren, marschiert Nel an mir vorbei, die Mauer entlang in Richtung Wald.

»Hör mal, Nel, ich finde es wirklich toll, dass du deine MacGyver-Seite zur Schau stellst, aber meinst du nicht auch, dass du ein bisschen übertreibst?«, rufe ich ihr hinterher.

Kerzengerade, als hätte sie einen Stock im Arsch, lässt sie mich links liegen und läuft einfach weiter oder besser gesagt von mir weg.

»Puh, das kann heiter werden«, schniefe ich.

FINLEY

»Habt ihr eine Spur?« Aufmerksam mustere ich Mirelle und Sawer.

»Wie geht es dir?«, antwortet Mirelle mit einer Gegenfrage und lässt mich ebenfalls nicht aus den Augen.

»Wie soll es mir denn gehen?«

Schweigen ist die Antwort. Die Minuten vergehen und keiner wagt es, ein Wort zu sagen. Schließlich opfere ich mich. »Den Umständen entsprechend. Ich mache das Beste daraus.«

»Du lebst«, stottert Sawer. »Und du bist kein Dunkelschatten. Deine Augen … Sie sind so anders. Dieser blaue Funke in dem Grau. Was bist du?«

Ein heftiges Lachen schüttelt meinen Körper. »Was ich bin? Wenn ihr mir diese Frage nicht beantworten könnt, wer dann?«

»Wir sollten zu Alistair. Er wird die Antwort wissen«, beschließt Sawer.

»Nein, wir waren eben bei Alistair. Hätte er sie mir geben wollen, hätte er alle Zeit der Welt gehabt.« Entschieden wende ich mich Mirelle zu. »Nachdem wir dort weg sind, ist das geschehen. Ich bin nicht scharf darauf, erneut auf seine Kreaturen zu treffen. Außerdem wird er gespürt haben, was geschehen ist. Wenn er uns oder mich sehen wollen würde, würde er sich bemerkbar machen. Meinst du nicht?«

Mirelle nickt.

Erin

Der Trick mit den Pfadfindern hat wirklich funktioniert, denke ich und starre ungläubig auf das Tor, das sich vor meinen Augen öffnet und uns einlässt.

»Hast du daran geglaubt?«, wende ich mich an Nel, doch die pflügt im Stechschritt durch die weitläufige Parkanlage zum Hauptgebäude.

»Hör auf zu rennen«, bitte ich sie und versuche, Schritt zu halten.

»Wir haben nicht ewig Zeit!«, bemerkt sie und läuft wie ein gejagtes Huhn weiter. Augenblicklich fällt es mir wie Schuppen von den Augen.

»Du hast Angst«, stelle ich fest.

»Gar nicht!«

»Dann bleib stehen!«, fordere ich.

»Den Teufel werde ich tun und jetzt komm!«

Statt zu folgen, stoppe ich an Ort und Stelle. »Du hast Schiss, gib es zu!«

»Nein, das habe ich nicht!«

»O nein, Nel, es ist doch nicht wegen dieses Werwolffilms?«

Die nachfolgende Stille sagt mehr als tausend Worte.

»Und dabei war er furchtbar gemacht!«

»Egal, wie er umgesetzt wurde. Ich wollte ihn von Anfang an nicht anschauen. Du hast mich gezwungen.«

»So furchtbar gruselig war der gar nicht …«

Nel schüttelt den Kopf. »Können wir jetzt bitte weiter?«, fleht sie und ich gebe mich geschlagen.

»Wie wollen wir das Ganze eigentlich anstellen?«, frage ich, als wir den gut ausgeleuchteten Vorplatz der Klinik betreten. »Bleiben wir bei den braven Pfadfinderinnen? Blöderweise haben wir weder Kekse noch Papier und Stift, um Keksbestellungen aufzunehmen. Es wäre also eine durchaus verbesserungswürdige Tarnung«, philosophiere ich.

»Oh, ich dachte an einen deiner klassischen Anfälle? Wie nennst du es jetzt? Magieschübe?« Kichernd schaut sie zu mir zurück und ist wieder ganz die Alte.

»Nicht witzig«, bringe ich zwischen den Zähnen hervor.

»Okay, uns wird bestimmt was anderes einfallen.«

Wenig später stehen wir unmittelbar vor dem Hauptgebäude. Die große Tür ist nicht verschlossen und führt uns in eine riesige Eingangshalle, die von der Höhe her jeder Volleyballhalle Konkurrenz machen könnte. Staunend bleibe ich stehen. »Wow, diese Decke«, flüstere ich ehrfürchtig und zeige auf die kunstvollen Stuckverzierungen.

»Komm, Erin, wir haben jetzt keine Zeit für dein Architekturgeschwärme oder irgendwelche Inneneinrichtungstipps.« Sie zieht mich weiter in die Halle hinein.

»Ich wollte doch gar nicht …«, versuche ich mich zu rechtfertigen, aber der tadelnde Blick, den sie auf mich abfeuert, lässt mich sofort verstummen. Im hinteren Teil der Halle befindet sich eine Art Empfangstresen. Ich wende mich zu Nelly und will ihr etwas sagen, da entdecke ich sie am Computer.

»Nel«, mahne ich streng, doch sie winkt ab und tippt eifrig eine Reihe von Zahlen und Buchstaben in den Rechner. Nervös trete ich von einem Fuß auf den anderen.

»Jetzt verbreite hier nicht solche Unruhe. Schau lieber, ob jemand kommt«, leitet sie mich an, ohne aufzuschauen.

Stumm folge ich ihrem Befehl und spitze die Ohren. Weit hinten höre ich das Klappern von Besteck. Abendessen.

Bitte lass niemanden auftauchen, bete ich und will Nelly eben mit einem vernichtenden Blick strafen, als sie neben mir auftaucht.

»Können wir los?«

Finley

Es grenzt an ein Wunder, doch als das letzte Tageslicht schwindet, habe ich endlich eine Spur gefunden. Verwundert rümpfe ich die Nase, als ich dieser ein Stück weit folge, nur um sicherzugehen.

Ich muss mich irren, das kann unmöglich sein. Was zum Henker soll sie dort wollen?, frage ich mich und richte mich auf. *Es ist ganz sicher ein Zufall.*

Ich bin Erins Spur gefolgt, zu Fuß durch die halbe Stadt, denn die Schatten konnte ich nicht rufen, und meine Fähigkeit, mich von einem Ort zum nächsten tragen zu lassen, bringt mir wenig, wenn ich ihren genauen Aufenthaltsort nicht kenne.

Seit Jahren war ich nicht auf diesem Gelände, habe es sogar weitläufig gemieden. Jetzt bleibt mir dank Erin keine Wahl.

Sorgsam fixiere ich die Umgebung, ich spüre sie, ihre Aura, und das ganz in der Nähe. Langsam laufe ich auf das Verwaltungsgebäude zu. Ein Pfleger schiebt eine alte Frau im Rollstuhl zielsicher auf ein Nebengebäude auf der anderen Seite des Platzes zu. Im ersten Moment will ich vor dem Licht der Lampen zurückweichen, um mich in der Dunkelheit zu verbergen, dann fällt mir ein, dass niemand mich sehen kann. Diese Fähigkeit habe ich glücklicherweise nicht verloren.

Ich verharre an Ort und Stelle, während beide mich ahnungslos passieren.

»Die Schatten lauern überall. Sei auf der Hut, mein Kind.«
Angstvoll starrt das kleine Mädchen in das Gesicht der Alten.
»Warum sind sie überall?«
»Weil er sie nicht unter seine Kontrolle bringen konnte.«

Vermächtnis der Springer (Juli 1955)

19. Kapitel

Erin

»Hierher, das ist das richtige Zimmer!« Nelly winkt mich unauffällig zu sich.

»Bist du dir sicher? Woher willst du das wissen?« Ich trete neben sie und suche erfolglos nach der Zimmernummer. »Nel?«

Nelly presst mir ihre Hand auf den Mund, bevor ich mehr sagen kann, und macht mit der anderen ein Pssst-Zeichen. Widerwillig schlucke ich meine Worte hinunter. »Schon gut«, flüstere ich, als sie ihre Hand endlich wieder wegnimmt.

Ergeben folge ich ihr in das Zimmer.

Der Raum ist geradezu winzig und verfügt über ein ebenso miniaturhaftes Fenster, das eher Ähnlichkeit mit einer mittelalterlichen Schießscharte als mit einer Öffnung, die man für die Frischluftzufuhr nutzen kann, aufweist. Die Einrichtung des Raumes ist genauso wie die Größe unspektakulär. Mit einem einzigen Blick habe ich alles erfasst, die Dame im Sessel in der Nähe des Winzfensters eingeschlossen.

»Guten Abend«, sagt Nelly höflich, als wir eintreten, doch die Frau schenkt uns keinerlei Aufmerksamkeit.

»Hallo?«, versuche auch ich es. Sie dreht uns weiterhin stumm den Rücken zu und ich schaue zu Nelly, die mit den Achseln zuckt.

»Miss Adelin? Hören Sie mich?« Beim Klang ihres Namens zuckt sie leicht zusammen, ansonsten bleiben ihre Reaktionen wie die einer Puppe.

»Miss Adelin, wir wollen Sie nicht lange stören, wir haben bloß ein paar Fragen an Sie. Wären Sie so freundlich?« Ganz wie die Schulsprecherin klingt Nelly nett und zuvorkommend. Normalerweise öffnet uns das bei alten Leuten schnell die Türen, doch die ehemalige Nanny zeigt nicht die kleinste Reaktion.

»Bist du sicher, dass sie uns überhaupt versteht?«, wende ich mich zu Nel.

»Ganz sicher. Im Bericht steht, dass es ihr sogar sehr gut geht. Sie redet von Natur aus nicht viel. Das Einzige, das aufgefallen ist, ist, dass sie bei ihren Sitzungen nie von ihren Hirngespinsten abweichen wollte.«

»Das waren keine Hirngespinste«, donnert es von der anderen Seite des Raumes. Erschrocken rucken unsere Köpfe zu der Frau, die sich aus ihrem Sessel erhoben hat und uns mit ihren braunen Augen zornig anfunkelt. Ihre langen dunklen Haare fallen in Strähnen über ihre Schultern und verleihen ihr etwas Wildes. »Was wollt ihr hier?«, blafft sie.

»Ehm«, stottere ich. Meine Gedanken überschlagen sich und ich bin nicht in der Lage, nach einem davon zu greifen und ordentlich zu antworten.

»Wir wollten Sie nicht aufregen, wir haben nur ein paar Fragen«, meint Nelly und wirft mir einen »Bleib cool«-Blick zu.

»Wenn die *Verrückte* sich richtig erinnert, habt ihr das bereits erwähnt. Jetzt spuckt eure Fragen aus und dann verschwindet! Wenn es allerdings die übliche Frage, »Was ist damals passiert?«, ist, dann könnt ihr gleich das Weite suchen! Wisst ihr eigentlich, wie schlimm es sich anfühlt? Ständig mit Leuten konfrontiert zu sein, die wissen wollen, was damals geschah, um mich im Anschluss daran als geisteskrank abzustempeln? *Jeder,* der dieses Zimmer betritt, weiß, was ich sagen werde, und fragt trotzdem. Ich bin es leid. Nach all den Jahren muss das doch endlich mal ein Ende haben!« Je länger sie spricht, desto deprimierter klingt sie.

Sie ist nicht verrückt, sie ist verzweifelt, weil niemand die Wahrheit akzeptieren will. Meine Intuition lässt mich aufhorchen. »Adelin? Was genau hat sich damals *wirklich* zugetragen? Die Wahrheit meine ich …«

Einen Moment wirkt sie, als würde sie mich gleich anschreien und aus dem Zimmer jagen wollen, doch dann scheint ihr die Bedeutung meiner Worte aufzugehen.

»Nach der Wahrheit fragst du?«

Ich nicke.

»Setzt euch«, sagt sie und ist plötzlich vollkommen verändert, als sie auf ein Sofa in der Nähe ihres Sessels deutet. Weder Nelly noch ich sind sonderlich erpicht darauf, unmittelbar neben einer Verrückten zu sitzen, doch die Informationen locken uns.

FINLEY

»Das kann nicht sein. Das kann nicht sein«, murmle ich immer wieder, als ich durch die Gänge laufe, als könnte ich eine Gegebenheit allein durch meine Worte ändern. Die Wahrheit ist, ich kann es nicht. Genauso wenig, wie Schatten Gedanken oder Erinnerungen manipulieren können.

Immer schneller tragen mich meine Beine, während mich mein Gespür zielsicher zu dem Mädchen führt. Ich spüre ihre Nähe. Schätzungsweise trennen mich bloß wenige hundert Meter von ihr und der Erfüllung meines Auftrags, und doch werde ich langsamer. Wenn ich ehrlich bin, habe ich Angst davor, was mich am Ende des letzten Ganges erwarten wird.

Ich erreiche eine Biegung, atme ein letztes Mal durch und trete in den entsprechenden Korridor. Die Tür ganz hinten ist die, die ich nehmen muss. *Dort befinden sich Erin und …* Ich erlaube mir nicht, den Gedanken zu Ende zu denken, sondern setze mich langsam in Bewegung, um mich dem Unumgänglichen zu stellen.

Jeder meiner Schritte, so sehr ich ihn auch in die Länge ziehe, trägt mich näher zu der Tür. Einer Tür aus meiner Vergangenheit, die ich nie wieder öffnen wollte.

Meine Hand liegt auf der Klinke, doch ich zögere und halte inne.

Du bist ein schwacher Narr, schimpfe ich mich selbst dafür, dass ich sie nicht einfach nach unten drücken kann. Eine bedrohliche Stille entsteht, die von gedämpften Stimmen aus dem Inneren des Raumes abgelöst wird.

Mein Mut verlässt mich gänzlich, als ich die *Eine* unter ihnen ausmache. Ich will die Hand zurückziehen und gehen, kann jedoch nicht. Die gesprochenen Worte halten mich gefangen. Vollkommen erstarrt verharre ich in meiner Bewegung und lausche.

Erin

Ihre nach außen hart wirkende Fassade fällt in sich zusammen wie ein Kartenhaus. Zum Vorschein kommt eine Frau Mitte fünfzig, die keinesfalls verwirrt ist, sondern zutiefst verzweifelt.

»Die Wahrheit wollt ihr hören? Nach der hat lange niemand mehr gefragt«, haucht sie. »Du bist eine von ihnen, habe ich recht?«

»Wie bitte?«

»Ich spüre, dass du anders bist.«

»Ich weiß nicht, was Sie mir damit sagen wollen.« *Sie lügt, woher soll sie das Wissen nehmen?*

»Du bist eine von ihnen. Ein Kind der Magie, auch wenn sie schwach ist. Du bist keine achtzehn, oder? Dein Magiesprung steht noch bevor.«

»Mein was, bitte?«

»Wovon reden Sie?«, mischt Nelly sich ein.

Adelin seufzt und lehnt sich zurück. »Es ist so lange her und war so furchtbar, ich habe nicht erwartet, dass noch einer von euch existiert. Ich dachte, die Dunkelschatten hätten alle erwischt.« Ein erneuter Seufzer teilt ihre Lippen. »Sie waren so einzigartig, so besonders. So wie du anders bist. Ich weiß nicht viel über ihre Geschichte. Als Kindermädchen ging es mich auch nichts an. Einzig und allein das Wohl des Kindes war meine Aufgabe, und die habe ich immer erfüllt. Stets gewissenhaft und gern, denn ich habe meine Arbeit geliebt.« Die ehemalige Nanny pausiert und schaut durch das kleine Fenster nach draußen. Nelly setzt an, etwas zu sagen und die Frau zu drängen, doch ich strecke die Hand aus und halte sie zurück. *Nein,* hauche ich ihr in Gedanken zu und sie nickt, als hätte sie mich gehört.

»Die Drews waren großartige Menschen. Kein einziges Mal habe ich mich beschweren können. Sie haben mich stets behandelt, als würde ich zur Familie gehören, und das habe ich ihnen nie vergessen. An jenem Tag …«

Adelin wischt sich eine verräterische Träne weg.

Sie hat sie wirklich gemocht.

»An jenem Tag war alles wie immer. Ich sorgte für den Kleinen, während Mr. und Mrs. Drew sich um die Buchhaltung ihres Geschäftes kümmerten. Beide waren im Büro, als es klingelte. Ahnungslos bin ich zur Tür, das Kind an der Hand, doch niemand stand davor. Ich weiß lediglich, dass der Kleine begann zu schreien, als ich sie öffnete. Ich schloss sie wieder und war so beschäftigt, ihn zu beruhigen, dass ich die Stimmen aus dem Arbeitszimmer erst spät mitbekam. Sie klangen wütend und gefährlich. Worte wie *Verräter, Mörder, Intriganten* und *Blutschande* fielen, und ich bekam es mit der Angst zu tun. Nicht um mich, sondern den Kleinen. Ich traf eine Entscheidung. Es gab ein Geheimzimmer neben dem Büro. Es besaß eine verriegelbare Tür und die Wände waren mit Metall verstärkt. Eigentlich sollte der Raum den Tresor schützen, doch in diesem Moment brauchte ich die Sicherheit für etwas anderes, denn ein merkwürdiges Gefühl hatte sich in mir breitgemacht. Eine Mischung aus Kälte und Hass, die jeden glücklichen Gedanken in mir zu fressen drohte.«

Nelly erschaudert merklich. »Du hast es auch erlebt?«

Adelins Aufmerksamkeit richtet sich auf meine beste Freundin. »Es ist furchtbar, oder? So als könnte man nie wieder glücklich sein. Ich zittere, wenn ich bloß daran denke. Aber noch stärker erschaudere ich darüber, was ich gesehen habe oder besser gesagt *nicht* sehen konnte … Ich versteckte den Kleinen in dem Raum, bewaffnete mich mit einer Pfanne und ging, zu allem bereit, in das Büro, doch auf das, was sich mir bot, war ich nicht vorbereitet. Ich hörte weiterhin die Worte, doch sah lediglich Joshua und Madeleine in dem Raum. Sie richteten ihre Augen auf mich und dann brachen sie zusammen. Ohne nachzudenken bin ich zu ihnen gelaufen. Es war zu spät – sie waren tot.«

Sie zittert während des Erzählens und als sie endet, ertönt ein herzzerreißendes Schniefen.

In mir wird das Bedürfnis wach, sie zu beruhigen. Ich will aufstehen und ihr den Arm umlegen, doch Nelly hält mich zurück.

»Adelin, Sie wollten uns die ganze Wahrheit erzählen. Nicht bloß das, was Sie bereits in der ersten Polizeibefragung angegeben haben.« Nelly klingt sanft und bestimmt zugleich.

Die ehemalige Nanny seufzt. »Nun gut.« Sie atmet tief aus. »Die Drews starben nicht einfach so«, haucht sie. »Bevor man sie umbrachte, hörte ich es. Die Worte waren grausam, blutrünstig und voller Hass.«

»Was für Worte?« Eine Gänsehaut überzieht meine Arme, als sie zu zitieren beginnt: *»Joshua, du bist ein dreckiger Blutsverräter. Eine echte Schande für deine Ahnen. Dachtet ihr ernsthaft, dass Alistair es nicht sieht? Dass er es ignorieren und euch durchgehen lassen würde? Zwischen Licht und Dunkel kann es niemals wieder ein Einvernehmen geben. Niemals.«*

Finley

Fassungslos lausche ich. Einfache Sätze, gesprochen vor Jahren, die meine ganze Welt ins Wanken bringen.

Ich kann nicht glauben, was ich vernehme. Ich *will* es nicht glauben. Stattdessen möchte ich mich abwenden, die Ohren verschließen und nie wieder einen Gedanken daran verschwenden, doch ich kann nicht. Nach all den Jahren muss ich die Wahrheit kennen, damit ich meine verschwommenen Erinnerungen verstehen kann.

Als ich genug gehört habe und sich meine Vergangenheit wie ein Puzzle zusammensetzt, alles auf einmal Sinn ergibt, drehe ich mich um und gehe, ohne mich Adelin oder Erin zu zeigen.

Meine eigenen Grundfesten sind erschüttert, mein Geist gebrochen, und dabei sollte das Erins Schicksal sein.

Mit hängenden Schultern schlurfe ich den Gang entlang, steige die Treppen hinab und halte erst inne, als ich die Dunkelheit des Waldes erreiche.

»Ein paar Minuten«, flüstere ich in die Finsternis. Ich brauche einige Augenblicke für mich.

Alistair

Er weiß es. Die Erkenntnis durchfährt mich wie ein Blitzschlag. Ich strecke meinen Geist aus, doch ich kann ihn nicht erreichen. Mit dem Dunkelschatten sind auch mein Kontakt zu ihm und mein Einfluss verschwunden, doch ich hatte keine andere Wahl. Die Sprungmagie wäre noch schneller erwacht und hätte ihn getötet.

»Verflucht«, schreie ich und das Echo hallt in den Tiefen der Erde wider. Die Schatten zucken zusammen. »Da könnte man eure Hilfe gebrauchen und ihr seid genauso nutzlos wie vor hundert Jahren!«

Ich greife nach der Verbindung zu Mirelle und Sawer. Ich brauche die beiden, um Finley auf der richtigen Seite zu halten. Kampflos will ich ihn nicht aufgeben. Noch nicht. Nicht nach all den Jahren und der investierten Arbeit.

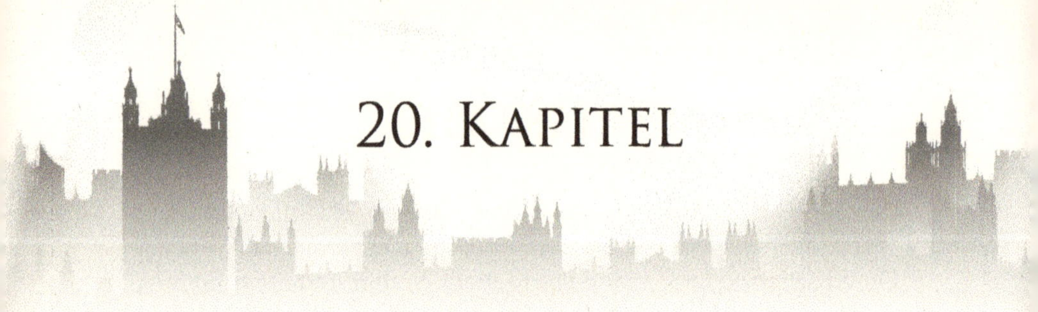

20. Kapitel

Erin

Unbemerkt verlassen wir das Klinikgebäude. Unser Weg wird von Straßenlaternen erleuchtet, rundherum ist es dunkel und ich vergrabe die Hände in den Jackentaschen, denn der Wind ist frisch und meine Finger eisig. Dabei stoßen meine Kuppen in der linken Tasche auf einen Gegenstand. Ich umschließe ihn. *Der Brief.* Das Ding hatte ich längst vergessen. Meine Hand gleitet gerade mitsamt dem Fundstück aus der Tasche, als Nelly die Aufmerksamkeit auf sich lenkt. »Wahnsinn, oder?«

»Was meinst du?« Ich lasse den Brief wieder in den Untiefen des Anoraks verschwinden.

»Alles, sie hat das Gefühl, das ich auch hatte, so gut beschrieben. Es handelt sich um dieselben Wesen. Und sie hat etwas von Licht und Dunkel gesagt. Lichtmagie und diese Dunkelschatten? Vielleicht waren Joshua und Madeleine ja beides und sie hatten eine Affäre. Vielleicht ist das Resultat daraus das Kind und sie hofften, dass man dadurch Frieden schließen kann?« Nelly plappert mal wieder ohne Punkt und Komma und scheint dabei ihre Angst vor Werwölfen ganz vergessen zu haben.

»Nein, das glaube ich nicht. Außerdem: Was soll das mit mir zu tun haben?«

»Hm«, macht sie nur und zieht eine Schnute.

»Ihr seid auf der falschen Spur.«

Nelly und ich fahren herum.

»Finley!«, keuche ich und mache mich bereit für einen schnellen Sprint.

»Das ist er also, dein Entführer?«, haucht Nelly mit geweiteten Augen.

»Du kannst ihn sehen?«, frage ich verwundert.

»Natürlich kann sie das. Im Moment bin ich für jeden sichtbar, also auch für ganz normale Sterbliche.«

»Wow, überheblicher ging es wohl nicht?«, bemerkt Nel.

»Wieso? War es dir noch nicht arrogant genug?« Er tritt gänzlich ins Licht der Laterne und etwas an ihm wirkt verändert.

»Warum zeigst du dich?«, frage ich verwirrt nach.

»Weil wir zu reden haben.«

»Nein.«

Er blinzelt. »Was hast du eben gesagt?« In seinem Ton schwingt eine unterschwellige Drohung mit, die Nelly neben mir schlucken lässt.

»Ich habe nein gesagt«, wiederhole ich standhaft.

»Und ich sagte, dass wir zu *reden* haben, *jetzt.*«

»Erin«, sagt Nel, doch ich werfe ihr einen vernichtenden Blick zu.

»Ich wüsste nicht, worüber wir uns unterhalten sollten. Beim letzten Mal wollten der Fake-Rektor und du mich umbringen.«

»*Er* wollte dich umbringen, *ich* stand bloß daneben und habe nichts getan.«

»Wow, das ist ja so viel besser.« Trotzig verschränke ich die Arme vor meinem Oberkörper. Nelly zuckt zusammen, ihre kecke Art ist wie weggeblasen. Wir spüren beide die Gefahr, die von Finley ausgeht, aber meine Wut überwiegt.

»Was willst du mir damit sagen?«, knurrt er.

»An was denkst du denn?«

Wenn er glaubt, dass er mich einschüchtern kann, hat er sich geschnitten!

»Egal.« Er winkt ab und ich bemerke, wie er einen Kommentar herunterschluckt. »Können wir jetzt mit dem Affentheater aufhören und reden?«

»Könntest du aufhören, so ein Arschloch zu sein, das meint, uns herumkommandieren zu können? Das kannst du nämlich nicht. Komm, Nelly, wir gehen!« Schon während des Sprechens packe ich sie am Arm und zerre sie hinter mir her.

»Ist dir eigentlich bewusst, wie schnell du laufen müsstest, um mir zu entkommen?«

Ich schaue über meine Schulter. Finley steht genau da, wo ich ihn zurückgelassen habe. »Wieso? Es funktioniert doch!«

Ein Knurren dringt aus seiner Kehle und eine Sekunde später richtet er sich vor mir auf. Im letzten Moment gelingt es mir, zu bremsen. Ich kann geradeso ein Aufkeuchen verhindern.

»Überrascht?«

»Vielleicht ein bisschen«, gebe ich zu. »Zufrieden?«

»Keineswegs. Und jetzt lasst uns reden!«

»Warum greifst du mich eigentlich nicht an? Bei unseren letzten Begegnungen hattest du keine Skrupel, mir wehzutun, oder in Betracht zu ziehen, mich umzubringen, und jetzt *fragst* du mich, ob wir reden können. Warum?« Stirnrunzelnd mustere ich ihn.

»Ihretwegen.« Finley nickt zum Klinikgebäude. Erst weiß ich nicht, was er meint, doch dann geht mir ein Licht auf.

»Adelin«, keuche ich. »Sie war *deine* Nanny.«

Er nickt und ich lenke ein. »Okay, lass uns reden. Bild dir jedoch nicht ein, dass ich deinetwegen zustimme.«

Erleichterung tritt in sein Gesicht, dann nickt er erneut und bedeutet uns, ihm zu folgen.

Finley

Ich kann selbst nicht sagen, was in mich gefahren ist, doch Adelins Worte haben etwas in mir verändert. Sie haben das bestätigt, an was ich mich dunkel erinnere.

Tief in mir drin habe ich die Antwort immer gewusst, aber ich wollte sie nicht wahrhaben. Ich wollte glauben, was man mir sagte, denn die Wahrheit wirft weitere Fragen auf.

Sehr viele.

Unsicher starre ich in die schwarze Nacht. Sie ist mein Zuhause, jedoch nicht so, wie ich immer gedacht habe. Ich bin kein Dunkelschatten.

Nicht die Dunkelheit ist es, die mich beherrscht. Ich beherrsche sie, stelle ich fest und im nächsten Moment bricht der Mond durch die Wolkendecke und erhellt meine Umgebung.

Erin

Zielstrebig läuft Finley voran. Erst wirkt es so, als wollte er uns aus dem Gelände herausführen, doch kurz vor dem Tor schwenkt er nach links und verschwindet mit großen Schritten in der Dunkelheit.

Ich bleibe stehen, unschlüssig, wie ich mich verhalten soll.

»Kommt ihr? Oder habt ihr Angst?«

Into the Woods lässt grüßen, denke ich und starre in die Schwärze. *Wie war das im Film? Nie den Pfad verlassen?* Im nächsten Moment erwische ich mich dabei, wie ich den Song zu summen anfange.

»Erin?« Ein aufmunternder Knuff in die Seite lässt mich verstummen und bringt mich in die Realität zurück. *Stimmt, da war ja noch etwas.*

Widerwillig verlassen Nelly und ich den beleuchteten Weg und begeben uns in die Finsternis, die gar nicht so düster ist wie gedacht. Der Mond scheint, und nachdem meine Augen sich an das wenige Licht gewöhnt haben, kann ich die Umgebung, die wir durchwandern, problemlos erfassen. Sorgsam gestutzte immergrüne Büsche wechseln sich mit kahlen Laubbäumen und anderen Pflanzen ab. Alles ist sorgsam gepflegt. Kein Blatt liegt auf dem Boden, kein Müll, nicht einmal ein Zigarettenstummelchen. *Perfektionisten.*

»Wo führt er uns hin?«, flüstert Nelly.

»Keine Ahnung«, gebe ich zu. »Wir hätten lieber eine Spur aus Brotkrumen legen sollen.«

»Ihr könnt mich ruhig direkt fragen«, meint Finley, der ein gutes Stück vor uns läuft, und wir fahren erschrocken zusammen.

»Der hat ja verdammt gute Ohren«, murmelt Nel.

»Ja, hat er«, kommt es prompt von dem Dunkelschatten zurück. »So, das sollte genügen.« Er hält an und dreht sich zu uns.

»Für was genügen?« Mindestens hundert Alarmglocken klingeln in meinem Kopf gleichzeitig los. *Eine Falle,* behauptet mein Innerstes, während ich bereits nach einem Ausweg suche.

»Keine Angst, Rotkäppchen. Ich werde euch nicht fressen. Ich möchte euch lediglich einen Vorschlag unterbreiten. Bleibt locker.«

»Ich *bin* locker! Sogar lockerer als Julia Roberts in *Pretty Woman*«, gebe ich zurück. Finley legt den Kopf schief und schaut mich fragend an. *Typisch Kerl.* Ich stöhne und greife mir an den Kopf.

Nelly räuspert sich. »Können wir jetzt bitte anfangen?«

»Ja, bitte.« Ich vergrabe die Hände in den Taschen, wobei ich wieder auf das zerknitterte Pergament stoße.

»Also gut, wie ihr zweifelsohne mitbekommen habt, hängt meine Geschichte mit der von Adelin zusammen.«

»Ach, wirklich?«

Er bedeutet mir, still zu sein. »Ich war zwei, als meine Eltern starben.«

»Das tut mir leid«, kommentiert Nel.

»Ernsthaft? Du willst Mitleid von mir?« Ich schnaube. »Darf ich dich daran erinnern, wer meine Eltern auf dem Gewissen hat?«

Die Worte lassen ihn zusammenzucken.

»Mir tut das mit deinen Eltern leid, auch wenn ich damals nicht dabei war.« Verwundert blicke ich ihn an, denn eine Entschuldigung seinerseits habe ich nicht erwartet.

»Jahrelang dachte ich, dass sie es verdient hätten. Dass sie und das, was du bist, ein Lichtspringer, schuld am Tod meiner Eltern waren, doch jetzt weiß ich, dass das nicht stimmt. Die Geschichte, die man mir einst erzählte, entsprach nicht der Wahrheit. Sie war eine Lüge, die dazu diente, mich auf bestimmte Wege zu lenken.« Lässig lehnt er sich gegen einen Baumstamm. *Entweder dieser Fakt stört ihn nicht im Geringsten oder er ist ein verdammt guter Schauspieler …*

»Und woher kommt der Sinneswandel? Hattest du eine entsprechende Eingebung?«

»Adelin.« Er deutet mit dem Kinn zum ehemaligen Sanatorium. »Sie war meine Nanny und hat mich geliebt wie einen Sohn, doch in all den Jahren habe ich es kein einziges Mal über mich gebracht, sie zu besuchen. Ein Teil von mir hat gehofft, dass sie mich und die Geschehnisse aus ihrem Gedächtnis verbannt hat.«

»Aber das hat sie nicht«, bemerke ich und erstarre bei dem Gedanken, dass er sich bewusst von der einzigen Person abgewandt hat, die ihn mit seiner Vergangenheit verbindet.

»Nein, und tief in mir drin wusste ich darum.« Seine Stimme zittert und ich wage es nicht, ihn anzusehen. »Trotzdem glaubte ich denen, die mir die Geschichten um den Tod meiner Eltern erzählten, ich *wollte* ihnen glauben, denn der Hass, der mich ausfüllte, vertrieb die Leere.«

»Sehr nobel, Herr Schatten. Du jagst also einfach unschuldige Leute, weil du lieber eine Lüge glaubst als die Wahrheit?« Nellys Worte sind schnell und präzise wie ein Pistolenschuss und Finley zuckt zusammen.

»Nun ja«, stottert er.

»Ja?«, bohrt meine beste Freundin nach und ihre Augen glänzen gefährlich hinter den dicken Gläsern.

»Es tut mir leid, zufrieden?«

»Nein«, kommt Nel mir zuvor.

»Nein?«

»Deine heruntergeleierte Entschuldigung kannst du dir sparen! Erin hat mir *alles* erzählt und ich meine, dass da deutlich was anderes als ein *Tut-mir-leid* her muss.«

Ungläubig schaut er zu mir. »Alles? Soso, also auch, dass du mich unladylike unter die Gürtellinie getreten und damit ausgeknockt hast?«

Mein Gesicht läuft krebsrot an und in diesem Augenblick danke ich Gott, dass es dunkel ist. »Ähem …«, hüstle ich.

»Du hast was?«

»Es war Notwehr«, beteuere ich und deute eine beschwichtigende Handbewegung an. Nelly zieht die Brille ein Stück herunter und schaut mich über die Gläser hinweg an wie eine Professorin. »Ich bin beeindruckt. Was kommt demnächst, Lara Croft?«, fragt sie.

»*Das* muss mich unbedingt die nächste Superhackerin fragen?«

»Mädels, ich unterbreche eure Gespräche ungern, doch die Zeit drängt und ich …«

Finley schafft es nicht, den Satz zu beenden, denn im nächsten Moment erschüttert eine riesige Explosion die Erde. Ich werde nach vorn katapultiert und lande schmerzhaft auf den Knien. Der Lärm ist so ohrenbetäubend, dass ich zusammenzucke und krampfhaft die Hände auf meine Ohren presse.

Vor Schreck vollkommen gelähmt, kann ich nicht reagieren, als zwei starke Arme nach mir greifen und mich mit sich ziehen.

Finley

»Wo ist Erin?«

Hektisch suche ich die Umgebung ab. Die Explosion hat meine Sinne beeinträchtigt. Ich spüre nicht das Geringste.

»Keine Ahnung. Eben stand sie genau an dieser Stelle«, murmelt das Mädchen am Boden und deutet neben sich. »Was war das?«

»Eine Überraschung«, gebe ich trocken von mir.

»Von dir?«

»Nein, natürlich *nicht* von mir!« Empört sehe ich sie an. Ihre Jacke ist dreckig, ihre Haare wirr. Die Explosion hat sie von den Füßen gerissen und ich strecke ihr die Hand hin, um ihr aufzuhelfen. Dankend nimmt sie an.

»Was denkst du, wo sie ist? Erin rennt nicht einfach so weg und in Luft kann sie sich auch nicht auflösen!«

»Nein, es sei denn …« Ich wage kaum, daran zu denken, geschweige denn, dass ich es aussprechen will. Wie aus heiterem Himmel dringt mir ein bekannter Geruch in die Nase und bestätigt meine Befürchtung.

»Komm mit! Ich weiß, wo wir sie finden.« Ohne Widerworte lässt sie sich von mir führen. Wir laufen bis zum Tor, ehe ich mich konzentriere. Im nächsten Moment verschwimmen die Umrisse des Klinikgebäudes vor meinen Augen, während mein ganzer Körper vor Wut brennt.

»Machtgier die Linie fast zerstört,
fügt sich am Ende, was zusammengehört.«

Magiesprung Chronik (Oktober 1996)

21. Kapitel

Erin

»Hey! Wer bist du und was willst du? Nimm sofort deine Drecksgriffel von mir!«, brülle ich und lege die Bremse ein. Den Kerl, der meinen Arm fest in seinem Griff hält, beeindruckt das wenig. Er setzt ein schiefes Lächeln auf und schleift mich einfach weiter.

Als ich hinzufallen drohe, gebe ich auf und laufe notgedrungen mit.

»Geht doch«, meint der Typ selbstzufrieden.

»Du kannst mich mal«, fauche ich. Abrupt stoppt der Hüne und zieht mich zu sich heran, sodass ich ihn gezwungenermaßen anschauen muss. Er ist groß und bullig. Die blonden Haare liegen angeklatscht an seinem Kopf, dazu trägt er ein Hipsterbärtchen, das an einen Gesichtsunfall erinnert, doch am meisten irritieren mich die Augen. Eines ist braun, das andere blau.

So etwas habe ich nie zuvor gesehen. Ob er Kontaktlinsen trägt?

»Ihr solltet auf Eure Wortwahl achten, Fräulein«, knurrt er.

»Warum?« Ich spüre den Ärger meines Gegenübers und wittere eine Chance. »Sollte ich dich kennen?«, provoziere ich und spähe dabei die Umgebung aus.

Wir befinden uns in einem Park. Weiter hinten befindet sich eine große Felsformation, dahinter liegt ein riesiges schlossartiges Gebäude. *Das Kloster!*

Ich muss ihn irgendwie ablenken und mich befreien. Bloß wie?

»Ja, gerade Ihr solltet mich kennen, Lichtmagierin. Unsere Schicksale sind eng miteinander verknüpft«, knurrt er.

»Hm, mal überlegen. Nennt man dich Rumpelstilzchen oder bist du eher eine verhunzte Version eines Superhelden?« Ich versuche, mir meine Angst nicht anmerken zu lassen.

Statt einer Antwort knurrt er erneut, diesmal eine ganze Spur animalischer. Der Druck auf meinen Arm verändert sich. Er wird stärker und die Schmerzen stechender. *Wie Finley ist auch er kein Mensch,* wird mir unvermittelt klar. Der Körper, in den er sich hüllt, ist eine Hülle, um sein wahres Ich zu verbergen. Etwas, das mit seiner Wut nach außen dringt. Die scharfen Zähne, die mir entgegenstarren. Die Krallen, die sich statt Nägel aus seinen Fingerkuppen und in meinen Arm hineinbohren, sind höchstwahrscheinlich ein Vorgeschmack dessen, was er ist. Was auch immer das sein mag, es wirkt um einiges bedrohlicher als Finley.

»Was bist du?«, hauche ich.

»Plötzlich nicht mehr so vorlaut, was?« Ein dröhnendes Lachen erklingt. Schauer überziehen meinen Rücken, als er mir einen kurzen Ausblick auf sein wahres Äußeres bietet. Aus dem Gesicht sind jegliche Rundungen verschwunden. Eine dünne ledrige Schicht, die entfernt mit Haut verwandt zu sein scheint, prangt darauf und umspannt die leeren Augenhöhlen. Niemals in meinem Leben habe ich dergleichen gesehen. Nicht einmal in einem Horrorfilm.

Ein Wesen, bestehend aus Knochen und Wut. Die Haare an meinen Armen stellen sich auf. Mit einem zufriedenen Lächeln zwingt das Ding seine wahre Gestalt zurück in die menschliche Hülle.

»Was willst du?«, flüstere ich.

»Leben. Ich will leben«, gibt es von sich und zerrt mich weiter.

FINLEY

»Wo sind wir?«

»Jetzt sei endlich still!« Gerade wünschte ich mir nichts sehnlicher, als dass sie mir einfach den Gefallen tut und die Klappe hält.

»Erst, wenn du mir sagst, was wir hier machen.«

»Erin retten, hast du das vergessen?«

Irritiert sieht sie sich um. »Sie retten? Hier?«

Ich nicke.

»Wie soll sie hierherkommen?«

»Auf dem gleichen Weg wie wir.«

»Sie kann sich auch so durch die Luft wirbeln?« Ihre Augen weiten sich vor Überraschung. Geräuschvoll atme ich aus. »Ja, wenn sie es lernt, kann sie es ganz sicher.«

»Und im Moment?«

»Ich hatte eigentlich den Eindruck, dass du eine recht Schlaue bist«, kommentiere ich.

Entrüstet verschränkt Nelly die Arme vor der Brust. »Gut, nehmen wir an, sie wurde entführt. Woher willst du wissen, dass sie ausgerechnet hier ist? Wenn der Entführer sich genau wie du überall hinbeamen kann, kann sie sonst wo sein.«

»Wechseln.«

»Wie bitte?«

»Ich bevorzuge den Ausdruck zu *wechseln,* statt zu beamen. Von *einem Ort zum nächsten wechseln.«*

»Aha, und die Antwort auf meine Frage?«

Genervt raufe ich mir die Haare. »Du gibst nicht auf, bis du alles weißt, oder?«

»Stimmt genau.«

Ich schnaufe und ergebe mich. »Gut, uns hat im Sanatorium ein Weltenwandler überrascht. Gottgleiche Kreaturen, die in ihrer Anzahl in den letzten Jahren stark dezimiert wurden. Inzwischen gibt es lediglich zwei bekannte Exemplare. Eines hier und eines im Norden des Landes.« Ich stoppe, da ich hoffe, dass die Informationen ausreichend sind, doch Nellys fragender Blick lässt mich fortfahren. »Diese Wesen sind in der Lage, zwischen der Welt der Toten und der der Lebenden hin und her zu reisen, ursprünglich. Daher nennt man sie im Volksmund auch Weltenwandler. Seit einigen Jahrzehnten haben sie diese Fähigkeit verloren, das ist auch der Grund, warum sie sterben.«

»Weltenwandler? Reich der Toten und der Lebenden? Wo zum Henker sind wir? In einem Science-Fiction-Roman? Wo ist die versteckte Kamera?« Sie fährt herum, während ich den Kopf schüttle.

»Ich meine es ernst«, murre ich. »Wie du mitbekommen hast, ist Erin etwas Besonderes, und das nicht bloß für Dunkelschatten, sondern auch für die Weltenwandler. Ich weiß nicht genau, was sie sich von ihr erhoffen, aber alles deutet darauf hin, dass dieses Wesen sie hat.«

»Warum bist du dir so sicher, dass die Weltendingsdas sie haben? Vielleicht hat auch einer deiner Kumpels sie entführt?« Skeptisch sieht mich die kleine Brillenschlange an und entlockt mir ein Schmunzeln.

»Ich bin lange genug auf der Welt, um die Unterschiede zu erkennen. Erstens habe ich ihn gerochen und zweitens würde kein Dunkelschatten den Aufwand eines Ablenkungsmanövers starten. Sie kommen schnell und tödlich.« Das letzte Wort meine ich wahrsten Sinne des Wortes, denn meine eigenen Eltern waren das beste Beispiel.

»Okay, nehmen wir an, du hast recht. Was machen wir dann hier?« Sie deutet auf unsere Umgebung. »Wir befinden uns eindeutig im Riley Nationalpark. Noch dazu in dem Teil, in dem sich das Kloster befindet, und das jagt mir bereits bei Tageslicht eine Heidenangst ein.«

Ich folge ihrer Handbewegung. Vor uns erstrecken sich eine Vielzahl an Felsen und eine ebenso große Menge an Höhlen. »Hier wohnt er«, teile ich ihr mit.

»Hier? Woher weißt du das?« Nel schluckt und schiebt sich die Brille weiter auf die Nase. Ein weiterer Grund für sie, diesen Ort nicht zu mögen.

»Allgemein bekannt.«

»Aha und was jetzt?«

»Wir werden warten.« Lässig lehne ich mich an einen Baumstamm. Ich sehe, dass Erins beste Freundin den Mund öffnet um etwas zu sagen, aber eine Bewegung vor uns lässt sie innehalten. Weit hinten, zwischen den Bäumen, tauchen zwei Gestalten auf: Ein großer blonder Hüne und ein Mädchen, das sich augenscheinlich heftig wehrt. Er sagt etwas zu ihr und offenbart für einen kurzen Moment seine wahre Gestalt. Nelly erschaudert. Ich ziehe sie in den Schatten der mächtigen Tannen zurück und drücke sie zu Boden.

»Egal, was passiert: *Du* bleibst hier. Ich hole dich, wenn ich Erin habe. Bis dahin will ich keinen Mucks von dir hören. Bleib einfach genau so sitzen!«, sage ich leise und beschwörend. Sie nickt, also wende ich mich wieder Erin und ihrem Entführer zu.

Sie steuern eine große Höhle am Anfang der Felsformation an.

Ich atme kurz durch, dann mache ich mich auf den Weg. Ein ängstliches Japsen sagt mir, dass ich mich erfolgreich vor Nellys Augen verborgen habe. Langsam, lautlos und tödlich nähere ich mich dem Weltenwandler. Er hat etwas, das mir gehört, und ich werde es mir wiederholen. *Zur Not dezimiere ich den Bestand dieser Wesen eben auf eins,* denke ich, als ich mich an ihn heranschleiche.

ERIN

Erbarmungslos schleift es mich weiter zu den Felsen und scheint dabei nicht einmal zu registrieren, dass ich mich winde. *Leben? Was soll das bedeuten? Will er mich aussaugen wie ein Vampir? Oder will er mein Fleisch?* Fragen über Fragen, und ich bin sicher, dass ich die Antworten bald bekomme, wenn ich es nicht schaffe, mich zu befreien. Erneut starte ich einen Versuch, meine Hand freizubekommen. Erfolglos.

Er ist zu stark, wird mir die Ausweglosigkeit der Situation immer deutlicher bewusst. Abrupt ändere ich die Taktik und versuche, ihn zum Reden zu bringen. »Warum hast du mich entführt? Was meinst du mit *leben*? Du *lebst* doch, zumindest wirkst du recht lebendig.«

Er quittiert meine Aussage mit einem dröhnenden Lachen und stoppt. »*Ihr* nennt meine wahre Gestalt lebendig? Ihr habt keine Ahnung. Von rein gar nichts. Euch Sprungmagiern ging es immer gut, bis *er* die Dunkelschatten erschuf und damit begann, Euch einer nach dem anderen auszulöschen. Beinahe ist es ihm gelungen, Euch alle zu töten, egal ob Licht- oder Dunkelmagier, und damit auch *unser* Schicksal zu besiegeln. Bloß war er nicht gründlich und ein Narr. Seine Fehler werden sein Verhängnis sein, denn Ihr fehlt ihm in seiner Sammlung, genauso wie seine Macht. Beides wird er niemals in seine gierigen Finger bekommen, wir haben unsere eigenen Pläne mit Euch.«

Verwirrt starre ich das Monster an, denn es hat meine Frage nicht beantwortet. Im Gegenteil, mit seinen Worten hat es weitere aufgeworfen.

»Ich verstehe nicht, was das alles soll«, wimmere ich, als sein Griff sich stärker um meinen Arm legt und ich das Gefühl habe, dass die Blutzufuhr komplett unterbrochen wird.

»Ihr werdet alles früh genug erfahren«, vertröstet er mich mit einem gefährlichen Grinsen und setzt sich mit mir im Schlepptau wieder in Bewegung. Schlagartig fühle ich mich an das Märchen der Kinderfresserin erinnert. Eine alles auslöschende Angst, die die Kontrolle über mein rationales Verhalten ergreift, breitet sich in meinem ganzen Körper aus. Ich will nicht aufgeben und wehre mich weiter. Mit der freien Hand schlage ich um mich, meine Füße suchen nach Halt auf dem sandigen Boden, aus meiner Kehle dringt ein Schrei, doch keine der Taten ist von Erfolg gekrönt. Ich spüre noch, wie ich zu Zittern beginne, dann verschwimmt alles um mich herum und im nächsten Augenblick entgleitet mir die Welt.

Finley

Wenige Meter trennen mich von dem Weltenwandler, der die kämpfende Erin fest in seinem Griff hält. *Entweder sie ist unsagbar mutig oder strohdumm,* denke ich, als ich höre, wie sie das Wesen provoziert, und tippe am Ende auf Letzteres.

Ich beobachte die Szene vor mir, schätze die Umgebung ein und will eingreifen, als mich eine Energiewelle erfasst und von den Füßen reißt. Keuchend stehe ich auf. *Was war das?* Erin liegt am Boden, daneben ausgestreckt der Weltenwandler. Regungslos.

Ohne zu zögern nähere ich mich den beiden und packe Erin, die langsam zu sich kommt.

»Lass mich los«, schreit sie und entzieht mir mit ungeheurer Kraft ihren Arm.

»Erin, ich bin es!« Mit beiden Händen halte ich ihr Gesicht fest, um sie dazu zu zwingen, mich anzuschauen. Als sie mich erkennt, weiten sich ihre Augen und ihre Gegenwehr versiegt.

»Finley? Bist du das wirklich?«

»Ja, ich bin es«, sage ich ruhig, darauf bedacht, die drängende Zeit zu verbergen.

»Wie kommst du hierher? Was ist geschehen? Das Monster, wo ist es?«, bringt sie schlotternd hervor und entzieht mir panisch den Kopf, um sich umzusehen.

»Der Weltenwandler«, berichtige ich sie sanft und deute hinter mich. Die muskulöse Gestalt liegt weiterhin bewegungslos am Boden. Nur das leichte Heben und Senken des Brustkorbes verrät, dass sie lebt. »Komm hoch«, befehle ich und halte ihr die Hand hin, die sie dankbar ergreift.

»Du hast mir geholfen«, stellt sie fest, als sie neben mir steht.

»Nein.« Ich schüttle den Kopf. »Das hast du selbst getan. Wie damals in dem Keller.«

»Nur wie *genau*?« Zitternd steht sie neben mir und wirkt vollkommen überfordert. Einen kurzen Moment lasse ich ihr, ehe ich sie dränge. »Wir sollten von hier verschwinden. Vielleicht finden wir irgendwo Antworten.«

»Nein.« Das Wort kommt erstaunlich fest aus ihrem Mund und überrascht mich.

»Nein?«

»Dieser Weltenwandler hat etwas von Lichtmagiern und Dunkelschatten geredet und dass es jemanden gab, der euch erschaffen hat. Ich will wissen, was er weiß.«

Ihre Worte lassen mich erstarren. »Was hast du gesagt?«

Ihre Augen blitzen gefährlich. »Ich will dasselbe wie du. Antworten, und zwar *jetzt.* Hast du ein Seil oder irgendetwas, mit dem wir ihn fesseln können?«

Ich bin gelinde gesagt baff und reagiere nicht sofort.

»Finley?«

»Nee, sorry, die Handschellen und Kabelbinder habe ich in der anderen Hose.«

Beinahe schockiert sieht sie mich an. »Hast du gerade wirklich *versucht,* einen Scherz zu machen?«

Ich zucke mit den Schultern. »Möglich.«

»Okay, gut, der Wille zählt. Wie machen wir es, wenn er aufwacht?«

»Ich schlage vor, dass ich ihn einfach festhalte?«

»Wirklich?«

Ich verdrehe die Augen. »Ja, glaub mir, ich schaffe das.«

»Er ist stark«, gibt sie zu bedenken und ich kann nicht anders, als genervt die Augen zu verdrehen. »Wollen wir jetzt oder kneifst du?«

22. Kapitel

Erin

Wann haben wir aufgehört, uns zu hassen, und angefangen, zusammenzuarbeiten?, frage ich mich, als ich Seite an Seite mit Finley darauf warte, dass der Weltenwandler erwacht.

Der Übergang von Hass ins Miteinander war flüssig geschehen, und ich habe keine Ahnung, was in Finleys Kopf vor sich geht oder was ihn zu dieser Änderung bewegt hat, doch seit unserem letzten Zusammentreffen ist er ganz anders. Der Schatten, der auf ihm lag, ist verschwunden, doch tief unter seiner Haut spüre ich den Hass lodern. Bloß ist er nicht länger auf mich gerichtet.

»Finley, was ist geschehen, seit wir das letzte Mal aufeinandergetroffen sind? Was hat sich verändert? Außer Adelin«, spreche ich ihn direkt darauf an. In meinen Augen hat es keinen Sinn, lange um den heißen Brei herumzureden.

Er hält das bewusstlose Wesen fest im Griff. Das Zittern seiner Hand verrät mir, dass er mich gehört hat, doch er schaut mich nicht an.

»Finley?«, taste ich mich behutsam vor. »Warum hilfst du mir?«

Eine lange Stille, die lediglich vom schnarchenden Atem des Weltenwandlers durchschnitten wird, tritt ein. Ich erwarte beinahe, dass er mir nicht mehr antwortet, da öffnet er den Mund.

»Ich …«

»Eriiiiiin! Ist das Ding dort echt ein Gott?«

Abrupt drehe ich mich um.

»Nel, wie kommst du hierher?«, bringe überrascht hervor.

»Na durch deinen Schatten.« Fragend sehe ich zu Finley. Dieser zuckt mit den Schultern und murmelt etwas Unverständliches.

»Wow!«, kommt von Nel und es klingt wie eine Mischung aus Ehrfurcht und Schrecken. »Das will ich auch können!«

Ihren Worten entnehme ich, dass Finley wieder sichtbar ist. »Raus mit der Sprache, ist das ein Gott?« Sie deutet auf die Kreatur, die ihre menschliche Hülle abgestreift hat und von Finley am Boden fixiert wird.

»Ich sagte gottgleich. Einige von ihnen waren Götter, andere die Wächter zwischen Leben und Tod.«

»Hör mir bloß auf mit Wächter!«, stöhne ich.

»Wächter?« hakt Finley nach, als sich glücklicherweise der Weltenwandler regt.

»Wer wagt es, mich gefangen zu nehmen?«, dröhnt er und versucht aufzustehen. Erschrocken weichen Nel und ich zurück, doch Finley kann ihn tatsächlich in Schach halten.

Ich bin beeindruckt, wie problemlos er mit dem Weltenwandler zurechtkommt.

Er hätte in dem Haus nicht mal seine Krallen gebraucht, um mir wehzutun, wird mir klar und ein Schauer jagt mir über den Rücken.

»Alles in Ordnung?«

»Ja, alles ist gut«, erwidere ich hastig und wende mich dem Monster zu. »Was hast du vorhin gemeint?«

»Was habe ich denn gesagt?« Unverfroren dreht das Wesen mir sein makabres Gesicht zu. Die leeren Höhlen seiner Augen lassen mich frösteln, aber ich wage es nicht, mich abzuwenden. »Du hast gesagt, dass jemand die Dunkelschatten erschaffen hat. Wer war es? Und warum?«

»Habe ich das?« Er lächelt und entblößt dabei seine messerscharfen Zähne.

»Rede endlich!«, befiehlt Finley und drückt den Weltenwandler stärker zu Boden.

»Ich weiß nicht, wovon das Mädchen faselt. Ich kann euch nichts sagen«, beteuert der Weltenwandler. Misstrauisch beäuge ich den Dunkelschatten und ihn. Mit keiner Faser seines Körpers verrät Finley, dass er dieses Monster kennt, und doch macht mich die Reaktion des Wandlers stutzig.

»Ich denke, du weißt ganz gut Bescheid«, entgegne ich. »Gib mir eine Antwort!«

»Hast du gehört? Dir wurde eine Frage gestellt«, setzt Finley nach und drückt dem Wesen stärker die Arme auf dem Rücken zusammen, sodass es aufkeucht.

»Und ich habe die Frage beantwortet, so gut, wie ich sie beantworten kann.«

»Du hast uns gar nichts gesagt!« Finleys Worte sind voller Hass, im nächsten Moment geht eine Stoßwelle von seinem Körper aus und der Weltenwandler beginnt zu wimmern. »Bitte. Bitte nicht. Hört auf!«, fleht er.

Finley nimmt die Hände von dem Wesen und erhebt sich. Neben ihm krümmt sich die Gestalt, gequält von einer unsichtbaren Hand, und plötzlich löst sich der ohnehin kaum vorhandene Rest der ledrigen Haut von den Knochen. Ein markerschütternder Schrei ertönt und fährt mir durch jeden Zentimeter meines Körpers. Was tut Finley da? Das Ende des Weltenwandlers scheint in greifbarer Nähe, während Nel neben mir würgt.

»Finley, nein. Bitte tu das nicht«, versuche ich auf ihn einzureden. Sein Gesicht ist zu einer Fratze aus Hass und Wut verzogen und fixiert stur das Elend am Boden.

»Finley?« Auch dieses Mal ernte ich keine Reaktion. Ich muss ihn aufhalten und weiß nicht wie. Plötzlich bemerke ich etwas, das mich an einen hauchdünnen Faden erinnert und mich in seine Richtung zupft. Es ist klein und schimmernd. Ich greife es mit meinem Geist, ziehe daran und im nächsten Moment sehe ich die Welt aus seinen Augen. Ich spüre die Wut, die in ihm lodert. Das Verlangen, zu töten, das eine unsagbar große Unsicherheit zu verdecken versucht. Ich fühle die Energie, die durch seine Venen fließt und den Weltenwandler brutal angreift.

»Finley?«, taste ich mich zaghaft in seinem Kopf vor. Unvermittelt bricht der Energiefluss ab und ich will ihm danken, als mein Blick den seinen streift. Eine eisige Kälte liegt darin.

»Finley?«

»Wie schaffst du das? Verschwinde sofort aus meinem Kopf!« Ohne auf eine Reaktion meinerseits zu warten, schleudert er einen mentalen Angriff gegen mich. Auf die Wucht des Aufpralls war ich nicht vorbereitet und breche wie ein nasser Sack zusammen. Die Schmerzen sind schier unerträglich. Mein Körper fühlt sich an, als würde er von

innen heraus verbrennen. Am Boden rolle ich mich von einer Seite zur anderen, doch es tritt keine Erleichterung ein. *»Finley, hör bitte auf«*, flehe ich über die Brücke hinweg und nehme wahr, wie sich seine grauen Augen verengen. *Er hat mich gehört.*

Verdammt Erin, was machst du da? Wehr dich! Nur wie? Erneut rollt eine Welle des Schmerzes über mich hinweg, doch dieses Mal versucht sie nicht, mir reinen körperlichen Schmerz zuzufügen, sondern beginnt damit, mir meine glücklichen Erinnerungen zu entziehen. Die erste Fahrt auf meinem Fahrrad. Kindergeburtstage mit Alex und Holly. All das sehe ich vor meinen Augen vorbeirauschen und in einem staubsaugerähnlichen Gebilde verschwinden. Zurück bleibt ein immer weiterwachsendes Loch. »Nein!«, wimmere ich. »Hör auf! Hör bitte auf!«

Keine Reaktion.

»Wehr dich oder möchtest du alles verlieren?«

Ich will brüllen und sagen, dass ich keine Ahnung habe, wie ich mir helfen kann, da erkenne ich den Faden erneut. Statt ihn zu greifen, reiße ich daran. Mit aller Kraft, die mir verbleibt, halte ich dieses silberne Band fest, schließe meine Augen, ignoriere die Schmerzen und den Verlust und schicke ihm eine Welle. Eine Gedankenwelle aus Verrat und Verzweiflung, die ihn seinen Angriff sofort unterbrechen lässt. Im nächsten Moment ist er es, der zusammensackt.

»Ich dachte, du stehst auf meiner Seite …«

Ich fühle mich wie nach einem Ohnmachtsanfall. Dieselbe Energie pulsiert durch meine Adern. Im Unterschied zu sonst ist mir jedoch nicht schwarz vor Augen geworden und ich kann die Kraft nutzen. Keine Ahnung, wie ich es schaffe, doch ich halte Finley fest in meinem Griff. Einem Griff aus Licht und Verachtung, denn nicht Wut hat mich erfasst, sondern Enttäuschung.

Finley

»Scheiße« stöhne ich, als ich vor Schmerzen zusammenfahre. Sie hat mich getroffen. Innerlich, allein mit der Kraft ihres Willens. Keinen einzigen Finger hat sie rühren müssen, und das, obwohl ich sie stark geschwächt habe.

»Scheiße.«

»Das sagtest du bereits.«

Sie klingt so gar nicht nach der Erin, die ich bis vor wenigen Stunden verfolgt habe. Ihre sonst braunen Augen glänzen fast golden. Auch wenn der Schmerz verklungen ist, spüre ich deutlich, dass sie ihre Klauen aus reinem Licht in meinen Geist geschlagen hat und nun am längeren Hebel sitzt. Ich bemerke die Veränderung ihres Wesens. Ich spüre die Magie des Lichtes, die sie wie ein hauchzarter Schleier umgibt, und verstehe gar nichts mehr.

»Du besitzt die Quelle«, flüstere ich fassungslos. »Du hast mich die ganze Zeit belogen. Er sagte, dass ihr gute Schauspieler seid. Wie konnte ich so dumm sein, dir zu glauben?«

»Quelle?« Fragend sieht der Weltenwandler zwischen uns hin und her.

»Ich habe deine verdammte Quelle nicht und selbst wenn, dann stünde sie mir zu!«

»Was faselt ihr von einer Quelle?«

»Von wegen!«, antworte ich und ignoriere den Wandler beflissen.

»O doch, sie steht Erin zu! Es ist ihre Macht!«, schaltet sich die Nervensäge von Freundin ein.

»Die Ma–«, doch weiter komme ich nicht, denn mich unterbricht ein tosendes Lachen.

»Welche Lügen hat man euch erzählt? Oder besser gesagt, wie konntet ihr so dumm sein, ihnen Beachtung zu schenken?«, feixt der Weltenwandler, der die Zeit unseres Zwists genutzt hat, um sich zu erholen.

»Halt deinen Mund!«, blaffe ich. Im nächsten Moment schließen sich Erins Klauen fester um meinen Geist und ich keuche vor Schmerzen auf.

»Du hast hier nicht das Geringste zu sagen!«, zischt sie.

»Erin …«

»*Du* hast mich angegriffen! Du hättest mich ausgesaugt, bis lediglich eine leere Hülle von mir übrig geblieben wäre. Eine willenlose Version von mir, die die Quelle herausrückt. Ich weiß nicht, wie ich so blöd sein konnte, dir zu glauben. All dieses Gefasel von deiner Familie und der Wahrheit, die du finden willst. Du scherst dich kein bisschen um das, was wirklich geschehen ist.« Ihre Stimme zittert und sie hält den Blick gesenkt.

»Nein, das stimmt nicht. Ich wollte doch nie …« Ich breche ab. »Es tut mir leid, ich hatte keine Kontrolle über mich«, gebe ich zu und schaue betreten zu Boden.

»Ach, tatsächlich?« Ihr Griff lockert sich kein Stück.

»Hatte er wahrhaftig nicht.« die Worte des Weltenwandlers überraschen uns beide gleichermaßen.

»Was sagst du?« Erin ist es, die das Wort zuerst wieder ergreift.

»Der Junge kann nichts dafür. Sein Innerstes wurde jahrelang vergiftet. *Er* ist es, der Schuld trägt.«

Erin

»Rück mit der Sprache raus, wer ist *er*?« Mein Geduldsfaden ist ausgeleiert und meine beiden Gegenüber scheinen diesen Umstand durchaus zu bemerken.

»Gut, ich *gebe* euch alles, was ich weiß. Im Gegenzug werdet ihr mir einen Gefallen erweisen. Habe ich euer Wort?«

Misstrauisch beäuge ich den Weltenwandler, der sich inzwischen aufgesetzt hat und wieder seine menschliche Hülle zur Schau trägt. »Was verlangst du?«

»Eine kleine Geste. Nicht jetzt, erst, wenn die Zeit reif ist«, meint er geheimnisvoll und lächelt schmierig.

»Hat diese Geste mit dem Tod oder Leid eines der hier Anwesenden zu tun?«, präzisiere ich meine Frage.

»Nein«, kommt es ohne zu zögern.

»Okay, dann hast du mein Wort.« Ich strecke dem Wandler die Hand hin und helfe ihm auf. Aus den Augenwinkeln sehe ich, dass Finley etwas sagen möchte. *»Halt dich zurück. Du hast genug angerichtet!«*

Sein niedergeschlagener Gesichtsausdruck bedeutet mir, dass er verstanden hat.

»Nun, Weltenwandler: Was hast du uns zu erzählen?«

Der Hüne lässt sich einen Moment Zeit. »Ich will euch nichts erzählen, ich möchte es euch zeigen. Folgt mir in mein Zuhause.«

»Ich finde es hier draußen ganz angenehm«, vermeldet Finley.

Ich ignoriere ihn gekonnt. »Gehen wir.«

Der Wandler nickt und geht voran zum Höhleneingang. Ich laufe fast neben ihm her und Finley folgt uns mit einigen Metern Abstand.

»Ich heiße übrigens Erin«, stelle ich mich der Höflichkeit halber vor.

»Ich weiß«, sagt er. »Mich nennt man Kloth.«

»Noch nie hat ein Weltenwandler seinen wahren Namen genannt«, schickt mir Finley über die Brücke, die meine Klauen in seinen Geist geschlagen haben.

»Warum?«

»Weil Namen angreifbar machen. Besonders Weltenwandler. Sie offenbaren ihr wahres Wesen und ihre Schwächen.«

»Und was sagt uns sein Name?«

»Kloth bedeutet Schicksal. Er ist der Gott des Schicksals. Ein Kind der Nacht.«

»Ein Gott? Dieses erbärmliche Wesen soll also tatsächlich ein Gott sein? Ich habe sie mir immer anders vorgestellt.« Ich sehe über die Schulter und registriere Finleys ernsten Gesichtsausdruck.

»Nicht erbärmlich. Sie sterben, denn ihre Macht hat aufgehört zu existieren, als das Gleichgewicht zwischen Dunkel- und Lichtmagie aus den Fugen geraten ist.«

Unwillkürlich zucke ich zusammen und will etwas erwidern, da hält Kloth an. Wir haben den Eingang zur Höhle erreicht.

»Nach euch.« Er deutet in die Finsternis.

Ein Emporkömmling der Nacht, natürlich wohnt er im Dunkeln …

»Ist es euch recht, wenn ich draußen warte?«, schaltet Nelly sich ein.

»Ja, halt die Stellung und sag uns Bescheid, wenn jemand kommt«, sage ich, damit sie sich nicht ganz nutzlos fühlen muss. Erleichtert nickt sie mir zu, dann wende ich mich an Kloth und folge seiner netten Geste.

Ich trete ein und mache mich auf absolute Schwärze gefasst und vorsichtshalber auch auf einen Hinterhalt. Ich habe mir viel ausgemalt, doch was mich erwartet, daran habe ich als Letztes gedacht. Ein riesiger Sternenhimmel eröffnet sich über unseren Köpfen. Abertausende kleine Lichtkugeln senden ihren Schein und tauchen alles in einen angenehmen Schimmer, der sogar die Einrichtung des Höhlenraumes erkennen lässt. Ein kleiner Tisch, zwei Stühle, ein Lager aus

Felldecken und Laub. Schlicht und einfach, keine Spur von Prunk oder gar einem Gott.

»Willkommen in meinem bescheidenen Heim«, meint Kloth und deutet auf die beiden Stühle. »Setzt euch. Ich kann euch leider nichts anbieten, es sei denn, ihr mögt Blätter und Wurzeln.«

»Nein, herzlichen Dank.«

»Du wolltest uns etwas erzählen«, drängt Finley.

»Nein«, erwidert Kloth und bevor Finley das Wort erheben kann, zupfe ich an der Verbindung.

»Lass mich das übernehmen. Du hast genug Ärger gemacht.« Zur Verdeutlichung meiner Worte sende ich einen Magiestoß, der ihn zusammenzucken lässt.

»Ist ja gut. Ich bin ruhig«, gibt er kleinlaut zurück.

Ich muss sagen, die ganze Magiesache hat was, denke ich und setze mich zufrieden auf dem Stuhl zurecht. Murrend tut Finley es mir gleich, dann will ich mich an Kloth wenden, doch der ist bereits in einer Ecke der Höhle verschwunden.

»Wenn er jetzt mit einer Keule zurückkommt und dir eins überbrät, sag nicht, ich hätte dich nicht gewarnt!«

Finleys Gesicht, das vom dämmrigen Lichtschein leicht erhellt wird, zeigt deutlich die Unsicherheit, die in ihm tobt.

»Du schaust eindeutig zu viele Gruselfilme.«

»Pah, ich sehe mir so einen Dreck doch gar nicht an, ich bin der Horror!«

Ich kann nicht anders, seine Worte reizen mich. *»Dein Ego ist der Horror, da gebe ich dir recht.«*

Er will etwas über unsere Verbindung erwidern, da kommt Kloth zurück und unterbricht unser stummes Gespräch. In seiner Hand hält er einen kleinen Kasten. Interessiert betrachte ich das Ding, das im seichten Licht funkelt wie eine Diskokugel und kaum größer als mein A6-Karteikasten ist.

»Was ist das?«, frage ich.

»Eure Antworten«, flüstert er ehrfürchtig und stellt das Gebilde auf die Tischplatte.

»Oh, wow, danke«, bringe ich hervor, weil ich nicht weiß, was ich anderes sagen soll.

»Jetzt bringt der uns seinen Ramsch!«

»Ach, halt die Klappe, Finley!«

»Das magische Band«, stellt Kloth ohne den Hauch einer Überraschung fest.

»Das was?«

Statt auf meine Frage einzugehen, deutet er auf das Ding vor mir. »Dort drin ist alles, was ich euch geben oder besser gesagt zeigen kann.«

»Was soll das heißen?«, will ich wissen, doch Kloth schüttelt abwehrend den Kopf. Ich greife nach dem Etwas.

»Sei vorsichtig«, warnt Finley, als meine Finger die glatte Oberfläche berühren. Kühl und schwer liegt es in meiner Hand. Ich hebe es weiter hoch, um es besser betrachten zu können, da entwickelt es ein Eigenleben.

»O Gott«, kreische ich und lasse den Kasten zu Boden fallen. »Hast du da irgendein Tier eingeschlossen?«, erkundige ich mich, während das Ding zu meinen Füßen einen wahren Tanz vollführt.

»Nein, keine Angst«, erwidert der Gott, doch ich schenke seinen Worten keinen Glauben. Als die Kiste wieder näherkommt, hält mich nichts auf meinem Stuhl. Ich springe so schwungvoll auf, dass er zu Boden fällt und ich beim Zurückweichen fast stolpere.

»Keine Angst«, beschwichtigt Kloth mich erneut.

»Ich habe dich gewarnt«, mischt sich Finley ein.

Plötzlich zerspringt das Gebilde am Boden und das gleißende Licht, das aus seinem Inneren dringt, nimmt meine Aufmerksamkeit gefangen.

»Ihr seid es also wirklich«, flüstert Kloth ehrfürchtig.

»Was meinst du?«

»Nur für die betroffenen Personen öffnet sie sich«, ergänzt er.

Finley

Innerlich habe ich mich auf alles vorbereitet. Auf einen Hinterhalt, Lügen, sporadische Ausreden … doch nicht eine Sekunde habe ich einen Gedanken an das verschwendet, was wirklich geschieht.

Ein grelles weißes Licht färbt den Raum und als es sich zurückzieht, bleibt eine leuchtende Kugel, die gen Höhlendecke wandert und ihren Platz neben dem Mond einnimmt.

Sonne und Mond, Tag und Nacht, Licht und Dunkel.

Mir graut davor, was als Nächstes geschieht, da setzt ein Singsang aus dem Würfelsplitter ein:

Sprungmagie, unendlich wie die Zeit.
Unwahrheit einst hat sie entzweit.
Ein Leben, endlos und allein,
auf ewig wird ihr Fluch es sein.

Ein einzelner Stern am Firmament,
verändert alles vehement.
Den Fluch zu brechen ihm gelingt,
der Dunkelmacht das Unglück bringt.

Die Stille, die nach den Worten herrscht, ist erdrückend.

»War das alles?«, wispere ich.

Kloth nickt. »Ja, das war sie. Die Prophezeiung. Das letzte Mal hörte ich sie vor zwanzig Jahren. Kein Wort mehr und keines weniger.«

»Du hast sie bereits einmal gehört?«, frage ich erstaunt, während die Lichtkugel sinkt und die Einzelteile des Kastens sich wieder zusammensetzen.

»Natürlich, ich war bei ihrer Erschaffung dabei.«

Ich erstarre obgleich der Worte und deren Bedeutung.

»Leider ist danach viel geschehen«, fügt der Gott des Schicksals vielsagend an.

»Was meinst du damit?«

Der Hüne zuckt lediglich mit den Schultern. Erin sitzt stumm neben mir. »Und welche Antworten sollen uns diese kryptischen Reime geben?«

»Das müsst ihr wohl oder übel selbst herausfinden.«

»So war das nicht abgemacht!«

»Nein? Ich habe gesagt, ich *gebe* euch alles, und das da ...«, er deutet auf das nunmehr leere Kästchen, »... war alles.«

Aufgebracht balle ich die Hände zu Fäusten, doch Erin zwingt mich zur Ordnung.

»Beruhig dich, er hat recht!«

Ich fahre leicht zusammen, als ich ihre Stimme in meinem Kopf spüre. Das Gefühl macht mich rasend, auch wenn es nicht mit dröhnenden Kopfschmerzen verbunden ist wie bei *ihm*. Ich fühle mich hilflos und schwach. *»Verschwinde aus meinem Kopf«*, fauche ich, auch wenn ich weiß, dass ich genauso mit der Höhlenwand reden könnte.

»Benimm dich, dann muss ich das hier nicht tun.«

»Ich benehme mich doch.«

»Ach, wirklich? Dann wolltest du Kloth eben nicht die Fresse polieren?«

»Hm.«

»Immer wieder toll, mit dir zu reden.«

»Wir reden gar nicht. Du spammst mich in meinem Kopf zu. Und jetzt raus.«

»Gut, ich gehe.«

»Und mach die verdammte Tür von außen zu!«

»Das würde dir so passen ...« Im nächsten Moment bin ich allein in meinem Kopf, aber der Gedanke, dass sie jederzeit wieder da sein kann, nagt an mir. Als hätte ich einem ungeliebten Besucher einen Haustürschlüssel gegeben. Grimmig starre ich sie an.

»Wenn du uns nicht helfen willst, dann vergeuden wir unsere Zeit. Am besten, wir brechen auf«, bestimme ich und erhebe mich.

Kloth leistet keinen Widerspruch und mit Zufriedenheit bemerke ich, dass Erin ebenfalls aufsteht.

»Danke«, sagt sie zu dem auseinanderfallenden Gott.

»Wofür? Euer Freund der Dunkelheit hat recht. Ich habe euch nichts gesagt. Ihr müsst mir glauben, es liegt lediglich daran, dass ich es nicht kann. Ich bin das Schicksal und doch ist absurderweise mein eigenes an Licht und Dunkelheit geknüpft. Ich bin ein Leibeigener, wenn ihr es so wollt. Egal, wie sehr ich es mir wünsche: Es ist mir verboten, erneut in den Verlauf der Dinge einzugreifen.«

»Ein Gott, der ein Leibeigner ist?«, hinterfrage ich und mustere ihn ungläubig in seiner menschlichen Hülle. Nichts davon entspricht dem, was mir Alistair einst über die Götter erzählte. Aber wundert mich das? Er hat sich eine ganze Welt erstunken und erlogen.

»Wir Götter sind keinesfalls die, die diese Welt leiten, schon lange Zeit nicht mehr. Wir sind lediglich Spielfiguren, gejagt und geächtet, dazu verdammt, langsam und qualvoll zu verenden.«

»Aber wenn du nicht Schicksal spielen darfst, warum hast du Erin dann entführt?« Seine Worte ergeben für mich keinerlei Sinn.

»Nenn es ruhig ein *Spiel mit dem Feuer*. Am Ende wusste ich, dass es nie funktionieren würde, doch die Verzweiflung hat mich getrieben.« Er wirft mir ein verschwörerisches Lächeln zu.

»Warum bekommen wir dann keine Hilfe von dir?«

»Bedenkt genau, was ihr hier gehört habt. Anderweitig kann ich euch nicht helfen. «

Wie ein Blitzschlag durchfährt mich die Erkenntnis. »Du hast das alles geplant.«

»Vielleicht … und nun geht. Verlasst diesen Ort, bevor er merkt, dass eure Spur verloren ist. Wenn das geschieht, kann er sich denken, wo ihr seid«, warnt Kloth eindringlich.

Ich nicke, dann greife ich nach Erins Arm und ziehe sie sanft zum Höhlenausgang. Wir haben ihn fast erreicht, als der Weltenwandler ein letztes Mal die Stimme erhebt.

»Passt gut auf sie auf! Ihr seid nicht das, was sie Euch versuchen vorzumachen. Blickt hinter den einen Spiegel, um die Wahrheit zu finden, und lasst nicht alles umsonst gewesen sein.«

Sei die **Dunkelheit**, die Verderben bringt
und jeden verschlingt,
oder das **Licht**, das selbst vergeht,
während die Hoffnung lebt.

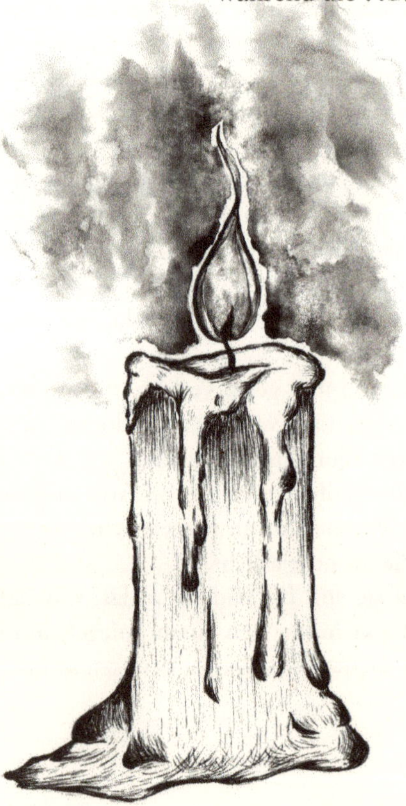

TEIL 3

»Wir können versuchen, sie zu verdrängen,
hoffen, sie zu vergessen,
sie über Jahre hinweg verleugnen,
aber sie werden auf ewig ein Teil von uns sein.«

Vermächtnis der Springer (Oktober 1957)

23. Kapitel

9. März 2019

Erin

Pechschwarze Nacht empfängt uns, als wir aus der Höhle treten.

»Komisch, ich dachte, wenn wir da rauskommen, wird es heller, nicht dunkler«, witzle ich, kann Finleys Anspannung jedoch nicht übertünchen. »Was ist los?«, frage ich, als ich spüre, wie er die Hände zu Fäusten ballt.

»Wir sollten hier weg, schnellstmöglich. Wo ist deine Freundin?«, murmelt er im Befehlston.

»Keine Ahnung, du bist der mit dem Nachtsichtblick!« Angestrengt kneife ich die Augen zusammen und versuche, etwas in der Umgebung zu erkennen, doch der Erfolg ist ernüchternd. Bis auf die schemenhaften Umrisse meines Gegenübers erspähe ich gar nichts. »Nel?«

»Kannst du mal die Klappe halten?«, fährt er mich an.

»Was denn? Ich denke, wir suchen Nelly?«

»Ja, suchen, nicht schreien!«

»Wie soll ich das bitteschön anstellen?«

»Hey, Leute, hier bin ich! Hört auf, euch zu streiten!« Kurz darauf steht meine beste Freundin neben mir und zupft an meinem Arm. »Können wir endlich von hier verschwinden?«

»Meine Rede«, brummt Finley und hält uns seine Hände hin. Nelly nimmt sofort an, doch ich starre irritiert auf die hingehaltenen Finger. »Was soll das werden? Sollen wir wie Hänsel und Gretel durch den Wald laufen? Darf ich dich daran erinnern, wo das hingeführt hat?«

»Dann hoffe ich für dich, dass du nicht die Hexe bist«, kontert er und fuchtelt mit seiner Hand vor meinem Gesicht herum, bis es mir zu bunt wird und ich sie packe.

»Was ist dein Problem?«, frage ich ihn und verliere im nächsten Augenblick den Boden unter meinen Füßen.

Finley

Während ihre Freundin dieses Mal ruhig bleibt, schlägt Erin panisch um sich und ich muss mich stark konzentrieren, um sie nicht zu verlieren. »Hör auf zu zappeln!«

»Was passiert hier?«, schreit sie und versucht sich von mir loszureißen. Unnachgiebig halte ich sie fest. Als sie zu kratzen beginnt, muss ich schlucken, dann ist es endlich vorbei. Ich fühle den harten Erdboden und lasse sie los. Mit einem dumpfen Plumpsen fällt sie auf ihren Hintern.

»Musste das sein?«

»Ich hätte dich loslassen sollen«, bemerke ich trocken und mustere die tiefen Kratzer an meiner Hand. »Danke übrigens.«

»Selber schuld«, murrt sie und steht schwerfällig auf.

Mir entgeht ihr schmerzverzerrtes Gesicht nicht. »Alles in Ordnung?« Ich mache einen Schritt auf sie zu, doch sie weicht zurück.

»Leute«, wirft Nelly ein, was wir beide gekonnt ignorieren.

»Kann dir egal sein!«

»Erin, geht es dir gut?«, versuche ich es erneut, doch sie verschränkt die Arme und dreht sich weg.

»Leute!« Eindringlich zupft Erins Freundin an meinem Arm, sodass ich sie nicht weiter links liegen lassen kann.

»Was ist denn?« Genervt wende ich mich ihr zu.

»Wir sind nicht allein«, haucht sie.

Das Blut gefriert mir in den Adern. Ich habe uns mitten in eine Falle manövriert und dabei wollte ich das genaue Gegenteil bezwecken.

»Finley, ich wusste, dass ich mich auf dich verlassen kann, auch wenn ich überrascht bin, dass es so schnell ging.« Mit einem gefährlichen Grinsen kommt der Dunkelschatten näher.

»Mirelle«, knurre ich und weiche einen Schritt zurück, als ich erkenne, wen er alles im Gepäck hat.

Im Monddunkel hinter ihm lauern mindestens zehn weitere Schatten. Langsam kommen sie näher. Sie sind gute hundert Meter entfernt, dennoch spüre ich bereits ihren Hunger.

»Aber, aber mein lieber Freund«, schimpft er meine Reaktion und bedenkt mich mit einem freundlichen Lächeln.

»Was wird hier gespielt?«, flüstert Erin.

»Nach was sieht es denn aus, kleine Lady?«, antwortet Mirelle, bevor ich etwas sagen kann.

»Ich habe uns mitten in einen Hinterhalt katapultiert.«

»Falsch. Er hat dich ausgeliefert, und jetzt übergib uns die Quelle.« Mit ausgestreckter Hand nähert er sich, hinter ihm steht Sawer mit seinem falschen Lächeln. Keiner von ihnen ist ein Freund und keiner war es je, so viel habe ich bereits erkannt.

»Das habe ich nicht!«, brumme ich und suche Erins Blickkontakt. In ihren Augen spiegeln sich Zweifel.

»Finley, was redest du da?« Mirelle klingt verwirrt.

»Ich glaube, dass du mich recht gut verstehst.« Ich richte mich auf und widme ihm und seiner Bagage die volle Aufmerksamkeit. »Ihr habt mich alle belogen. Ihr wusstet, dass die Springer nichts mit dem Tod meiner Eltern zu tun hatten. Gebt es zu, wenn nicht sogar ihr diejenigen wart, die sie auf dem Gewissen haben!«

»Hast du dir mal selbst zugehört? Was du faselst, ergibt absolut keinen Sinn. Du hast deine Aufgabe erfüllt, Alistair wird sich freuen. Übergib sie uns, damit wir den Rest erledigen können, anstatt dich von ihren Lügen beeinflussen zu lassen!«

Wir stehen uns gegenüber mitten auf der mondbeschienenen und glücklicherweise menschenleeren Fellow Street. Drei gegen mindestens zwölf. Wobei ich einen nutzlosen Menschen und eine Springerin in spe, die keine Ahnung vom Kämpfen hat, nicht unbedingt als Verstärkung bezeichnen würde.

»Wie konntest du das tun?«, schreit Nel mich zu allem Überfluss in diesem Moment an.

»Das wollte ich nicht!«, donnert es aus mir hervor und Mirelles Augen verengen sich zu Schlitzen.

»Soso.« Er kommt einen weiteren Schritt auf uns zu. »Es war also keine Absicht? Hat sie es tatsächlich geschafft, dich mit ihrem Geschwätz zu überzeugen?«

»Nein, das hat sie nicht«, entgegne ich und gehe ebenfalls einen Schritt nach vorn.

Sawer durchschaut mich sofort. »Wie niedlich, er will sie schützen. Woher der Sinneswandel?«

»Dunkelschatten haben meine Eltern getötet.« Ich spreche die Worte aus und plötzlich ist alles wieder da. Die Erinnerung an jenen Tag. Der Mann, der vor der Tür stand und mich zum Weinen gebracht hat.

»Du warst es tatsächlich«, flüstere ich und greife nach Erin, um sie hinter mich zu ziehen.

»Was war ich?«.

»Du standest an jenem Tag vor der Tür. Du warst dabei«, entfährt es mir schnaubend.

»Mag sein, dass ich da war, wenn du allerdings glaubst, dass ich es war, der sie getötet hat, muss ich dich leider enttäuschen.«

»Stimmt, dieses Privileg oblag mir.« Ein Fremder tritt aus dem Hintergrund und lässt mich herumschnellen.

»Paul«, keucht Erin, doch es klingt eher nach bitterer Erkenntnis als einem Schreck. Ihr Arm, den ich noch immer umklammert halte, zittert.

»Wer ist Paul?«

»Ein Bekannter meiner Tante. Er sagte, er wäre ein Wächter, und hat sich als Freund ausgegeben.«

»Und ist er das?«

»Ich glaube nicht. Er hat mich angelogen.«

»Gut«, gebe ich zurück und lasse den Fremden nicht aus den Augen.

»Ah, Erin, schön dich wiederzusehen. Es war übrigens sehr unfreundlich von dir, auf der Straße einfach vor mir davonzulaufen. Ich hätte dir helfen und dir das alles hier ersparen können … «

»Der barmherzige Samariter …«

»Du solltest die Schnauze halten, Finley!« Mirelle macht eine eindeutige Geste.

»Das werde ich nicht! Ihr Schweine habt meine Eltern auf dem Gewissen und anscheinend noch genug andere!«

»Tu nicht so, als ob du unschuldig wärst. An deinen Händen klebt selbst genug Blut.«

»Und warum?« Zum ersten Mal wünsche ich mir nichts sehnlicher, als dass der Schatten von mir Besitz ergreift und sie alle zerfleischt.

»Wie wäre es, wenn wir uns alle beruhigen?«, schaltet der Fremde sich ein.

»Du Monster, du machst mit ihnen gemeinsame Sache! Du warst der Verräter!« Erin ist den Tränen nahe und doch ist es die Wut, die aus ihr spricht.

»Du hast teilweise recht. Ich habe die Springer verraten, aber ich arbeite nicht mit den Schatten zusammen. Ich arbeite für niemanden, außer mich selbst.«

»Wow, das macht es so viel besser … «, gibt Erin von sich und ich suche fieberhaft nach einem Ausweg.

Wir sind umzingelt. Dreizehn gegen drei. Unsere Chancen werden von Minute zu Minute schlechter …

»Kannst du uns nicht irgendwo anders hin beamen?«, wirft Nel flüsternd ein.

»Nein, das kann er nicht«, antwortet Paul an meiner Stelle. »Ich habe diesen Ort mit Runen belegt. Wie Finley sicherlich selbst festgestellt hat, kann er nicht einfach so verschwinden. Eine reine Vorsichtsmaßnahme, versteht sich.«

Es scheint keinen Ausweg zu geben, doch dann kommt mir ein Geistesblitz.

»Die Schatten. Nelly kann sie sehen. Sie zeigen sich, weil sie davon ausgehen, dass du sie sonst nicht ausmachen kannst. Sie sehen in dir lediglich den Menschen, der noch keine Bedrohung darstellt.«

Ich schicke diese Worte über die Brücke aus Licht, die hauchzart zwischen uns hängt, und hoffe, dass sie Erin erreichen.

Ihre Augen sind starr auf die Gestalten um uns herum gerichtet, und ich befürchte bereits, dass sie mich nicht gehört hat, als sie antwortet.

»Warum sagst du mir das?«

»Weil es unsere einzige Möglichkeit ist, heil aus dieser Sache herauszukommen.«

»Du brauchst dir doch keinerlei Gedanken zu machen.«

Der Sarkasmus entgeht mir nicht.

»Ich will nicht mit dir diskutieren. Falls du es nicht mitbekommen hast, ich bin auf deiner Seite.«

»Na schön, was muss ich tun?«

»Kannst du sie außer Gefecht setzen, so wie du es damals bei mir getan hast?«

»Ich bin keine Spieluhr. Mir fehlt leider der An- und Ausschalter!«

»Finley, hör auf mit diesen albernen Mätzchen. Alistair wartet«, fordert Mirelle meine Aufmerksamkeit.

»Alistair hier, Alistair da. Musst du diesem senilen alten Sack nach hundert Jahren immer noch in den Arsch kriechen?«

Sawer zuckt bei meinen Worten zusammen und auch die Schatten hinter ihm beginnen zu tuscheln.

»Mein Lieber, du hast dir viel zu viel erlaubt. Es wird Zeit, dass wir dir Benehmen beibringen, und du weißt gar nicht, wie froh ich bin, dass auch dein Gönner, den du hier so nett betitelst, das endlich verstanden hat.«

Ohne Vorwarnung schlägt sein Dunkelschatten seine Klauen in meinen Körper und zwingt mich in die Knie.

»Shit«, stöhne ich vor Schmerz.

Ich starre meine Hände an, die die Fähigkeit verloren haben, sich in todbringende Klauen zu verwandeln. Nutzlose Dinger, die ich frustriert zu Fäusten balle.

»Kein schönes Gefühl, oder? Man fühlt sich hilflos und allein. Er hat ihn dir genommen, als Strafe, weißt du? Du gehörst nicht mehr zu uns. Du bist ein Nichts. Zur Seite!« Ein Nicken seines Kopfes reicht aus, um mir einen erneuten Stoß zu versetzen.

ERIN

Vor mir zuckt Finley ein weiteres Mal aus heiterem Himmel gequält zusammen.

»Aufhören«, höre ich Nelly schreien, während ich selbst nicht im Stande bin, etwas zu sagen.

»Finley!«, rufe ich über die Verbindung.

»Kannst du es?«, flüstert er schwach.

»Ich weiß nicht, wie«, gestehe ich, während er sich unter Schmerzen windet.

»Na, hast du endlich genug?«, lacht Mirelle.

»Nein«, keucht Finley zwischen zusammengebissenen Zähnen und versucht sich aufzurichten.

»Ach, du willst eine weitere Runde?« Mirelle hebt seine Hand und bewegt sie, als würde er etwas zerquetschen. Finley würgt und die Schatten ziehen einen engen Kreis um uns. *Wie in meinem Traum,* realisiere ich und mein Herz schlägt schneller.

»Was kann ich tun?«, schreie ich Finley über die Verbindung zu.

»Versuche, Paul auszuschalten. Die Runen sind nur durch ihn existent. Vielleicht verschwinden sie, wenn er geschwächt wird, und ich habe ein Fenster, um uns hier wegzubringen.«

Überrascht werfe ich ihm einen Blick zu. *»Kannst du das denn noch?«*

»Ja, nur warte nicht allzu lang, sonst …« Er lässt den Satz unvollständig im Raum stehen.

Unsicher, wie ich es anstellen soll, stehe ich da und beobachte, wie die dunklen Gestalten näherkommen.

»Liebe Erin«, ergreift Paul das Wort. »Hast du etwas für uns?« Hämisch grinsend baut er sich vor mir auf.

»Nein, für *Sie* habe ich nichts«, fauche ich, denn die Erkenntnis trifft mich wie ein Schlag. *»Er war es. Er war der Verräter unter den Wächtern. Dank ihm sind meine Eltern und so viele andere tot.«*

»Warum so feindselig, meine Liebe?« Das Lächeln und seine unschuldige Art verhöhnen mich.

»Verräter.«

»Spielt das eine Rolle?« Die Bezeichnung hat getroffen, das falsche Lächeln ist verschwunden und einer gezwungenen Grimasse gewichen.

Du bist in ihren Augen keine Gefahr, rufe ich mir Finleys Worte in Erinnerung und spüre, wie in mir etwas zu arbeiten anfängt. Es beginnt in meinen Händen, pulsiert in meinen Adern und breitet sich, getragen von den Venen, rasend schnell in meinem gesamten Körper aus. Ich kann gar nicht wirklich realisieren, was geschieht, da bricht die Druckwelle hervor und taucht alles in ein grelles Licht.

»Was passiert hier?«, kreischt Nelly neben mir. Finley stöhnt, während die Schatten sich jammernd und windend in Rauch auflösen.

»Was hat das zu bedeuten?«, höre ich Paul rufen, doch niemand antwortet. Mirelle und Sawer liegen am Boden und krümmen sich vor Schmerzen, so wie es Finley zuvor getan hat. Ich will mich zu ihm umwenden, da greift eine Hand nach mir und die Umgebung verschwimmt vor meinen Augen.

»Das war knapp«, keucht Finley und lehnt sich an einen Baumstamm. Er klingt erschöpft und ich kann kaum glauben, dass er es geschafft hat, uns aus der Falle zu bringen.

»Danke«, wispert Nelly, doch Finley winkt ab.

»Bedank dich lieber bei Erin.«

Meine beste Freundin wendet sich mir zu. »Was war das eben? Bist du mit Sailor Moon verwandt?«

»Besitze ich eine Katze mit dem Namen Luna?«

»Nein, du hasst Katzen«, stellt sie fest und muss lachen.

Ein verwirrter Blick erreicht uns aus Finleys Richtung. »Was ist so komisch?«

»Ich finde diese gesamte Situation ziemlich komisch«, gebe ich zu.

»Ich fand sie eher gefährlich.« Er beendet seine Verschnaufpause und steht auf. »Kommt, wir sollten nicht hierbleiben.«

Neugierig schaue ich mich um. Die Sonne geht langsam auf und taucht die kleine Lichtung in ein warmes Licht. »Wo sind wir überhaupt?«

»An einem meiner Geheimplätze. Hier sollten sie uns nicht finden können. Wir laufen ein kleines Stück tiefer in den Wald und suchen uns eine Deckung, dann können wir von mir aus eine Pause machen. Eine Zeit lang sollten wir sicher sein. Zumindest bis sie die Spur aufgenommen haben.«

»Können die anderen das auch? Das Beamen, meine ich?«, stellt Nel eine Frage, die mir selbst auf der Zunge gelegen hat.

»Wie ich dir bereits gesagt habe, nennt es sich *Wechseln*, und ja, die Dunkelschatten, also Sawer und Mirelle«, fügt er hinzu, »sind dazu in der Lage, doch sie benötigen einen speziellen Stein dafür. Die normalen Schatten wiederum nicht. Und was diesen Paul betrifft, da bin ich überfragt. Ich habe keine Erfahrung mit Wächtern.«

»Aber können die uns dann nicht einfach folgen und jeden Moment hier auftauchen?«

»Nein.« Energisch schüttelt er den Kopf. »Man kann bloß zu Orten wechseln, die einem bekannt sind. Nicht zu Personen. Meines Wissens nach waren sie nie hier.«

»Und wie konnten sie uns dann eine Falle stellen?«

»Ich habe nicht aufgepasst. Ich habe Schatten gespürt, als wir aus Kloths Höhle kamen, und bin zum ersten Ort gewechselt, der mir einfiel. Blöderweise waren sie eben dort.«

»Welch Zufall …« Nellys Ton klingt höhnisch.

»Nel«, warne ich.

»Findest du etwa nicht? Was ist, wenn es ein makabres Spiel ist? Wenn sie ihre Taktik bloß geändert haben?«

»Erin …«, setzt er an, doch ein Seitenblick von Nel reicht aus, um ihn zum Schweigen zu bringen.

Unschlüssig sehe ich zwischen Finley und Nel hin und her.

Er ist nicht dein Feind. Denk an die Prophezeiung, ruft mir mein Innerstes ins Gedächtnis.

»Wir können ihm trauen«, sage ich entschieden und ersticke damit die Zweifel im Keim.

24. KAPITEL

ALISTAIR

»Sie sind euch entkommen? Alle?«, donnere ich und zwinge sie in die Knie. Stöhnen und Flehen hallt von den Wänden meines dunklen Heimes wider. Die Schatten um mich herum lechzen danach, dass ich die Männer, die ich eisern in meinem Griff halte, freigebe. Dass ich den Schatten erlaube, sie auszusaugen, doch die Zeit ist noch nicht gekommen. Zerknirscht ziehe ich mich aus ihren Köpfen zurück.

»Steht auf!«, fordere ich, und als Sawer nicht sofort gehorcht, verpasse ich ihm einen Tritt. »Ihr Schwächlinge!«

»Dann mach es selbst«, murmelt jemand.

Ich wende mich um und fixiere Paul. »Was hast du eben von dir gegeben?«

»Nichts …«

»Für *Nichts* war es sehr deutlich.« Zufrieden nehme ich wahr, wie die anderen allein bei meinen Worten zusammenzucken. Paul jedoch ist weniger beeindruckt. Er ist der Einzige, der mein Geheimnis kennt. »Habe ich nicht so viel für dich getan?«, frage ich vorwurfsvoll.

»Ich habe mehr getan.«

»Ach, wirklich?« Zum Zeichen meiner Ungläubigkeit hebe ich die Augenbrauen und registriere dabei, wie sicher er sich in seiner Position fühlt.

»Ja.«

»Ich war der Meinung, dass du immer nur dir selbst der nächste warst. Wo warst du all die Jahre? In welchem Loch hast du dich verkrochen?«

»Mal hier, mal dort. Es gab nichts zu tun. Es hieß, die Springer wären ausgestorben. Als ich Gegenteiliges hörte, habe ich mich sofort gekümmert.«

»Nur ist dein Plan genauso gescheitert wie meiner«, bemerke ich trocken.

»Nur, weil deine Vollpfosten mich gestört haben. Das Mädchen hätte mir alle Geheimnisse verraten.«

»Ist das so? Das alles tust du für mich? Dann sollte ich mich wohl ordentlich bei dir bedanken.« Ein einziger Blick, ein einziger Gedanke, dann fällt seine Schutzmauer der Wächter und ich erlaube den Schatten ihr grausames Spiel.

Seine Schreie gehen den anderen durch Mark und Bein, doch ich genieße sie. Er hat mich unterschätzt und zahlt nun den Preis. Das ist der einzige Weg, mit Verrätern umzugehen. So setze ich ein Statement.

Dahin ist er, der Letzte, der mein wahres Geheimnis kannte.

Erin

»Wo gehen wir hin?«

Finley führt uns seit der kurzen Ruhepause, in der ich wenigstens etwas Schlaf gefunden habe, fast eine Stunde durch die blanke Botanik. Als ich die Frage stelle, drehe ich mich zu ihm, statt auf meinen Weg zu achten, und prompt laufe ich durch ein riesiges Spinnennetz, das sich in Gesicht und Haaren verfängt. »Ihhh«, entfährt es mir ungewollt, während ich mit spitzen Fingern den Versuch starte, mich zu befreien, doch Finley ignoriert das beflissen.

»Die Frage ist eher, wo wir hingehen *sollten*.« Er dreht mir sein Gesicht zu, läuft dennoch weiter. Das Lächeln auf seinen Lippen macht deutlich, dass ihm mein Kampf mit den Fäden nicht entgangen, jedoch schlichtweg egal ist. »Und vor allem brauchen wir einen guten Plan, wie wir vorgehen werden. Hat jemand eine Idee?«

»Auf jeden Fall nicht campen«, murrt Nel und zupft sich ein Blatt aus den Haaren.

»Bin ich voll dafür«, erwidere ich und entferne angewidert die letzten Reste des Netzes aus meinem Gesicht.

»Hatte ich auch nicht vor«, schnaubt Finley.

»Die Pause war okay und auch dringend nötig, doch was machen wir hier draußen? Können wir nicht einfach verschwinden?«

»Wohin denn, Frau Neunmalklug?«

»In die Zivilisation?« Nelly ist stehen geblieben und wir mit ihr.

»Zivilisation?«

»Ja!«

»Zivilisation bedeutet Menschen, viele Menschen bedeuten Gefühle und die wiederum bedeuten Nahrung für die Schatten. Also nur zu, lass uns nach Manolin oder in eine andere Großstadt zurückkehren!«

»Das wusste ich nicht«, rechtfertigt sich meine beste Freundin und schiebt trotzig die Unterlippe nach vorn. »Ich wollte bloß aus dieser blöden Pampa raus.«

»Oh, ist es dir nicht aufregend genug? Das tut mir leid!« Grimmig funkelt Finley sie an, Nel starrt ungerührt zurück.

»Ach, halt doch deine blöde Klappe.«

»Selber!«

»Schafft ihr es, euch mal fünf Minuten nicht anzugehen?«, seufze ich schließlich und kicke einen Kienapfel zur Seite.

»Gut, halte ich eben meine Klappe«, mault Nel.

»Sind wir mittlerweile im Kindergarten angekommen?«

»Finley!«, mahne ich und fische ein Haargummi aus meiner Hosentasche, um meine störende Mähne zusammenzubinden. »Wir haben wichtigere Dinge zu klären. Ich fühle mich langsam wie in einer Kinderkrippe!«

»Hm«, macht es und ich setze mich wieder in Bewegung, um Abstand zu ihnen zu gewinnen und einen klaren Kopf zu bekommen. »Also: Hat jemand eine Idee?«, erkundige ich mich und sehe, wie Nel etwas sagen will. »Eine brauchbare natürlich«, füge ich schnell hinten an. Sofort schließt sie ihren Mund wieder.

»Wir wissen, dass sie die Quelle wollen. Erinnerst du dich an das, was Kloth gesagt hat, als du die Quelle erwähnt hast? Lügen hat er es geschimpft«, sagt Finley nachdenklich.

Ich wende mich nach oben zur Sonne, die sich über die Baumwipfel kämpft, und rufe mir das Gespräch mit dem einstigen Gott in Erinnerung. »Er hat quasi vermittelt, dass er kein Wort über das

Kommende äußern darf, um den Lauf der Dinge nicht erneut zu verändern. Einen Leibeigenen hat er sich selbst genannt.«

»Das klingt, als hätte er es einmal getan und bitter bereut«, äußert Nel und ich werfe ihr einen überraschten Blick zu. In die Richtung hatte ich nicht gedacht …

»Meinst du wirklich, wir sollten den Worten eines in Selbstmitleid zerfließenden Ex-Gottes wirklich so viel Gewicht geben?«, gibt Finley zu bedenken.

»Was hast du eigentlich gegen Kloth?«

»Ich? Nichts!«

»Das glaube ich dir nicht. Dein ganzes Verhalten, das Misstrauen …« Ich lasse Finley keine Sekunde aus den Augen, erkenne, wie es in ihm zu arbeiten beginnt, bis er endlich den Mund öffnet.

»Mir wurde stets eingetrichtert, dass diese Wesen gefährlich sind und gemeinsam mit den Lichtspringern dafür sorgen wollten, dass die Schatten untergehen.«

»Eine glatte Lüge würde ich sagen«, meldet Nel sich zu Wort.

»Danke, das kann ich mir inzwischen auch denken. Ihr müsst zugeben, zum Schluss habe ich ihn um einiges besser behandelt.«

»Na ja …«, gebe ich zurück. »Lassen wir den Gedanken zählen.«

Wir verfallen in ein tiefes Schweigen, das uns durch den Wald trägt. Lichtungen wechseln sich mit eng stehenden Tannen und weiten Geröllfeldern ab.

»Wo sind wir eigentlich?«, durchbricht Nel schließlich als Erste die Stille.

»Hier komme ich her, wenn ich meine Ruhe will.«

»War das eine Anspielung?«, hakt meine beste Freundin nach.

Nel konnte Jungs noch nie leiden. Schön, dass sich an manchen Dingen nichts ändert. Seufzend laufe ich weiter und achte kurz nicht auf den Untergrund, da lande ich prompt mit dem rechten Fuß in einer kleinen Pfütze.

»Mist«, fluche ich, als Nässe in meinen Schuh dringt und die Socke sich vollsaugt.

»Alles gut?« Besorgt kommt Nel auf mich zu.

»Ja«, schnaufe ich und gebe ihr stumm die Schuld dafür. »Wenn ich mir bisher noch nichts weggeholt habe, bekomme ich spätestens jetzt eine …« Ich stoppe mitten im Satz und mustere das Wasser vor mir. Es ist keine Pfütze, in die ich getreten bin, sondern ein Bächlein. Ein kleines Rinnsal, das einem der Gesteinsblöcke entspringt. Eine Quelle.

»Finley, was ist, wenn Kloth tatsächlich recht hat und es gar keine Quelle gibt?«

Finley

Erstaunt drehe ich mich zu Erin um, die am Boden hockt und die Pfütze zu ihren Füßen anstarrt.

»Was hast du eben gesagt?«

»Was wäre, wenn es die ominöse Quelle gar nicht gibt?«

»Das würde alles verändern, ist aber absoluter Schwachsinn.«

»Das wäre es nicht.« Sie bedeutet mir, näher heranzutreten. Vorsorglich auf den Boden achtend, folge ich ihrer Geste und hocke mich neben sie. »Und?«

»Dieses Wasser hat einen Ursprung, eine Quelle. Sie befindet sich hier, unter dem Stein.«

»Bist du seit Neuestem wirklich unter die Pfadfinder gegangen?« Nel schaut uns neugierig über die Schulter.

»Nein«, stellt Erin klar. »Finley, wenn es eine Quelle geben sollte, die meine Magie erschafft, dann müsste ich sie haben. Oder ist das, was ich getan habe, keine Magie gewesen?« Der Blick ihrer braunen Augen durchdringt mich. Der feine goldene Schein darin bestätigt ihre Herkunft.

»Es heißt, die Springer besitzen ein wenig Magie, die von vornherein in ihnen wohnt.«

»Ein wenig?«

»Gut, vorhin war vielleicht die Magie ein kleines bisschen stärker, als sie hätte sein sollen«, gebe ich zu und beiße die Zähne zusammen. »Gehen wir mal davon aus, dass es die Quelle nicht gibt.«

»Dass sie bloß eine Lüge ist«, wirft Erin ein.

»Dann eben Lüge … Dann stellt sich die Frage, nach was sie wirklich suchen.«

»Etwas, das meine Mutter verborgen hat und wahrscheinlich bereits viele Jahre zuvor vor der Dunkelheit versteckt gehalten wurde. Solange, dass niemand sich daran erinnern kann, wie es aussieht? Und an dem dieser Kloth beteiligt war?«

»Klingt nach einer ziemlich prekären Lage«, vermeldet Nel.

»Klingt logisch«, gebe ich zu. »Die Frage lautet trotzdem, was Alistair suchen lässt und was genau er damit vorhat.«

»Du hast dich auf ihrer Seite aufgehalten, sag du es mir.«

Ich seufze. »Ich weiß gar nichts. Es ging immer darum, den letzten Springer zu finden und die Quelle zu sichern. Man sagte uns, dass sie die Magie der Lichtspringer beinhaltet und ihr uns damit vernichten könntet. Er hat euch als Gefahr dargestellt. Eine Gefahr, die meine Eltern auf dem Gewissen hat.«

Während ich die letzten Worte ausspreche, erhebe ich mich und Erin tut es mir gleich.

»Und jetzt?«, flüstert sie und schaut mich unverwandt an. Sonnenstrahlen scheinen ihr aufs Gesicht und verleihen ihrer Haut ein Strahlen.

»Die Lichtspringer waren nie meine Feinde«, bringe ich ohne zu zittern hervor. »Alistair ist der, der ein falsches Spiel treibt. Er hat mich manipuliert, auch wenn ich den Grund nicht kenne.« Betreten sehe ich zu Boden und die an mich gerichteten Worte Kloths erscheinen vor meinem inneren Auge. *Ihr seid nicht das, was sie Euch versuchen vorzumachen. Blickt hinter den einen Spiegel, um die Wahrheit zu finden.*

»Ich bin nutzlos, ich weiß nicht das Geringste. Ich kann nicht einmal mit Gewissheit sagen, *was* ich überhaupt bin. Der Schatten in mir ist verschwunden. Ich bin nicht in der Lage, mich zu verwandeln, aber viele meiner anderen Fähigkeiten blieben mir vorhanden, und sind sogar stärker als jemals zuvor.«

»Und deine Augen haben sich verändert«, ergänzt Erin.

Erin

Ich lasse Nel, die neben mir eine Kotzgeste vollführt, links liegen und trete näher an Finley, um seine Augen näher zu betrachten.

»Sie sind so anders«, hauche ich. Statt der steingrauen Kälte strahlen sie nun Sicherheit aus. Das Grau ist silbrig geworden und ein blauer Schimmer liegt darin. »Wie ist das möglich?«

Eine unnatürliche Stille, in der ich ihn direkt ansehe, unsere Gesichter nur Millimeter voneinander getrennt, breitet sich zwischen uns aus. Eigenartigerweise fühle ich mich ihm verbunden, als würden wir etwas Unausgesprochenes teilen, doch dann wendet Finley sich abrupt ab.

»Wir sollten weiter«, teilt er mir mit.

»Und wohin?«, mischt Nel sich ein und wir wenden uns zu ihr um.

»Am besten, wir bringen dich zu dem Zeitpunkt, an dem du normalerweise von der Schule heimkehren würdest, nach Hause«, schlägt er vor.

»Wie bitte?«

»Du hast mich ganz sicher verstanden.«

»Nein, ich will euch helfen.« Patzig verschränkt Nel die Arme vor ihrem Oberkörper. Breitbeinig steht sie da, ihre Augen funkeln gefährlich hinter der dicken Hornbrille. Gestik und Mimik wirken entschlossen, als wollte sie unter allen Umständen an Ort und Stelle verharren.

»Es ist zu gefährlich«, entscheidet Finley und scheint nicht im Mindesten beeindruckt.

»Und für euch ist es weniger gefährlich?«, hinterfragt sie, doch Finleys Miene bleibt hart.

»Ihr könntet mich brauchen. Ich kann alles Mögliche hacken und Informationen beschaffen«, beeilt sie sich anzufügen.

»Wie soll dir diese Fähigkeit bei den Schatten helfen? Du bist ein Mensch, du kannst ihnen rein gar nichts entgegensetzen.«

»Das stimmt nicht«, beharrt sie.

»Nel«, beginne ich.

»Nein, Erin, nicht du auch.«

»Nelly, du bist meine beste Freundin und du hast mir unglaublich geholfen, aber Finley hat recht. Es ist zu riskant.«

»Dann ist es entschieden, wir bringen dich nachher zurück.« Er macht Anstalten weiterzugehen. Für ihn ist das Gespräch beendet.

»Und was soll ich meinen Eltern sagen? Ich war einen Tag verschwunden. Spurlos, habt ihr das vergessen? Wie …« Nelly kommt nicht dazu, den Satz zu beenden, da steht Finley direkt vor ihr und verpasst ihr einen gezielten Schlag auf den Kopf.

Erschrocken schreie ich auf, als Nel neben mir zusammenbricht. »Was soll das?«, keuche ich und weiche nach hinten, ohne mein Gegenüber aus den Augen zu lassen.

Sollte ich mich so in ihm getäuscht haben?

Finley

»Es ist anders, als du denkst«, sind meine ersten Worte an sie, als ich das goldene Glitzern in ihren Augen wahrnehme.

»Dann hast du eben Nelly nicht ausgeknockt?«

»Doch.«

»Ich würde sagen, dann ist es genau so, wie ich denke«, erwidert sie mit einer gehörigen Portion Sarkasmus. »Geh weg von ihr!«

Es ist ein Befehl, keine Bitte, und ich befolge ihn prompt, denn ich spüre, wie sich ihre Magie um sich sammelt.

»Erin, beruhige dich.« Als Zeichen meines guten Willens halte ich die Hände nach oben, während ich einige Schritte rückwärts mache.

Währenddessen beugt sich Erin über ihre Freundin. »Warum hast du das getan?«

»Darf ich es dir in Ruhe erklären?«

»Na, auf diese Erklärung bin ich mal gespannt.«

»Dann bist du in der Lage, ihr in diesem Zustand die Erinnerung zu löschen?«

Ich nicke.

»Hast du das auch bei mir gemacht, als du mich ohnmächtig geschlagen hast?« Der Wirbel in ihren Augen hat nachgelassen. Lediglich ein leichter goldener Schein, der vom einfallenden Sonnenlicht unterstützt wird, ist sichtbar. Die Magie hat sich gelegt und mir wird endgültig klar, dass Erin mit ihrer These, dass es keine Quelle gibt, recht haben muss.

»Nein, das hätte ich nie gewagt«, gebe ich zu.

»Doch nicht aus Respekt vor mir?«, hakt sie nach.

»Nein.« Ich schüttele den Kopf. »Meine Aufgabe war es, dich zu Sawer und Mirelle zu bringen, nachdem wir auf andere Weise nicht aus dir herauskitzeln konnten, wo die Quelle ist. Um keinen Preis der Welt wäre ich das Risiko eingegangen, durch solch eine Aktion das Wissen zu gefährden. Warum auch?«

Ich folge ihrem Blick. »Und wie läuft das jetzt?«

»Ich werde ihr jegliches Wissen der letzten Tage nehmen und gegen irgendetwas Lapidares ersetzen. Hast du einen Vorschlag? Du warst doch wegen deiner Anfälle im Krankenhaus. Vielleicht bist du für sie ein paar Tage auf Kur?«

»Klingt logisch, und was ist mit ihren Eltern? Nelly hat recht, schließlich war sie die ganze Nacht weg.«

Finley bedenkt mich mit einem Ist-jetzt-nicht-dein-Ernst-Blick. »Ich werde natürlich deren Erinnerung ebenfalls verändern. Sie werden denken, dass sie bei dir übernachtet hat.«

»Das hört sich nach einem Plan an, aber ist es nicht zu gefährlich, dorthin zu gehen? Werden sie das nicht erwarten?«

»Das werden wir nicht wissen, wenn wir hierbleiben. Außerdem kann sie wirklich nicht bei uns bleiben. Sie behindert uns und wenn sie keine Erinnerung an die Geschehnisse in sich trägt, ist sie für Alistair und seine Dunkelschatten nutzlos. Am Ende kann er sich nicht mal dran erinnern, dass sie da war. Menschen sind für ihn zweitrangige Wesen. Ihr wird zu Hause nichts passieren, hier hingegen kann ich dafür nicht garantieren.«

»Ich kann auch nicht kämpfen«, murmelt Erin.

»Du wirst, wenn du musst, und im Unterschied zu ihr, hast du ihnen etwas entgegenzusetzen.«

Überrascht sieht sie mich an. »Zeigst du mir, wie?«

»Natürlich, ich bin vielleicht kein perfekter Lehrmeister, doch das ein oder andere kann ich dir bestimmt beibringen. Wir brauchen bloß schleunigst ein paar weitere Informationen, um herauszufinden, mit was genau wir es zu tun haben.«

»Vielleicht wäre sie uns doch nützlich gewesen?« Erin schaut wieder zu Nel.

»Denkst du ernsthaft, dass man solche Informationen im Internet findet?«

»Deine Nanny haben wir schließlich auch dort gefunden.«

»Warum gibt es uns?«, fragt ein kleines Mädchen
und sieht zu einer alten Frau hoch.
»Wir alle sind die Hüter, mein Kind. Die des Lichtes und die der Dunkelheit. Unsere Bestimmung ist ein ewig währendes Gleichgewicht, denn das eine kann ohne das andere nicht existieren.«

Vermächtnis der Springer (Juni 1875)

25. Kapitel

Erin

»Pst, sei leise«, schimpfe ich und schleiche vor ihm durch den Flur.

»Trag sie selbst, dann werden wir mal sehen, wie leise du herumläufst«, schnaubt es hinter mir.

»Hättest du dich und sie nicht einfach unsichtbar machen können?«

Inzwischen sind wir an Nellys Zimmertür angekommen. Lautlos öffne ich sie und lasse Finley den Vortritt.

»Geschafft«, stöhnt er und lässt die bewusstlose Nelly auf das Bett sinken.

»Also?«

»Unsichtbar machen kann ich mich zwar, aber sie nicht. Und jetzt erzähl mir mal bitte, was du ihren Eltern weisgemacht hättest, wenn sie unseren Weg gekreuzt hätten. Außerdem heißt unsichtbar nicht gleich lautlos.«

»Gut …« Ich winke ab. »Du hast recht, und jetzt?«

»Ich spüre die Anwesenheit der Eltern, das genügt, um sie zu manipulieren.«

»Warum musstest du Nel dann K.O. schlagen?«

»Weil sie erstens nie freiwillig mitgekommen wäre, zweitens sollte sie endlich die Klappe halten und drittens muss ich bei ihren Eltern nicht ganze Erinnerungspassagen löschen.«

»Dann leg endlich los«, befehle ich und setze mich auf das kleine Sofa gegenüber der Tür. Finley wirkt konzentriert, genau wie bei Nel zuvor. Es dauert keine fünf Minuten, da erhebt er sich wieder.

»Fertig?«, frage ich und als er nickt, stehe auch ich auf. »Können das eigentlich alle Dunkelschatten?«

»Nein, meines Wissens sind lediglich zwei dazu in der Lage. Alistair und ich.«

Es kommt mir komisch vor und ich will nachhaken, als ein Klirren von der Fensterseite des Raumes mich herumwirbeln lässt.

»Was bei der Chronik macht ihr hier?«

»Will«, schnaubt Finley und stellt sich schützend vor mich.

»Wer ist Will?«, frage ich während Finley mich hinter sich drückt.

»Ihr wagt ein riskantes Spiel«, sagt der Fremde.

»Behauptet wer?«

»Bist du wirklich so naiv, Finley? Wenn du euch beide so einer Gefahr aussetzt, hierherzukommen, dann kannst du sie auch gleich mit Geschenkband umwickelt bei Alistair abliefern.«

»Du weißt gar nichts.«

»Nein, *du* hast keine Ahnung, und die wirst du niemals haben, wenn du mir nicht endlich zuhörst!«

»Nels Eltern«, zische ich Finley warnend ins Ohr.

»Gut, Will, dann lass uns dieses Gespräch führen, aber nicht hier.«

Ich höre ein Rascheln und dann Schritte, die sich auf uns zu bewegen.

»Ganz meine Meinung«, sagt der Fremde. Seine Worte klingen erstaunlich freundlich. Vorsichtig linse ich über Finleys Schulter. Das Gesicht des Fremden ist markant. Eine große Narbe zeichnet sich unter seinem linken Auge ab, doch nicht sie fordert meine Aufmerksamkeit, sondern der blaue Schimmer seiner Iris.

Derselbe Schimmer wie bei ihm. Ich mustere Finley von der Seite und plötzlich fallen mir diverse Ähnlichkeiten auf. Die Haltung, die Statur, die Kopfform.

»Ihr seid verwandt«, flüstere ich, doch bevor Finley etwas erwidert, packt er meine Hand und Sekunden später befinden wir uns in einem Strudel, der unsere Umgebung verschwimmen lässt.

Wir *wechseln.*

Finley

Wachsam orientiere ich mich in der Dunkelheit und ignoriere den Schmerz. Erins Nägel bohren sich tief in meinen Arm.

»Alles gut«, flüstere ich ihr zu und kann selbst kaum glauben, dass mir diese Worte gegenüber einem Lichtspringer über die Lippen kommen.

»Wo sind wir?« Ihre Stimme zittert.

»In einem gut gehüteten Versteck«, erwidert Will an meiner statt. Er steht etwas abseits und wirft uns verwunderte Blicke zu, während Erin sich fester an mich klammert.

»Keine Angst«, wispere ich und kann ihre Besorgnis verstehen. Im Gegensatz zu mir, ist sie nicht dazu in der Lage, etwas in dieser absoluten Finsternis auszumachen.

»Warum sind wir hier, Will? Du wolltest reden und tust es doch nicht«, richte ich das Wort an den Mann im Dunkeln.

»Bist du denn bereit, mir zuzuhören?«

Lässig zucke ich mit den Achseln. »Wenn es sein muss.«

»Der klägliche Versuch eines Jas?«

Alistair

»Ich will sie, ich brauche sie, alle beide!«, donnere ich und das Echo hallt grollend in den Untiefen der Erde, meines ewigen Gefängnisses, wider. Unheilvoll zucken die Schatten. Sie sind unruhig und ächzen danach, wieder nach oben zu dürfen. Doch Finley hat das Tor, das ich mühsam immer weiter ausgebaut habe, mit seiner Magie verschlossen. Er ist stark, und das, obwohl ich ihm die Macht der Schatten genommen habe.

Alles ist anders verlaufen, als ich es geplant habe, dabei war mein Plan nahezu perfekt.

»Dem Falschen habe ich vertraut«, schimpfe ich und würdige die kläglichen Reste des letzten Wächters keines einzigen Blickes.

Zu gerne würde ich diese lebendige Gruft, die ich die letzten hundert Jahre mein Heim habe nennen müssen, verlassen. Liebend gern würde ich mir selbst helfen, doch stattdessen bin ich dazu verdammt, andere für mich handeln zu lassen.

»Mirelle!«, befehle ich in die Dunkelheit.

»Ja, Alistair?« Meine rechte Hand ist erfreulicherweise sofort bei mir. »Ich muss deine Aufgabe ein klein wenig abändern. Richte Sawer aus, dass er einen Umweg machen soll.«

Erin

Angespannt lausche ich ihrem Gespräch. Ich fühle Finley und klammere mich an ihm fest. Seine Wärme tröstet mich, eine willkommene Abwechslung zwischen der ganzen Kälte.

In dieser absoluten Finsternis vermag ich nicht den kleinsten Lichtschimmer auszumachen, geschweige denn die Umrisse der beiden Männer.

Fröstelnd stehe ich da, mein Körper zum Zerreißen gespannt und von Ungewissheit geplagt.

»Erin, kannst du bitte etwas lockerer lassen?«, flüstert er in mein Ohr.

»Oh«, murmle ich und bemerke erst jetzt, wie sehr ich meine Finger in seinen Oberarm gerammt habe. Peinlich gerührt lasse ich locker, jedoch nicht gänzlich los, denn ich traue diesem Will nicht und habe in der Dunkelheit keinen anderen Bezugspunkt.

»Jetzt sprich endlich, Will!«, fordert Finley und ein tiefer Seufzer folgt als Antwort.

»Könnten wir vielleicht erst mal etwas Licht machen?«, frage ich vorsichtig.

»Ah, unsere kleine Erin, ich vergaß. Entschuldige bitte, einen Augenblick.« Ein Schnipsen erklingt und sofort erhellen Fackeln den Raum. Neugierig schaue ich mich um. Wir befinden uns in einer Höhle. Sie ist nicht sehr groß und zu meinem Leidwesen scheint sie über keinen Ein- oder Ausgang zu verfügen.

»Zur Sicherheit«, versichert der Fremde mir, der meine Bedenken anscheinend erraten hat.

»Wieso?« Stirnrunzelnd sehe zu ihm. Seine Kleidung wirkt verschlissen, die Haltung ruhelos, so als wäre er permanent auf der Flucht.

»Weil Will Angst hat und niemandem vertraut. Er hat ein gewagtes Spiel begonnen und zahlt seit Jahren den Preis dafür.«

»Seid ihr nicht auch seit neuestem Teilnehmer dieses elitären Spiels?« Das Lächeln, das Will zur Schau trägt, ist entwaffnend.

Finley beißt die Zähne zusammen.

»Vielleicht solltest du einfach mit dem Erzählen beginnen?«, schlägt er vor.

»Gut, lasst uns beginnen, doch zunächst muss ich wohl meiner Pflicht als Gastgeber nachkommen. Setzt euch doch.« Er deutet auf eine Ecke des kleinen Höhlenraums. Erst jetzt nehme ich den großen Stein wahr, um den vier unterschiedliche Hocker platziert sind. Um meinen guten Willen zu zeigen, löse ich mich von Finley und bewege mich darauf zu. Murrend folgt er mir.

»Können wir dann starten? Wir haben nicht ewig Zeit.«

»Darauf musst *du* mich nicht hinweisen. Wenn ich dich daran erinnern darf: Wenn es nach mir gegangen wäre, hätten wir dieses Gespräch bereits vor Jahren geführt.«

»Ja, ja.« Genervt winkt Finley ab und verschränkt die Arme vor der Brust.

»Puh, ist er bei dir auch immer gleich so eingeschnappt?«, wendet der Mann namens Will sich lächelnd an mich. Er macht einen ehrlichen Eindruck, und auch wenn Finley den Beleidigten spielt, fühle ich, dass er sich keineswegs bedroht fühlt. Im Gegenteil: Er strahlt eine regelrechte Gelassenheit aus, was mir die nötige Sicherheit gibt.

»Nun ja«, gebe ich zu, »in gewissen Situation erweist er sich als ziemlicher Dickschädel und ist tatsächlich schnell beleidigt.«

»Hey! Was soll das werden?«

»Die reine Wahrheit«, beteuert Will. »Und entschuldige bitte, ich habe mich gar nicht vorgestellt. Mein Name ist William Drew und ich bin, auch wenn Finley gerne etwas anderes behauptet, sein Onkel.«

»Sein Onkel?« Ich schlucke und bin so perplex, dass ich im ersten Moment gar nicht schnalle, wie er mir die Hand hinhält. »Oh«, mache ich und gebe ihm die meine. »Ich bin Erin, Erin Summer.«

»Nein, meine Liebe, du bist keine Summer.« Er zwinkert mir auffordernd zu. »Holly hat damals ihren Namen geändert, weil sie denselben Nachnamen wie deine Mutter trug. Du bist Erin Bernett. Die Letzte aus der Reihe der Lichtspringer.«

Seine Worte jagen mir eiskalte Schauer über den Rücken und lassen gleichzeitig meinen leeren Magen wild rebellieren.

Bernett, ich bin eine Bernett.

»Wunderbar, dann haben wir die Begrüßungsrunde ja nun gewissenhaft abgeschlossen, können wir endlich fortfahren?«, ergreift Finley das Wort.

»Sicher. Wie du dank Adelin selbst mitbekommen hast, sind die Lügen, die ich dir in den letzten Jahren angeblich erzählt habe, doch keine *Gespinste meiner ausschweifenden Fantasie*. Ich persönlich fand meine Methode, es dir beizubringen, zwar um einiges besser, doch so glaubst du mir wenigstens endlich.« Will schweigt einen Moment. »Deine Eltern wurden von jenen Monstern verraten und getötet, denen du in den letzten Jahren blind vertraut hast. Du hast getan, was sie wollten. Ihre Regeln befolgt und verinnerlicht. Du hast angefangen zu denken wie einer von ihnen und dachtest am Ende sogar, dass du ein Dunkelschatten bist, aber du warst nie einer. Einen Schatten hat Alistair in dich gepflanzt, als du ein Kind warst. Er sollte dich leiten, deine wirkliche Magie verbergen und ganz nebenbei das Tor für die anderen Schatten öffnen, denn dazu ist deine Magie im Gegensatz zu seiner in der Lage.«

Finley verengt die Augen zu gefährlichen Schlitzen. Offenbar sind die Erkenntnisse nicht neu für ihn. Sie jedoch von einer unabhängigen Stelle bestätigt zu bekommen, scheint wie ein neuer Stich ins Herz für ihn zu sein. Ich erkenne den Schmerz in seinem Blick, als er sich von uns beiden abwendet.

»Die Wahrheit und ich hatten nie eine Chance gegen Alistair und seine Märchen. Er war der Vater, den du nie wirklich kennengelernt hast, und ich die wirre Witzfigur von Onkel, die aus dem Weg geschafft werden muss, weil er die Lügen nicht glaubt. Und weil ich Alistair von tiefstem Herzen hasse.«

»Was will Alistair? Warum betreibt er den Aufwand, Finleys Eltern zu töten und ihn unter seinem Einfluss zu wissen?«, hauche ich.

»Das kann ich euch leider nicht sagen. Die Frage stelle ich mir seit Jahren, denn im Gegensatz zu Finley hatte ich bisher keinen persönlichen Kontakt zu diesem Mann.«

»Nenn ihn nicht *Mann*«, knurrt Finley. »Er ist bloß ein schwacher Abklatsch seiner selbst. Unter der Erde im Dunkeln, in seinem Reich, da kann er herrschen, aber seit Jahren hat er kein Tageslicht mehr gesehen. Hier oben ist er ein Nichts. Wenn er etwas von mir wollte, haben mich seine Schergen geholt oder er hat eine Seelenverbindung hergestellt. Mental ist er stark und hat Einfluss, doch seit der Schatten weg ist, hat er seinen Zugang zu mir verloren. Er ist aus meinem Kopf verschwunden.«

Seine Worte lassen mich erzittern, denn unvermittelt weiß ich, warum er so empfindlich war, als ich in seinen Geist eingedrungen bin.

»Es tut mir leid«, flüstere ich.

»Du kannst nichts dafür. Du wusstest es nicht.«

Finley

Das erste Mal in meinem Leben, nach dem Tod meiner Eltern, höre ich die Wahrheit. Sie ist erschreckend, deckt sie doch jene Lügen auf, an die ich mein Leben lang glaubte, und die mich zu dem gemacht haben, was ich heute bin. Ein gefühlloses Monster.

»Alles okay bei dir?« Besorgnis liegt in Erins Augen.

»Ja, ich weiß bloß nicht, wie ich mich all die Jahre habe täuschen lassen können«, gebe ich zu.

»Bei dem Aufwand, den Alistair betrieben hat, hätte das jeder«, stellt mein Onkel klar und nähert sich uns. »Da wir endlich offen reden können und du mir zuhörst, das Wichtigste zu Beginn: Wie du offensichtlich bemerkt hast, bist du kein Dunkelschatten, aber auch kein normaler Sterblicher. Du gehörst selbst zu dem Lager, das du dein ganzes Leben lang gehasst hast. Du bist ein Springer. Seit du achtzehn geworden bist, fließt die ganze Dunkelmagie der Springer in dir.«

Seine Worte bohren sich in mein Gehirn, das Blut in meinen Adern gleicht einem Gefrierbrand und jegliches Leben scheint mir aus dem Körper zu weichen.

»Finley?« Erin klingt erschrocken und erst jetzt bemerke ich, dass meine Knie versagt haben und ich mit allen vieren am Boden kauere.

»Das kann nicht wahr sein«, flüstere ich und kralle meine Hände in den festgetretenen Lehm.

»Finley?« Erneut dringt mein Name an mein Ohr. Diesmal eindringlicher und beschwörender, doch ich will mich nicht beruhigen lassen.

»Nein«, fauche ich und ruckartig ändert sich alles.

Ich wurde belogen und betrogen, mein ganzes Leben lang. »Warum hast du es mir nicht eher gesagt? Warum mussten erst über zwanzig Jahre verstreichen?«, blaffe ich meinen Onkel an.

»Ich wollte es dir sagen, du warst nur so überzeugt von deinem Gönner, dass du dich gegen die Wahrheit gesperrt hast.«

»Weißt du eigentlich, was ich alles getan habe?« Wütend blicke ich von meinen Händen auf, die so viele Menschen und Kreaturen das Leben gekostet haben. Alles auf Befehl Alistairs, alles zum Wohle der Dunkelschatten, meiner angeblichen Familie. Der Hass in mir erfüllt den ganzen Raum. Die sonst so kecke Erin weicht bis zur Wand zurück. *Sie hat Angst vor mir und das sollte sie auch.* »Ich habe beinahe Erin getötet!«

»Und ich habe versucht, es dir auszureden, wenn ich dich daran erinnern darf. Aber hat es etwas bewirkt? Es mussten erst andere kommen, damit du bereit bist, mir zuzuhören. Zu gerne hätte ich gehabt, dass es anders verläuft, doch das ist es nicht.«

Das Blut in meinen Venen beginnt zu kochen. Ich richte mich auf und kurz darauf löst sich eine Druckwelle, die die Höhle erzittern lässt. Erins gedämpfter Schrei dringt zu mir, doch aufgewirbelter Staub und gelöste Geröllbrocken versperren mir die Sicht.

26. Kapitel

Erin

Hustend lasse ich mich in den Sand fallen. Rauschen dröhnt in meinen Ohren und es dauert etwas, bis ich bemerke, dass es vom Meer herrührt.

»Wo sind wir?« Ich reibe mir den Dreck aus den Augen und schaue mich erstaunt um.

»An einem abgelegenen Strand in der Nähe von Redcliff.«

Ich drehe mich zu Will um, der mir den Rücken zugedreht hat und auf den blauen Ozean hinausblickt. Unruhig schlägt das Wasser seine Wellen und schäumt, Möwen drehen kreischend ihre Runden und salziger Geruch weht mir in die Nase. »Wir sind gewechselt?«

»Gewechselt? Nein, wir sind gesprungen.«

»Gesprungen?«

»Mein Gott, wisst ihr denn gar nichts? Dunkelschatten *wechseln* den Ort mithilfe von magischen Gegenständen. Springer *springen.* Wir brauchen dafür keine Hilfe.«

»Dann bist du auch ein Springer?« Ich mustere seine Züge genau.

»Ja, doch bloß der erstgeborene Sohn, Finleys Vater – mein Bruder –, verfügt über die volle Macht. Der zweite bekommt lediglich einen Bruchteil, manchmal auch gar nichts.« Die Traurigkeit und Sehnsucht in seiner Stimme entgehen mir nicht, weshalb ich elegant das Thema wechsele, um keine alten Wunden aufzureißen. »Was machen wir hier?«

»Warten, bis Finley seinen Wutausbruch beendet hat.«

»Und wie wollen wir herausfinden, wann es soweit ist? Schaust du in einen Handspiegel und siehst, was er gerade treibt?«

Lächelnd dreht Will sich zu mir um. »So sarkastisch wie deine Mutter. Kein Wunder, dass du Finley zur Weißglut getrieben hast.«

»Du kanntest meine Mutter?«, flüstere ich.

»Ja, wir kannten einander alle, ziemlich gut sogar.«

Ich will ansetzen und nachhaken, als ein schwerer Körper sich neben mir in den Sand gräbt.

»Hier steckt ihr also.«

»Finley, ich wusste, dass du uns finden wirst, wenn du dich beruhigt hast.«

»Ihr seid unverletzt«, stellt er fest.

»Wundert es dich?« Lässig steht Will da, die langen Haare wehen im Wind, seine weite Kleidung ebenso. Mit der Narbe im Gesicht wirkt er verwegen, fast wie ein Pirat. »Dachtest du ernsthaft, ich würde Erin einer Gefahr aussetzen? Mir war klar, wohin das Gespräch am Ende führen wird, daher sind wir rechtzeitig gegangen.«

Während ich mich hinstelle und mir die feinen Sandkörner von der Hose klopfe, lasse ich den Mann, der Finley und mir gegenübersteht, nicht aus den Augen.

Sein Gesicht kommt mir so bekannt vor …

Dann macht es plötzlich klick und ich krame fieberhaft in der Hosentasche.

»Was hast du?«, fragt Finley alarmiert.

»Nichts, mir ist nur eben etwas eingefallen.« Endlich habe ich gefunden, was ich gesucht habe. Das Foto. Vorsichtig falte ich es auseinander.

»Wusste ich es doch!«

FINLEY

Erins Verhalten erinnert mich stark an das einer Geisteskranken. »Was wusstest du?«

Statt zu antworten, reicht sie mir ein ausgeblichenes Foto. »Was soll ich damit?«

»Schau es dir an!«, fordert sie mich auf.

Seufzend folge ich ihrem Befehl.

Das Foto zeigt mehrere Menschen und wurde in einem Garten aufgenommen. Drei Frauen und zwei Männer, dazu drei Kinder. Im ersten Moment verstehe ich nicht, was sie mir damit sagen will, dann erkenne ich das Gesicht des Mannes.

»Das war ein wunderschöner Frühlingstag«, sinniert Will, der mir über die Schulter lugt. Überrascht zucke ich zusammen.

»Also bist du das wirklich?«, ertönt Erins Stimme.

»Nein.« Will schüttelt den Kopf. »Ich habe das Foto lediglich an diesem Tag aufgenommen. Der Mann ist mein Bruder, Wills Vater, und das dort …«, er zeigt auf die drei Kinder, »… seid ihr beiden Turteltäubchen und deine Cousine Alexandra.«

»Dann kannten unsere Eltern sich und wir uns auch?«

»Ja. Sie haben versucht zu kitten, was über hundert Jahre lang zerrissen war.«

»Sprungmagie, unendlich wie die Zeit. Unwahrheit einst hat sie entzweit«, wiederhole ich den Vers der Prophezeiung, den wir in Kloths Höhle gehört haben.

»Genau, eure Eltern wollten die Kluft zwischen Licht- und Dunkelspringern schließen. Sie wollten Licht- und Dunkelmagie wieder vereinen.«

»Gelungen ist es ihnen jedoch nicht«, murmle ich.

Wills Mund öffnet sich. Er setzt an, um etwas zu sagen, doch dann verzerrt sich sein Gesicht zu einer hässlichen, schmerzerfüllten Fratze.

»Will?« Erin klingt besorgt.

»Du hättest dich einfach raushalten sollen. Ist es denn so schwer, in der Versenkung zu bleiben? Jahrelang bist du uns problemlos aus dem Weg gegangen, du hättest so weitermachen können. Warum musstest du dich wieder einmischen und deinen Senf dazugeben?«

Ich fahre herum, ziehe Erin sofort hinter mich.

»Sawer«, knurre ich. »Hat er dich wieder rausgelassen?«

»Ich war nie weg«, beteuert er mit einem Lächeln und vollführt eine Handbewegung, die Will einen Schmerzensschrei entlockt.

»Aufhören!«, keucht Erin und ich versteife mich, denn ich spüre nicht bloß die Gegenwart eines Dunkelschattens.

»Oh, ist die kleine Lichtspringerin in spe zu zart besaitet?«

»Nein, keineswegs. Ich wollte damit nur sagen, dass wenn du es nicht tust, du mich zwingst, dir wehzutun«, kontert Erin, bevor ich antworten kann.

Sawer quittiert ihre Worte mit einem Lachen. »Ehrlich? Das würde ich zu gerne erleben.«

Alles geschieht so schnell, dass ich keine Zeit habe zum Reagieren. Will bäumt sich ein letztes Mal auf, dann fällt er zu Boden und bleibt regungslos liegen. Erin schreit und will sich von mir losreißen, um zu ihm zu eilen. Ein sinnloses Unterfangen, denn ich spüre ihn nicht mehr.

»Erin, er ist tot.« Ich kann den Schock nicht verbergen. »Wir können nichts für ihn tun.« Ich höre ihr herzzerreißendes Schluchzen, spüre, wie sie gegen mich kämpft, und halte sie erbarmungslos fest.

»Genau, meine Liebe. Du bist zu spät. Wir machen schnellen Prozess mit Verrätern. Also, wie war das, du wolltest mir wehtun?« Mit einer auffordernden Geste kommt er näher.

»Sawer«, warne ich ihn, aber das Wort *Verräter* liegt mir schwer im Magen.

»So haben sie auch deine Eltern bezeichnet«, raunt Erin in meinem Kopf. Da ist das Band aus Licht, die Verbindung der Springer, und auf einmal verstehe ich es. Auch wenn wir Licht und Dunkelheit verkörpern, entstammen wir einer Linie. Wir haben eine gemeinsame Vergangenheit und jetzt müssen wir für unsere Zukunft kämpfen. *»Ein einzelner Stern am Firmament verändert alles vehement. Den Fluch zu brechen ihm gelingt, der Dunkelmacht das Unglück bringt«,* schicke ich die Worte über die Brücke.

Erins Nicken zeigt mir, dass sie verstanden hat.

»Finley, Finley. Was ist bloß aus dir geworden? Wir wollten gemeinsam kämpfen für eine bessere Welt. Damit unsere Familie nicht länger im Dunkeln dahinvegetieren muss, und was ist jetzt? Du stellst dich auf die Seite unserer Feinde. Erinnerst du dich nicht daran, was sie anstellen wird, wenn sie achtzehn wird? Sie wird ihre Macht erlangen und uns auslöschen.« Beschwörend redet er auf mich ein, doch die Lügen prallen an mir ab wie ein Vogel an einer Glasscheibe.

»Das stimmt nicht.«

»Ich weiß.«

»Nun, Finley, bist du dir sicher, dass du auf der richtigen Seite stehst? Wir wollten schließlich stets dein Bestes und das tun wir weiterhin.«

Stirnrunzelnd mustere ich ihn. »Interessant. Wenn ich mich recht entsinne, wart ihr alle in gewisser Art und Weise am Tod meiner Eltern beteiligt.«

»Wir taten, was getan werden musste. Sie sind demselbem Irrglauben gefolgt wie Will, und wie du es dich anschickst zu tun. Begeh nicht denselben Fehler. Liefere uns einfach Erin aus, zeige deinen guten Willen und alles ist vergessen.«

Gierig streckt er die Hand in ihre Richtung.

»Vergiss es. Eher gefriert die Hölle, als dass ich sie kampflos rausrücke.«

Die Worte sind kaum über meine Lippen gedrungen, da zwingt mich ein Ruck, Erin loszulassen. Ohne es verhindern zu können, falle ich auf die Knie und eine unsichtbare Pranke legt sich um meinen Hals.

»Wirklich? Das will ich sehen.« Damit wendet Sawer sich an Erin. »Wo wir gerade beim Thema sind, wolltest du mir nicht auch etwas zeigen?«

Sie macht einen Schritt nach hinten und ein hämisches Grinsen verzerrt Sawers Züge. Er lässt uns einen Blick auf die Dunkelschatten hinter ihm werfen, ehe er sich uns gänzlich zuwendet. Seine Klauen treten hervor und andächtig fährt er mir damit über die Brust, während ich wie gelähmt am Boden hocke und nach Atem ringe. Sein Dunkelschatten hat mich vollkommen in der Gewalt und drückt mich nieder. Hilflos muss ich mit ansehen, wie Sawers Schatten ihren Kreis um uns schließen.

»Wie lange habe ich mich danach gesehnt, dir endlich Benehmen beibringen zu dürfen. Viel zu lange hat *er* dir alles durchgehen lassen. Mir ist es ein Rätsel, was ihm an dir liegt. Warum er dich nicht mit den anderen Springern ausgemerzt hat. Bei dir, Herzchen …«, er richtet seine Aufmerksamkeit auf Erin, »… wird er nicht zögern. Du bist bloß ein Mittel zum Zweck.«

Die Schatten kommen uns bedrohlich nahe, schließen den Kreis enger.

»Bin ich das?« Erins Haltung hat sich verändert. Vollkommen gefasst steht sie da.

»Was denn sonst? Ein ernstzunehmender Gegner? Ohne Finley hast du keine Chance, und ich würde mal sagen, der ist leicht *out of order.*«

Erin

»Gib uns, nach was wir verlangen.«

Völlig von sich selbst überzeugt steht dieser Sawer vor mir. Hinter ihm geht langsam die Sonne unter und mit Erschrecken stelle ich fest, dass mit jedem Zentimeter, den die Sonne sinkt, die Schatten an Stärke gewinnen. Waren sie vorher durchscheinende Wesen, verwandeln sie sich jetzt in dunkle Kreaturen, an denen nahezu alles gefährlich erscheint, denn im Gegensatz zu Sawer verbergen sie ihr wahres Äußeres nicht hinter einer menschlichen Hülle.

Wütend starre ich den Mann, der mit einer einzigen Handbewegung Will getötet und Finley in seine Gewalt gebracht hat, an.

»Er muss uns lebend beschaffen, sonst wären wir längst tot«, schicke über die Lichtbrücke.

»Ja, Alistair will etwas von uns.«

»Aber wenn es sich dabei nicht um die Quelle handelt, was will er dann?«

»Können wir das bitte in einer anderen Situation besprechen? Ich ringe leicht nach Atem.« Die Ironie seiner Gedanken entgeht mir nicht.

»Und wenn ich es nicht habe? Wenn ich noch immer nicht weiß, was ihr von mir wollt?«

Er macht einen gefährlichen Schritt nach vorn zu Finley. »Dann muss ich leider deinen Freund umbringen.« Um das Gesagte zu unterstreichen, schnippt er mit seinen Fingern und im nächsten Moment windet sich Finley vor Schmerzen.

»Finley!«, rufe ich, was mit einem höhnischen Gelächter quittiert wird. »Hör auf. Hör sofort auf!«, schreie ich Sawer an.

»Ich soll aufhören?«

»Fall nicht darauf herein. Erin, hörst du mich? Egal, was er sagt und was er tut, er wird mich nicht umbringen. Er darf dich, und was immer sie suchen, nicht bekommen!«

Finleys Worte klingen erstaunlich fest, doch mir fällt es schwer, ihnen zu glauben, denn sein Körper windet sich weiterhin und Schmerzenslaute dringen an mein Ohr.

»Nun, meine liebste Erin? Es liegt an dir. Hilf mir freiwillig und ich lasse ihn in Frieden.«

»Wag es ja nicht!«, faucht Finley mich in Gedanken an.

»Natürlich helfe ich dir. Aber lass ihn los, bitte.« Ich setze das freundlichste Lächeln auf, zu dem ich im Stande bin, und suche Sawers Blick.

»Braves Kind«, kommentiert Sawer und zufrieden stelle ich fest, dass die Schatten endlich stehen bleiben. »Hast du etwas für mich?« Seine Augen glitzern gierig und stieren mir auf die Hände.

»Ich habe etwas gefunden«, bringe ich brav hervor und tue so, als würde ich in meiner Jackentasche kramen.

»Erin, nein.«

»Halt du dich da raus, Finley. Sei lieber froh, dass du wieder frei atmen kannst!«

»Erin! Was machst du?«

»Bleib locker!«

Schließlich habe ich den Zettel gefunden, den ich gesucht habe. »Hier habe ich eine Beschreibung vom Aufbewahrungsort der Quelle. Wir haben sie durch Zufall gefunden und wollten dorthin, bevor ihr uns überrascht habt«, gestehe ich und versuche dabei so unschuldig wie möglich auszusehen. »Ihr seid uns zuvorgekommen.«

Sawer

Die Sonne ist so gut wie verschwunden und ich dem Ziel so nah wie nie zuvor. Begierig strecke ich meine Hand aus. Ich habe Erin in meiner Gewalt. Anders als gewollt, doch ab diesem Punkt spielt das Wie keine Rolle, sondern lediglich, dass ich sie gebrochen habe und sie mir aushändigt, was ich will.

»Sehr vernünftig von dir. Ihr hättet es sowieso nicht bis dorthin geschafft. Der Weg ist gefährlich und stell dir vor, du hättest dich verletzt und wärest langsam dahingesiecht.« Ich greife den Zettel, den sie mir entgegenstreckt. Zufrieden nehme ich ihr Zittern wahr. »Hast du Angst vor dem Tod? Es wird ganz schnell gehen«, versichere ich ihr.

»Ich habe keine Angst.« Ihr Ton ist unnatürlich gefestigt.

Ich halte beim Auseinanderfalten des Papiers inne und sehe sie erstaunt an.

»Sie sind derjenige, der sich die entsprechenden Gedanken machen sollte. Ich habe gehört, dass man Ihresgleichen in der Hölle nicht sonderlich gut aufnimmt.«

»Wie bitte?« Ich bin der Meinung, mich verhört zu haben, als ich bemerke, wie etwas in meinen Geist eindringt. Eine ungeheure Macht reißt jegliche Schutzmauern, die ich um mich errichtet habe, nieder und schlägt kurz darauf seine Krallen tief in den Dunkelschatten. Ich stöhne und falle auf die Knie. Die Erscheinungsform, in die ich mich jahrelang gehüllt habe, fällt. Die Schattengestalten um mich herum weichen zurück.

Plötzlich wird es mir klar. *Sie* muss der Eindringling sein. »Wie?«, bringe ich schwach über die Lippen, während ich innerlich verbrenne. Trotz der einkehrenden Dunkelheit strahlt das Gold in ihren Augen, dann sehe ich die fein schimmernden Schnüre.

Lichtmagie.

Erin

Ungerührt starre ich auf das Etwas vor mir. Seine menschliche Fassade ist gefallen. Zurück bleibt eine Kreatur, die den Schatten ähnelt, und langsam begreife ich, was Dunkelschatten von jenen unterscheidet. Dunkelschatten sind mehr. Eine Weiterentwicklung, wenn man es so nennen will. Sie können selbst denken, sich verwandeln, gemeinsam agieren, zumindest konnte es das Wesen zu meinen Füßen einst … »Ich habe dich gewarnt, doch du hast förmlich darum gebettelt.«

Das Band aus Licht, das ihn fesselt, scheint hell. Ich zerre daran und zurre die Falle enger. Er winselt und versucht erfolglos, sich zu befreien.

»Was hast du gesagt? Ich höre dich nicht.« Geringschätzig mache ich einen Schritt nach vorn, mustere ihn von oben herab. »Wie war das? Ich bin keine Bedrohung für dich?« Gönnerhaft lockere ich meinen Griff ein klein wenig, damit er antworten kann.

»Das dürfte nicht sein«, flüstert er.

»Was darf nicht sein?«

»Du bist keine achtzehn. Wir hatten noch Zeit.«

»Was soll das heißen? Sprich!«, fordere ich und streiche mit den Klauen aus reinem Licht über die Reste des Dunkelschattens tief in ihm. Die mickrige Gestalt vor mir zuckt und windet sich vor Schmerz. »Schon gut, ich sage dir alles, was ich weiß.«

»Ich höre.«

»Ich auch.« Finley tritt an meine Seite. Er wirkt erschöpft, ist glücklicherweise jedoch unversehrt.

»Es war …«, beginnt der Dunkelschatten, doch bevor er weiterreden kann, fällt er zu Boden.

»Was hast du gemacht? Er wollte es uns doch eben erzählen«, fährt Finley mich an.

Fassungslos starre ich auf die reglose Gestalt, die sich erneut ändert. »Ich habe nichts getan«, verteidige ich mich. »Ist er tot?«

»Nein, er schläft lediglich und die anderen Schatten sind nach Hause ins Bettchen zurückgekehrt, weil es Schlafenszeit ist.«

Verwirrt stelle ich fest, dass er recht hat. Bis auf den toten Will und die Reste des Dunkelschattens sind wir allein am Strand. Nur das Rauschen des Meeres dringt an mein Ohr, ansonsten herrscht Stille.

»Gib ihm zwei Minuten, dann ist er gänzlich zu Staub zerfallen. Hilf mir wenigstens, Will zu begraben«, grummelt Finley.

»Ich war das nicht!«, rechtfertige ich mich und angle mir den Zettel aus Sawers sich auflösenden Klauen.

»Sicher warst du das, du hast deine Magie noch nicht unter Kontrolle. Du hast ihn mental zerstört. Ob bewusst oder unbewusst, er ist tot und wird uns keine Antworten geben können.«

Ohne mir eine Chance für eine Erklärung zu geben, wendet er sich ab und stampft in die Dunkelheit davon.

»Du kannst mich doch nicht einfach allein lassen!«, rufe ich ihm anklagend hinterher.

»Du siehst doch, dass ich es kann. Außerdem wird dir keiner zu nah kommen, der nicht lebensmüde ist.«

Ich verschränke die Arme vor meinem Oberkörper und verharre an Ort und Stelle. »Wenigstens danke hätte er sagen können«, murmle ich und wende mich in Richtung des Meeres. Der Wind frischt auf und trägt mir eine salzige Brise entgegen. Es ist eine sternenklare

Nacht und entsprechend kalt. Schlotternd stehe ich da und ziehe die Jacke enger um mich. Meine Socke ist noch immer nass, der Schuh mit Sand verklebt und das knirschende Geräusch, das entsteht, als Finley das Grab mit Magie aushebt, lassen meine Gänsehaut nicht weichen.

Einander gefunden,
für immer verbunden.
Ein Weg mit Verständnis und Liebe durchtränkt,
den Wanderern das Leben schenkt.

Magiesprung Chronik (Februar 2002)

27. Kapitel

Erin

Eine Vielzahl an Muscheln sammelt sich in meinen Armen, irgendwo in der Nähe der Dünen habe ich sogar eine frühblühende Blume gefunden. Als ich zurückkehre, ist Finley fast fertig.

»Du musst mir glauben«, flüstere ich und trete neben ihn, um meine Gaben zu Will hinunterzuwerfen.

»Das mache ich«, gibt er erstaunlicherweise zurück und bewegt seine Hand.

Im Gegensatz zu meiner Magie ist die Dunkelmagie rau und hart. Sie gleicht einer Gewitterwolke, die kurzen Prozess mit dem nassen Erd- und Sandgemisch macht. Sekunden später ist das Loch gefüllt und Will unwiederbringlich begraben.

»Mir ist nie aufgefallen, wie sie aussieht. Ehrlich gesagt, ist sie mir nie zuvor überhaupt aufgefallen«, gebe ich zu.

»Vorher war sie auch gestaltlos. Ich habe sie dazu gemacht, indem ich gegen das angekämpft habe, was ich bin.«

»Und jetzt hast du damit aufgehört?« Neugierig mustere ich ihn.

»Ja, ich kann mich nicht ewig vor meiner Vergangenheit verstecken. Außerdem werden wir nur herausfinden, was es mit alledem auf sich hat, wenn wir aufhören, uns zu verstecken, und alle Puzzleteile zusammensetzen. Was war das vorhin eigentlich für ein Zettel?«

Erneut krame ich in meiner Hosentasche und hole den lädierten Fetzen hervor, um ihn wortlos Finley zu reichen. Der junge Dunkelmagier nimmt ihn interessiert in die Hand und ich nicke ihm zu, als Zeichen, dass er ihn lesen darf.

»Ein Brief deiner Mutter?« Erstaunt schaut er auf.

»Ja, es war das Einzige, das ich in meiner Tasche hatte«, gebe ich zu.

»Erin.« Er klingt, als wollte er mir einen Vortrag halten.

»Ich wusste nicht mal mehr, dass ich ihn eingesteckt habe …«, komme ich ihm zuvor.

»Das meine ich nicht. Hast du dir den letzten Satz mal durchgelesen?«

Ich runzle die Stirn und nehme das Papier entgegen, das er mir hinstreckt.

»PS: Ich hatte immer eine Schwäche für pinke Kleider. Kommst du in dieser Beziehung nach mir?«, lese ich laut vor. »Na und? Was soll mir das jetzt sagen? Willst du mit mir Klamotten kaufen gehen?«

Ein Lächeln liegt auf seinen Lippen. »Du bist ein bisschen schwer von Begriff, oder?«

»Sehr witzig. Was hat das eine mit dem anderen zu tun?«

»Deine Mutter konnte nicht wissen, wer diesen Brief am Ende wirklich lesen wird. Sie konnte nicht offen darüber schreiben.«

»Das ist mir bewusst«, unterbreche ich ihn.

»Es ist ein Hinweis«, stellt er klar und ich erstarre.

Warum bin ich nicht eher darauf gekommen?

»Und worauf?«

»Ich hoffe, auf einen Ort, an dem wir ein paar brauchbare Antworten finden.«

»Und wo willst anfangen zu suchen? Im Kleiderschrank meiner Mutter?«

»Zum Beispiel.«

»Du scherzt.«

»Keineswegs.«

»Das heißt aber, dass wir zurückmüssen … Werden diese Schattendinger dort nicht auf uns warten?«

»Schatten lauern fast überall, doch ihre Loyalität ist verschieden. Jeder könnte Alistair Bescheid geben, doch die wenigstens tun es, denn dann müssten sie ihn auf sich aufmerksam machen. Aus dem gesichtslosen Mitläufer würde eine Schachbrettfigur werden, die er nach Belieben einsetzen kann.«

»Dann folgen sie ihm gar nicht freiwillig?«

Finley schüttelt den Kopf. »Nein, sie sind mehr oder weniger ein Mittel zum Zweck. Die Grundlage, um einen Dunkelschatten zu erschaffen oder diesem zu dienen. Wenn du so willst, sind es lediglich Sklaven.«

»Warum helfen ihm dann manche von ihnen? Können sie nicht versuchen, sich zu wehren?«

»Die Welt der Schatten hat sich verändert. Die meisten von ihnen leben in den Untiefen der Erde und sind nicht dazu in der Lage, diese zu verlassen. Alistair hat ihnen versprochen, dass die Quelle sie befreien und eine bessere Welt erschaffen wird. Für uns alle.« Während er spricht, kniet er am behelfsmäßigen Grab nieder, um Will die letzte Ehre zu erweisen. Ich folge seinem Beispiel und gemeinsam schweigen wir einige Augenblicke. Finley ringt um Fassung. Das Rauschen des Meeres ist tröstlich, ersetzt jedoch keine Worte.

»Du hättest nichts tun können«, sage ich deshalb.

»Doch, ich hätte ihm von Anfang an zuhören und glauben müssen!« Mit einem Ruck erhebt er sich und läuft zum Strand. Erst will ich ihm folgen, doch dann entscheide ich mich dazu, ihm einen Moment für sich zu lassen.

Alistair

Wild vor Zorn zerfetze ich mit einem einzigen Klauenschlag zehn Schatten, die sich nichts anderes zu Schulden haben kommen lassen, als sich gerade in meiner Nähe zu befinden.

»*Tot, Sawer ist tot!*«, erklingt das Echo unaufhörlich. Alles läuft schief. Licht und Dunkel haben sich gefunden und machen erneut gemeinsame Sache. Ich fühle die Stärke der beiden und wie ihre Magie sich verbindet.

»Das darf nicht sein!«, flüstere ich und treffe eine Entscheidung. »Tötet Finley! Egal wer, wie oder wo, ich will, dass dieser Junge stirbt. Besser heute als morgen. Und bringt das Mädchen zu mir! Sofort!«

Finley

Die Nacht ist sternenklar und eisig. Gischt peitscht mir ins Gesicht, meine Haare sind bereits klatschnass, trotzdem weiche ich keinen Millimeter von dem Platz auf dem Felsen.

Ich bin zwar kein Dunkelschatten wie früher, dennoch habe ich ihn und seinen weit entfernten Ruf wahrgenommen.

Er hat mich freigegeben. Die Jagd ist eröffnet. Was auch immer seine Beweggründe waren, um mich zu manipulieren, sie sind hinfällig.

Obwohl uns Alistair im Nacken sitzt, wage ich es nicht, zu Erin zurückzukehren. Noch nicht.

Der Verrat derjenigen, die mir in den letzten Jahren nahestanden, ist zu tief, um ihn einfach zu ignorieren. Ich wurde belogen und betrogen, kann nicht einmal zweifelsfrei sagen, wer ich eigentlich bin.

»Finley?«

Ich zucke zusammen und drehe mich um. »Ja?«

»Wir sollten weiter. Weg von hier. Er weiß bestimmt, was geschehen ist …«

»Das weiß er ganz sicher«, raune ich und stehe auf.

Im einfallenden Licht des Mondes erkenne ich die Erleichterung auf ihren Zügen. »Dann verlassen wir diesen Ort?«

»Nein.«

»Nein?«

»Wir gehen erst, wenn du dich wenigstens ein Stück weit selbst verteidigen kannst«, entgegne ich und laufe an ihr vorbei in Richtung Dünen.

»Was soll das bedeuten?«, höre ich sie rufen.

»Deine Magie ist erwacht. Er kann die Spur aufnehmen. Alistair weiß ab diesem Punkt so ziemlich alles, und das bedeutet, dass wir auf alles gefasst sein müssen. Du musst dich verteidigen können.«

Knirschender Sand sagt mir, dass sie mir mit schnellen Schritten folgt. »Ich kann mich verteidigen«, beharrt sie außer Atem.

»Krieg du erst mal Luft, deine Kondition ist ja quasi gar nicht vorhanden.«

Empört bleibt Erin stehen und ich tue es ihr gleich.

Wir haben die Dünen, hinter denen ein dichter Laubwald beginnt, erreicht und ich lokalisiere die Umgebung.

»Ich habe eine hervorragende Ausdauer!«, beschwert sie sich.

»Hab ich bemerkt, als du dich damals nach den paar Metern so wundervoll übergeben hast. Deine netteste Begrüßung bisher übrigens.«

»Apropos, ich habe Hunger«, teilt sie mir mit.

Erstaunt blinzele ich. »Wie kommt man denn bitte von dem einen auf das andere?«

Sie zuckt mit den Schultern.

»Gut.« Ich greife in meine Jackentasche und fördere ein paar Schokoriegel zu Tage.

»Die trägst du die ganze Zeit bei dir?«, fragt sie mich mit anklagendem Ton, als ich einen behalte und ihr den Rest zuwerfe.

»Scheint so.«

»Und sie eher rauszurücken fiel dir nicht ein?«

»Du hast nicht gefragt.«

»Ich dachte, du bist allmächtig und kannst hellsehen«, wirft sie sarkastisch ein.

»Nee, sorry, das fällt nicht in mein Gebiet. Iss jetzt einfach und halt die Klappe.« Ich wickle meinen Riegel aus und beiße hinein.

Erin brummelt ein paar unschöne Worte, dann tut sie es mir gleich. »Okay und wie läuft das nun ab?«

Wir haben eine geschützte Lichtung erreicht und der Mond erhellt unsere Umgebung. Weit und breit ist niemand zu sehen. Kein Haus, kein Mensch, kein Tier.

»Lerne ich jetzt, wie ich Leute mit einem Fingerschnipsen gefügig machen kann?«

»Du hast eindeutig zu viele Filme intus«, stöhne ich und fahre mir durch die klammen Haare.

»Erklär es mir lieber, als mich dumm von der Seite anzuquatschen.« Sie macht eine auffordernde Geste mit der Hand.

»Nun gut, ich habe zwar keine Ahnung, wie die Lichtmagie grundlegend funktioniert …«

»Nein? Keine wirklich gute Voraussetzung, um mir etwas beizubringen, würde ich sagen …«, werde ich unterbrochen.

»Kannst du mir einfach mal zuhören und dabei vollkommen still bleiben? Geht das?«, herrsche ich sie an, denn sie treibt mich mal wieder zur Weißglut. »Du hast zwar Magieschübe, deine volle Magie und die Kontrolle darüber wirst du jedoch erst mit achtzehn erlangen. Das ist bei den Springern immer so gewesen, seit der Aufzeichnung der Chronik.«

»Der was?«, unterbricht sie mich.

Ich seufze. »Der Magiesprung Chronik. Eine Art Geschichte der Licht- und Dunkelspringer. Darin enthalten sind der Legende nach Aufzeichnungen der letzten aber auch der nächsten Jahrhunderte.«

»Ein Buch über Zukunft und Vergangenheit zugleich?« Sie runzelt die Stirn und denkt vermutlich, ich würde sie verarschen.

»Mach dich ruhig lustig, es ist ja irgendwie auch deine Geschichte.«

»Unsere«, verbessert sie mich.

»Wie dem auch sei, die Bücher sind vor langer Zeit verschwunden.«

»Woher wisst ihr dann, was drinsteht? Und vor allem: Woher wissen die Schatten davon?« Neugierig mustert Erin mich.

»Von Alistair und den Aufzeichnungen anderer.«

»Also ein weiteres Buch, das sonst wer geschrieben haben könnte«, bemängelt sie und ich stelle selbst fest, wie dumm das klingt. »Wie dem auch sei, steht in euren Aufzeichnungen auch was zum Thema Quelle?«

Ich weiß sofort, worauf sie hinauswill.

»Wenn, dann wird das wohl Alistair eingefügt haben.«

»Womit wir wieder bei null wären.«

»Vielleicht sollten wir uns lieber mit der Frage beschäftigen, was es mit der Lichtmagie auf sich hat.«

Erin

Seit einer geschlagenen Stunde versuche ich immer wieder, demselben Angriff standzuhalten, doch jedes Mal versage ich kläglich. Weder der Druckwelle, die er mir mental entgegenschleudert, noch den Fesseln aus Dunkelheit kann ich etwas entgegensetzen.

Die Hose ist im Bereich meiner Knie bereits aufgeschlagen, die Knie an sich blutig, denn immer wieder falle ich wie ein nasser Sack nach vorn. Als ich erneut auf die Knie sinke, von unsichtbaren Fesseln verschnürt und meinem Gegenüber ausgeliefert, schaffe ich es nicht, die Tränen zurückzuhalten.

Kein taffer Spruch liegt mir auf der Zunge, lediglich Traurigkeit und Verzweiflung sind mir geblieben.

»Ich kann das nicht«, schluchze ich. »Ich weiß nicht wie, da ist nichts. Nicht einmal der Hauch von Magie.«

Obwohl er die Fesseln löst, bleibe ich am Boden sitzen. Aus den Augenwinkeln nehme ich wahr, wie er sich nähert. Ich warte auf den Spott, stattdessen kniet er sich neben mich.

Seine Hand schiebt sich unter mein Kinn und hebt es leicht an, sodass ich ihm gezwungenermaßen in die Augen sehen muss.

»Was ist?«, murre ich. »Freust du dich? Du hast es geschafft.«

»Nichts habe ich geschafft«, flüstert Finley, die grauen Augen mit dem blauen Schimmer auf mich gerichtet. Sanft streicht seine andere Hand über meine Wange und wischt mir die Tränen weg, bevor ich etwas sagen kann. »Es ist da, vielleicht brauchst du bloß Zeit«, versucht er mich zu trösten.

»Und wie lange? Stunden? Tage? Wochen? Bis zu meinem Geburtstag? Wenn wir angegriffen werden, sage ich dann einfach: *Warten Sie mal bitte?*«

Meine Worte entlocken ihm ein Grinsen. »Das kannst du gerne probieren«, erwidert er und zieht seine Hände zurück. »Am Ende gehen wir es auch falsch an und an der Sache mit dem achtzehnten Lebensjahr ist doch was dran.« Er nimmt den Schneidersitz ein und wirkt nachdenklich. »In letzter Minute konntest du dich bisher unbewusst ganz gut verteidigen, doch du hast zuvor auch nie gegen die Dunkelmagie gekämpft. Vielleicht geht das nicht?«

»Darf ich dich daran erinnern, dass ich bereits welche ausgeknockt habe, zum Beispiel dich, auch wenn ich keinen Schimmer habe, wie ich das angestellt habe?« Ich lege den Kopf schief.

»Danke für den Reminder, doch zu diesem Zeitpunkt lebte der Schatten noch in mir.«

»Das bringt doch alles nichts.« Entmutigt stehe ich auf und versuche, meine Hose zu säubern. »Du kennst nicht zufällig einen Spruch, der das wieder geradebiegt, oder?«

»Nope, und wenn du dich entsinnst, ich habe nie Worte genutzt …«

»Also wieder etwas für meine *Kann-Finley-nicht-Liste.* Sie wächst und wächst …«

»Es gibt vieles, das ich nicht kann.«

»Du besitzt Magie.«

»Du ebenfalls, hast du das vergessen? Außerdem bemächtigt uns weder die Dunkel- noch die Lichtmagie zu allem. Es gibt Grenzen und Gesetze.«

Überrascht drehe ich mich zu ihm um. »Ehrlich?« Ein Teil von mir hatte gehofft, zu einer Mischung aus Wonderwoman und Catwoman zu mutieren.

»Wie du bereits mitbekommen haben solltest, kann ich uns von einem Ort zum anderen bringen, sofern ich den Ort kenne. Ich bin in der Lage, mentale Angriffe zu starten und meine Gegner früher mit den Klauen der Schatten, jetzt mit den Strängen der Dunkelmagie, in Schach zu halten, das war es dann auch … Ich kann nicht fliegen oder irgendwas herbeizaubern. Was dachtest du denn? Dass ich allmächtig bin?«

»Irgendwie hatte ich damit gerechnet«, gestehe ich. »Ich hatte gedacht, dass du wie bei dieser Hörspielhexe alles machen kannst.«

»Selbst Bibi Blocksberg hat Einschränkungen. Geld und Gesundheit zum Beispiel.«

»Ha, erwischt, das können bloß echte Fans wissen«, haue ich raus und zeige mit ausgestrecktem Zeigefinger auf ihn.

»Geht es noch kindischer?« Unbeeindruckt verdreht er die Augen.

»War das rhetorisch gemeint?«

»Genug aufgeheitert, wir sollten jetzt los«, unterbricht er unsere lebenswichtige Debatte.

»Wohin?«

»Zum Haus deiner Eltern.«

»Ich dachte, dass ich erst lernen muss, mich zu verteidigen?«

»Ja, musst du, bloß hat unsere Methode nicht sonderlich gut funktioniert. Also los, Praxistest.«

»Ist das dein Ernst?« Entgeistert blicke ich ihm nach. »Das ist kein Spiel. Ich habe keine drei Leben wie bei *Super Mario.*«

»Du wächst also nicht, wenn ich dir einen Pilz zu essen gebe?« Nachdenklich streicht er sich mit der Hand übers Kinn. »Schade, ich hatte gehofft, dass ich mich bald auf Augenhöhe mit dir unterhalten kann.«

»Haha.«

28. Kapitel

10. März 2019

Erin

In weiter Ferne erklingt eine Turmuhr. Mitternacht. Es ist stockduster in dem großen Kellergewölbe und um uns herum raschelt es.

»Herr Gott, Finley, musstest du uns unbedingt in den Keller befördern?«, stöhne ich.

Neben mir ertönt ein leises Kichern. »Da hat wohl jemand Angst?«

»Ich hätte auch die große Fresse, wenn ich an deiner Stelle wäre«, gebe ich zurück und spiele damit auf seine Nachtsicht an.

»Vielleicht kannst du dafür problemlos in die Sonne schauen?«

»Selbst wenn, was würde es mir bringen?«

»Gleichberechtigung?«, schlägt er vor und ich komme in Versuchung, ihm eine runterzuhauen. Blöderweise kann ich ihn unmöglich ausmachen.

»Jetzt mal im Ernst, warum konnten wir nicht in einen anderen Raum *springen*?«, frage ich mit zusammengekniffenen Lippen vor einem Schmerzenslaut, als ich gegen etwas Hartes pralle.

»Pssst, nicht so laut.«

»Tut mir leid, ich bin blind wie ein Maulwurf!«

Unerwartet spüre ich seine Hände auf meinen Schultern. »Du solltest dir denken können, dass ich das aus Sicherheitsgründen machen musste. Wir haben keine Ahnung, ob jemand im Haus auf uns lauert. Sie werden nicht damit rechnen, dass wir von hier kommen, und jetzt nach Ihnen, Miss Bernett«, haucht er mir ins Ohr und schiebt mich voran.

Mir ist mulmig zumute, als er mich durch den Raum manövriert. Ich fühle mich hilflos, und das nicht nur, weil ich an die Ratte von vor ein paar Tagen denke.

»Warum so nervös?«

»Ich bin nicht nervös.«

»Nein? Dann ist dein Körper aus Spaß steif wie ein Brett?« Er klingt amüsiert.

»Pah!« Ein Glück bleibt ihm verborgen, wie rot ich werde. Oder doch nicht?

»Wir sind da. Ich geh dann mal voran und führe uns.«

»Wie edel«, murre ich.

»Edel? Reiner Selbstschutz, meine Liebe. Bei deiner Tollpatschigkeit stolperst du garantiert, und auf diese Art und Weise falle ich nicht mit dir.«

»Wow, ein richtiger Gentleman.«

Finley

Im Haus ist es völlig ruhig. Natürlich könnten uns Schatten erwarten, doch ich vertraue darauf, dass ich sie spüren würde. Immerhin habe ich jahrelang zwischen ihnen gelebt. Ich kenne das Gefühl ihrer Anwesenheit.

»Komm.« Ich reiche Erin die Hand und ziehe sie hinter mir her, darauf bedacht, ihr keine Chance zum Hinfallen zu gewähren.

Als wir in den Flur treten, wird es heller, zumindest hell genug, dass auch Erin unsere Umgebung ausmachen kann.

»Sag mal, als ich das letzte Mal hier war, klang es verdammt nach zerbrochenem Holz, doch die hier ist heil.« Sie deutet auf die Kellertür, die ich hinter ihr wieder geschlossen habe, und ich lächle.

»Magie.«

»Du hast sie repariert?« Ungläubig hebt sie die Augenbrauen, während ich die Schultern zucke.

»Es sollte doch keiner wissen, dass ich hier war.«

»Warum hast du sie dann nicht gleich mit Magie geöffnet, anstatt sie zu zertreten?«

»Bis vor Kurzem lag Magie darauf. Lichtmagie, um genau zu sein. Jede Öffnung des Hauses war gesichert. Schatten konnten gar nicht eindringen.«

»Und was hat sich jetzt geändert?«

»Nun, zum einen hast du mir unten das Fenster geöffnet.«

»Ich habe es zerbrochen«, berichtigt sie mich.

»Wie dem auch sei, als letzte Lichtspringerin bist du quasi die Herrin des Hauses. Türen, die du schließt, und Fenster, die du öffnest …«

»Aber du kamst doch rein?«

»Nicht als Schatten, wie ich inzwischen weiß.«

In ihren Augen zeichnet sich Erkenntnis ab. Der goldene Schimmer funkelt.

»Wir sollten weiter«, sage ich schließlich und wende mich ab.

»Sag mal, Finley, wenn ich die Hausherrin bin, dann dürfte doch kein Schatten eindringen? Ergo wären wir hier sicher.«

»Das kaputte Fenster unten solltest du nicht vergessen. Wenn, dann sind sie bereits hier oder kommen ebenfalls durch den Keller hinein.«

Sie erschauert.

»Aber keine Angst, ich spüre keinen von ihnen«, füge ich hinzu.

»Wo wollen wir überhaupt anfangen zu suchen?«, fragt sie, um von ihrer Angst abzulenken.

»Ich würde sagen, oben. Dort befinden sich meistens die Schlafzimmer, dann durchforsten wir den Kleiderschrank deiner Mutter.«

»Wird das so ein Mädchending? Wir ziehen ihre Klamotten an, tragen ihre Schuhe und schminken uns gegenseitig?«, fragt sie, während wir die linke Flügeltreppe nehmen. »Machst du mir dann auch die Haare? Kannst du flechten? Weißt du, ich wollte immer eine Schwester haben, die so was mit mir macht. Alex war stets zu cool, um mit ihrer kleinen Cousine abzuhängen.«

»In gewisser Weise kann ich sie verstehen.«

»Egal, und was ist? Du hast mir keine Antwort gegeben.« Sie drückt sich an mir vorbei und bleibt vor mir stehen, sodass ich sie ansehen muss.

Da platzt mir die Hutschnur.

»Ist dir entfallen, warum wir eigentlich hier sind? Dass das hier kein lockerflockiges Kaffeekränzchen ist? Alistair will meinen Tod und dich in seinem Besitz und weiß Gott was mit dir anstellen!« Verdammt. Jetzt sind sie raus, Worte, die ich nicht zurücknehmen kann.

Erins Züge erstarren zu Stein. »Wie bitte?«

»Ja.« Energisch schiebe ich mich an ihr vorbei. »Bezeichne es als vogelfrei. Jeder Schatten kann mich das Leben kosten und dich versklaven, wenn wir nicht aufpassen.«

»Seit wann weißt du darüber Bescheid und woher?« Mit etwas Abstand folgt sie mir die letzten Stufen hinauf.

»Seit kurz nach Wills Tod. Ich habe es gespürt«, gebe ich zu und blicke mich in dem Korridor um. Mindestens zehn Türen befinden sich links und rechts des Ganges. Ich gehe davon aus, dass es sich bei einem der hintersten Räume um das Schlafzimmer der Hausbewohner handelt, sicherheitshalber werden wir wohl alle Türen abklappern müssen.

»Warum hast du mir das nicht gesagt?«, fragt sie, als ich die erste öffne und hineinsehe. Ein riesiges Arbeitszimmer, dessen Inventar abgedeckt ist, empfängt mich. Als ich weder Schrank noch andere Aufbewahrungsmöglichkeiten für Kleidung entdecke, schließe ich sie wieder. »Ich wollte nicht, dass du dir Sorgen machst«, erwidere ich wahrheitsgemäß.

»Na wunderbar«, schnauft sie.

»Das ist das Letzte.« Erin drückt die Klinke herunter. Ein großer Raum mit Himmelbett und allem, was dazugehört, kommt zum Vorschein.

»Drück die Daumen, dass in diesem Schrank was hängt«, bringe ich wenig enthusiastisch hervor und spiele damit auf die vier Schlafzimmer davor an, in deren Kleiderschränken gähnende Leere herrschte.

Zielstrebig läuft Erin zum antiken Holzschrank gegenüber dem Bett.

»Und?«

»Nichts«, stöhnt sie und landet kurz darauf mit einem Plumps auf der Matratze. »O Mann, ist das weich. Ich könnte direkt einschlafen.«

»Wag es ja nicht!«, warne ich.

»Dann war unser Besuch hier ein voller Griff ins Klo«, bemerkt sie. »So viel zum Thema Hinweis.«

Ich verstehe die versteckte Kritik durchaus, gehe jedoch nicht darauf ein. »Vielleicht wurden die Kleider von der Heilsarmee abgeholt und deine Mutter hatte das nicht bedacht?«

»Ja sicher, und jetzt rennt irgendwo ein Blinder in dem knallpinken Cocktailkleid meiner Mutter über eine Straße. Darauf ein gesticktes Emblem: *Hinweis*.«

»Sehr witzig«, knurre ich.

Genussvoll streckt sie sich auf dem Bett. »Kannst du nicht einfach einen Reim aufsagen und *hex hex* anfügen?«

»Kannst du nicht mal ernsthaft nachdenken?«, stöhne ich.

»Das war eine ernsthafte Überlegung!«

»*Wenn* ich das könnte, denkst du nicht, dass ich es längst getan hätte? Wenn du mir nicht glaubst, tu dir bloß keinen Zwang an, versuch es selbst. Schließlich bin ich nicht der Einzige von uns, der über Magie verfügt. Vielleicht versuchst du auch mal, was Sinnvolles damit anzustellen?«

Das gefährliche Zucken in ihrem Gesicht verrät mir, dass ich einen Nerv getroffen habe.

»Du bist mal wieder sehr unterhaltsam«, murmelt sie und will aufstehen.

»Gerne doch, ich –« Abrupt breche ich ab, denn Erin hat mitten in ihrer Bewegung innegehalten und starrt auf etwas hinter meinem Rücken. In Erwartung eines Feindes drehe ich mich um, doch außer einer Wand und einem Spiegel ist dort nichts. »Was ist denn?«, frage ich, doch statt einer Antwort steht sie auf und bewegt sich langsam auf den Spiegel zu. »Erin, was ist los?«

Erin

Meine Aufmerksamkeit gilt allein dem Spiegel. Fast ehrfürchtig nähere ich mich ihm.

Mein Ebenbild wird größer und gleichzeitig verändert es sich. Mein Gesicht wirkt anders. Älter.

Andächtig betrachte ich das Spiegelbild, das doch keines ist, und strecke die Hand aus. *»Blickt hinter die Spiegel«*, wiederhole ich flüsternd Kloths Worte. Das kühle Glas vibriert unter meinen Fingerkuppen und im nächsten Moment erstrahlt das ganze Zimmer in einem hellen Licht. Erschrocken weiche ich einen Schritt zurück.

»Erin!«, ruft Finley alarmiert und ist im Nu an meiner Seite. »Alles in Ordnung?«

»Ja, ich habe mich nur erschreckt«, antworte ich, ohne den Spiegel aus den Augen zu lassen.

»Was hast du getan?«

»Mich an Kloths Worte erinnert.«

Langsam und stetig schwindet das Licht, zurück bleiben winzige glühende Stellen auf dem Glas.

»Was war das eben?«, fragt Finley.

»Keine Ahnung …« Erneut nähere ich mich dem Spiegel.

»Bleib hier, vielleicht ist es gefährlich!«, raunt mir der Dunkelspringer zu und greift nach meinem Arm.

»Blödsinn«, schimpfe ich und reiße mich los. »Schau doch, da stehen Worte!«

»Nichts steht dort!«

»Doch, wir können es bloß nicht erkennen. Der Mond ist zu hell. Finley, kannst du das Licht dimmen?«

»Meinst du, ich bin ein Lichtschalter für den Mond?«

»Nein, vielleicht kannst du die Dunkelheit rufen oder einfach die Fensterläden schließen?«

Er öffnet den Mund, zweifelsohne für eine bissige Bemerkung, ehe er sich zu konzentrieren scheint. Im nächsten Moment wird es stockduster.

»Wow«, entfährt es mir in einem Ausdruck echter Bewunderung, dann wende ich mich dem Spiegel zu und meine Augen weiten sich.

Was vorher lediglich glühende Bruchteile zeigte, enthüllt nun deutliche Worte.

Hinter dem einzigen Spiegel das Geheimnis versteckt.
Die wahre Geschichte nur das Zusammenspiel
von Licht und Dunkel entdeckt.
Drum begebt Euch auf die Suche geschwind,
fügt es zusammen, damit es endet, wie es beginnt.

»Warum muss das erneut so ein verkackter Vers sein? Kann da nicht einmal genau *das* stehen, was auch gemeint ist?«, herrscht Finley und entlässt etwas von der Dunkelheit, damit ich wieder in der Lage bin, etwas zu erkennen. »Der erste Spiegel? Woher sollen wir wissen, welchen sie zuerst gekauft haben? Hängt an jedem Ding ein Zettel mit Kaufdatum?«

»Wenigstens haben wir einen Hinweis«, versuche ich ihn zu beruhigen.

»Ist dir eigentlich aufgefallen, dass es in jedem beschissenen Zimmer mindestens einen Spiegel gibt? Das dauert ja ewig, wir haben kaum noch Zeit!«

Dieser Umstand liegt auch mir schwer im Magen.

»Und was jetzt? Willst du bei allen dasselbe Spiel vollführen? Wir wissen ja nicht mal, ob der *Erste* darauf reagiert oder ob wir beispielsweise einen Tanz hinlegen müssen, um ihn zu aktivieren.«

Sichtlich genervt lässt er sich aufs Bett fallen und ich beiße mir auf die Unterlippe. Als ich mich zu Finley umwende, entdecke ich auf der Kommode einen Kosmetikspiegel. Lichtpunkte glühen an seiner Oberfläche. »Das ist es!«, murmle ich und verlasse einer Eingebung folgend den Raum.

»Was ist los?«, ruft Finley mir hinterher, als ich bereits aus der Tür bin. Noch im Korridor bestätigt sich mein Verdacht.

»Erin?« Schwere Schritte verfolgen mich und bleiben direkt hinter mir stehen.

»Was siehst du?«, frage ich.

»Licht«, ertönt die Antwort.

»Wir müssen den Spiegel finden, der keine Lichtmagie einfängt. Der *Einzige,* derjenige, der nicht mit den anderen verbunden ist.« Ich drehe mich um und sehe Finley an. Seine Augen schimmern blau, Dunkelmagie erfüllt das Haus, genauso wie meine Lichtmagie. Ungewollt haben wir einen Zauber gelöst. Wahrscheinlich gewirkt durch meine Mutter, die nicht wissen konnte, welchen Spiegel wir aufsuchen würden, also belegte sie alle. Bis auf einen.

Den, der die Antworten und die Wahrheit hütet.

»Ein neues Zeitalter wird anbrechen,
doch nicht alle werden darüber erfreut sein.«

Vermächtnis der Springer (Januar 1999)

29. Kapitel

Erin

Es dämmert, als wir uns auf die unterste Stufe der Flügeltreppe fallen lassen.

»Das war wohl nichts«, bemerkt Finley und stützt den Kopf auf seine Hände.

Wir haben jeden Winkel durchsucht. Unzählige Spiegel gefunden, doch allesamt trugen die Inschrift.

Selbst der blöde Winzspiegel im letzten Zimmer besaß die Zeichen.

»Und jetzt?« Er sitzt direkt neben mir, unsere Beine berühren einander. Das Blau in seinen steingrauen Augen strahlt und nimmt mich gefangen. Bevor ich mich darin verlieren kann, wende ich mich schnell ab.

»Ich habe keinen blassen Schimmer«, gebe ich zu und schenke dem Eingangsbereich meine Aufmerksamkeit. Das Licht der aufgehenden Sonne fällt durch das Buntglasfenster und zaubert atemberaubende Muster auf den Boden. Stille umgibt uns und erst nach einer gefühlten Ewigkeit ergreift er das Wort. »Und wenn es kein Spiegel im herkömmlichen Sinne ist?« Er steht auf und läuft einige Schritte. »Ist dir im Wohnzimmer vorhin etwas aufgefallen?«

Verwirrt schüttele ich den Kopf. »Was soll mir dort aufgefallen sein, außer der Größe?«

Er legt den Kopf schief und grinst mich an, als hätte er das Geheimnis soeben gelüftet. »Wie viele Menschen kennst du, die einen kleinen Teich in den Boden eingelassen haben?«

Ich zucke die Schultern und weiß nicht, worauf er hinauswill. »Leute, die auf Japan oder besondere Inneneinrichtung stehen? Meine Mutter hatte vielleicht einen exquisiten Geschmack.«

»Komm mit!« Finley reicht mir die Hand und zieht mich nach oben, dann führt er mich durch das Gewirr aus Räumen und Korridoren zu unserem neuen Ziel.

Finley

»O mein Gott, jetzt weiß ich, was du meinst. Du könntest wirklich recht haben«, entfährt es Erin, als wir das Wohnzimmer betreten, das größentechnisch mit jedem Ballsaal mithalten kann. Bodenlange Fenster lassen das Licht der Sonne hinein. Der Großteil der Möbel ist unter weißen Laken verborgen, doch in der Mitte des Zimmers ist, was ich gesucht habe.

In den Boden ist ein kleines Becken eingelassen. Schätzungsweise drei mal vier Meter. Darin befindet sich, trotz all der Jahre, noch immer Wasser. Ruhig und friedlich liegt es da. Kein Lufthauch kräuselt die Oberfläche, die einen grünlichen Schimmer aufweist. Algen haben ihren Tribut gefordert.

Langsam, als könnte jede Sekunde ein Monster daraus auftauchen, bewegen wir uns darauf zu. Von Weitem nehme ich wahr, wie sich die kunstvoll verzierte Decke darin abzeichnet. Als ich nah genug herangetreten bin, erkenne ich mein eigenes Gesicht und das von Erin.

»Ein Spiegel, der doch keiner ist«, flüstert sie. »Und jetzt? Ich geh da nicht rein.«

»Kloth hat gesagt, wir sollen *dahinter sehen.*«

»Wie willst du das anstellen?« Sie kratzt sich am Kopf.

»Eventuell gibt es einen Mechanismus, um das Wasser abzulassen«, folgere ich und ziehe meine Jacke aus, um mir die Ärmel hochzukrempeln.

»Was hast du vor?«

»Wenn es einen Hebel gibt, dann wird er sich hier oben irgendwo direkt unter der Wasseroberfläche befinden. Niemand baut so etwas auf den Grund.« Kurz darauf begebe ich mich in die Hocke und tauche die Hand ins Wasser. Es ist eisig und dank der Algen bilden sich Schlieren an meinen Fingern.

»Igitt«, kommentiert Erin.

»Gut, dass ich derjenige bin, der die Hand in der Pampe hat«, bemerke ich trocken und sehe, wie sie rot anläuft.

Tastend fahre ich am Rand des Beckens entlang. Ich habe gut die Hälfte geschafft, als ein Schrei die Stille des Hauses erschüttert und ich nach hinten gerissen werde. Ich taumle einen Moment und rudere mit den Händen. Erfolglos, denn letztendlich kippe ich doch und lande auf etwas Weichem. Erin.

»Sag mal, was ist in dich gefahren?«, herrsche ich sie an und beeile mich, von ihr runterzugehen. Keuchend richtet sie sich auf.

»Da war was im Wasser«, bringt sie atemlos hervor und deutet auf den Teich.

Schimpfend stehe ich auf und schüttle den grünen Schleim von meiner rechten Hand. Ich will gerade maulen, dass ich jetzt von vorn beginnen kann, da nehme ich eine Bewegung wahr. Die Oberfläche kräuselt sich wirklich. Dabei gab es keine Anhaltspunkte auf eine Strömung oder einen Luftzug.

»Siehst du?«

Vorsichtig gehe ich darauf zu.

»Pass auf«, flüstert Erin.

Ein halber Meter trennt mich von dem Teich, da taucht sie auf. Eine riesige Schlange mit wilder Kopfmusterung und grünen Augen. Zischend nimmt sie mich ins Visier. »Fuck«, fluche ich und weiche zurück. Drohend folgt die Schlange meiner Bewegung und dabei entdecke ich ihr tödliches Geheimnis.

»Erin?«

»O mein Gott«, höre ich sie kreischen.

»Erin! Raus hier. Sofort!«

»Kannst du sie nicht einfach mit Magie zerstören oder lähmen?«

»Nein.«

Erin

Seine Verneinung hallt mir in den Ohren, während ich immer weiter zurückweiche, bis ich mit dem Rücken gegen die Wand stoße.

»Erin, mach endlich, dass du hier rauskommst!«

Wie gelähmt bleibe ich stehen, den Blick auf das Untier gerichtet, das mit seinem peitschenden Schwanz das Wasser teilt und sich kurz darauf daraus erhebt.

Mit einem gefährlichen Zischen bewegt es sich auf Finley zu. »Finley«, hauche ich.

»Erin, ich sage es kein weiteres Mal. Verschwinde!« Der Ton klingt seltsam beherrscht, doch er zittert.

In diesem Moment spüre ich das Band zwischen uns. Ein dünner Faden, der uns miteinander verbindet … Instinktiv ziehe ich daran. Es wird heller, strahlender, und dann spüre ich seine Gegenwart in meinem Kopf. *»Finley? Was ist das für ein Wesen?«*

»Ein Amuruo, ein Bringer des Todes. Zweifelsohne ein Geschenk von Alistair.«

»Kannst du es nicht einfach töten?«

»Man kann diese Viecher nicht mit Magie umbringen. Sie saugen die Magie lediglich in sich auf und werden stärker.«

»Wie stark?«, hauche ich über die Brücke und wage es kaum, mich zu bewegen oder zu atmen.

»Nach dem Schlüpfen sind sie gute zehn Zentimeter lang und wachsen mit jedem Sieg über einen Magischen. Reicht dir das als Antwort?«

Ich starre auf das Ding vor Finleys Füßen. Es ist riesig, schätzungsweise drei Meter … viele Siege.

»Teufel auch« stöhne ich und begehe damit einen Fehler, denn abrupt wendet sich das Vieh von dem Dunkelmagier ab und mir zu.

»Raus hier«, drängt er, doch meine Beine schlottern wie Pudding und versagen mir den Dienst, als das gewaltige Tier auf mich zuschlängelt.

»Was ist mit dir los?«

»Schlangenphobie.«

»Du hast gleich deutlich mehr als eine lächerliche Angst, wenn du nicht sofort aus dem Zimmer rennst und die Tür hinter dir verriegelst!«

»Und du?« Sein Schweigen ist mir Antwort genug. *»Schlag dir mal schön aus dem Kopf, dass ich dich hier allein lasse!«*

»Und was willst du machen? Magie zu nutzen hat keinen Zweck, außer du hast das Bedürfnis, sie zu füttern.«

Das magische Wesen bleibt zwischen uns stehen. Es zischt gefährlich in meine Richtung, als könnte es sich nicht so recht entscheiden, wen von uns es als Erstes angreifen will. Die Ruhe, die es ausstrahlt, zeigt deutlich, dass wir in seinen Augen keine Gegner sind. Mit einem weiteren Zischen wendet sie sich von mir ab. Anscheinend hat sie ihre Entscheidung getroffen, doch ich meine auch. Ich schließe die Augen und beginne zu fühlen.

Finley

»Wow, das hat tatsächlich funktioniert«, keuche ich und lasse mich neben Erin an der geschlossenen Tür herunterrutschen.

»Hattest du Zweifel?« Sie legt den Kopf schief.

»Natürlich, du hast noch nie einem Wesen deinen Willen aufgezwungen oder anderweitig Gedanken manipuliert.«

»War doch eine gute Übung.«

»Die auch furchtbar hätte schiefgehen können«, gebe ich zu bedenken. »Amuruo sind stark. Sie unterstehen lediglich Alistair und lassen sich eigentlich nicht ohne Weiteres umpolen.«

»Ich habe es doch geschafft«, brummelt Erin. »Wie wäre es mit einem »Toll gemacht« statt diesem Gemecker? Ist dir übrigens aufgefallen, dass es mehr auf dich fixiert war? Von mir hat es sich einfach abgewendet … «

»Ja … Ein weiteres Indiz dafür, dass Alistair sie hiergelassen und seine Prioritäten geändert hat. Jetzt bist nur noch du wichtig. Meinen Tod nimmt er in Kauf.«

»Hm«, macht Erin und sieht betreten zu Boden. »Was machen wir jetzt eigentlich damit?«

»Als Erstes lassen wir mal schön die Tür zu. Du hast sie verriegelt. Die Fenster sind ebenfalls zu. Theoretisch ist sie gefangen.« Als ich mich erhebe, spüre ich Erins Blick auf mir, der keine meiner Bewegungen auszulassen scheint. »Ist alles gut bei dir?«

»Warum fragst du?«

»Weil der, der dich tot sehen will, doch irgendwie zu deinem Leben gehört hat.«

»Du sagst es: *hat.* Und jetzt komm, wir haben genug Zeit vertrödelt. Sie werden bald hier sein und vorher müssen wir noch ein Geheimnis lüften.«

»Wie willst du das anstellen?«

»Wir machen, was wir die ganze Zeit schon hätten tun sollen. Wir schauen dahinter.«

Verwundert sieht sie mich an.

»Folg mir.«

ALISTAIR

»Das kann nicht sein!« Zerknirscht kehre ich in meinen Körper zurück.

Meine sauber gestellte Falle, das Begrüßungskomitee, ist fehlgeschlagen.

»Fuck«, fluche ich. Erst entgeht mir die Chance meines Lebens, und nun drohen sie mir alles zu nehmen, wofür ich jahrelang gearbeitet habe.

»Meister?«, ertönt eine wohlbekannte Stimme aus der Finsternis.

»Mirelle.«

»Ist alles zu Eurer Zufriedenheit verlaufen?«

»Wirke ich so?« Grimmig funkle ich ihn an und baue mich vor ihm auf. Jeder andere wäre zurückgewichen, aber Mirelle steht bewegungslos vor mir. Nicht das kleinste Zucken kann ich ausmachen.

Ich betrachte ihn näher. In seinen dunklen Augen spiegelt sich ein blauer Schimmer. Meine Iris.

»Wir müssen uns etwas anderes einfallen lassen. Sie dürfen nicht weiter zusammenarbeiten, sonst zerstören sie alles.«

»Was schlagt Ihr vor?«

Erin

»Wo gehen wir hin?«, frage ich, während ich ihm durch etliche Türen folge.

»Wirst du gleich sehen«, gibt er geheimnisvoll zurück und wenig später finden wir uns vor der Kellertreppe wieder.

»Und nun?«

»Gehen wir da runter.«

»Das ist ein Scherz, oder?«

»Da hat wohl jemand Angst?«, neckt er.

»Nein, mir erschließt sich einfach nicht, was du dort unten willst.« Sein nächster Satz lässt mich zusammenzucken.

»Du meinst außer Ratten?«

Voll ins Schwarze. Er hat ihn gefunden, meinen anderen wunden Punkt.

Ein Grinsen legt sich auf seine Lippen. »Du hast wahrhaft Angst vor diesen kleinen Viechern.«

»Das würde ich nicht unbedingt so ausdrücken.«

»Wie denn dann?«

Dass er sich über mich lustig macht, bekommt mir ganz und gar nicht. Ich verschränke die Arme. »Also, könnten wir das Thema wechseln?«

»Ich fand es ganz in Ordnung.«

»Was hoffst du, da unten zu finden, außer der *Kammer des Schreckens*?«

Statt einer Antwort fängt er an zu lachen und klopft sich auf den Schenkel. »Du bist echt schwer von Begriff, weißt du das?«, prustet er, doch ich verstehe bloß Bahnhof.

»Bist du endlich fertig?«, frage ich trocken, nachdem ich ihn ein paar Momente beobachtet habe.

»Entschuldige bitte, du musst zugeben, dass es amüsant war.«

»*Das* habe ich bemerkt.«

»Gut.« Er richtet sich auf und das Lächeln weicht einer ernsten Mimik. »Wir sind die Sache mit dem Teich falsch angegangen. *Dahinter*, nicht *darin*, wenn ich richtigliege. Dann müssen wir auf die andere

Seite schauen und die werden wir im Keller finden. Das Becken ist in den Boden eingelassen und sollte daher irgendwo unterhalb enden.«

Was er sagt klingt vollkommen logisch, und am liebsten würde ich mich für meine Dummheit selbst ohrfeigen, doch die Genugtuung verschaffe ich ihm nicht.

»Ganz meine Meinung«, bestätige ich daher und hebe würdevoll meinen Kopf.

»Ach?«

»Ja, dasselbe wollte ich auch eben sagen«, bringe ich so selbstsicher wie möglich hervor.

»Na dann ist doch alles in Ordnung. Nach Ihnen.« Er deutet auf die Tür. »Führen Sie mich zum anderen Ende des Teiches.«

Scheiße, aus der Nummer komme ich wohl nicht raus, denke ich und kneife die Arschbacken zusammen.

»Angst?«

»Niemals!«

»Bereit?«

Am liebsten würde ich erneut *niemals* schreien, doch stattdessen nicke ich und Finley öffnet die Tür. Ganz der Gentleman lässt er mir natürlich den Vortritt.

Wie bei meinem ersten Besuch hier erkenne ich die Umrisse einzelner Gegenstände und das Laub raschelt bei jedem Schritt. Aufmerksam mustere ich die Umgebung, nicht nur auf der Suche nach Ratten.

»Es müsste ein Stahlbecken, das in die Decke eingelassen ist, sein«, informiert er mich unnötigerweise.

»Gut, dass du das erwähnst, ich hätte jetzt nach einem Kühlschrank oder so gesucht.«

»Wieder sarkastisch unterwegs, Miss Summer?«

»Für Sie Miss Bernett.«

»Dann eben Miss Bernett«, säuselt er.

Ich schnaube und wende mich ab. *Besser, ich ignoriere ihn für den Rest des Tages.*

Langsam taste ich mich durch den Keller. Irgendwo vor mir höre ich Finley, der dank seiner Nachtsicht weit besser als ich vorankommt.

»Ich habe es!«, hallt es vor mir im Dämmerlicht. »Kommst du, Miss Slowfeet?«

»Wow, du bist du so witzig, dass ich gar nicht mehr aufhören kann mit lachen«, murmle ich. Sein Kichern bestätigt mir, dass er mich gehört hat.

Ich habe ihn fast erreicht, da raschelt etwas hinter mir und streift kurz darauf meine rechte Ferse. Ich kann nicht anders und mache panisch einen Satz nach vorn. Mit einem Aufschrei lande ich in Finleys Armen.

»Beruhig dich«, mahnt er, als ich wild um mich schlage.

»O mein Gott, es hat mich berührt!«, kreische ich und beginne zu hyperventilieren, während eine Reihe von Zuckungen meinen Körper heimsucht.

»Erin.« Seine Stimme ist sanft.

»Ratten, ich hasse Ratten!«

»Erin«, wiederholt er diesmal lauter und umfasst mich so, dass ich mich nur eingeschränkt bewegen kann.

»Lass mich los, ich muss hier raus!«

»Beruhig dich, das war bloß eine Maus.«

»Das müsste schon eine Atommaus gewesen sein!«, keuche ich. »Lass mich los, ich will hier weg!« Mit aller Kraft stemme ich mich gegen seine Hände. Meine unkontrollierten Bewegungen weichen meinem Willen, mich befreien zu wollen.

»Nein!«

»Doch.«

»Nein, wir sind fast am Ziel, und wenn du dich erinnerst: Licht und Dunkel. Ich brauche dich hier unten! Allein kommen wir aus diesem Albtraum nicht raus!«

Sein Argument zieht. Meine Gegenwehr versiegt und ich sinke schlaff in seinen Armen zusammen.

»Alles gut? Sie ist weg«, flüstert er mir ins Ohr.

»Also war es doch eine Ratte.«

Fieberhaft suchen meine Augen den halbdämmrigen Kellerraum ab und finden glücklicherweise nichts. Ich entspanne mich etwas.

»Nennen wir es ein sehr fettes, genmutiertes Mäuschen.«

Ich höre förmlich das Lachen in seinen Worten, dann realisiere ich, was wir gerade tun. Stocksteif befreie ich mich aus seinen Armen und stemme meine in die Hüfte. »Und, wo ist das Becken?«

»Du hast es wohl eilig?«

Ohne weiter darauf zu reagieren, schiebe ich mich an ihm vorbei und laufe voran.

»Schätzchen?«

»Ich bin nicht dein Schätzchen«, brumme ich und bewege mich schneller.

»Ich wollte doch nur …« Das letzte Wort erreicht mich nicht, denn ich knalle voller Wucht mit dem Kopf gegen etwas Hartes.

»Verfluchter Mist«, stöhne ich und stolpere rückwärts. Dabei stoße ich gegen etwas am Boden und taumle.

Sofort ist Finley hinter mir und stützt mich. »Alles an der Stelle, wo es hingehört?«, raunt er mir zu.

»Hättest du mich nicht warnen können?«, keuche ich und reibe mir den schmerzenden Kopf.

»Wollte ich ja, bloß Fräulein Stur wollte mir nicht zuhören. Zeig mal her.« Entgegen meines aufkeimenden Protests streicht er mir die Haare aus dem Gesicht. »Eine gewaltige Beule wird es wohl werden, glücklicherweise keine Platzwunde.«

»Sehr erfreulich«, entgegne ich trocken und mache mich von ihm los. Diese körperliche Nähe bekommt mir nicht.

»Sieh es positiv, dafür hast du zweifelsohne das Becken gefunden.«

»Mir wäre lieber, ich würde eine Großpackung Aspirin finden.«

Finley

Egal wie sehr ich es auch versuche, ich werde einfach nicht schlau aus ihr. In einem Moment fühle ich mich ihr nahe und im nächsten herrscht Distanz zwischen uns. So wie in diesem Augenblick.

Je näher wir dem Geheimnis bisher gekommen sind, desto näher habe ich mich ihr gefühlt, doch dann geschieht etwas, eine Geste, ein

Wort oder etwas in unserem Umfeld, das uns wieder auseinanderzureißen scheint.

»Ein Penny für deine Gedanken.«

»Wie bitte?« Erstaunt wende ich mich ihr zu.

»Ich sagte, ein Penny für deine Gedanken. Du wirkst weit entfernt und ich würde gern wissen, wo du bist.«

Ertappt kratze ich mich am Kopf. »Nichts wirklich Wichtiges, ich dachte gerade darüber nach, ob sich dieser Aufwand wohl lohnen wird. Was geht dir durch den Kopf?«

»Dass ich liebend gern eine Kopfschmerztablette hätte.«

Da sind sie wieder, die Ausreden, denke ich und wende mich dem zu, weswegen wir eigentlich hier unten sind.

Das Teichbecken besteht aus dunklem Kunststoff und fügt sich nahtlos in die Decke. Auf den ersten Blick wirkt es völlig unspektakulär. Mutig strecke ich meine Hand aus und berühre die Oberfläche mit den Fingern. Es strahlt dieselbe Kälte aus wie zuvor das Wasser.

»Wieder nichts?« Erin tritt von hinten an mich heran, verfolgt jede meiner Bewegungen.

»Hier muss etwas sein«, beharre ich und wandere weiter am Becken entlang, ohne die Hand von dem Kunststoff zu nehmen. Minuten, in denen ich das Teichbecken anstarre und innerlich beschimpfe, vergehen. Nichts geschieht.

»Wir liegen falsch«, spricht Erin die Worte aus, vor denen ich mich am meisten fürchte. »Es muss etwas anderes gemeint sein. Vielleicht ist uns oben ein echter Spiegel entgangen?«

Im ersten Moment will ich ihr zustimmen, da fällt mir etwas ins Auge. Ein kleines graviertes Zeichen unmittelbar unter meinen Fingern, und es durchfährt mich wie ein Stoß.

Sonne und Mond vereint.

»Nein, wir sind richtig. Erin, komm her«, befehle ich. Zum ersten Mal folgt sie mir ohne Widerstand und tritt an meine Seite. Ohne zu fragen greife ich mit meiner freien Hand nach ihrer und lege sie neben meine.

Sekunden verstreichen und nichts geschieht.

»Mist, ich dachte –«

Ohne Vorwarnung beginnt das Becken zu vibrieren. Erin entfährt ein Aufschrei. »Nicht loslassen«, mahne ich und halte ihr Handgelenk fest. Das Vibrieren wird stärker, ähnelt einem örtlich begrenzten Beben, dann öffnet sich mit einem Zischen eine im Boden des Beckens versteckte Luke unterhalb des Symbols.

»Wow«, macht Erin. »Die war eben nicht da!«

»Magie«, schließe ich und lasse ihre Hand los, um mich daran zu machen, sie zu öffnen.

»Was ist das?«, haucht sie, als es mir gelingt.

»Ein Buch, würde ich behaupten.« Ich greife danach und ziehe es heraus.

»Tatsächlich, es ist irgendein Buch und was sollen wir damit?«

»Nein, das ist es nicht.« Ungläubig starre ich auf das Ding in meinen Händen und kann es nicht fassen.

30. Kapitel

Erin

»Was soll das heißen? Willst du mir weismachen, dass das Ding ein Tablet ist oder was?«

»Nein, ich …« Bevor er zu Ende reden kann, dringt ein ohrenbetäubender Lärm zu uns. Regale stürzen um, Dreck wirbelt auf. Schützend halte ich mir die Hände vors Gesicht und ducke mich.

»Was passiert hier gerade?«, frage ich, als sich der Staub langsam legt und ich mich traue, die Augen wieder zu öffnen. Statt mir zu antworten, steckt Finley das kleine, in Leder gebundene Etwas in die Innentasche seiner Jacke und zerrt mich in der Hocke hinter sich her.

Im Entengang kriechen wir zur Mauer und suchen Schutz hinter einem alten Sekretär.

Eine erneute Explosion erschüttert den Raum, die tragenden Balken über uns knacken gefährlich und bloß Finleys Hand auf meinem Mund verhindert, dass ich laut aufschreie.

»Psst«, flüstert er mir ins Ohr und zieht mich an sich. Ich spüre seinen raschen Herzschlag in meinem Rücken, während mir selbst das Blut in den Ohren pocht.

Regungslos verharren wir, als das Geräusch knarrender Treppenstufen erklingt.

»Musstest du solch ein Chaos anrichten?«, fragt eine dunkle Stimme hustend. Meine Nackenhaare stellen sich auf, als ich sie erkenne.

»Mirelle«, schicke ich Finley über unsere Verbindung.

»Ja, Alistair scheint mitbekommen zu haben, dass sein Geschenk keinen Erfolg hatte.«

»Entweder willst du meine Hilfe oder nicht. Wenn du sie willst, dann hör auf, dich zu beschweren«, erwidert jemand.

»Wer ist das, der bei ihm ist?«

»Kann ich nicht sagen«, gesteht Finley und versucht, etwas in der aufgewirbelten Staubwolke auszumachen. Der Erfolg ist ernüchternd. *»Kannst du was erkennen?«*

»Dunkelmagie, Erin, keine Staubmagie.«

»Das heißt wohl nein?«

»Hm.«

»Wo sind denn unsere beiden Ausreißer?«, unterbricht Mirelle unser Gedankengespräch. »Kommt heraus, ihr solltet doch längst wissen, dass euer Versteckspiel sinnlos ist.« Um seinen Worten Ausdruck zu verleihen, geht irgendwo im Keller etwas krachend zu Bruch.

»Ich kann sie riechen«, sagt der Fremde und mein Herz sackt mir in die Hose.

»Können wir nicht springen und von hier verschwinden?«

»Nein.« Eine neuerliche Explosion lässt den Boden erzittern und angstvoll presse ich mich an Finley, der schützend die Hände um mich legt.

»Ergon, jetzt ist es genug! Wir brauchen einen von ihnen schließlich lebend und den Einsturz der ganzen Bude kann ich auch nicht gebrauchen. Oder verstehst du das etwa unter *kein Aufsehen erregen*?«

»Tut mir leid, ich war eben in Fahrt.«

»Scheiße, was heißt hier nein? Die wollen uns killen, ist das nicht Grund genug, zu verschwinden?«

»Erst will ich wissen, wer der andere ist.«

»Er heißt Ergon, hast du eben nicht zugehört?«, herrsche ich ihn gedanklich an und merke, dass ich leicht hysterisch bin.

»Erin …« Er klingt sanft und beruhigend. *»Wir verschwinden gleich, sei unbesorgt. Ich will nur wissen, wie dieser Ergon aussieht. Wäre es nicht gut, wenn wir die Gesichter unserer Feinde kennen?«*

Zugegeben, seine Argumentation ist verständlich, dennoch klingeln in mir alle Alarmglocken auf einmal. Ein Knacken verrät die Nähe unserer Feinde.

»Haben wir Euch«, haucht der Fremde, der plötzlich aus dem Nichts neben uns auftaucht. »Darf es ein letztes Gebet sein?«

Ich kann nicht anders, mein ganzer Körper zittert vor Angst. Ich wünschte, ich wäre woanders. Weit weg von allem. Am Strand unseres letzten Urlaubs.

Auf einmal verliere ich den Boden unter den Füßen.

Wir fallen in ein Loch, immer weiter und tiefer, und im nächsten Moment ist da nichts mehr um uns herum außer gleißendes Licht.

O Gott, ist das der Tod?, frage ich mich, doch dann lande ich hart auf sandigem Boden. Finley fällt direkt auf mich.

»Aua«, stöhne ich, während er so schnell wie möglich von mir herunterkrabbelt.

»Geht es dir gut?«, fragt er unsicher und streckt mir die Hand entgegen, um mir beim Aufstehen behilflich zu sein.

»Ja«, hauche ich und blicke mich um. »Rettung in letzter Sekunde, würde ich sagen, doch das mit der Landung müssen wir unbedingt noch üben. Wo sind wir hier eigentlich?«

»Keine Ahnung«, antwortet er und zuckt mit den Achseln.

»Was soll das bedeuten? Ich denke, ihr könnt nur an Orte *springen*, die ihr kennt?«

»Ja, bloß bin ich nicht derjenige, der uns hierhergebracht hat.«

Magiesprung Chronik

Jene kommen und verändern alles. Sie strukturieren die Welt neu.
Das Leben wird wieder aufblühen, die Schatten werden vergehen,
aber nur, wenn sie gemeinsam den Weg bestreiten,
den sie immer zusammen hätten gehen sollen.

Magiesprung Chronik (März 2019)

Ende Teil 1

Danksagung

An erster Stelle danke ich Astrid.
Du gibst dieser Geschichte ein wundervolles Zuhause und mir einen Platz an deinem Feuer. Danke dafür!

Alex,
habe ich dir schon gesagt, wie sehr ich das Cover liebe? Was? An die Hundert Mal? Dann entschuldige bitte diese neuerliche Erwähnung. Du bist wahrhaft ein Gott!

Lillith,
die Zerstörerin der Füllwörter. Diesen Titel hast du dir rechtmäßig verdient. Deine Kommentare habe ich gleichermaßen gehasst und geliebt, doch ohne dich wäre diese Geschichte nicht das, was sie jetzt ist. Perfekt. <3 Ich danke dir.

Maja,
du warst meine Retterin und bist eine unglaubliche Künstlerin. Du weißt gar nicht, wie glücklich ich bin, dass du dem Inneren meines Buches Leben eingehaucht hast. Von Herzen DANKE.

Claudia Willner, Janine Buser, Jenny Berger, Juliane Kissau,
Laura Brandes, Martina Schlüter, Nic Thiele,
Romy Onischke und Tania Kaimel
Ihr alle seid Teil meines Bloggerteams und keinen von euch möchte ich missen. Egal ob Bilder, Videos oder Feedback. Ihr habt mich unterstützt und geleitet. Eure Meinung ist mir stets wichtig und ich bin glücklich, euch dabeizuhaben. Jeden Einzelnen von euch.

Ein herzliches Dankeschön gilt meiner Familie und meinem Freund. Ihr habt mich ertragen, während ich in Manolin war, ihr wisst gar nicht, wie viel mir das bedeutet.

Ein weiterer Dank gilt dir, lieber Leser. Ohne Bücherverrückte wie dich würden Autoren ganz schön alt aussehen. Ich hoffe, Erins Geschichte gefällt dir, und freue mich über Verlinkungen und Rezis auf Instagram & Co.

Eure
Celin Izabel Harriot

C. I. Harriot

Symantriet – Das Erbe der Vergangenheit

ISBN: 978-3-95991-281-5, kartoniert, EUR 14,90

Fünf Könige stürzten einst den Tyrannen Chaver vom Thron
und befreiten Symantriet von dessen grausamer Herrschaft.
Sie teilten das Land, teilten die Macht und glaubten die Gefahr gebannt.
Doch sie irrten sich …
Die fünfzehnjährige Isabelle ist das einzige Kind des Königs Elias von Endline.
Das kluge und von einer besonderen Gabe beschenkte Mädchen wächst
behütet und mit allen Freiheiten, die es sich nur wünschen kann, auf.
Ihre Welt scheint perfekt, doch eines Tages ändert sich plötzlich alles
und sie steht vor den Scherben ihres Lebens,
während das Schicksal Symantriets auf ihren Schultern lastet.
Kann sie an ihren Schicksalsschlägen reifen oder wird sie untergehen?

Teil 1 der Trilogie